이순신의 표준 영정

이순신의 용모는 단정하고 온화했던 것으로 류성룡은 전한다. 아마도 그는 내면의 삼
엄함이 겉으로 드러나지 않는 인물이었을 것이다.

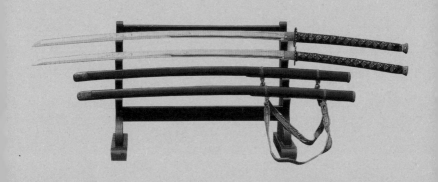

이순신의 칼

이순신은 쑥스러워하며 검명을 내보인다. '한번 휘둘러 쓸어버리니, 피가 강산을 물들이도다—揮掃蕩 血染山河'라고. 물들일 염染자의 공업적 이미지는 이순신의 칼의 내면을 드러낸다.

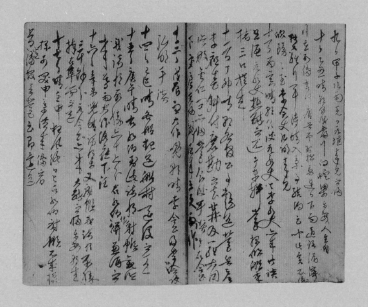

난중일기(亂中日記)

이순신은 임진왜란중에 『난중일기』를 남겼다. 그의 기록 정신은 치열하다. 그는 빠뜨리지 않고, 그는 중언부언하지 않았다. (아산 현충사 소장)

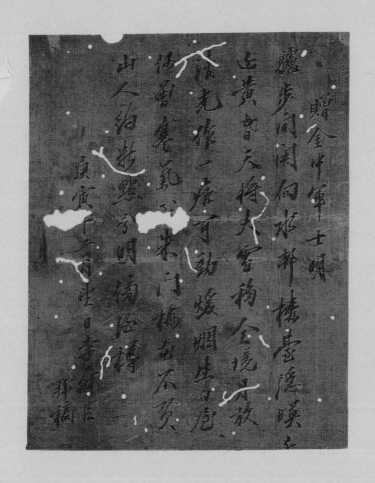

이순신의 필적(名賢簡牘內)

이순신의 문장은 수사를 배제한다. 그는 매일매일 바다의 날씨를 꼼꼼히 살폈고 적과 아군의 형편을 기록했다. 그의 글은 무인다운 글쓰기의 전범이라 할 만하다.(경남대학교박물관 소장)

수군조련도(水軍調練圖)

남녘 바다에는 '너무 깊이 찌르지 마라. 깊이 들어가면 뒤쪽이 막혀서 죽는다. 처음
에 맹렬히 쏘다가 물러서라. 적을 넓은 바다로 끌고 나오라'는 군령의 여진이 아직도

구른다. 이순신은 병영 숙사에서 세상이 견딜 수 없이 무섭고 가여워 식은땀을 흘리
며 잠 못 이룬다. 그가 수영을 옮기기 위해 남해와 서해를 훑을 때 그곳은 국토가 아
니라 사지였다. (국립중앙박물관 소장)

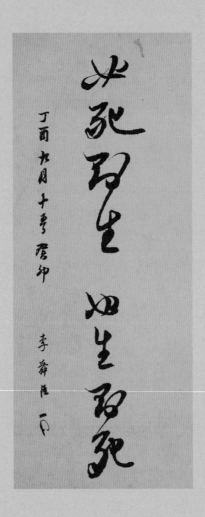

이순신의 필적

'必死卽生 必生卽死'. "반드시 죽으려는 자는 살고, 반드시 살려는 자는 죽는다". 명량으로 나아가기 직전에 이순신이 쓴 휘호. 명량에서 이순신은 죽음을 거슬러서 삶에 닿는다.

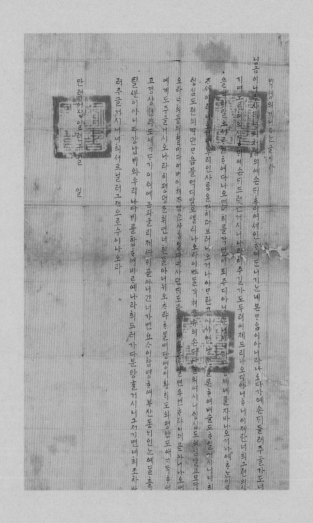

선조의 국문 교서(宣祖大王國文敎書)

임금의 교서는 장려한 수사로 넘친다. 그 교서들은 무력한 조정의 고뇌와 슬픔을 남
쪽 바다의 수군 진영에 전한다. 권력은 무력하기 때문에 사악할 수 있다.

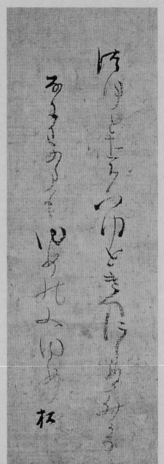

도요토미 히데요시의 초상과 절명시(絕命詩)

'몸이여, 이슬로 와서 이슬로 가니, 오사카의 영화여, 꿈속의 꿈이로다.' 도요토미의 무武는 정치 권력과 상업 이윤을 함께 추구하고 있었다. 그가 '이슬처럼' 세상을 떠나자 일본군은 더이상 전쟁을 버텨낼 수 없었다.

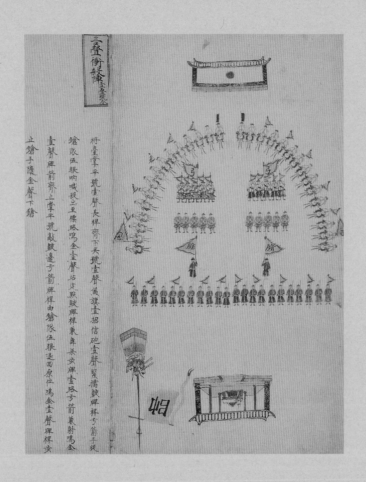

충무공팔진도(忠武公八陣圖)

진陣은 적을 맞기 위한 자세이다. 진은 고착되지 않고 진은 전환한다. 진은 춤추듯 너울거리고 바뀌면서 적을 맞는다. 학익진鶴翼陣은 수守와 공攻을 전환해서 존망을 역류하는 날개의 춤이다. (국립중앙박물관 소장)

칼의 노래

문 학 동 네
한국문학전집

0 1 4

김훈
장편소설

칼의 노래

문학동네

閑山島 夜吟 한산도 야음

水國秋光暮　驚寒雁陣高
憂心輾轉夜　殘月照弓刀

한 바다에 가을빛 저물었는데
찬바람에 놀란 기러기 높이 떴구나
가슴에 근심 가득 잠 못 드는 밤
새벽 달 창에 들어 칼을 비추네

칼의 울음

버려진 섬마다 꽃이 피었다. 꽃 피는 숲에 저녁노을이 비치어, 구름처럼 부풀어오른 섬들은 바다에 결박된 사슬을 풀고 어두워지는 수평선 너머로 흘러가는 듯싶었다. 뭍으로 건너온 새들이 저무는 섬으로 돌아갈 때, 물 위에 깔린 노을은 수평선 쪽으로 몰려가서 소멸했다. 저녁이면 먼 섬들이 박모薄暮 속으로 불려가고, 아침에 떠오르는 해가 먼 섬부터 다시 세상에 돌려보내는 것이어서, 바다에서는 늘 먼 섬이 먼저 소멸하고 먼 섬이 먼저 떠올랐다.

저무는 해가 마지막 노을에 반짝이던 물비늘을 걷어가면 바다는 캄캄하게 어두워갔고, 밀물로 달려들어 해안 단애에 부딪치는 파도 소리가 어둠 속에서 뒤채었다. 시선은 어둠의 절벽 앞에서 꺾여지고, 목측目測으로 가늠할 수 없는 수평선 너머 캄캄한 물마루 쪽 바다로부터 산더미 같은 총포와 창검으로 무장한 적의 함대는 또다시 날개를 펼치고 몰려온다. 나는 적의 적의敵意의 근거를 알수 없었고 적 또한 내 적의의 떨림과 깊이를 알 수 없을 것이었다. 서로 알지 못하는 적의가 바다 가득히 팽팽했으나 지금 나에게는 적의만이 있고 함대는 없다.

나는 정유년 4월 초하룻날 서울 의금부에서 풀려났다. 내가 받은 문초의 내용은 무의미했다. 위관들의 심문은 결국 아무것도 묻고 있지 않았다. 그들은 헛것을 쫓고 있었다. 나는 그들의 언어가 가엾었다. 그들은 헛것을 정밀하게 짜맞추어 충忠과 의義의 구조물을 만들어가고 있었다. 그들은 바다의 사실에 입각해 있지 않았다. 형틀에 묶여서 나는 허깨비를 마주 대하고 있었다. 내 몸을 으깨는 헛것들의 매는 뼈가 깨어지듯이 아프고 깊었다. 나는 헛것의 무내용함과 눈앞에 절벽을 몰아세우는 매의 고통 사이에서 여러 번 실신했다. 나는 출옥 직후 남대문 밖 여염에 머물렀다. 영의정 대사헌 판부사들이 나를 위문하는 종을 보내왔다. 내가 중죄인이었으므로 그들은 직접 나타나지 않았다. 종들은 다만 얼굴만 보이고 돌아갔다. 이 세상에 위로란 본래 없다는 것을 나는 알았다. 나는 장독杖毒으로 쑤시는 허리를 시골 아전들의 행랑방 구들에 지져가며 남쪽으로 내려와 한 달 만에 순천에 당도했다. 내 백의종군白衣從軍의 시작이었다.

한산, 거제, 고성 쪽에서 불어오는 동풍에는 꽃 핀 숲의 향기 속에 인육이 썩어가는 고린내가 스며 있었다. 축축한 숲의 향기를 실은 해풍의 끝자락에서 송장 썩는 고린내가 피어올랐고, 고린내가 밀려가는 바람의 꼬리에 포개져서 섬의 꽃향기가 실려왔다. 경상 해안은 목이 잘리거나 코가 잘린 시체로 뒤덮였다.

포탄과 화살이 우박으로 나는 싸움의 뒷전에서 조선 수군은 적의 머리를 잘랐고 일본 수군은 적의 코를 베었다. 잘려진 머리와 코는 소금에 절여져 상부에 바쳐졌다. 그것이 전과의 증거물이었다. 잘라낸 머리와 코에서 적과 아군을 식별할 수는 없었다. 그래서 바다에서는 모든 적들이 모든 적들의 머리를 자르고 코를 베었다. 지방 수령들은 만호진이 무너지기 전에 이미 달아났다. 포구로 몰려온 적들은 산속으로 숨어든 피난민의 아녀자들까지 모조리 죽이고 코를 베어갔다. 피난민들은 다만 얼굴 가운데 코가 있기 때문에 죽었다.

나는 보았으므로 안다. 조선 수군들은 물 위에 떠다니는 시체를 갈고리로 찍어 건져올려서 갑판 위에서 목을 잘랐다. 목을 자르기 위하여 작두를 따로 배에 싣고 다니는 자들도 있었다. 목이 잘린 시체들은 다시 물에 던져졌다. 잘려진 머리는 피아를 구분할 수 없었다. 그 머리와 코의 숫자로 양측 지휘관들은 승진했고, 장려한 수사로 넘치는 교서를 받았다. 경상 해안을 뒤덮은 사체는 순천, 보성만 연안까지 떠내려와 밀물에 실려 갯벌에 처박혔다. 시체는 아직도 살아서 꿈틀거리는 것처럼 보였는데, 가까이 가보면 구더기들이 끓고 있었다. 목이 잘려나간 단면으로 게와 조개 들이 파고

들었고, 절벽 꼭대기에서 독수리들이 시체를 겨누고 급강하했다.

남해로 내려오는 한 달 동안, 수령들이 달아나버린 시골 동헌의 무너진 객사나, 아직 달아나지 않은 종들의 토방에서 잠드는 밤마다 나는 식은땀을 흘리며 기진맥진했다. 잡초가 올라와 지붕을 덮은 마을마다 백일홍은 흐드러지게 피었고, 아직 목숨이 붙어 있는 자들은 아이를 죽여 그 고기를 먹었다. 이따금씩 쑥부쟁이 덩굴 밑에 엎드린 유령들이 내 말방울 소리에 놀라 머리를 내밀 때, 퀭한 두 눈에서 눈빛이 빛났다.

구례에서 바꾸어 탄 말이 순천으로 넘어오는 고개에서 죽었다. 굶주리고 비루먹은 짐말이었는데, 고개 밑에서부터 앞다리를 절었다. 말은 무너질 듯 비틀거렸으나 고갯마루까지 기어이 올라와서 죽었다. 말의 죽음은 자연사처럼 고요했다. 말은 닳아 떨어진 편자가 박힌 네 다리를 쭉 펴더니 눈을 뜬 채 숨을 거두었다. 눈을 뜨고 죽은 말은, 그 죽은 눈으로 한동안 나를 쳐다보았고, 나는 말의 죽은 눈동자에 비치는 내 봉두난발을 들여다보았다. 말의 시체를 길섶에 버리고, 나는 걸어서 순천에 도착했다.

내가 바다에 당도했을 때, 연안의 바람은 끈끈했고, 간고등어 썩는 냄새가 자욱했다. 순천에 도착한 첫날, 권율 도원수에게 신고를 마치고 나는 여수 쪽 바닷가로 나아갔다. 다시 내 앞에 펼쳐진 바다는 감당할 수 없는 넓이로 아득했고 나는 한 척의 배도 없었다. 갯벌 안쪽 갈대숲에 시체 몇 구가 박혀 있었다. 썩다 만 옷자

락은 조선 수군이었는데, 목이 잘려 있었다. 그의 목은 도원수부를 경유해서 조정으로 올라가 조선 수군의 전과로 등록되었을 것이었다. 목이 잘려나간 단면을 들여다보면서, 나는 죽은 말의 눈동자에 비치던 내 모습을 생각했다.

목이야 어디로 갔건 간에 죽은 자는 죽어서 그 자신의 전쟁을 끝낸 것처럼 보였다. 이 끝없는 전쟁은 결국은 무의미한 장난이며, 이 세계도 마침내 무의미한 곳인가. 내 몸의 깊은 곳에서, 아마도 내가 알 수 없는 뼛속의 심연에서, 징징징, 칼이 울어대는 울음이 들리는 듯했다. 나는 등판으로 식은땀을 흘렸다. 캄캄한 바다는 인광으로 뒤채었다.

안개 속의 살구꽃

바다를 건너오는 바람은 늘 산맥처럼 출렁거렸다. 겨울이면, 병영 담벽에 걸어놓은 시래기가 토담에 쓸렸고, 포구에 묶인 배들은 밤새 바람에 비걱거렸다. 바람이 몰려가버린 빈자리에 밀물로 달려드는 파도 소리가 가득찼다. 바람의 끝자락에 실려, 환청인가, 누에고치에서 실 풀려나오는 소리가 들리는 듯싶었다. 바다에서는 언제나 그랬다. 바람이 아니라, 파도에 실려서 수평선을 건너오는 소리 같기도 했다. 메뚜기떼가 풀섶에서 서걱대는 소리 같기도 했고, 먼 곳에서 쥐떼가 씻나락을 까먹는 소리 같기도 했다. 그 소리는 환청이라기에는 너무나도 또렷했지만, 들리는가 싶으면 물소리에 묻혀버렸고 몰려가는 바람의 뒤끝에서 다시 살아났다. 바람이 잠들고, 달빛 스민 바다가 기름처럼 조용한 밤에도, 사각사각사각, 그 종잡을 수 없는 소리는 수평선 너머에서 들려왔다. 아마도 식은땀의 한기에서 깨어나는 새벽의 환청이 밤이나 낮이나 나를 따라다니는 모양이었다. 어둠 속에서 고개를 흔들어 그 종잡을 수 없는 소리를 떨쳐내면, 다시 불어오는 바람 속에서 그 소리는 되살아났다.

포구는 안전한 곳이 아니었다. 물길을 따라 물러설 자리가 없는 포구야말로 가장 위태로운 숙영지였다. 한바탕의 싸움이 끝나고 인적 없는 섬의 포구로 살아남은 병력을 물려서 배와 병졸 들을 재우는 밤에 그 환청은 보이지 않는 눈보라로 내 마음에 몰려왔다. 그리고 식은땀에 뒤채는 새벽에 그 환청은 캄캄한 수평선 너머에서 내 피폐한 연안으로 다가오는 수천수만 적선들의 노 젓는 소리로 들렸다.

다시 귀 기울이면, 그 눈보라와도 같은 환청은 수평선 너머 대마도 쪽 바다에서만 몰려오는 것이 아니라, 압록강 물가 의주까지 달아난 조정으로부터도 몰려왔다. 사각사각사각. 환청은 압록강에서 남해안까지 반도의 모든 산맥과 강 들을 건너서 눈보라로 밀려왔다. 바람 거센 밤이면 포구에 묶인 배들이 서로 부딪혔다. 나는 잠든 병졸들을 깨워 갯가로 내려보냈다. 병졸들은 선창에서 부딪히는 배들을 뭍으로 끌어올려놓았다. 바다에서 나는 늘 식은땀을 흘리며 기진맥진했다.

정유년 여름에, 경상, 전라, 충청의 삼도 수군 연합 함대는 거제도 북쪽 칠천량 앞바다에서 전멸되었다. 그해 초봄, 나는 한산 통제영에서 체포되었다. 가덕 방면 전투는 헐거웠다. 적의 전투의지가 내 몸에 전해지지 않았다. 전투라기보다는 부지런히 잡초를 뽑는 농사일 같은 느낌이었다. 가덕 해역으로부터 함대를 철수시켜 한산 통제영 모항으로 돌아오자 미리 기다리고 있던 의금부 도사는 선착장에서 나를 묶었다. 포승은 뼈를 파고들듯이 억세었다. 의금부 도사에 따르면, 삼도수군통제사 이순신의 죄목은 조정을 능멸했고, 임금을 기만했으며, 조정의 기동출격 명령에 따르지 않았다는 것이었다.

서울로 가는 함거에 오르기 전에 나는 내 후임자인 원균에게 함대, 병력, 군량, 총포, 화약, 창검, 포로 그리고 행정 사항을 인계했다. 원균은 나를 실은 함거가 어서 떠나주기를 바라는 것 같았다. 그는 실물의 수량과 보존상태를 확인하지 않은 채 인수서에 도장을 찍었다.

개전開戰 이듬해인 계사년 여름부터 나는 한산 통제영에 주둔해왔다. 내가 원균에게 인계한 병력과 장비는 한산 통제영에서 삼 년 반 동안 확보한 군비의 전체였으며, 조선 수군 총 군비의 팔할이 넘는 것이었다. 그 팔할이 칠천량 앞바다에 수장되었다. 그 팔할이 불탄 널빤지와 목 잘리고 코 잘린 시체로 물 위에 흩어졌다. 하룻밤 하룻낮의 전투였다.

나중에 들으니, 적선 천여 척이 방사대형으로 날개를 펴면서 달려들었고, 한산 통제영에서 거제도 앞바다까지 하루종일 배를 저어온 피곤한 군사들을 원균은 적의 방사형 대열 중앙부에 일자진一字陣으로 집중시켰다는 것이다. 나는 안다. 원균은 스스로도 주체할 수 없고 아무도 말리지 못할 무서운 적의를 지닌 사내였다. 그 사내는 모든 전투가 자기 자신을 위한 전투이기를 바랐다. 그는 전투의 결과에 얻을 것이 있다고 믿었다. 나는 때때로 수많은 적의 머리를 주어서 그를 달랬다. 그의 활화산 같은 적의와 분노가 날개를 펴고 달려드는 적의 방사진 앞에 장졸과 함대를 집중시켰던 것이다.

갑옷마저 잃어버린 원균은 거제도의 산속으로 달아났다. 그는 칼 한 자루도 지니고 있지 않았다. 그는 나무 그늘 아래 주저앉아서 그 뚱뚱한 몸으로 가쁜 숨을 몰아쉬다가 뭍까지 쫓아온 적의 칼을 받았다. 전라 우수사 이억기도 죽었고 충청 수사 최호도 배가 부서질 때 바다에서 죽었다.

함거가 통제영을 떠날 때, 격군格軍과 군관 들은 길을 막고 주저앉아 통곡했다. 원균이 쓰러져 우는 군사들을 채찍으로 때려서 길을 열었다. 원균은 소리쳤다.

—울지 마라. 적들이 듣겠다.

원균은 내 함거 위에 서울의 요로에 보내는 진상품 보따리를 실었다. 말린 홍어와 미역이었다.

—갈 길이 멀겠소.

—무운을 비오.

원균과 나의 작별은 그토록 무덤덤했다.

함거를 끄는 소는 아흐레 밤낮을 걸어서 북으로 갔다. 금부 나졸들은 끼니때가 되면 연기 나는 마을을 찾아들어가 먹을 것을 빼앗아왔다. 연기 나는 마을을 만나기가 쉽지 않았으므로 나졸들은 다음 끼니까지 빼앗아 함거에 실었다. 의금부 도사는 심하게 길 재촉을 했고, 함거는 밤에도 이동했다. 조정은 시급히 나의 죽음을 원하는 모양이었다. 나는 포승에 묶인 채 함거 위에서 흔들렸다.

조정을 능멸한 죄, 조정의 기동출격 명령에 따르지 않은 죄……나는 살기를 바라지 않았다. 죽음은 절벽처럼 확실했다. 다만 죽음에 이르기까지의 고문과 문초가 길지 않기를 바랐다. 죽여야 할 것들을 다 죽여서, 세상이 스스로 세상일 수 있게 된 연후에 나는 나자신의 한없는 무기력 속에서 죽고 싶었다.

길은 산맥의 저편으로 돌아나가 굽이친 저쪽 끝이 보이지 않았는데, 보이지 않는 그 길의 끝에 임금과 조정과 사직은 있었다. 나의 전쟁은 나의 죽음으로써 나의 생애에서 끝날 것이었다. 그러나알 수 없는 일이었다. 그 분명한 끝장에도 불구하고 아직도 귀 기울이면, 사각사각사각, 어두운 수평선 너머에서 내 적들이 노 저어 다가오는 소리는 또렷이 들려왔다. 함거가 마포나루를 건너 서울로 들어갈 때 나는 자꾸만 고개를 흔들어 그 환청을 몰아내곤 했다. 서울에는 봄비가 내렸고 한강 밤섬에는 안개 속에서 살구꽃이피어 있었다.

다시 세상 속으로

　나는 조선 수군 연합 함대가 칠천량에서 전멸되었다는 소식을 도원수 권율에게서 들었다. 한산 통제영은 으깨졌다. 통제영 휘하의 모든 연안 포구와 섬 들에 적의 깃발이 휘날렸다. 바다가 내륙 쪽으로 파고들어 아늑하고 오목한 물목마다 적들은 포진했다. 밤이면 술 취한 적들의 노랫소리가 울려퍼졌다. 전쟁이 소강이던 몇 달 사이에 농토로 돌아왔던 피난민들은 다시 흩어졌다. 그들의 행방을 나는 모른다. 늦여름이었다. 그들이 버리고 떠난 논밭은 아직도 파랬다. 가을에, 적들은 그 수확을 차지할 것이었다.

　적들은 불법의 신통력이 전투를 인도해주기를 기원했다. '나무묘법연화경南無妙法蓮華經'의 깃발이 적선마다 높이 걸려 있었다. '나무묘법연화경'은 바다를 가득 메우고 밀려들었다. 임진년 개전 이후, 깨뜨린 적선 내부를 수색해보면 적장의 선실 안에서는 『법화경』이나 『연화경』 책이 발견되기도 했다.

　……오는 세상에 너희는 마땅히 성불하리라. 그때 너희 국토
에 청정하고 착한 보살이 가득하여 너희 선남자 선여인 들은 여
래의 옷을 입고 여래의 자리에 앉으리라. 아난아, 너는 마땅히
알라, 여래가 중생을 버리지 않느니……

라고 그 경전에는 적혀 있었다. 선실 안에 불단을 차려놓고, 승려
를 배에 태우고 다니는 자들도 있었다. 나의 부하들은 흔히 생포된
적의 승려를 배에서 목 베어 바다에 던졌다. 승려는 합장한 자세로
염불을 외면서 칼을 받았다. 염불을 외던 입에서 피가 쏟아졌다.
포로까지 먹일 만한 군량이 나에게는 없었다. 내 장졸들은 '나무
묘법연화경'의 깃발을 찢어서 부상자들의 상처를 싸매주었다. 올
이 촘촘한 그 비단 기폭은 상처를 싸매기에 좋았다. 헐벗은 내 장
졸들은 그 비단 기폭으로 옷을 만들어 입었다. 노 젓는 그들의 등
판에 법法자나 경經자의 획이 드러나 있었다.
　그 '나무묘법연화경'의 깃발을 치켜든 적선들은 다시 눈보라처
럼 밀려왔다. 전선은 통제 불능으로 확산되었다. 전선과 후방은 구
분되지 않았다. 아군 병력은 집중, 분산 양쪽이 모두 불가능했다.
도원수 권율은 이 불가능을 잘 알고 있을 것이었다. 모든 불가능은
확실했다. 도원수 권율은 정보가 없었다. 가장 확실한 운명이 가장

모호한 풍문으로 연안과 내륙에 퍼져나갔다.

도원수 권율은 백의종군하는 내가 신고하고 나서도 나의 임지와 보직을 정해주지 않았다. 나는 무기한 대기상태였다. 아마도 그는 내가 다시 배에 오르는 일이 없기를 바라는 것 같았다. 나는 연안 일대의 무너진 포구들과 지리산 산속 마을과 섬진강 강가 마을들을 떠돌았다. 내륙 지역의 관아는 겨우 회복되었으나 인기척 없는 마을에는 개 한 마리 얼씬거리지 않았고 버려진 우물 속에서 풀이 자라 올라왔다. 어느 마을에나 장정은 보이지 않았고 건져서 쓸 만한 것은 못대가리 하나 없었다. 진주에서 나는 초계마을 아전 집 토방에 머물렀다.

도원수 권율이 그 토방까지 나를 찾아온 것은 놀라운 일이었다. 그는 미리 종사관을 나에게 보냈다. 도원수가 방진 시찰차 진주에 왔다가 나를 보러 온다는 전갈이었다. 진주성은 계사년 여름에 함락되었다. 김천일, 최경회, 황명보, 이종인이 죽었고, 오천여 관민이 모두 다 성안에서 도륙되었다. 들에는 개 한 마리, 닭 한 마리 살아남지 못했다. 그후 진주는 폐허로 방치되어왔다. 도원수가 시찰해야 할 군사시설이 진주에는 없었다. 그가 방진 시찰 명목으로 진주에 나타난 것은 납득 못할 일이었다.

도원수 권율은 군관과 나졸 들을 거느리고 있었다. 그의 말은 살찌고 기름졌다. 갈기에서 무지갯빛이 부서졌다. 그는 방안으로 들어오지 않고 토방 툇마루에 걸터앉았다. 나졸들은 마당에서 창검과 기치를 정렬했다. 나는 마루로 나와서 그에게 절했다.

—이순신, 자네를 자네라고 불러도 좋겠는가?

그는 백의종군하는 나의 지위를 명석하게도 나에게 인식시켰다. 환갑의 나이에도 그의 목소리는 우렁찼다.

—백의의 몸이오니……

나는 대답을 얼버무렸다. 체포되기 몇 달 전인 병신년 초겨울에 나는 한산 통제영에서 그를 대면한 적이 있었다. 그때 그는 통제영까지 나를 찾아왔었다. 조정에서 입수한 정보에 따르면 가토 기요마사의 부대가 곧 바다를 건너서 부산으로 진공하게 되어 있는데, 함대를 이끌고 부산 해역으로 나아가 미리 대기하고 있다가 적을 요격해서 가토의 머리를 조정으로 보내라고, 그때 그는 나에게 말했었다. 그는 이 작전이 조정의 전략이며 도원수의 지시라고 말했다. 나는 그때 다만, 현장 지휘관의 판단을 존중해주십시오, 라고만 대답했다. 그는 서둘러 돌아갔고 나는 함대를 움직이지 않았다.

반간反間들로부터 입수했다는 조정의 정보를 신뢰할 수 없었다. 그 무렵 부산 해역의 연안 포구와 섬 들에 적들은 거대한 군비를 쌓아놓고 있었다. 그 섬들 사이로 함대를 이동시키자면 후방과 측방이 모두 위태로웠다. 겨울 바다는 물결이 높았다. 그 물결 높은 바다 위에서 며칠이고 진陣을 펼치고 언제 올지 모르는 적을 기다린다는 것은 자살이나 다름없었다.

조정은 작전 전체의 승패보다도 가토의 머리를 간절하게 원했다. 가토는 임진년 출병의 제2진이었다. 가토의 부대는 한나절 만에 부산성을 깨뜨리고, 꽃놀이 가는 봄나들이 차림으로 가마 대열을 꾸며 북으로 올라갔다. 붙잡힌 조선 백성들이 그 가마를 메었다. 임금은 평양을 거쳐 의주까지 달아났었다. 임금은 가토의 머리에 걸린 정치적 상징성을 목말라했다.

임금은 진실로 종묘사직 제단 위에 가토의 머리를 바치고 술 한잔을 따르고 싶었을 것이다.

나는 정치적 상징성과 나의 군사를 바꿀 수는 없었다. 내가 가진 한 움큼이 조선의 전부였다. 나는 임금의 장난감을 바칠 수 없는 나 자신의 무력을 한탄했다. 나는 임금을 이해할 수 있었으나, 함대를 움직이지는 않았다. 나는 즉각 기소되었다. 권율이 나를 기소했고 비변사 문인 관료들은 나를 집요하게 탄핵했다. 서울 의금부에서 문초를 받는 동안 나는 나를 기소한 자와 탄핵한 자들이 누구였던가를 비로소 알게 되었다. 나는 정치에 아둔했으나 나의 아둔함이 부끄럽지는 않았다.

그 권율이 이 궁벽한 산골까지 또다시 나를 찾아온 것이었다. 권율은, 바로 이틀 전에 칠천량 앞바다에서 조선 수군이 전멸되었다는 소식을, 혼잣말을 하듯이 먼 곳을 바라보며 말했다. 그는 '전멸'을 여러 번 강조했다. '전멸'이라니까, 정확한 정황을 물을 필요는 없었다. 나는 듣기만 했다.

—자네, 서울 의금부의 일들은 다 잊어버리게. 무인이란 본래

그래야 하네.

권율은 무섭게도 집중된 위엄을 가진 사내였다. 육군인 그는 임진강에서 이겼고, 용인에서 이겼고, 수원에서 이겼고, 이천에서 이겼고, 행주산성에서 이겼다. 그는 무수한 아수라를 돌파한 자의 살기를 몸속 깊이 숨기고 있었고, 나는 나의 살기로 그의 살기를 감지할 수 있었다. 그는 정치권력의 힘으로 전쟁을 수행해나가고 있었다. 그는 육군의 지원을 요청하며 출전을 머뭇거리는 원균을 불러들여서 곤장 쉰 대를 때려서 칠천량 바다로 내어몰았다. 그는 예순에 가까운 삼도수군통제사를 형틀에 묶어서 곤장을 칠 수 있는 사내였다. 그는 늙고 우둔한 맹수처럼 보였다. 그가 한참 만에 입을 열었다.

─자네 무슨 방책이 없겠나?

울어지지 않는 울음 같기도 하고 슬픔 같기도 한 불덩어리가 내 몸 깊은 곳에서 치받고 올라오는 것을 나는 느꼈다. 방책, 아아 방책. 그때 나는 차라리 의금부 형틀에서 죽었기를 바랐다. 방책 없는 세상에서, 목숨이 살아남아 또다시 방책을 찾는다. 나는 겨우 대답했다.

─방책은 물가에 있든지 없든지 할 것입니다. 연안을 다 돌아보고 나서 말씀 올리겠소이다.

─고맙네, 속히 시행하게.

권율은 군사를 거두어 돌아갔다. 순천에서 진주까지는 이틀이 걸린다. 칠천량 전투는 이틀 전에 끝났다. 권율은 패전 보고를 받은 즉시 나를 찾아서 여기까지 온 것이었다. 그것이 그의 방책이었을까. 권율이 돌아간 뒤, 나는 종을 시켜 칼을 갈았다. 시퍼런 칼은 구름 무늬로 어른거리면서 차가운 쇠비린내를 풍겼다. 칼이 뜨거운 물건인지 차가운 물건인지를 나는 늘 분간하기 어려웠다. 나는 칼을 코에 대고 쇠비린내를 몸속 깊이 빨아넣었다. 이 세상을 다 버릴 수 있을 때까지, 이 방책 없는 세상에서 살아 있으라고 칼은 말하는 것 같았다. 다음날 새벽에 나는 종에게 칼을 들려서 진주를 떠났다. 내 늙은 종의 이름은 막쇠였다. 나는 하동, 남해, 여수 쪽 연안으로 길을 정했다. 내가 떠날 때, 묵던 집 아전이 좁쌀과 소금과 말린 생선을 싸주었다.

칼과 달과 몸

내가 적을 이길 수 있는 조건들은 적에게 있을 것이었고, 적이 나를 이길 수 있는 조건들은 나에게 있을 것이었다. 임진년 개전 이래, 나는 그렇게 믿어왔다. 믿었다기보다는, 그렇기를 바랐다. 그 바람은 숨막혔다. 좀더 정직하게 말해보자. 사실 나는 무인된 자의 마지막 사치로서, 나의 생애에서 이기고 지는 일이 없기를 바랐다. 나는 다만 무력할 수 있는 무인이기를 바랐다. 바다에서, 나의 무武의 위치는 적의 위치에 의하여 결정되었다. 그러므로 나의 마지막 사치는 성립될 수 없었다. 바다에서, 나의 위치는 늘 적과 맞물려 돌아갔다. 내가 함대를 포구에 정박시키고 있을 때도, 적의 함대가 이동하면 잠든 나의 함대는 저절로 이동한 셈이었다. 바다에서 나는 늘 머물 곳 없었고, 내가 몸 둘 곳 없어 뒤채는 밤에도 내 고단한 함대는 곤히 잠들었다.

다시 내 앞에 펼쳐진 바다에서, 적의 조건도 나의 조건도 보이지 않았다. 가을빛이 스러져가는 바다는 차가웠고, 외마디로 짖어대는 새들의 울음은 멀었다. 멀리 부산, 거제, 고성 쪽 해안은 목측이 꺾여져 보이지 않았고, 경상 바다 수평선 안쪽으로 흩어진 섬들에서 적들끼리 서로 부르고 응답하는 봉화가 올랐다. 봉화는 불꽃에서 연기로, 검은 연기에서 흰 연기로 바뀌어갔으나, 나는 그 봉화의 내용을 해독할 수 없었다.

하동에 도착하던 날, 나는 섬진강 물가의 버려진 농가에 머물렀다. 이미 사령장을 받은 여러 고을의 수령들은 적들이 장악한 섬이나 포구로 부임하지 못하고 하동 포구 언저리에 엎드려 있었다. 그들은 내가 묵던 농가로 찾아와 마당에 동그랗게 둘러앉아 통곡했다. 그들의 울음은 나에 대한 의전 행사처럼 보였다. 울기를 마치고 그들은 사공을 불러서 나룻배를 타고 강을 건너 돌아갔다. 그들은 울기 위해 내 초막을 찾아온 모양이었다. 어두워지는 물가에서 왜가리 몇 마리가 물 위에 비친 제 그림자를 들여다보고 있었다.

나는 농가 마루에 앉아서 저무는 강물을 바라보았고, 내 종 막쇠는 강물 속에 바지를 걷고 들어가 투망질을 하고 있었다. 저편으로 건너갔던 나룻배가 다시 이편으로 돌아왔다. 그 배 위에 웬 여인네가 한 명 타고 있었다. 사공과 여인네뿐이었다. 여인은 보따리를 머리에 이고 있었다. 물가에 내린 여인은 내 농가를 향해 걸어왔다. 미투리가 해져 버선이 땅에 닿았고, 위로 치켜올린 두 겨드랑 사이로 속치마 끈이 보였다. 짐보따리에 눌려 얼굴은 보이지 않았다. 작고 둥근 어깨와 어린아이처럼 좁은 보폭, 그것은 여진女眞이었다. 나는 경악했다. 오랫동안 뒷물을 하지 않은 더러운 여자의 날비린내가 내 마음속에서 살아났다.

—나으리……

여진은 나와 눈이 마주치자 마당에 쓰러져 울었다. 몸 안으로 밀어넣으려는 울음소리가 몸 밖으로 밀려나오고 있었다. 그 여자는 전신으로 울고 있었다. 작은 몸뚱어리 어디에 그토록 깊은 울음이 감추어져 있었는지, 여진의 울음은 길었다. 강 건너편에서 달이 오르고 있었다. 나는 그 여자의 울음이 스스로 추슬러질 때까지, 흔들리는 어깨를 말없이 바라보았다.

나는 병신년 가을에 처음으로 여진을 품었다. 그때, 전쟁은 지리멸렬했다. 적들은 부산과 울산에서 기나긴 농성을 계속하며 바다로 나오지 않고, 육군은 적들을 바다로 내몰지 못했다. 나는 내륙지방 관아를 돌면서 징모 부정 사건을 색출해내고 있었다. 내가 온다는 소식을 듣고 달아나버린 아전들도 있었다. 수군에서 탈영해 마을로 숨어들어온 자들을 적발하고도, 보리쌀 두 가마를 받고 눈감아준 아전이 있었다. 함평 아전이었다. 아전과 탈영자 세 명을 붙잡았다. 군관을 시켜서 목 베게 했다. 그들은 불탄 향교 자리에서 처형되었다. 목을 벨 때, 그 식솔들은 울부짖다가 실신했다. 잘린 머리 네 개를 마을 정자나무에 걸었다. 보리쌀 다섯 말을 받고 일가족 호적을 부재자로 기재한 아전을 함평 산골에서 붙잡았다. 형틀에 묶고 곤장 마흔 대를 치게 했다. 늙고 병든 아전이었다. 그 아전은 아마 스무 대쯤에서 숨이 끊어진 것 같았다. 숨이 끊어진 것을 모른 형리가 나머지 스무 대를 계속 쳤다. 그의 몸은 으스러져서 죽처럼 흘러내렸다. 그날 밤 나는 동헌 객사에 묵었다. 이미 숨이 끊어진 아전의 몸을 으깨던 매와, 보리쌀로 죽을 끓여 먹었을 그의 식솔들을 생각하면서, 나는 혼자 앉아 있었다. 나는 맑은 청정수를 들이켜고 싶었다.

밤늦게, 함평 현감이 내 방으로 술상을 들여보냈다. 여진은 그 술상을 들고 들어온 관기였다. 그때 서른 살이라고 했다. 기생이라기보다는 관노에 가까웠다. 손등이 터져 있었고 머리에서 쉰내가 났다. 그 여자의 몸은 더러웠고, 눈동자는 맑았다. 눈빛이 찌르는 듯해서, 내가 시선을 돌렸다. 정자나무에 매단 머리들의 뜬 눈을 생각하면서, 그날 밤 나는 여진을 품었다. 그 머리들이 내 몸을 여진의 몸속으로 밀어붙이는 것 같았다. 그 여자의 몸속은 따스하고 조붓했다. 오랫동안 뒷물하지 않은 여자의 날비린내 속에서 내 몸은 나로부터 아득해져갔고, 또 돌아왔다. 그 여자의 몸은 쉽게 수줍음을 버렸다. 그 여자의 몸은 출렁거리며 나에게 넘쳐왔다. 새벽에 여진은 윗목에 쪼그리고 앉아서 두 무릎을 안고 울었다. 작고 동그란 어깨가 어둠 속에서 흔들렸다. 그 여자의 울음소리를 들으며 나는 돌아누워 식은땀을 흘렸다. 낮에 정자나무에 매단 머리의 뜬 눈들이 어둠 속에서 커다랗게 나에게 다가왔다.

─왜 왔느냐?

─나으리, 어찌 그런 말씀을……

여진은 고개를 떨구었다. 종 막쇠가 저녁상을 차려왔다. 조밥이었다. 강에서 잡은 쏘가리에 시래기를 넣고 매운탕을 끓여냈다. 어디서 구해왔는지, 무말랭이가 상 위에 올라 있었다. 여진과 나는 저녁상에 마주앉았다.

─먹어라.

─겸상을 하여주시니……

여진은 눈을 들어 나를 쏘아보았다. 맑은 눈이었다. 머리카락이 뒤엉켜 있었고, 쪼그리고 앉은 발뒤꿈치 각질에 때가 끼어 있었다. 먼 길을 걸어온 모양이었다.

─왜 왔느냐?

─출옥하셨다는 소문을 듣고……

여진은 숟가락을 들지 않았다.

─먹어라.

─……네.

밥냄새가 방안에 퍼졌다. 그 여자의 어깨가 가쁜 숨을 몰아쉬고 있었다. 뒤엉킨 머리카락 밑으로 두 볼이 촛불에 빛났다. 그 여자의 등뒤, 담벽에 걸어놓은 칼에 그 여자의 그림자가 어른거렸다. 여진은 수저를 들고 조금씩 먹기 시작했다. 그 여자의 손이 떨렸다.

—편히 먹어라.

—……네.

—아느냐? 나는 물 위에 뜬 수군이다.

—……네.

우리는 한동안 말없이 밥을 먹었다. 입이 작은 그 여자는 큰 놋숟가락을 힘들어했다.

—내가 출옥했기로 네가 어찌 왔느냐?

—전에, 제 몸을 편안해하시기에……

그 여자는 고개를 돌렸다. 담벽에 비친 그림자의 입이 그렇게 말했다.

그날 밤, 나는 두번째로 여진을 품었다. 그 여자의 몸은 더러웠다. 그 여자는 쉽게 수줍음에서 벗어났다. 다리 사이에서 지독한 젓국 냄새가 퍼져나왔다. 그 여자의 입속은 달았고, 그 여자의 몸속은 평화로웠다. 그 평화에는 다급한 갈증이 섞여 있었다. 새벽에 나는 품속의 여진에게 물었다. 밝는 날 어디로 가겠느냐…… 나의 실수였다. 나으리, 밝는 날 저를 베어주시어요…… 그 여자의 목소리는 진실로 베어지기를 바라고 있었다. 나는 그 여자를 부스러지도록 끌어안았다. 여자의 입에서 신음소리가 새어나왔다. 담벽에 걸린 칼에 달빛이 비치었다. 칼날의 숫돌 자국 속에서 달빛이 어른거렸다. 그 여자의 머리 속에서 먼지와 햇볕의 냄새가 났다. 나는 더욱 끌어안았다. 그 여자는 몸을 작게 웅크리고 내 가슴을 파고들었다. 그 여자의 작은 손이 내 등판의 식은땀을 씻어내렸다. 그 여자의 빗장뼈 밑에서 오른쪽 젖무덤까지, 굵은 상처 자국이 꿈틀거리고 있었다. 등에도 아문 지 오랜 상처 자국이 있었다. 나는 상처에 관하여 묻지 않았다.

달이 구름을 빠져나오면서 다시 칼날을 비추었다. 달은 칼의 숫돌 무늬 속으로 미끄러져들어갔다. 칼빛이 뽀얗게 살아났다. 칼은 인광처럼 차가워 보였다. 가늘고 긴 목이 내 품속에서 떨리면서, 그 여자는 다시 말했다. 나으리, 밝는 날 저를 베어주시어요⋯⋯ 이 세상이 아닌 곳으로 저를 보내주시어요⋯⋯ 나는 다시 그 여자의 몸속을 파고들었다. 그 여자의 신음은 낮고도 애절했다. 나는 그 여자를 안듯이 그 여자를 베어주고 싶었다. 나는 내 몸을 그 여자의 몸속으로 밀어넣듯이, 그렇게 칼날을 여자의 몸속으로 밀어넣고 싶었다. 어둠 속에서 나는 생각했다. 이 여자를 안는 힘으로 세상의 적을 맞을 수는 없는 것일까. 나는 몸을 떨었다. 아마 그럴 수는 없을 것이었다. 그때 나는 무인이 아니었다. 아침 숲에서 새 떼들이 깨어나 지껄였다. 아침에 나는 그 여자의 행선지를 묻지 않았다. 나는 다시 바다 쪽으로 나아갔다. 내가 먼저 떠났다. 나는 여진의 삶의 궤적을 알지 못했다. 함평에서도 나는 여진의 내력을 현감에게 물어보지 않았었다.

허깨비

크고 확실한 것들은 보이지 않았다. 보이지 않았으므로, 헛것인
지 실체인지 알 수가 없었다. 모든 헛것들은 실체의 옷을 입고, 모
든 실체들은 헛것의 옷을 입고 있는 모양이었다. 내 젊은 날, 여진
족과 맞서 있던 두만강가 산속에서, 출렁거리며 대륙을 달려가는
산맥들은 보이지 않았고 남쪽 물가에서는 바다가 보이지 않았다.
눈보라 속에서는 눈과 바람의 저쪽이 보이지 않았지만, 크고 또 확
실한 적들은 늘 보이지 않는 저편으로부터 몰려왔다.

임진년의 세월은 정초부터 흉흉했다. 그 전해에도 그랬고, 또
그 전해에도 그랬다. 길삼봉이라는 이름의 허깨비가 구름을 타고
돌아다니며 산천에 피를 뿌리고 있었다. 길삼봉이 지리산 피아골
에서 역모의 군사를 기르고 있다는 것이었다. 의금부 나졸들이 거
렁뱅이 두 명을 붙잡아왔는데, 그 거렁뱅이들이 '길삼봉'의 이름
과 행적을 실토했다. 황해도에서 잡아온 거렁뱅이들이었다. 황해

도 거렁뱅이가 지리산에 숨어 있다는 길삼봉의 행적을 소상히도 진술했다. 길삼봉이 누구인지는 알 수 없었으나, 길삼봉을 보았다는 자들이 전국에서 속출했다.

길삼봉은 천안의 농갓집 종놈인데, 나이는 예순쯤 되었고 얼굴은 구릿빛이고 살이 쪘다고도 했다. 또 어떤 자들은 길삼봉은 나이가 서른 살이고 흰 수염이 허리에까지 내려왔으며 얼굴은 희다고도 했다. 길삼봉은 수괴가 아니라 역적의 졸병이고, 하루에 삼백 리를 걷는다는 말도 있었다. 길삼봉은 성이 길가가 아니고 최가인데, 몇 년 전에 이미 산병散兵하고 함경도 북청에서 죽었다는 말도 떠돌았다. 길삼봉은 현 임금이 등극하던 다음해에 이미 군사를 거느리고 일본으로 건너갔으며 곧 쳐들어올 일본군의 선봉대로 다시 바다를 건너오게 되어 있는데, 조선 왕이 항복하면 길삼봉이 일본 관백 도요토미 히데요시의 가신으로 조선을 다스리게 된다는 말도 있었다.

길삼봉의 허깨비는 도처에서 모습을 드러냈으나 길삼봉은 어디에도 없었다. 헛갈리는 냄새는 짙었으나 자취는 없었다. 관군은 온 나라의 벽촌과 해안을 모두 뒤졌으나 길삼봉을 잡지 못했다.

마침내 길삼봉은 누구냐? 라는 질문은 누가 길삼봉이냐? 라는 질문으로 바뀌었다. 질문의 구조가 바뀌자 길삼봉의 허깨비는 피를 부르기 시작했다. 처음에 길삼봉으로 지목된 사람은 정여립이었다. 그때 그는 벼슬을 버리고 고향인 진안에 숨어 있었다. 금부

나졸이 닥치자 그는 아들과 측근들을 베어 죽이고 그 칼로 자살했다. 천하는 공물公物이라 주인이 따로 없다, 라는 그의 글이 압수되어 서울로 올라갔다.

정여립이 자살하자 길삼봉의 허깨비는 실체로 둔갑했다. 그다음에 길삼봉으로 지목된 사람은 진주의 선비 최영경이었다. 젊어서, 그는 한때 삼봉三峰이라는 호를 썼다. 그는 임금이 불러도 벼슬에 나아가지 않았고, 우의정 정철을 벌레처럼 경멸했다고 한다. 의금부 형틀에 묶여 최영경의 몸은 걸레가 되었다. 길삼봉인지 아닌지 밝혀지기 전에 그는 옥에서 죽었다. 죽었으므로, 그는 길삼봉의 대접을 받았다. 감옥 안에서 그는 늘 벽에 기대는 일이 없이 단정히 앉아서 옷깃을 여미었고, 그의 낯빛에는 아무 일도 없었다. 감옥으로 면회 온 가족들에게 그는 바를 정正자 한 글자를 써서 보여주었다.

—너희가 이 글자를 아느냐?

그렇게 말하고 그는 숨을 거두었다. 정여립과 최영경에 연루된 자들 천여 명이 형틀에 묶여 죽었다. 가족 친척이 죽었고 함께 술 마시며 음풍농월한 자들과 편지를 주고받은 자들과 그들을 두둔한 자들과 그들을 욕한 자들을 욕한 자들이 모조리 끌려와서 베어지거나 으깨졌다. 매일매일 가마니에 덮인 시체들이 시구문屍口門 밖으로 나갔다. 시체를 묻어준 자들도 끌려와서 베어졌다.

중국 산수화를 들여다보고 있던 임금은, 갑자기 생각났다는 듯이 옥에 갇힌 자들을 끌어내서 죽였다. 팔십 먹은 노파를 곤장으로 쳐 죽였고, 여덟 살 난 남자아이와 다섯 살 난 여자아이를 무릎을 으깨서 죽였다. 목격한 사실을 자백하라는 위관의 심문을 아이는 알아듣지 못했다. 때리고 꺾고 비틀고 지지면서 형리들은 울었고, 울던 형리들이 다시 형틀에 묶였다. 우의정 정철이 그 피의 국면을 주도했다. 정철은 내가 이해할 수 있는 인물은 아니었다. 그는 민첩하고도 부지런했다. 그는 농사를 짓는 농부처럼 근면히 살육했다. 살육의 틈틈이, 그는 도가풍의 은일과 고독을 수다스럽게 고백하는 글을 짓기를 좋아했다. 그의 글은 허무했고 요염했다. 임금은 누군가를 끊임없이 죽임으로써 권력의 작동을 확인하고 있는 것 같았다. 길삼봉은 천 명이 넘었으나, 길삼봉이 누구인지는 아무도 몰랐다.

그 무렵 나는 여수의 좌수영에 부임해 있었다. 이따금씩 서울에서 내려오는 선전관들과 그들을 수행한 하급 벼슬아치들에게 술대접을 하는 자리에서 나는 서울의 소식을 들을 수 있었다. 길삼봉. 나는 길삼봉을 떠올렸으나, 길삼봉은 떠올려지지 않았다. 길삼봉은 강력한 헛것이었다. 바다 건너의 적들처럼, 길삼봉은 보이지 않았다. 내 칼은 보이지 않는 적을 벨 수 없었다. 나는 두개골 속이 가려웠다. 나는 맑은 청정수를 들이켜고 싶었다. 이 세상과의 싸움은 불가능한 것처럼 느껴졌다. 헛것은 칼을 받지 않는다. 헛것은 베어지지 않는다.

술 취한 선전관으로부터 길삼봉 이야기를 들으면서, 나는 생각했다. 아마도 길삼봉은 임금 자신일 것이었다. 그리고 승정원, 비변사, 사간원, 사헌부에 우글거리는 조정 대신 전부였을 것이었다. 그리고 그들의 언어는 길삼봉이 숨을 수 있는 깊은 숲이었을 것이다.

서울에서 풍수쟁이 남사고가 임진년에 전쟁이 일어날 것이라고 예언했다고 선전관은 말했다. 남사고는 서울 관상감에서 천문학 교수를 맡은 인물이라고 했다. 어느 날 밤에 샛별이 흐려졌다. 남사고와 함께 하늘을 바라보던 늙은 감정監正이 이것은 내가 죽을 징조다, 라고 말했다. 남사고는 빙그레 웃었다. 죽을 사람이 따로 있다, 라고 남사고는 말했다. 남사고는 며칠 후에 죽었다.

선전관들의 말에 따르면, 서울 도성 안에서는 유림 사대부 집 자식들이 수백 명씩 떼를 지어 몰려다니며 미치광이나 괴물의 흉내를 내며 시시덕거리고 있다는 것이었다. 유건을 쓴 젊은 선비들이 한 줄로 길게 늘어서서 몸을 구부려 앞선 자의 허리춤을 붙잡고 뱀처럼 흔들면서 종로통을 휩쓸며 다니는데, 우는 자, 웃는 자, 실성한 자, 발광한 자, 술 취한 자, 토하는 자 들이 뒤섞여 도깨비나 무당의 흉내를 냈다. 공맹을 외던 젊은 선비들이 대낮에 거리로 몰려나와서 짐승이 흘레붙는 흉내를 냈다. 그들의 놀이의 이름은 '등등곡登登曲'이라 했다. 도성 안 백성들은 남산, 관악산, 무악산에 모여 날마다 해가 지도록 술을 마시고 노래하고 춤을 추었다.

〈복사꽃 피니 세상은 끝나네〉가 그들의 노래였다고 한다. 도성 주변 모든 왕릉에서 밤마다 귀신 울음이 들려 수비하던 군사들이 놀라 흩어졌다고도 했다.

선전관 일행과 늦도록 술을 마시던 날 밤에 방답 권관 김옥천이 탈영했다. 아침에도 술이 깨지 않았다. 방답 만호가 수졸을 보내 보고해왔다. 군사를 풀어 좌수영 관하의 모든 포구와 나루를 막았다. 그의 고향 강진에도 군관을 보냈다. 강진으로 가는 군관에게, 베어서 머리만 들고 오라고 일렀다. 김옥천은 오동도나루에서 배를 타고 먼바다 쪽으로 달아났다. 여천 격군들이 바다에서 김옥천을 붙잡았다. 배에는 젊은 여자가 한 명 타고 있었고, 훔친 군량미 세 가마와 이부자리, 소금, 그리고 솥단지가 실려 있었다. 남녀가 함께 묶여서 끌려왔다. 김옥천은 작년에 무과 병과에 급제한 자였다. 스물두 살이었고, 태껸과 활 솜씨가 좋았다. 묶여 있었으나 그의 얼굴에는 젊음의 힘이 빛났다. 콧날이 완강해 보였다.
　—어디로 가려 하였느냐?
　—나는 단지 살고 싶었소. 여기가 아닌, 먼 섬으로 가려고 했소.
　동헌 노대석 위에 꿇어앉히고 군관을 시켜 베었다. 칼을 받기 직전에 김옥천은 고개를 들었다. 상대를 밀쳐내는 눈동자였다. 젊은 사내의 거친 힘이 끼쳐왔다.
　—나으리, 민망한 말씀이오만……

—말하라.

—우리는 지금도 살고 싶소. 나를 죽이시고 저 여자를 살려주시오. 저 여자를 나으리께 바치리다. 곱고 착한 여자요. 거두어서, 죽이지는 마소서.

나는 군관들에게 소리쳤다.

—집행하라.

좌수영 선착장은 군사들의 출입이 빈번했다. 김옥천의 머리는 장대에 꽂혀서 선착장 기찰 초소에 세워졌다.

남자를 벨 때, 묶인 여자는 눈을 들어서 집행의 과정을 읽듯이 바라보았다. 여자의 얼굴은 고요했다. 허공을 가르던 칼이 남자의 목에 내려올 때, 여자의 맑은 시선은 칼을 따라 이동했다.

나는 여자를 풀어주었다. 풀려난 여자는 갯가로 내려가 해송 가지에 목을 매고 죽었다. 격군들이 여자의 시체를 동헌 마당으로 옮겨왔다. 격군들은 여자의 빼물린 혀를 입안으로 밀어넣고 입을 오므려주었다. 여자의 죽은 얼굴은 먼 곳을 바라보고 있는 듯했다.

그 여자의 아비인 늙은 어부를 잡아들였다. 어부가 달아나는 남녀에게 배를 내주었다. 그 배는 수군에 징발된 목선이었다. 돛은 없고, 노만 있는 배였다. 돛 없는 배를 타고 젊은 남녀가 가려던 '먼 섬'이 어느 섬인지 알 수 없었다. 죽은 딸의 시체를 노려보는 어부의 눈빛이 타올랐다.

—그 배는 내 배요. 나으리 배가 아니오. 내 배를 내 딸에게 내

준 것이오.

늙은 어부는 형틀에 묶여서 소리쳤다. 곤장 스무 대를 때렸다. 어부는 힘겨운 일을 감당하듯이 겨우겨우 매를 감당했다. 스무 대째에 고개가 꺾여졌다. 동헌 문 밖에는 어부의 처와 아들이 지게를 지고 와서 기다렸다. 어부의 아들은 늘어진 아비를 지게에 싣고 돌아갔다.

방답진 색리色吏가 묶여서 끌려왔다. 군관들의 조사에 따르면, 김옥천이 군량미 세 가마를 빼돌릴 때 이 색리와 공모했다. 여죄도 만만치 않았다. 징모 부정과 탈영자 은닉이었다. 군사를 보내 색리의 집을 수색했다. 곡식과 가축을 모두 끌어다가 수영 창고로 옮겼다. 색리를 베어서 그 머리를 방답으로 돌려보내 진중에 걸게 했다.

그날, 선전관 일행은 서울로 돌아갔다. 나는 수영 어귀까지 전송했다. 저녁때 사정에 올라가 활을 쏘았다. 열다섯 순을 쏘았다. 먼바다 쪽에서 안개의 비린내가 몰려왔고, 표적 너머에서 길삼봉의 환영이 어른거렸다. 어디를 조준해야 하는지, 표적은 흔들렸다. 바람은 계통 없이 불어댔다. 화살은 거의 맞지 않았다. 어두워져서 사정에서 내려왔다. 표적은 비어 있었다.

몸이 살아서

연안은 텅 비어 있었다. 산하뿐이었다. 포구마다 부서진 전선 두어 척이 뻘밭에 밀려와 처박혀 있었다. 수리해서 쓸 만한 물건이 못 되었다. 불타다 만 선체는 널빤지 한 장 뜯어낼 것이 없었다. 나는 광양만에서 구례 쪽으로 걸었다. 적들이 해안에 상륙하자 피난민들이 내륙으로 몰려들었다. 거꾸로 내륙의 피난민들은 남쪽 물가를 향해 내려갔다. 양쪽의 피난민들이 길에서 마주쳐 서로 떠나온 곳의 형편을 물었다. 피난처는 아무 곳에도 없어 보였지만, 그들은 죽을힘을 다하여 어디론지 가고 있었다. 어디론지 가고 있다는 것만이 그들의 위안인 듯싶었다. 쓰러진 자들은 숨이 끊어지기 전에 길섶에 버려졌다. 나는 그들의 행선지를 묻지 않았다.

겨울이 다가오고 있었다. 백성 없는 마을마다 지방 수령들의 수염은 길게 자라 있었다. 그들은 무기력했고, 무기력한 만큼 격렬하게 비분강개했다. 나는 그들이 가져다주는 밥을 먹고 그들의 숙사에서 잠을 잤다. 도원수 권율에게는 아무것도 보고할 수 없었다. 보고할 사실이 나에게는 없었고, 세상에도 없었다. 다만 도원수의 안부를 묻고, 내가 이렇게 돌아다니고 있다는 내용만을 간략히 적어서 지방 아전 편에 도원수부로 보냈다.

구례에 도착하던 밤에 혼자서 술을 마셨다. 술이 먼 것들을 가깝게 당겨주었다. 두 달 전에 세상을 떠난 어머니가 떠올랐다. 그때 나는 백의종군 길에 고향 마을인 아산 근처를 지나고 있었다. 길에서 어머니의 부고를 받던 날, 나를 호송하던 의금부 도사는 길을 재촉하지 않았다.

부고를 받던 날 시골 객줏집 행랑방에 나는 하루종일 혼자 앉아 있었다. 오랫동안 나는 어머니를 순천에 모셔왔다. 순천은 좌수영이나 통제영에서 가까웠다. 어머니는 내가 출옥했다는 소식을 듣고 순천에서 아산으로 올라왔다. 어머니는 남해안을 돌아서 서해로 올라가는 화물배편을 얻어 탔다. 엿새가 걸렸다. 어머니는 배에 관棺을 싣고 있었다. 배가 아산에 닿았을 때, 어머니는 배 안에서 당신 혼자 숨을 거두었다. 어머니는 당신이 싣고 온 관 속에 누웠다. 나중에 들으니, 어머니의 시신은 가랑잎처럼 가벼웠다고 한다. 나는 어머니의 초상을 치를 수 없었다. 그날 나는 하루종일 혼자 앉아 있었다. 순천에 모실 때 가끔 찾아뵈면, 어머니는 아들을 어려워했고, 아들에게조차 내외를 했다. 어머니는 내가 방안으로 들어가면 병상에서 몸을 일으켜 두 손으로 머리카락을 쓸어내렸고 이부자리를 단정히 했다. 안아보면 어머니는 한 움큼이었다. 어머니의 몸에서는 오래된 아궁이의 냄새가 났다. 내가 안을 때, 어머니는 고개를 돌리며 수줍어했다.

—어서 가거라. 가서, 나라의 원수를 크게 갚아라.

내가 돌아갈 때 어머니는 늘 그렇게 말했다. 나는 차라리 어머니가 어리광을 부려주기를 바랐다. 두 달이 지났으니, 어머니는 땅속에서 썩었을 것이다. 그날 밤 나는 혼자서 취했다. 허리가 결리면서, 비가 내렸다. 차가운 비였다. 어머니의 몸과, 피난민들의 노숙 자리에 내리는 비를 생각하면서 나는 자꾸 마셨다. 술은 비처럼 몸 안으로 스몄다. 아침에도 비는 멎지 않았다. 안주 없이 마신 술에 속이 쓰렸다. 빗소리를 들으며 혼자서 뒤채었다. 더이상 떠돌아다니면서 확인할 것도 건질 것도 없었다.

그날 아침에, 선전관 양호가 내 숙사로 찾아왔다. 그는 도원수를 경유하지 않고 곧바로 나에게 왔다. 그는 임금의 교서教書를 지니고 있었다. 그가 교서를 내밀 때, 나는 그가 사약을 들고 온 의금부 도사가 아닌가 싶었다. 나는 마당으로 내려가 교서 두루마리에 절했다. 양호가 두루마리를 펼쳐서 큰 소리로 읽었다. 임금의 수사는 장려했다.

……왕은 이르노라. 어허, 국가가 의지할 바는 오직 수군뿐

인데, 흉한 칼날이 다시 번뜩여 마침내 삼도의 군사를 한 번 싸움에 모두 잃었으니 누가 바다 가까운 여러 고을을 지켜주리오. 한산을 이미 잃었으니 적들이 무엇을 꺼리리오……

칠천량 패전과 한산 통제영의 붕괴가 임금에게 보고된 모양이었다. 양호는 계속 읽어나갔다.

……지난번 그대의 벼슬을 빼앗고 그대로 하여금 백의종군케 한 것은 역시 나의 모책이 어질지 못함에서 생긴 일이거니와, 그리하여 오늘 이같은 패전의 욕됨을 만나게 된 것이니 내 무슨 할말이 있으리오. 내 무슨 할말이 있으리오……

이것이, 조정을 능멸하고 임금을 기만한 죄인에게 임금이 할 수 있는 소리인가. 나는 귀를 의심했다. 나는 임금이 가여웠고, 임금이 무서웠다. 가여움과 무서움이 같다는 것을 나는 알았다. 임금은 강한 신하의 힘으로 다른 강한 신하들을 죽여왔다. 양호는 계속 읽었다.

……이제 그대를 상복을 입은 채로 다시 기용하여 옛날같이 전라 좌수사 겸 충청, 전라, 경상의 삼도수군통제사로 임명하노니, 그대는 부하를 어루만지고 도망간 자들을 불러 단결시

켜 수군의 진영을 회복하고 요해지를 지켜 군의 위엄을 떨치게
하라. 그대는 힘쓸지어다. 군율을 범하는 자는 장졸을 막론하고
그대의 지휘로 처단하려니와, 그대가 나라 위해 몸을 잊고 나아
감은 이미 다 겪어보아 아는 바이니 내 구태여 무슨 말을 길게
하리오……

내 끝나지 않은 운명에 대한 전율로 나는 몸을 떨었다. 나는 다시
충청, 전라, 경상의 삼도수군통제사였다. 그리고 나는 다시 전라 좌
수사였다. 나는 통제할 수군이 없는 수군통제사였다. 내가 임금을
용서하거나 임금을 긍정할 수 있을지는 나 자신에게도 불분명했다.
그러나 나의 무武는 임금이 손댈 수 없는 곳에 건설되어야 마땅할
것이었다. 그리고 그 건설은 소멸되기 위한 건설이어야 마땅할 것
이었다. 나는 그렇게 생각했다. 그러므로 조정을 능멸하고 임금을
기만했다는 나의 죄는 유죄가 되어도 하는 수 없을 것이었다.
나는 못대가리 하나 건질 것 없는 텅 빈 바다와 목 잘린 시체가
썩어가는 연안을 생각했다. 나는 먼 섬들에서 오르던 적의 봉화를
생각했고, 불타버린 한산 통제영을 생각했다. 물러설 자리 없는 자
의 편안함이 내 마음에 스며들었다. 사지死地에서는 본래 살 길이
없었다. 그러자 몸의 깊은 곳이 자꾸 뜨거워져갔다. 성욕 같기도
하고, 배고픔 같기도 한 것이 자꾸만 내 속에서 끓어올랐다. 양호
는 보따리를 풀어 지필묵을 꺼내놓고 동헌으로 물러갔다. 동헌에

서 양호는 임금에게 가져다 바칠 나의 답신을 기다리고 있었다.

나는 하루종일 혼자 앉아 있었다. 텅 빈 바다 위로 크고 무서운 것들이 다가오고 있었다. 사각사각사각, 수평선 너머에서 무수한 적선들의 노 젓는 소리가 들려왔다. 그 환청은 점점 커지며 내 앞으로 다가왔다. 나는 고개를 흔들어 환청을 떨쳐냈다. 식은땀이 흘렀고 오한에 몸이 떨렸다. 저녁 무렵까지 나는 혼자 앉아 있었다. 양호가 종을 보내 답신을 재촉했다. 나는 붓을 들어 장계狀啓를 써나갔다. 문장은 풀리지 않았다. 나는 그저 그런 의전상의 단어와 상투적인 어구를 끌어대며 장계를 지었다. 나는 장계를 오랫동안 들여다보았다. 그리고 나는 다시 붓을 들어 맨 마지막에 한 줄을 더 써넣었다. 나는 그 한 문장이 임금을 향한, 그리고 이 세상 전체를 겨누는 칼이기를 바랐다. 그 한 문장에 세상이 베어지기를 바랐다.

……신의 몸이 아직 살아 있는 한 적들이 우리를 업신여기지 못할 것입니다.

— 삼도수군통제사 신臣 이李 올림

서캐

 우수영의 가을 물빛은 날카로웠다. 먼 산과 먼 섬 들의 갈묏빛 능선이 도드라졌고, 바람의 서슬은 팽팽했다. 겨울이 다가오는 바다에서, 저녁마다 노을은 투명한 하늘 위로 멀리 퍼졌다. 적은 오지 않았다. 저녁노을의 붉은 기운이 갑자기 검게 바뀌거나, 저무는 수평선 쪽에서 먼 섬들이 흔들려 보이면 비가 내렸다. 적은 몇 달째 오지 않았다. 먼바다 쪽에서 붉은 구름과 흰 구름이 어지럽게 뒤엉키면 바람이 불었다. 망군望軍들은 산꼭대기에서 일몰의 바다를 주시했다.

 해남반도 끝에서, 이따금 적의 연기가 올랐다. 적의 척후가 진도 벽파진 앞바다에 나타나 나의 척후를 척후하였고 나의 척후가 적의 척후를 척후하였다. 해남, 강진, 여수와 그 너머 경상 해안 쪽으로도 망군과 척후를 보냈다. 더러는 배를 타고 갔고 더러는 육로로 갔다. 육로로 간 망군들은 적이 장악한 포구의 인근 산꼭대기에 올라가 적정敵情을 염탐했다. 열흘 후부터 산발적인 보고가 도착했다. 첩보는 여러 읍진의 망군들을 통해 역송되어왔다.

적은 분산되어 있었고, 여러 포구를 중심으로 집중되어 있었다. 적은 중심을 분산시키고 있었다. 첩보가 엇갈리기는 했지만 경상 해안 쪽의 적은 전라 해안 쪽으로 이동하면서 해남반도 남쪽 어란진 일대에 새로운 중심을 도모하는 듯했다. 어란진은 우수영에서 한나절 물길이었다. 밀물의 앞자락에 올라타면 반나절이면 족했다.

딱히 어란진이 아니더라도, 적이 우수영 쪽으로 다가오면서 새로운 포진을 도모하고 있음은 확실했다. 적이 경상 해안 쪽 여러 작은 중심들을 해체하고 있는 것인지는 확실치 않았다. 망군과 척후 들은 적에게 바싹 접근하지 못하고 있었다. 적의 여러 중심들로부터 적의 군량과 화약은 서쪽으로 이동하고 있었다. 이 이동은 확실해 보였다. 첩보는 일치했다. 군량의 이동은 대공세의 조짐이었다. 적은 기나긴 항해를 예비하는 모양이었다. 적의 장기 항해란, 목포 앞바다를 돌아서 서해로 북상하다가 전라, 충청의 서해안에 상륙하거나 아니면 한강 물줄기를 따라서 서울을 겨누는 전략일 수도 있었다. 망군 두 명이 기한 내 돌아오지 않았다. 그들이 생포되었거나 투항했다면 나의 빈손은 적에게 노출되었을 수도 있었다. 진도 벽파진 쪽 망군들은 언제나 먼바다 쪽으로 돌아서 있었고, 망군의 목측이 닿지 않는 곳에서 보이지 않는 적들은 오고 있었다.

정유년 늦가을에 나는 교서를 받들고 우수영에 부임했다. 우수영은 진도와 마주보는 해남 쪽 바닷가 언덕이었다.

내 기나긴 관등과 관직명처럼, 우수영은 이름뿐이었다. 수영이 버려졌던 시절에, 백성들의 초가집과 논밭이 수영 주변에 들어차서 끼니때마다 삭정이 타는 연기 속에 보리밥이 익는 비린 향기가 퍼졌고 양지바른 남쪽 언덕은 남루했으나 평화로워 보였다. 이따금씩 대열을 이탈한 적들이 섬의 연안을 집적거리기는 했으나, 물 건너 진도는 아직도 맑은 땅이었고 백성과 농토가 온전했다. 진도로 흘러들어온 피난민들은 섬의 서쪽 연안을 따라 움막을 짓고 모여 살았다. 원주민들이 피난민들에게 마을 앞 어장을 나누어주었고 묵은 밭을 내주었다. 피난민이 들어간 지역은 누런 땅이 어느새 푸르게 바뀌었다. 겨울에도 무, 배추, 대파가 새파랗게 들을 덮었다. 보름달이 뜨는 저녁이면 진도 여자들은 바닷가 언덕에 모여서 둥그렇게 원을 그리며 춤추고 뛰고 노래했다. 우수영 쪽 여자들도 바닷가에서 둥글게 춤추면서 물 건너 진도 쪽 여자들에게 화답했다. 그 노랫소리는 수영 안까지 들렸다. 스스로 살아가는 백성들의 생명이 모질고도 신기하게 느껴져, 칼 찬 나는 쑥스러웠다. 적들은 멀리서 다가오고 있었다.

우수영에서 내 군사는 백이십 명이었고 내 전선은 열두 척이었다. 그것이 내가 그 위에 입각해야 할 사실이었다. 그것은 많거나 적은 것이 아니고 다만 사실일 뿐이었다. 다른 아무것도 없었고 그밖에는 말할 것이 없었다. 수졸들은 내가 연안을 돌면서 한두 명씩 끌어모은 자들이거나 칠천량 패전에서 흩어졌던 자들을 불러모은 무리였다. 거제 현령 안위, 미조항 첨사 김응함, 녹도 만호 송여종, 경상 우수사 배설 들도 우수영 관하로 들어와 엎드려 있었다. 그들은 칠천량 패전 이후 임지와 작전구역을 적에게 빼앗긴 지방 수령들이거나 수군 지휘관들이었다.

우수영에 부임하던 첫날, 장졸들을 수루에 모아놓고 교서에 절까지 했다. 지방 수령과 수사, 여러 읍진의 만호들은 누각 위에 앉았고 병졸들은 누각 아래 마당에 가마니를 깔고 앉았다. 제주에서 보내온 소 세 마리를 잡고 술 열 말을 풀었다. 먼 읍진의 장졸들에게도 약간의 군량과 가축을 허락하여 먹게 했다. 내장과 선지를 수영 부근 백성들의 마을에 보냈다. 주린 장졸들은 걸신들린 듯이 먹어댔다. 군복을 제대로 걸친 자가 없었다. 그들은 다만 누린내 나는 음식에 껄떡거리는 피난민일 뿐이었다. 이미 멸망을 체험한 자들의 깊은 무기력이 고기 건더기를 넘기는 그들의 목울대에 깊이 새겨져 있었다. 국물을 넘기느라고 꿈틀거리는 그들의 목을 나는 오랫동안 바라보았다. 안위의 눈빛도 힘을 잃고 있었다. 안위는 내 시선을 피했다. 바다 쪽으로 돌린 그의 옆얼굴은 광대뼈가 드러나 보였다.

경상 우수사 배설은 교서에 절하지 않았다. 배설은 심한 허리병을 앓고 있다고 했다. 배설은 수루 난간에 기대앉아서 이빨을 쑤셨다. 칠천량 전투 때, 배설은 원균의 휘하였다. 조선 수군의 일자진이 적에게 포위되었을 때 그는 전선 열 척과 수졸들을 포위망에서 빼내 진도로 물러섰다. 그 전선은 아직 나에게 인계되지 않고 있었다. 칠천량에서 물러설 때 그는 적들의 상륙이 임박한 한산 통제영에 불을 질렀다. 계사년 이후 내 통제영 본부 건물인 운주당도 그때 불타버렸다. 불탄 운주당 별실에서는 원균의 기생 열두 명이 그을린 시신으로 발견되었다. 나는 배설의 후퇴경위를 조사하지 않았다.

—통제공, 무운을 비오.

숙배례가 끝나고 교서를 거둘 때, 배설은 그렇게 말했다. 배설의 말은 전쟁의 밖에서 전쟁의 안쪽으로 보내오는 덕담처럼 들렸다. 배설은 잇새에 낀 고기 찌꺼기를 혓바닥으로 털어내 뱉었다. 그때, 나는 어느 날 배설의 후퇴경위와 한산 통제영 방화경위를 조사하게 될 것 같은 예감이 들었다. 나는 겨우 그의 덕담에 대답해주었다.

—존망의 길에, 운세란 없는 것이오. 아시겠소, 배수사?

배설은 빙그레 웃으며 술잔을 들었다.

─통제공, 용맹할 때는 용맹하고, 겁을 낼 때는 겁을 내는 것이 병가의 전략이라 알고 있소만…… 그게 바로 무운이라는 것 아니겠소.

(이 자식 봐라……)

내 몸의 깊은 곳에서 뜨거운 것이 흔들리면서 솟구쳤다. 나는 침을 삼켜서 그 뜨거운 것을 몸속으로 밀어넣었다.

나는 물었다.

─그래, 지금은 그 어느 때요?

배설은 대답했다.

─허허, 그야 통제공께서 판단하실 일이 아니겠소. 저처럼 병든 몸이 어찌……

(이 자식 봐라……)

나는 물었다.

─칠천량에서는 마땅히 겁을 내야 할 때였소?

배설의 옆자리에서 안위의 얼굴은 얼어붙어 있었다. 배설은 대답했다.

─용맹과 겁은 흔히 같은 것이오. 다만 쓰일 때가 다를 뿐이오. 송장에 덮인 바다 위에서 목숨의 귀함을 깨닫는 것 또한 용맹이오. 용맹은 인仁에 가까운 것이오. 아시겠소? 통제공.

(베어야 하나?)

내 몸속 깊은 곳에서 징징징 우는 칼의 울음이 들리는 듯했다.

아시겠소 통제공, 에서 배설은 내 어법을 흉내내고 있었다. 배설은
또 말했다.

—그게 오묘한 일이오. 이거다 저거다 말하기 어려운 것이오.
그러니 병법 아니겠소. 칠천량에서 살아남은 것은 내가 빼돌린 전
선과 수졸 들뿐이오. 통제공께 다 드리리다. 그나마 통제공의 홍복
이고 무운으로 아시오.

(베어야 한다……)

등판에 식은땀이 흘렀다. 나는 그가 진도의 어느 갯가에 감추어
둔 열 척의 전선을 생각했다.

(아직은 아니다.)

내 속에서 우는 칼을 나는 달랬다. 칼은 좀처럼 달래지지 않았
다. 마당에서는 오래 주려 기진한 장졸들이 몇 잔 술에 정신을 잃
고 쓰러져 있었다.

그날 밤 경상 우수사 배설은 탈영해서 도주했다. 아침에 보고를
받았다. 전날 숙배례가 끝나고 장졸들이 임지로 돌아갈 때 배설은
아픈 허리에 침을 맞아야겠으니 육지에 머물러야겠다고 말했다.
나는 허락했다. 배설은 그길로 달아났다. 아침에 그가 달아난 목포
쪽으로 군사를 보냈다. 배설은 이미 추격권을 벗어나 있었다. 배설
은 잡히지 않았다. 군사들은 빈손으로 돌아왔다. 진도에 군사를 풀
어서 모든 연안 갯벌을 뒤졌다. 그가 감추어둔 전선 열 척을 수습
했다. 노가 몇 개 부러져 있을 뿐 배들은 온전했다. 총알 자리도 그

을린 자리도 없었다. 칠천량에서 배설은 전투 초기에 물러섰던 모양이다. 그날 배설은 잡히지 않았다. 도원수부에 서찰을 보내, 조선 팔도를 다 뒤져서라도 배설의 머리를 우수영으로 보내야 한다고 당부했다. 도원수는 알았다는 답신을 보내왔다.

그날 밤, 내륙 깊숙한 곳 남원이 함락되었다. 조선 관민 사천과 명군明軍 삼천이 전멸되었고 살아남은 백성들은 흩어졌다. 남원을 무너뜨리고 나서 육지의 적들은 전주로 향했다. 밤새 바람이 불었고 새벽에 비가 내렸다. 배설을 잡지 못했다. 저녁때 여종을 불러서 머리의 서캐를 잡게 했다. 밤새 혼자 앉아 있었다. 배설을 잡지 못했다.

식은땀

성난 파도와도 같은 한없는 적의가 어떻게 적의 마음속에서 솟아나고 작동되는 것인지, 나는 늘 알지 못했다. 적들은 오직 죽기 위하여 밀어닥치는 듯했다. 임진년에 나는 농사를 짓듯이, 고기를 잡듯이, 적을 죽였다. 적들은 밀물 때면 들이닥치는 파도와도 같았다. 적들이 멀리 물러간 밤에, 나는 때때로 일본 관백 도요토미 히데요시를 생각했다. 나는 그를 본 적이 없었고, 그의 모습은 내 마음에 떠오르지 않았다. 생포된 적의 장수들을 주리 틀고 지져서, 히데요시에 관한 소략한 정보를 얻을 수 있었다.

오다 노부나가라는 일본 천하의 맹수가 다케다 신겐이라는 또 다른 맹수의 진영을 모조리 죽이고 일본을 차지했다. 오다 노부나가는 가신의 칼에 죽었다. 그러자 노부나가의 부하였던 히데요시는 노부나가 정권의 수뇌부를 몰살하고 일본의 관백이 되었다고

했다. 일본 천하의 모든 창검과 총포와 군사는 히데요시의 휘하로 총집결했다. 노부나가는 천하포무天下布武라는 깃발을 앞세우고 있었는데 그 뜻은 무武를 천하에 펼쳐서 난세를 치세治世로 바꾼다는 것이었다고 한다. 히데요시는 노부나가의 천하포무 깃발을 인수했다. 히데요시는 스스로 천하인天下人을 자처하고 있는데, 그 천하포무는 조선과 명을 아울러서 가지런히 하는 것이며, 조선의 국토를 여러 봉토로 찢어서 일본 막부의 가신들에게 나누어주는 것이 히데요시의 전후 조선 경영 구상이라고 적장들은 실토했다.

히데요시는 그러하되, 물 위에서 죽음에 죽음을 잇대어가며 파도처럼 달려드는 그 무수한 적병들의 적의의 근본을 나는 알 수 없었다. 그 죽음의 물결은 충忠이나 무武라기보다는 광狂에 가까웠다. 때때로 내 지휘의 위치가 진陣의 후미일 때 내 부하들의 창검에 풀처럼 베어져나가는 적병들의 모습과 깨어진 적선 주변에서 소용돌이치던 피의 물결을 멀리서 바라보면서, 그 죽음 너머에서 보고를 기다리고 있을 히데요시를 생각했다. 그때도 히데요시의 모습은 떠오르지 않았다. 내 마음속에서 히데요시는 또다른 길삼봉이었다. 알 수 없었고 벨 수 없었고 조준할 수 없었다. 벨 수 없는 것들 앞에서, 나는 다만 적의 종자를 박멸하려 했다.

임진년 바다에서는 알 수 없는 일이 많았고, 지금도 역시 그러하다. 가장 확실하고 가장 절박하게 내 몸을 조여오는 그 거대한 적의의 근본을 나는 알 수 없었다. 알 수 없었으나, 내 적이 나와 나의 함대를 향해 창검과 총포를 겨누는 한 나는 내 적의 적이었다. 그것은 자명했다. 내 적에 의하여 자리매겨지는 나의 위치가 피할 수 없는 나의 자리였다. 싸움이 끝나는 저녁 바다 위에서, 전의戰意가 잠들고 살기가 빠져나간 함대는 비로소 기진했고 노을 헤치며 모항으로 돌아가는 항해 대열은 헐거웠다.

그 저녁에도 나는 적에 의해 규정되는 나의 위치를 무의미라고 여기지는 않았다. 힘든 일이었으나 어쩔 수 없었다. 어쩔 수 없는 일은 결국 어쩔 수 없다. 그러므로 내가 지는 어느 날, 내 몸이 적의 창검에 베어지더라도 나의 죽음은 결국은 자연사일 것이었다. 비가 내리고 바람이 불어 나뭇잎이 지는 풍경처럼, 애도될 일이 아닐 것이었다.

나는 다만 임금의 칼에 죽기는 싫었다. 나는 임금의 칼에 죽는 죽음의 무의미를 감당해낼 수 없었다. 병신년에 의병장 김덕령이 장살되었을 때 나는 내가 수긍할 수 없는 죽음의 방식을 분명히 알았다. 그때 나는 한산 통제영에 부임해 있었지만 임금이 김덕령을 때려 죽인 일의 전말은 바람처럼 전군에 퍼졌다. 군은 나직이 엎드렸다.

그해 여름에 충청도 부여에서 이몽학이 반란을 일으켰다. 이몽학은 객기 많고 담력 좋은 건달이었다. 그의 군사는 사노, 승려, 피난민을 끌어모은 칠백이었고 그가 부여를 장악했을 때 그의 무리는 일만이 넘었다. 그는 처음 군사를 끌어모을 때 의병 행세를 했다. 그때 김덕령은 진주에서 도원수 권율의 막하에 있었다. 김덕령은 도원수의 명령에 따라 토벌군을 이끌고 진주에서 남원 운봉까지 나아갔다. 그가 부여로 입성하기 직전에 이몽학은 부하의 칼에 맞아 죽고 반란군은 흩어졌다. 김덕령은 하릴없이 군사를 거두어 진주로 돌아갔다. 서울로 압송되어간 반란 연루자들은 김덕령을 공모자로 끌어들였다. 김덕령의 부여 진입이 늦어진 까닭은 그가 이몽학과 내통하고 운봉에서 일부러 지체했다는 혐의가 성립되어 갔다.

도원수 권율은 진주로 돌아온 김덕령을 체포해서 하옥했다. 권율은 김덕령의 혐의 내용을 수사하지 않은 채, 김덕령을 묶어서 서울로 보냈다. 그때 의병장 곽재우도 얽혀들어 서울로 압송되어갔다. 임금은 강한 신하를 두려워했다. 이몽학이 처음에 의병을 가장했으므로, 임금에게 의병이란 뒤숭숭한 무리였다. 김덕령은 의금부에서 한 달 동안 여섯 번 심문을 받았다. 부러진 정강이에 거듭 주리를 틀었다. 마지막에 그는 무릎으로 기어서 형리 앞에 나아갔다. 그는 조용했고, 그의 진술은 논리가 맞았다. 그때 임금은 말했다.

—저놈이 형장刑杖을 가벼이 여겨 오히려 태연하니 참으로 역적이다. 쳐 죽여라.

김덕령은 그렇게 죽었다. 임금의 사직은 끝없이 목숨을 요구하고 있었고 천하가 임금의 잠재적인 적이었다. 김덕령이 죽기 이태

전, 갑오년 가을에 나는 거제도에서 김덕령을 만난 적이 있었다. 김덕령은 진주에서 이겼고 담양에서 이겼다. 내가 보기에 그의 산발적인 승리는 전쟁의 국면을 전환할 만한 것은 아니었지만, 그는 영남의 몇몇 고을을 온전히 지켜냈다. 거제도에서 만났을 때 김덕령의 풍모는 단아한 선비와도 같았다. 그의 담력과 기개는 겉으로 드러나지 않았다. 그때 김덕령의 육군은 섬의 안쪽 고지에 진친 적의 주력을 해안 쪽으로 내몰았고 나는 장문포에서 기다리고 있다가 바다로 몰려난 적들을 부수었다. 기다릴 때, 나는 포구에 묶인 적들의 배를 부수지 않았다. 적들은 그 배를 타고 바다로 나왔다. 장문포에서 적들은 가루처럼 부서져 흩어졌다. 김덕령을 잡아들일 때, 임금은

—덕령은 삼군에서 가장 용맹한 장수다. 누가 능히 이자를 묶을 수 있겠는가?

라면서 발을 굴렀다고 한다. 김덕령은 용맹했기 때문에 죽었다. 임금은 장수의 용맹이 필요했고 장수의 용맹이 두려웠다. 사직의 제단은 날마다 피에 젖었다.

곽재우는 거듭된 심문 끝에 겨우 혐의를 벗고 풀려났다. 풀려난 그는 한동안 군사를 해산하고 산으로 들어갔다. 그가 은거하는 산이 구월산이라고도 했고 지리산이라고도 했다. 풍편에 그의 소식이 들려왔는데, 그가 땅 위의 곡식과 채소를 일체 끊고 안개를 마시고 개울물을 퍼먹으며 연명한다는 것이었다. 그가 이미 신선이

되어 날아갔다는 소문도 있었다.

다시 삼도수군통제사의 교서를 받았을 때 나는 김덕령의 죽음과 곽재우의 삶을 생각했다. 나는 김덕령처럼 죽을 수도 없었고 곽재우처럼 살 수도 없었다. 나는 다만 적의 적으로서 살아지고 죽어지기를 바랐다. 나는 나의 충을 임금의 칼이 닿지 않는 자리에 세우고 싶었다. 적의 적으로서 죽는 내 죽음의 자리에서 내 무와 충이 소멸해주기를 나는 바랐다.

우수영 침소의 안쪽 벽에 나는 교서를 걸어놓았다. 매달 초하루와 보름날에 대궐을 향해 망궐례를 올렸다. 망궐례를 올릴 때 나는 교서에 절했다.

……전하, 전하의 적들이 전하를 뵙기를 고대하고 있나이다. 신은 결단코 전하의 적들을 전하에게 보내지는 않을 것입니다. 이 적들은 전하의 적이 아니라 신의 적인 까닭입니다……

나는 그렇게 속으로 중얼거리고 있었다. 교서 아래서 잠 깨는 새벽마다 어둠 속에서 오한이 났고 식은땀이 요를 적셨다. 종을 불러서 옷을 갈아입을 때, 포구에 묶어둔 배들이 바람에 부대끼는 소리가 들렸다.

적의 기척

멀어서 보이지 않는 적의 기척이 내 몸에 느껴지는 날들이 있었
다. 적들이 수런거리는 기척은 새벽의 식은땀이나 오한처럼 내 몸
속에서 살아 있는 징후였다. 우수영에서는 보이지 않는 적들이 더
욱 확실했다.

명량鳴梁해협에서 물은 겨울 산속 짐승의 울음소리로 우우 울면
서 몰려갔다. 물은 물을 밀쳐내면서 뒤채었다. 말 잔등처럼 출렁거
리는 물결이 수로의 가운데를 빠르게 뚫고 나가면, 밀려난 물은 흰
거품으로 소용돌이치며 진도 쪽 해안 단애에 부딪혔다. 물이 운다
고, 지방민들은 이 물목을 울돌목이라고 불렀다. 우수영 언덕에서
내려다보면 해남반도에서 목포 쪽으로 달려가던 북서해류는 돌연
거꾸로 방향을 바꾸어 남동쪽으로 몰려가는데, 해협은 하루에 네
차례씩 이 엎치락뒤치락을 거듭했다.

물길이 거꾸로 돌아서는 사이사이마다 바다는 문득 기름처럼 고요해졌고, 그 고요한 잠시가 끝나면 물살은 다시 거꾸로 돌아섰다.

명량에서는 순류順流와 역류逆流가 따로 있는 것이 아니었고, 함대가 그 흐름에 올라탄다 하더라도 마침내 올라탄 것이 아니었다. 때가 이르러, 순류의 함대는 역류 속에 거꾸로 처박힌 것이었다. 명량에서는 순류 속에 역류가 있었고, 그 반대도 있었다. 적에게도, 그리고 나에게도 여기는 사지死地였다. 수만 년을 거꾸로 뒤채는 그 물살을 내려다보면서, 우수영 언덕에서 나는 생사와 존망의 흐름을 거꾸로 뒤집을 만한 한줄기 역류가 내 몸속의 먼 곳에서 다가오고 있음을 느꼈다.

몸의 느낌이었을까, 아니면 바람이었을까. 희미했지만, 그것은 확실했다. 내 몸이 그 희미한 역류를 증거하고 있었다. 그것이 삶에 대한 증거인지 죽음에 대한 증거인지는 확실치 않았다. 여기는 사지였다. 일출 무렵의 아침 바다에서는 늘 숨을 곳이 없었다. 사지에서, 죽음은 명료했고, 그림자가 없었다. 그리고 그 역류 속에서 삶 또한 명료했다. 사지에서, 삶과 죽음은 뒤엉켜 부딪혔다. 그것은 순류도 아니었고 역류도 아니었다. 거기서 내가 죽음을 각오했던 것인지, 삶을 각오했던 것인지는 확실치 않다. 나는 그 모호함을 중언부언하지 않겠다.

정유년 8월 말에 우수영을 떠나 물 건너 진도 벽파진으로 진鎭을 옮겼다. 가벼운 이동이었다. 벽파진은 명량의 사지를 약간 비켜나서 등진 곳이었다. 벽파진과 해남반도 남단 사이에는 시각 장애물이 없었다. 나는 적이 울돌목의 사지로 들어와주기를 바랐다. 그것이 전선 열두 척으로 적을 맞을 수 있는 단 하나의 전략이었다. 전략이라기보다는 그 이외에는 아무런 방책이 없었다. 나는 그 사지가 적에게 공지空地로 인식되기를 바랐다. 벽파진은 내가 적을 맞을 해역이 아니었다. 나는 열두 척뿐이었다. 벽파진 동쪽의 넓은 해역은 나만의 사지였고, 울돌목은 적과 나의 사지였다. 나는 죽기를 위해 죽음을 각오했던 것은 아니었던 모양이다.

나는 명량의 사지를 적에게 비워주고, 벽파진 쪽으로 적의 척후를 유도했다. 진을 옮긴 후 벽파진을 겨누는 적의 척후는 눈에 띄게 빈번해졌다. 적은 주력의 앞길을 예비하고 있었다. 적의 더듬이는 바쁘게 움직였다. 소규모의 산발적 야습으로 적들은 집적거렸다. 적들은 늘 달 없는 새벽에 왔다. 적들은 물 위에 비친 캄캄한 섬 그림자 속에 숨어서, 연안에 바싹 붙어서 이동했다. 잠든 함대를 깨워서 내보내면 적들은 더이상 근접하지 않고 물러갔다. 그 너머에 복병이 있을 수 있었다.

—멀리 따라가지 마라. 다만 쫓아 보내라.

나는 출동하는 함대에게 일렀다. 적들의 야습은 거의 매일 계속되었다. 일몰 후에는 망군을 촘촘히 배치했다. 망군들을 재울 수가 없었다. 야습의 목적은 교전이 아니라 탐색과 유인이었다. 그것들은 주력의 앞길을 평탄케 하려는 예민한 더듬이였고, 적의 더듬이는 벽파진 일대의 나루를 더듬거렸다. 울돌목의 사지는 비어 있었다.

내륙에서는 창녕, 합천, 웅치, 익산, 전주, 직산이 무너졌다. 육군은 한강 방어선까지 물러났다. 도원수부에서 오는 전령은 매일같이 전선 붕괴와 함락의 소식을 전했다. 추석이 지난 바다는 날마다 추워졌다. 다시 커져오는 달빛이 물속 깊이 스몄다. 적은 밀물이 사나운 보름을 겨누어, 커져가는 달빛을 따라올 것이었다.

벽파나루는 물 건너 삼지원나루를 마주보고 있었다. 삼지원 포구마을 뒷산 옥매봉에서 연기가 올랐다. 임준영이었다. 임준영은 해남 달마산, 두륜산 일대에 박아놓은 척후장이었다. 달마산 꼭대기에서는 해남반도 남쪽 바닷가 적의 기지가 손살펴처럼 내려다보였다. 임준영은 군관으로, 다섯 명의 척후병을 인솔하고 있었다. 그는 달마산 꼭대기에서 삼지원까지를 반나절에 달렸다.

—배를 보내라.

협선 한 척이 건너가서 임준영을 싣고 왔다. 나는 벽파나루 물가에서 임준영을 맞았다. 그는 농부 차림이었고 미투리 여러 켤레를 허리춤에 차고 있었다.

—수루로 올라가자.

—아니올시다. 곧 임지로 돌아가야 합니다. 적이 바삐 움직이고

있소이다.

나는 물가 갯바위 위에 쪼그리고 앉아서 임준영의 보고를 들었다.

—적선 쉰 척이 어제 해남 어란진에 들어왔습니다. 산꼭대기에서 내려다보았습니다. 멀고 또 물아지랑이가 흔들려서 쉰 척인지 쉰다섯 척인지 확실치 않지만 쉰 척은 넘었습니다. 그제도 열 척이 들어왔습니다. 모두 경상 해안 쪽에서 왔습니다. 산을 내려가서 포구 쪽으로 바싹 다가갔습니다. 군량과 화약도 어란진으로 모이고 있습니다. 어란진에 모인 적선들은 부러진 노를 갈아끼우고 돛을 수리했습니다. 오늘 아침부터 적들은 군량을 배에 싣기 시작했습니다. 밤이면 적장들끼리 모여 사로잡힌 조선 여자들에게 풍악을 잡히고 놀았습니다. 조선 여자들은 조선 노래를 불렀는데, 경상도 노래도 불렀고 전라도 노래도 불렀습니다. 밤늦게 적장들은 조선 여자를 하나씩 끼고 선실로 들어갔습니다. 저는 더욱 바싹 다가갔습니다. 새벽에 이 방 저 방으로 여자들이 바뀌었습니다. 어제는 적에게 생포되었다가 도망친 조선 선비를 달마산 중턱에서 만났습니다. 그 선비는 일본말을 알아들었습니다. 그가 적의 진중에 묶여 있을 때 적장들이 주고받는 말을 엿들었는데, 진도 쪽의 조선 수군은 불과 열두 척으로, 없는 것과 마찬가지이니, 물길을 따라 서해로 올라가 한강으로 들어가서 서울을 도모하자고 저희들끼리 말했답니다. 적들은 말린 생선을 군것질처럼 씹고 다녔고, 아무데나 똥오줌을 누었습니다. 해남에 백성들은 자취도 없었습니다. 적

들은 달아난 백성들의 집에 불을 질렀고, 백성의 어린 자식들을 붙잡아 나무에 묶어놓고 조총 연습을 했습니다.

임준영은 느리고도 또박또박한 목소리로 보고했다. 나는 듣기만 했다.

—수고했다. 이제부터 하루에 한 번씩 매일 오너라. 네가 힘들면 너의 수하를 보내라. 적선들이 일제히 발진하는 날에는 동태를 감지한 즉시 미리 달려와서 보고하라. 유념해라.

임준영은 타고 왔던 배로 물을 건너갔다.

적의 전략 목표가 서울이라면, 적의 주력은 벽파진으로 오지 않고, 울돌목으로 올 것이었다. 적들은 물이 목포 쪽으로 몰려가는 북서 밀물의 시간에 밀물 위에 올라타서 명량을 빠져나갈 것이었다. 아마도, 밀물이 가장 거칠게 밀리는 보름 전후에, 적들은 올 것이었다. 그리고 그 보름 전후에, 적과 나의 사지에서 순류와 역류는 가장 거칠게 뒤챌 것이었다.

임준영은 벽파진에서 밥 한 끼 먹지 못하고 그대로 돌아갔다. 나는 갯바위 위에 앉아서 저무는 해남 쪽 바다를 오랫동안 바라보았다. 밤을 새울 망군들이 제 초소로 나아갔다. 번을 마친 수졸들은 바위틈에서 저녁의 잔광을 쪼이며 옷을 벗어 서캐를 잡았다.

그날 밤, 나는 조정으로 보내는 장계를 썼다. 며칠 전 도원수부에서 전해온 임금의 유시諭示에 대한 답신이었다. 그때, 임금은 수군이 외롭고 의지할 데 없으니 해전을 포기하고 장졸을 인솔해서

육지로 올라가 도원수부의 육군과 합치라는 것이었다. 나를 삼도
수군통제사로 임명한 지 얼마 안 되어 임금은 또 그런 유시를 내려
보냈다. 임금은 적이 두려웠고, 그 적과 맞서는 수군통제사가 두려
웠던 모양이었다. 그것이 임금의 싸움이었다. 그날 밤 달은 상현이
었다. 보름까지는 며칠이 남아 있었다. 그날 밤, 벽파진 수영에서
나는 간단히 썼다. 통제사가 된 뒤 두번째로 쓰는 장계였다.

　　……이제 수군을 폐하시면, 전하의 적들은 서해를 따라 충청
해안을 거쳐서 한강으로 들어가 전하에게로 갈 것이므로, 신은
멀리서 이것을 염려하는 바입니다. 수군이 비록 외롭다 하나 이
제 신에게 오히려 전선 열두 척이 있사온즉……

그리고 나는 한 줄을 더 써서 글을 마쳤다.

　　……신의 몸이 죽지 않고 살아 있는 한에는 적들이 우리를
업신여기지 못할 것입니다.

　　　　　　　　　　　　　　　—삼도수군통제사 신臣 이李 올림

일자진

정유년 9월 14일 밤에 임준영으로부터 두번째 첩보가 도착했다. 바람이 잠들어 바다는 고요했고, 달은 보름을 하루 앞두고 있었다. 섬 그림자가 물에 비치어, 물과 하늘이 뒤바뀐 듯했다. 임준영은 직접 오지 않고 그 수하의 척후병을 보냈다. 강진의 토병土兵으로 열일곱이라고 했다. 토병은 마당에 엎드려 두루마리를 내밀었다. 민가의 창호지를 찢어낸 종이에 언문으로 급히 쓴 글씨였다.

……적정이 다급하여 사람을 대신 보냅니다. 오늘 산에서 내려가 적의 포구에 바싹 다가갔습니다. 이제 적의 배는 삼백여 척인데, 대부분이 전선인 것 같았습니다. 닻에 녹이 슬지 않은 걸로 보아 일본에서 새로 만들어 끌고 온 배인 듯싶었습니다. 오늘 아침부터 적들은 백성의 빈집을 돌며 장독을 몰아왔습니

다. 적들은 장독에 물을 채워 배에 실었습니다. 적의 무리들이 갯가에 모여 대충 이백 명씩 패거리를 가르고 깃발을 세웠는데, 아마도 승선 대오를 갖추는 듯했습니다. 적들은 창검과 조총을 닦아서 모두 배에 실었습니다. 적에게 붙잡힌 조선 여자들은 서른 명쯤이었는데, 열 명쯤은 묶어서 배에 태웠고 나머지는 갯가에서 목 베었습니다. 목을 벨 때 적의 병졸들이 둥그렇게 모여서 염불을 외는 듯도 했고 노래를 부르는 듯도 했는데, 똑똑히 들리지는 않았습니다.

저의 다음 임무를 지시하여주십시오. 바라옵기는, 이제 수하를 거두어 우수영으로 돌아가 본대에 가세하고 싶습니다. 저와 저의 수하들을 배에 태워 적의 앞으로 내보내주십시오……

전령으로 온 토병 편에 임준영의 본대복귀 명령을 전했다. 밤에 온 토병은 벽파진에 머물지 못했다. 돌아가는 토병에게 쪄서 말린 쌀 두 되를 주었다.

―명량에서 적을 맞겠다. 우수영으로 돌아가자. 돌아가서 기다리자. 오늘밤 전 함대는 발진하라.

장졸들의 표정이 얼어붙었다. 나는 다시 말했다.

―사지에서는 살 길이 없음을 알아야 한다. 그것이 아마도 살 길이다. 살 길과 죽을 길이 다르지 않다. 너희는 마땅히 알라.

전율이 장졸들의 얼어붙은 얼굴을 스치고 지나갔다. 그 전율에, 나는 안도했다. 그날 밤 나는 전선 열두 척과 군사를 우수영으로 옮겼다. 그리고 전선의 고물에 백성들의 어선 서른 척을 밧줄로 매달아 함께 옮겼다. 새벽에 군관들을 풀어서 우수영 주변과 갯가의 백성들을 산 위로 소개시켰다. 해남 쪽에서 넘어온 피난민들이 섞여 있었다. 그들은 대부분이 늙은이와 부녀자 들이었다. 백성들은 쓰러져 뒹굴며 울부짖었다. 이부자리를 등에 멘 백성들은 개와 닭을 끌고 통곡하면서 산 위로 올랐다. 수영 마당 안까지 백성들이 몰려왔다.

—나으리, 이제 또 산 위로 가라 하시니, 짐승이 아니고서야 어찌 산 위에서 살 수 있겠소이까? 차라리 저희들을 다 죽여주시오. 나라의 칼을 찬 장수가 어찌 이러실 수가 있소. 나라의 칼로 백성을 지키지 못할진대 나라의 칼로 다 죽여주시오.

늙은 농부는 울면서 그렇게 말했다. 내 마음속에 몇 방울의 눈물이 고여왔다. 나는 겨우 말했다. 거짓말이 되더라도 나는 그렇게 말할 수밖에 없었다.

—칼 찬 자의 죄가 실로 크다. 내 이번 싸움에서 기필코 이길 것이니 그때 너희들은 마을로 돌아오라.

군사들이 백성들을 창으로 윽박질러 끌어냈다. 산 위로 올라갔던 백성들이 다시 무너지는 듯이 우르르 산 아래로 내려갔다. 가재도구를 다 내버린 백성들은 넘어지고 뒹굴면서 산 아래로 몰렸다.

산 위로 올라가는 백성들과 산 아래로 내려가는 백성들이 부딪혀서 뒤엉켰다. 군관을 보내 까닭을 알아오게 했다. 해남 쪽에서 넘어온 늙은 어부 한 명이 이미 적이 삼지원에 들어왔다, 적들은 육로로 들어와 이미 산꼭대기마다 진치고 있다, 산으로 가면 죽는다, 고 헛소문을 퍼뜨린 것이다. 산 위로 올라간 백성들이 가재도구를 다 버리고 맨몸으로 산 아래로 내려갈 때 그 늙은 어부는 피난민들의 가축을 훔쳤다. 군관이 늙은 어부를 붙잡아서 끌어왔다. 백성들 보는 앞에서 목 베어 걸었다.

새벽에 읍진 수령들과 군관을 숙사 안으로 불러모았다. 미조항 첨사 김응함, 평산포 대장 정응두, 거제 현령 안위, 녹도 만호 송여종 들이었다. 수령들은 방안으로 들어와 둘러앉았고 군관들은 마루에서 열을 지어 앉았다.

—아마도 밝는 날에 싸워야 할 것이다. 격군들을 재우라.

수령들은 대답이 없었다. 그들은 바다를 뒤덮고 달려드는 삼백여 척의 적선들을 머릿속에 떠올리고 있을 것이었다. 안위가 깊은 한숨을 내쉬었다.

—보름이라, 바다가 사나울 것인즉······

—피아간에 마찬가지일 뿐이다.

송여종이 입을 열었다.

—바다에서 진陣을 어찌 펼치실 요량이신지······?

송여종은 임진년에 내가 임금에게 보내는 장계를 품고 남쪽 바닻가 여수에서 압록강 물가 의주까지 여러 번 다녀왔다. 낮에는 적들을 피해 엎드려 있다가 밤에만 걸었다. 그는 여수에서 의주에 이르는 그 멀고먼 길 위의 일들을 말하지 않았고 나는 묻지 않았다. 그는 언제나 살아서 돌아왔다. 그는 서른다섯 살의 장년이었다. 그가 진을 묻고 있었다. 나는 되물었다.

—송만호, 어떤 진이 좋겠는가?

송여종은 머뭇거렸다.

—이제 배가 열두 척이온즉······

안위가 말했다.

—열두 척으로 진을 짠다면 대체 어떤······?

내가 말했다.

—아무런 방책이 없다. 일자진뿐이다. 열두 척으로는 다른 진법이 없다.

수령들은 일제히 입을 다물었다. 한참 후에 김응함이 입을 열었다.

—일자진이라 하심은······?

—횡렬진이다. 모르는가?

—열두 척을 다만 일렬횡대로 적 앞에 펼치신다는 말씀이시온지?

—그렇다. 밝는 날 명량에서 일자진으로 적을 맞겠다.

수령들이 다시 일제히 입을 다물었다.

나는 말했다.

—적의 선두를 부수면서, 물살이 바뀌기를 기다려라. 지휘 체계가 무너지면 적은 삼백 척이 아니라, 다만 삼백 개의 한 척일 뿐이다. 이제 돌아가 쉬어라. 곧 날이 밝는다.

수령들은 돌아갔다. 나는 잠들지 않았다. 날 샐 무렵에 임준영이 그 휘하를 거느리고 우수영으로 돌아왔다. 임준영의 보고에 따르면, 그날 밤 적은 발진 준비를 끝내고 소, 돼지를 잡아서 병졸들을 먹였다. 적은 말을 베어서 대장선 이물에 말의 피를 발랐다. 나는 임준영과 그 수하를 안위의 배에 배치했다. 잠이 오지 않았다. 우수영 뒷산에서 피난민들이 울부짖는 소리가 들려왔다.

전환

　적들은 아침에 왔다. 일출 무렵에 바람은 잠들었다. 해가 떠오
르자 아침 안개는 스러졌다. 보름사리의 북서 밀물이 명량의 먹통
에서 소용돌이쳤다. 허연 파도들이 말떼처럼 출렁거리며 목포 쪽
으로 몰려갔다. 물보라가 날렸다. 진도 동쪽 해안 금갑산 묏부리에
서 연기가 올랐다. 봉화는 섬의 서쪽 해안을 따라 옮겨붙었다. 금
갑산 봉화를 용장산이 받았다. 용장산을 벽파진이 받았고, 벽파진
을 망금산이 받았다. 산봉우리들을 건너뛰며 연기는 다가왔다. 물
건너편에서 망금산 봉화 연기는 눈을 찌를 듯이 가까웠다. 삼지원
쪽 망군 한 명이 선착장으로 들이닥쳤다. 망군은 온몸으로 가쁜 숨
을 몰아쉬며 땅에 쓰러졌다.

　─헤아릴 수 없이 많은 적선들이…… 명량으로…… 몰려오고
있습니다…… 헤아릴 수 없이…… 명량으로……

망군은 머리를 땅에 박고 헐떡거렸다.

격군과 사부射夫 들은 이미 승선해 있었다. 격군들은 갑판 밑으로 내려가 노를 잡고 대기했다. 사부들은 갑판 위 좌현과 우현에 배치되었다. 수령과 군관 들은 선착장에 모여 먼 봉우리들을 따라서 가까이 다가오는 연기를 바라보고 있었다. 망군의 보고가 끝나자 그들의 시선은 일제히 내 얼굴로 쏠렸다.

—가자. 명량이다. 거기서 적을 맞겠다.

수령들이 배에 올랐다. 나는 대장선에 올랐다. 나는 이물 쪽을 향해 소리쳤다.

—닻을 들어라.

군관이 복창했다. ……닻을 들어라…… 닻을 들어라…… 닻을 들어라…… 군사들이 전선에서 전선으로 고함치며 명령을 전했다.

—돛을 세워라.

……돛을 세워라…… 돛을 세워라…… 돛을 세워라……

적의 주력은 이미 발진했다. 주력이 다가오고 있다면 바다에서의 일들은 길어질 것이었다. 혹은 짧을 수도 있을 것인가. 그러나 아주 짧지는 않을 것이었다. 새벽에 쌀밥과 소금에 절인 배추와 쇠기름 뜬 뭇국으로 군사들을 먹였다. 연안 읍진들의 군량은 바닥이 났고 백성이 없는 내륙 관아에서 군량은 오지 않았다. 밥이 모자라 그릇마다 수북이 담아주지 못했다. 밥주걱을 쥔 배식 군관들의 팔이 떨렸다. 배마다 찐 고구마와 말린 미역을 실었다. 바다에서 점심을 먹일 수는 없을 것이었다. 찐 고구마로 저녁을 먹인다면 다음날 아침은 대책이 없었다. 밝는 날 아침에, 바다 위에서 적의 군량으로 나의 군사를 먹일 수 있을 것인지, 어느 가까운 포구로 군사를 물려서 먹일 수 있을 것인지, 아니면 먹일 필요가 없을 것인지를 나는 생각할 수 없었다. 그사이에 명량의 물길은 엎치락뒤치락 네 번은 바뀔 것이었다.

—발진하라.

……발진하라…… 발진하라…… 발진하라…… 명령은 복창으로 퍼져나갔다. 쇠나팔이 세 번 울렸다. 나팔 소리의 꼬리는 허공으로 길게 풀렸다. 느린 점고漸高로 몰아가는 격군장들의 북소리가 들렸다. 노들이 일제히 물 위로 치솟았고 다시 물에 잠겼다. 명량까지는 일렬종대로 나아가서, 거기서 적의 주력 정면에 일자 횡렬진으로 펼칠 것이었다. 중군장 김응함이 선두로 나아갔다. 안위가 뒤따랐다. 나는 대열의 한가운데서 여섯번째로 나아갔다.

이물에 덤비는 역류의 물결은 사나웠다. 물결은 길길이 뛰면서 앞쪽에서 달려들었다. 배에 부딪힌 물결이 깨져나가면서 양쪽으로 소용돌이쳤다. 이물 쪽에서 흰 물보라가 칼처럼 일어나서 돛을 때렸다. 노를 질타하는 격군장들의 북소리가 다급해져갔다. 북소리는 빠른 뇌고播鼓로 바뀌었다. 노의 힘은 역류의 물결과 힘겹게 비기고 있는 듯했다. 바람이 잠들어 돛은 힘을 받지 못했다. 멀리서 안위의 배가 좌현 쪽으로 물결을 맞으며 비틀려 있었다. 몇 번의 물결이 때리고 지나간 뒤, 안위는 가까스로 이물의 방향을 수습했다. 시야가 자진하는 먼바다로부터 역류의 물결은 끝도 없이 밀려왔다. 물이랑과 이랑 사이에서 배는 부서질 듯이 비꺽거리면서 뒤로 밀렸다. 밀려나면서 물마루에 올라탄 배는 곤두박질치며 다시 앞으로 나아갔다. 북소리가 더욱 빨라졌다. 격군들은 노 한 자루에 네 명씩 들러붙었다. 격군들은 두 명씩 마주보면서, 서서 노를 저었다. 격군들은 몸 전체를 앞으로 숙이고 뒤로 젖히며, 팔다리와 허리와 몸통으로 노를 저었다. 배가 물이랑 아래로 곤두박질할 때, 북소리는 멈추었다가 다시 살아났다. 격군들은 북소리 한 번에 앞으로 밀고 또 한 번에 뒤로 당겼다.

명량 어귀에서 북소리는 난타로 바뀌었다. 격군들의 몸이 북소리를 받아내지 못했다. 역류로 달려드는 물결과 앞으로 내모는 북소리 사이에서 격군들의 몸이 으스러지고 있었다. 배는 밀리면서 겨우 나아갔다. 후미의 전선들은 세 마장 이상 처져 있었다. 나팔을 불어서 후미를 당겼다. 대장선 우현 쪽 상갑판에 지휘 통제의 위치를 정했다. 우현이 물결에 밀리면서 배의 진행방향이 틀어질 때, 북과 물결의 힘 사이에서 무너져내리는 격군들의 이두박근의 경련이 내 몸에 전해져왔다. 명량 어귀에서 격군 전원을 교대시켰다.

—일자진을 펼쳐라.

……일자진을 펼쳐라…… 일자진을 펼쳐라……

쇠나팔이 울렸다. 나팔 소리는 꼬리를 높이 쳐들고 떨렸다.

일렬종대의 선두와 후미가 좌우로 갈라지면서 종대는 횡대로 바뀌어갔다. 다만 한줄기, 홑겹의 횡대였다. 횡대의 뒤는 물이었다.

진도 쪽 봉우리에서 봉화는 계속 올랐다. 적들은 아직 시야에 들어오지 않았다. 횡렬 일자진의 배 간 간격은 한 마장, 중심은 내가 탄 대장선이었다. 물길의 중앙부에는 배가 머물 수 없었다. 일자진의 가운데 두 마장을 비워놓았다. 거기는 명량의 서쪽 어귀였다. 부딪히면서 해협을 빠져나온 물결들이 해안 쪽으로 커다랗게 휘돌면서 와류했다.

―나아가지 마라. 기다리자.

북소리가 느린 점고로 바뀌었다. 역류 위에서 떠밀려내려가지 않으려면 격군들은 나아가지 않더라도 노를 저어야 했다. 사부들에게는 아직 화약과 화살이 지급되지 않았다. 흔히 겁에 질린 사부들은 적선이 눈에 띄면, 아득히 먼 적들을 향해 쏘아댔다. 그들은 적을 쏘지 않고 적으로부터 불어오는 바람을 쏘았다. 그것이 그들의 위안이기도 했던 모양이다. 그때 화살과 포환은 모두 물 위에 떨어졌다. 출항하기 직전에 각 선의 군관들에게, 적들이 사정거리 안쪽으로 깊이 들어온 다음에 화살과 화약을 나누어주도록 일러놓았다. 양쪽 현 난간에 늘어선 사부들은 먼바다 저쪽으로 보이지 않는 적들을 바라보았다. 사부들은 물보라에 젖어 있었다.

명량 어귀에서 나는 외가닥 일자진으로 물결을 버텨가며 기다

렸다. 명량의 서쪽 어귀였다. 나의 사지는 내 앞에 끝도 없이 펼쳐
져 있었다. 잘 죽을 수 있는 자리였다. 그러나 죽음에 이르는 길은
너무 멀어서 끝은 보이지 않았다. 물결은 우우우 울며 내달았고,
이물은 솟고 또 곤두박질쳤다. 배를 따라 이동하는 갈매기들이 멀
리서 너울거렸다. 우짖는 새떼를 앞세우고, 적들은 오고 있었다.

노을 속의 함대

북서 밀물에 올라탄 적의 함대는 빠르고 가벼웠다. 적은 원양을 건너가는 어족魚族의 무리처럼 물의 은총을 받고 있었다. 적은 십렬종대의 이동 대열로 다가왔다. 적은 벽파진 앞바다에서 왼쪽으로 방향을 틀면서 명량으로 접근했다. 선단마다 빨간 기, 노란 기, 흰 기, 검은 기가 펄럭거렸다. 단위 부대들을 끌어모은 연합 함대였다. 적의 배들은 갑판 위 누각에 울긋불긋한 칠을 했고, 이물과 고물에 금박을 입혔다. 출렁거리며 다가오는 적의 이물에서 대낮의 햇빛은 번쩍거렸다. 적의 대열은 찬란했다. 알 수 없는 적의의 신들이 살고 있는 무수한 신전神殿들이 몰려오는 것 같았다. 누각 높은 배들마다 '나무묘법연화경'의 비단 깃발이 나부꼈다. 적은 헤아릴 수 없이 많은 깃발들의 함성으로 다가왔다. 그 깃발 위 허공으로 적의 살기는 무지개처럼 펼쳐졌다. 무지개는 흔들리면서 다가왔다. 바람의 흐름이 끊어질 때마다 우수영 쪽 산꼭대기에서 바다를 내려다보며 울부짖는 피난민들의 울음소리가 들렸다. 몸이 불에 타들어가는 자들의 울음처럼, 그 울음은 맹렬했고 다급했다. 벽파진 앞바다에서, 적의 항로 수정은 정확했다. 적들은 흰 새똥에 뒤덮여 또렷한 석도의 봉우리와, 멀리서 칼날처럼 치솟은 진도 금골산 정상을 향해 지표로 삼아 정확히 방향을 틀어 명량 동쪽 어귀로 들어왔다. 긴 하루가 남아 있는 정오 무렵이었다.

적들은 더욱 다가왔다. 일자진은 움직이지 않았다. 나는 기다렸다. 적선들에서 함성이 일었다. 적의 제1열과 제2열이 합쳐지면서, 양쪽으로 날개를 벌리기 시작했다. 적은 선두가 전투대형으로 바뀌었다. 물은 적의 편이었다. 적은 휩쓸듯이 달려들었다. 감당할 수 없는 적의 힘이 내 몸에 느껴졌다. 나는 뼈마디가 으스러지듯이 아팠다.

물러서야 한다고 내 속에서 내가 아닌 내가 나에게 소리치고 있었다.

—진을 물려라.

쇠나팔이 짧게 여러 번 울렸다. 격군들이 노를 멈추었다. 일자진은 물결에 밀려 뒤로 흘렀다. 노를 몰아치는 적의 다급한 북소리가 들렸다. 적들의 노가 맹렬한 기세로 물을 헤쳤다. 적의 제3열이 앞쪽으로 나와 양쪽 날개에 가세했다. 해협이 좁아, 적의 날개는 폭이 넓지 못했다. 적은 날개를 서서히 오므려가며 달려들었다.

—더욱 물려라.

일자진은 다시 뒤로 흘렀다. 적은 명량 깊숙이 달려들었다. 적
의 날개를 피해서 물러선 만큼 적들은 달려들었고, 끌어들인 만큼
다시 걷어내야 할 것이었다. 명량의 동쪽 어귀에서 서쪽 어귀에 이
르는 예순 마장의 물길에 적의 대열은 온전히 들어와 있었다. 벌려
진 선두의 날개 뒤로 적은 긴 종대를 이루었다. 적의 종심縱深은 깊
었으나, 역류하는 물결 위에서 나는 적의 종심을 깊이 찌를 수 없
었다.

일자진 뒤쪽으로 임하도 쪽 바다는 갑자기 넓어진다. 거기서,
다시 넓어지는 적의 날개를 벗어날 수는 없을 것이었다. 물러설 자
리는 넓었지만, 물러서서 살 자리는 없었다. 적의 선두 날개가 사
정거리 안으로 들어왔다.

북서 밀물은 기세를 죽이기 시작했다. 양쪽 연안으로 밀려났던
와류들이 가운데로 다시 몰리면서 물결은 낮아졌다. 이물 쪽 기둥
에 몸을 묶은 적병들이 이쪽을 향해 조총을 겨누고 있었다. 또 한
번의 역류를 앞둔 바다는 문득 호수처럼 고요해졌다. 그 적막 속에
바다는 다시 밀물에서 썰물로 뒤바뀌는 존망의 격랑을 예비하고
있었다. 이제 밀어붙일 것이었다.

—닦아라. 적의 제1열을 부수라.

쇠나팔이 길게 울렸다. 대장선에서 화살이 날고 화포가 터졌다. 적들이 함성을 질렀다. 적의 날개가 점점 좁혀졌다. 총탄이 무더기로 쏟아져왔다.

—더욱 닦아라.

함대는 따라오지 않았다. 중군장 김응함과 거제 현령 안위는 두 마장 정도 뒤로 물러서서 다만 고요한 바다에 떠 있었다. 노조차 움직이지 않았다. 베어야 했으나 배를 돌릴 수 없었다. 적의 날개는 연안 쪽에서 빠르게 좁혀들고 있었다. 초요기招搖旗를 세웠다. 김응함이 겨우 다가왔다. 김응함이 내 배로 건너왔다. 김응함의 배 좌현에서 적탄에 맞은 사부 두 명이 물속으로 고꾸라졌다. 나는 김응함의 목에 칼을 들이댔다.

—응함아, 여기는 사지다. 내 칼에 죽느니 나아가서 적의 칼에 죽어라.

제 배로 건너간 김응함은 격군을 질타해서 앞으로 나아갔다. 안위가 다가왔다. 대장선으로 건너와서 안위는 갑판에 꿇어앉았다. 나는 말했다.

—안위야, 너를 죽여서 길을 열겠다. 네가 군법에 죽겠느냐? 물러서면 살 듯싶으냐?

안위가 몸을 떨었다. 안위는 제 배로 건너갔다. 안위의 배가 앞으로 나아갔다.

칼을 빼든 적들이 갑판 위에 도열해서 함성을 질렀다. 칼을 든 적들은 월선越船 공격을 준비하고 있었다. 적의 갈고리가 날아와 뱃전에 걸렸다. 사부들이 갈고리 줄을 끊어냈다. 갈고리는 계속 날아왔다. 적들은 스무 명씩 조를 짜서 한꺼번에 조총을 쏘아댔다. 총알은 무더기로 날아와 방패에 박혔다.

—붙지 마라. 떨어져서 쏴라.

군관들이 배에서 배로 고함쳤다.

적의 왼쪽 날개 끝에서 안위의 배가 포위되었다. 적선 세 척이 안위의 배로 달려들었다. 안위의 우현 노가 여러 자루 부러져 있었다. 격군들까지 갑판 위로 올라와 뱃전으로 기어오르는 적들을 찌르고 베고 돌로 찍었다.

안위의 배에서 임준영은 우현을 맡고 있었다. 임준영은 창으로 뱃전에 다가오는 적을 찍었다. 적의 머리에 박힌 창끝이 빠지지 않자 임준영은 창을 버렸다. 임준영은 큰 낫으로 아래쪽에서 기어오르는 적의 목을 걷어냈다. 임준영의 팔은 쉴새없이 쳐나갔다. 노가 부러진 안위의 배는 적을 헤치고 나오지 못했다. 안위는 그 포위망 속에서 힘이 다하면 자진할 작정인 듯했다. 안위의 배는 위태로웠다. 나는 안위의 배 쪽으로 다가갔다. 안위는 한 마장쯤 왼쪽에 있었다. 적선 한 척이 안위의 고물을 부수고 있었다. 총통의 조준을 적선의 우현 아래쪽으로 집중시켰다. 적선은 기우뚱했다. 선체에 구멍이 뚫리면서 적선은 오른쪽으로 기울기 시작했다. 적의 노졸들이 노를 버리고 갑판 위로 뛰어나왔다. 불화살 삼십여 대가 적선에 꽂혔다. 적선의 갑판과 선실에서 불길이 넘실거렸다. 적의 돛폭에도 불길이 일었다. 물 위로 뛰어내린 적병들이 부서진 널빤지에 붙어서 안위의 배로 덤벼들었다. 적들은 너무 많았다. 내가 가진 화살과 포환의 숫자보다도 적들은 훨씬 더 많았다.

장흥 백성 정명설과 해남 백성 오극신이 아들들을 배에 태우고 싸움의 한복판으로 들어왔다. 그들의 배는 어선이었다. 그들은 가병假兵으로, 일자진 뒤쪽 후방에 배치해둔 어선들이었다. 오극신은 내 대장선의 좌현 쪽을 막아섰다. 오극신은 물 위에 떠서 대장선 쪽으로 접근하는 적병들을 돌로 찍어냈다. 아비가 노를 잡고 아들이 돌로 찍었다. 좌현 쪽으로 오는 적들을 걷어내고 오극신은 더 멀리 나갔다. 오극신이 적선에 다가갔을 때 칼을 빼든 적병 둘이 오극신의 배로 뛰어내렸다. 오극신은 적의 칼에 베어져 물 위로 고꾸라졌다. 오극신의 아들이 아비를 벤 적병의 머리를 돌로 찍었다. 다른 적병 한 명이 오극신 아들의 허리를 베었고, 어선은 뒤집혔다. 물결은 고요했다.

정명설은 어선을 저어서 안위의 배 쪽으로 다가갔다. 널빤지에 매달린 적병들이 안위의 고물 쪽으로 몰려들었다. 정명설이 노를 잡고 두 아들이 작살로 적병의 머리를 찍어냈다. 적병이 난간에 매달리자 어선은 기우뚱했다. 적탄이 정명설의 가슴에 박혔다. 아들이 쓰러진 아비를 어창 위에 눕혔다.

—사내야 사내야, 사내가 죽어야 한다.

정명설은 두 아들에게 그렇게 말하고 죽었다. 큰아들이 노를 잡고, 죽은 정명설의 어선은 다시 앞으로 나아갔다. 물결은 여전히 고요했다. 격군들은 기진맥진했다. 이물을 돌릴 때마다 물을 밀어내는 격군들의 근육에서 힘이 빠져나가는 떨림이 내 몸에 느껴져왔다. 다시 격군을 교대시키고 나팔로 흩어진 진을 수습했다.

안위의 배가 포위를 뚫고 나왔을 때, 물살은 일어서기 시작했다. 적의 후미 너머 먼바다에서, 다시 거꾸로 돌아서는 보름사리의 썰물이 대낮의 햇빛 속에서 반짝였다. 그 물비늘 빛나는 먼바다까지, 이 많은 적들을 밀어붙이며 나는 가야 할 것이었다. 거기서 존망의 길이 어떻게 뻗어 있을 것인지는 나는 알 수 없었다. 조금씩 일렁이던 물길의 가운데가 허연 갈기를 세우며 일어섰다. 물결은 말처럼 일어서서 뒤로 달리기 시작했다. 물살을 버티려는 적들의 노가 안간힘을 쓰고 있었다.

—밀어라. 힘껏 밀어라.

······밀어라······ 밀어라······ 밀어라······

쇠나팔이 길게 울었고, 난타로 몰아대는 북소리가 울렸다. 불화살과 포환이 날아갔고, 적의 총탄이 무더기로 날아왔다. 적의 선두가 주춤거리며 뒤로 밀리기 시작했다. 밀집대형을 이룬 적의 대열이 거꾸로 흐르는 역류에 휩쓸리면서 서로 부딪혔다. 적선들의 노가 무수히 부서져나갔다. 노가 부서진 적선들은 방향을 돌리지 못하고 뒤로 밀렸다. 밀리는 적들은 점점 더 좁아지고 빨라지는 역류의 물길로 들어서고 있었다.

　—더욱 밀어라. 멀리 쏴라.

　불화살이 멀리 날아갔다. 중위中衛 이후의 먼 적선들에서 연기와 불길이 솟았다. 뒤로 밀리는 적선들이 불타는 적선과 부딪히면서 깨어져나갔다. 적병들은 물 위로 뛰어내렸다. 녹진 앞바다는 명량의 가장 좁은 먹통이었다. 거기서 적의 밀집대형은 아수라로 뒤엉켜 뒤로 흘렀다. 적의 뒤가 나의 앞이었다. 적의 후미를 깨뜨릴 수만 있다면, 뒤로 밀리는 적은 깨어진 적의 쓰레기에 부딪혀 깨질 것이었고, 그 쓰레기에 또다른 적선이 부딪힐 것이었다.

　—다가가라. 다가가서 멀리 쏴라.

　물 위로 뛰어내린 적병들은 헤엄치지 못하고 물결에 휩쓸렸다. 폐사된 물고기떼처럼 적병들은 바다를 가득 메우고 떠내려갔다. 사부들은 물 위를 쏘지 않았다.

　녹도 만호 송여종은 내 왼쪽 열 마장 너머에서, 뒤로 밀리는 적의 삼층 누각선을 붙잡아 족치고 있었다. 삼층 누각에 금박과 단청을 입혔고, 수많은 깃발이 펄럭거렸다. 송여종은 누각에 불을 질러놓고 적선의 왼쪽으로 화력을 집중시켰다. 반쯤 기운 선체에서 화염이 치솟았다. 그것이 적장 구루시마의 배였다. 구루시마는 죽어서 물 위에 떴다. 구루시마의 시체는 내 배 쪽으로 떠내려왔다. 사부 김돌손이 갈고리를 던져 구루시마의 시체를 건져올렸다. 갑옷의 상의가 찢어져나갔고 화살 다섯 대가 등판에 꽂혀 있었다. 송여종의 솜씨였다. 그는 도깨비 뿔 같은 투구를 쓰고 있었다. 투구를 씌운 채 목을 베었다. 구루시마의 머리를 대장선 돛대 꼭대기에 걸고 적의 정면으로 향해 나아갔다. 장졸들의 함성이 일었고, 쇠나팔이 높게 울렸다. 연안의 산꼭대기에서 피난민들의 울부짖음이 들려왔다.

적들은 뒤엉켜서 부서지면서 밀렸다. 나는 일자진으로 밀어붙였다. 노가 부러진 적선들이 물살 위에서 가랑잎처럼 맴돌며 위로 밀렸다. 연기에 가려 적의 후미는 보이지 않았다. 격군을 자주 교대시켰다. 명량 서쪽 어귀에서 아직도 온전한 적의 후미는 이물을 돌려 달아나기 시작했다. 추격할 수 없었고, 화살을 보낼 수도 없었다. 날이 저물고 있었다. 불타는 적선들이 어두워오는 수평선 쪽으로 밀려갔다. 살아남은 적들은 저무는 해남 바다 쪽으로 달아났고, 죽은 적들의 시체는 연안으로 몰리는 와류에 휩쓸렸다. 헤아릴 수 없이 많은 적이었다.

다시 거꾸로 돌아서는 물살은 북서 밀물로 일어서서 목포 쪽으로 몰려갔다. 저물어오는 바다는 추웠다. 나는 벽파진으로 군사를 물렸다. 거기서 인원을 점검했다. 더러 죽고, 많이 살았다. 벽파진에는 남겨둔 군량이 없었다.

—돌아가자. 마침 물길이 돌아섰으니.

나는 군관들에게 말했다. 함대는 다시 일렬종대로 펼쳐졌다. 나는 목포 쪽으로 몰려가는 북서 밀물 위에 올라탔다. 죽은 적병의 시체들을 헤치고 함대는 북서진했다. 깃발을 내리고 돛을 접었다. 물살이 함대를 목포 앞 암태도까지 데려다줄 것이었다. 어두워지는 숲으로 새들이 돌아갔다. 목포 쪽 하늘에 붉은 노을이 펼쳐졌다. 해남 쪽 바다에 보름달이 떴다. 돌아가는 함대는 노을 속으로 항진하는 듯싶었다. 허기진 사부들이 갑판에 주저앉아 마른 미역을 씹었다. 새떼들이 끝없이 배를 따라왔다. 다시 거꾸로 흐르는 북서 밀물 위에서 나는 몹시 피곤했다.

구덩이

해남으로 보냈던 정탐 네 명이 이레 만에 돌아왔다. 육로로 갔던 그들은 백성들이 버린 어선을 타고 돌아왔다. 보고는 길고 소상했고, 근접도가 좋았다. 명량에서 깨진 적의 잔당들이 퇴로에 다시 해남반도에 상륙해 백성들의 집을 모조리 불지르고 마을과 산속을 샅샅이 뒤져 숨어 있던 백성들을 씨가 마르도록 도륙했다는 것이었다. 해남에 상륙한 적들은 이틀 밤 이틀 낮을 불지르고 죽인 뒤 다시 바다로 나아가 경상 해안 쪽으로 이동했다. 그 대열은 쉰척 정도였다.

마을의 향리와 접장 들이 진작부터 적과 내통했다. 백성들이 숨어 있는 곳을 밀고했으며 백성들이 감추어놓은 곡식과 소금을 적에게 인도했다. 흩어진 백성들은 적들이 물러간 뒤에도 마을로 돌아오지 못했다. 밀고자들 중 일부는 적과 함께 떠났다. 적의 시체

와 백성의 시체가 연안과 마을을 뒤덮고 벌레가 들끓어 역질이 번
졌다. 지방 관아는 모두 달아나서 살아남은 백성들은 다만 울부짖
고 있었다. 녹도 군관 이철에게 군사 서른 명을 딸려 해남으로 보
내, 백성의 뒷일을 수습도록 했다. 이철은 배로 떠났다. 이철의 배
에 군량 서른 가마를 실어주어 우선 죽을 쑤어 먹이도록 했다. 군
량은 명량에서 깨어진 적선에 올라가 빼앗은 쌀이었다. 모두가 적
들에게 빼앗긴 연안 백성들의 쌀이었다. 내가 적을 죽이면 적은 백
성을 죽였고 적이 나를 죽인다면 백성들은 더욱 죽어나갈 것이었
는데, 그 백성들의 쌀을 뺏고 빼앗아 적과 내가 나누어 먹고 있었
다. 나의 적은 백성의 적이었고, 나는 적의 적이었는데, 백성들의
곡식을 나와 나의 적이 먹고 있었다.

　대낮에 오한이 오면서 임진년에 총 맞은 왼쪽 어깨가 쑤셨다.
바람이 없는데도 먼바다에서 물결이 일었다. 내일, 바다에는 비가
내릴 것이었다.

　이철을 보내고 나서 장졸들을 모아놓고 무기를 점검했다. 썩
은 창자루를 갈아끼우고 쇠갈고리의 낡은 줄을 바꾸도록 했다.
명량에서 돌아온 배들은 이음새가 어긋났고, 틈새에 벌레가 먹
었다. 노 구멍이 문드러진 배들도 있었다. 배들을 묶어놓고 선
실 안에서 연기를 피워 벌레를 잡았다. 벌어진 틈새에 나무 심
을 넣었다. 개먹은 노 구멍 둘레에 쇠를 박았고 이 빠진 노 끝에
구리 버선을 씌웠다. 저녁때 백성들이 버린 밭에 월동 무씨 다

섯 되를 뿌렸다.

명량 전투가 끝난 뒤 임준영은 이틀 동안 작전 해역을 수색했다. 나는 임준영에게 전선 두 척과 어선 다섯 척, 그리고 군사 쉰 명을 맡겼다. 임준영은 이틀 후 군사를 인솔하고 암태도로 돌아와 보고했다. 임준영은 떠다니는 적의 시체 이천여 구를 건져서 묻었다. 연안 갯벌 쪽으로 다가오는 시체만을 정리했고 원양으로 떠내려가는 시체는 수습하지 못했다. 작전 해역에 역질이 돌았고, 물고기가 떼죽음을 했다. 명량 물길이 하루에 네 번씩 거꾸로 바다를 쓸어내려서, 깨어진 적선의 쓰레기는 멀리 떠밀려갔다. 임준영은 반파된 적선의 내부를 수색해서 적의 군량 오백 석을 노획했다. 임준영은 적의 군량과 조총, 창검, 화포, 피복을 두 배 가득히 싣고 돌아왔다. 흘수선吃水線이 내려앉도록 노획품은 많았다. 돌아온 임준영과 그의 부하들은 적의 투구를 뒤집어쓰고 들떠 있었다.

임준영은 전선 뒤에 작은 어선 한 척을 줄로 묶어서 끌고 왔다. 그 어선 위에 조선 여자의 시체 다섯 구가 실려 있었다. 죽은 여자들은 철 지난 여름 치마저고리를 걸쳤다. 살아서 실려온 여자도 한 명 타고 있었다. 산 여자는 뱃전에 쪼그리고 앉아서 실성한 듯 벌려진 입으로 침을 흘리고 있었다.

— 웬 송장이냐?

— 적장들의 선실에 죽어 있었습니다.

임준영의 부하들이 시체를 들어올려 선착장에 벌여놓았다.

가마니 위로 드러난 머리카락들이 불에 그을려 있었다. 죽은 여자들의 머리카락이 해풍에 날렸다. 이미 썩기 시작한 송장의 비린내가 훅 끼쳤다.

—어찌된 부녀들인가?

—적에게 끌려가서 여러 적장들의 계집 노릇을 하던 부녀들입니다. 저 여인네를 심문하시면 아실 것입니다.

살아서 끌려온 여자에게 더운죽을 먹이고, 수군의 옷으로 갈아입혔다. 정신이 돌아온 여자는 진술했다. 해남 두륜산 심마니의 딸이었고 나이는 스물다섯이었다. 가족은 흩어졌고 여자 혼자서 적에게 잡혔다. 조선 여자 세 명이서 적장 구루시마의 몸시중을 들었는데, 한 명은 해남에서 출항할 때 물에 뛰어들어 죽었다고 했다.

—나머지 한 명은 누구냐?

여자는 두번째 시체를 손가락으로 가리켰다.

—열어라.

군사들이 가마니를 걷어냈다. 키가 작고 어깨가 둥근 여자였다. ……나으리, 밝는 날 저를 베어주시어요…… 아득한 밤들과 달빛에 어른거리던 칼 무늬가 내 마음에 떠올랐다. 죽은 여자는 고개를 저쪽으로 돌리고 있었다.

—얼굴을 돌려라.

군사들이 죽은 여자의 머리채를 움켜잡고 고개를 돌려놓았다.

여진의 얼굴이었다.

—옷을 벗겨라.

식칼을 든 군사가 죽은 여자의 옷을 찢어내렸다. 여자의 나신이
드러났다. 젖가슴은 말라붙어 있었고 메말라 보이는 음부가 이를
악물듯 닫혀 있었다. 빗장뼈 아래로 구렁이 같은 상처 자국이 이제
푸르게 변해가고 있었다. 나는 살아서 끌려온 여자에게 물었다.

—저 여자 이름이 뭐라 하더냐?

—여진이라 하더이다.

—내력을 말하더냐?

—구례 관아의 창기였다는데, 함평에서 순천으로 가는 산속에
서 잡혔다 하더이다.

죽은 여자는 여진이었다.

—덮어라.

군사들이 가마니로 죽은 여진의 몸을 덮었다. 나는 임준영에게
물었다.

—이 송장들을 대체 왜 끌고 왔느냐?

임준영은 머쓱해졌다.

—조선 백성들이기에 혹시라도 연고를 찾아서 시신이라도 보내
줄 수 있을는지……

—부질없다. 근본을 모르니 어찌 이 난리통에 임자를 찾겠느
냐?

—그래도 혹시나……

—내다 버려라.

수졸들이 여자들의 시체를 들어서 밭둑 위로 옮겼다. 굶어 죽고 병들어 죽은 피난민들의 시체 이십여 구가 밭둑에 쌓여 있었다. 수졸들은 묵은밭 가운데 커다란 구덩이를 파놓았다. 역질이 돌고 있었으므로 구덩이는 깊었다. 수졸들이 시체를 하나씩 구덩이 안으로 던졌다. 수졸들은 시체의 팔다리를 마주잡고 흔들다가 공중으로 휙 날렸다. 시체는 구덩이 안으로 떨어져 쌓였다. 여진의 시체가 공중으로 떴다가 구덩이 안으로 떨어졌다. 여진의 시체는 구덩이 한구석에서 엎어졌다. 다른 여자들의 시체가 그 위에 포개졌다. 수졸 수십 명이 달려들어 삽으로 구덩이를 메웠다.

임준영이 살아서 끌려온 여자를 심문해서 결과를 보고했다. 해남 어란진의 적진에 끌려온 조선 여자는 서른 명이었다. 적장 구루시마가 세 명을 차지했고 나머지는 적의 장수들에게 나누어주었거나 죽였다. 구루시마는 세 명의 여자를 번갈아가며 선실 안으로 불러들였다. 대낮에도 옷을 벗겼다. 여자 한 명이 물에 빠져 죽자 구루시마는 한 명을 보충했다. 명량에서 밀릴 때도 구루시마의 선실에는 여자 세 명이 다다미 위에 쪼그리고 앉아 있었다. 배에서 구루시마는 차를 자주 마셨다. 여진의 고향은 밀양이라고 했다. 밀양은 임진년 초장에 무너졌다. 여진이 경상도 밀양에서 전라도 구례까지 흘러들어온 경위는 알 수 없었다. 적장의 씨가 몸에 붙은

칼의 노래 95

것 같다고 말하면서 여진은 적장 몰래 울었다고 한다.

살아서 끌려온 여자는 일례라고 했다. 일례를 수영 주변 백성의 집에 얹혀주도록 군관에게 일렀다. 해남 어란진 포구 주변 후미진 바위 그늘에서 적이 실어내지 못한 군량 삼백 석이 발견되었다. 다시 임준영과 군사들을 해남으로 보내 적의 군량을 실어오게 했다.

저녁때 나는 여진이 묻힌 밭둑에 나갔다. 시체가 묻힌 구덩이 위에 군사들이 모닥불을 지르고 있었다. 나는 여진의 몸속에서 꼴깍거렸을 구루시마의 몸을 생각했다. ……나으리, 밝는 날 저를 베어주시어요…… 구루시마의 몸도 그때 여진의 몸속에서 아늑했을까. 나는 치가 떨렸다. 여진의 몸속 깊은 곳에서, 이 전쟁을 끝낼 수는 없을 것인가. 아마 그럴 수는 없을 것이었다. 군사들은 모닥불에 생선을 구워 술을 마시며 노래를 불렀다. 군사들은 구덩이 위에 술과 안주를 벌여놓고 절을 했다. 군사들은 상엿소리를 불렀다. 내가 다가가자 군관이 술잔을 내밀었다.

—과음하지 말라.

나는 겨우 말했다. 나는 개별적인 죽음을 이해할 수 없었다. 온 바다를 송장이 뒤덮어도, 그 많은 죽음들이 개별적인 죽음을 설명하거나 위로할 수는 없을 것이었다. 나는 여자가 죽으면 어디가 먼저 썩을 것인지를 생각했다. 나는 그 썩음에 손댈 수 없을 것 같았다. 죽은 자는 나의 편도 아니고 적도 아니었다. 모든 죽은 자는 모든 산 자의 적인 듯도 싶었다. 내 몸은 여진의 죽은 몸 앞에서 작게 움츠러들었다.

나는 죽은 여진에게 울음 같은 성욕을 느꼈다. 세상은 칼로써 막아낼 수 없고 칼로써 헤쳐나갈 수 없는 곳이었다. 칼이 닿지 않고 화살이 미치지 못하는 저쪽에서, 세상은 뒤채며 무너져갔고, 죽어서 돌아서는 자들 앞에서 칼은 속수무책이었다. 목숨을 벨 수는 있지만 죽음을 벨 수는 없었다. 물러간 적들은 또 올 것이고, 남쪽 물가를 내려다보는 임금의 꿈자리는 밤마다 흉흉할 것이었다.

그날 밤, 해남의 민촌으로 보냈던 녹도 군관 이철이 돌아왔다. 백성을 먹이고 시체를 묻고, 역질에 걸린 자들을 격리했고 무너진 백성들의 집을 일으켜세웠다고 보고했다. 이철이 적과 내통해서 백성들을 밀고했던 접장과 향리 세 명을 붙잡아왔다. 이철은 조서를 제출했다. 그들의 죄는 명백했다. 새벽에 모두 목 베었다. 머리는 마을에 걸었고 몸통은 낮에 여진을 묻었던 구덩이에 함께 묻었다. 새벽에 종을 시켜 탕약을 끓여 마셨다. 초겨울의 물소리가 날카로웠다.

바람 속의 무 싹

　북서풍이 몰고 가는 눈보라가 바다를 덮었다. 먼바다에서 바람
이 방향을 바꾸어 부딪힐 때마다 눈보라는 뒤엉키며 회오리쳤고,
잿빛 섬들이 회오리 속으로 불려갔다. 수면을 훑는 바람이 밀물로
달려드는 물결을 거꾸로 때리면 뒤집히는 물결이 곤두서면서 흰
칼날들이 일어섰다. 포구에 묶인 배들이 서로 뱃전을 부딪히면서
비걱거렸고, 배를 끌어올린 장졸들이 모닥불을 피워놓고 언 몸을
녹였다.

　종사관 김수철이 보름 동안 연안의 읍진과 내륙의 관아를 돌아
왔다. 김수철은 서면으로 보고했다. 보고서를 살피는 일에 하루가
걸렸다. 마루 너머에서 겨울 바다는 길길이 뛰었고, 댓돌 앞에서
창을 든 위병은 바다 쪽으로 돌아서 있었다. 김수철의 보고서는 마
른 붓을 휘둘러 급히 쓴 글씨였다.

녹진 만호가 시체 이백삼십 구를 거두어 묻었다. 피난민과 적병의 시체가 섞여 있었다. 녹진 수영 뒷담이 열 자쯤 무너졌다. 녹진 군량은 닷새분 남았다. 색리 두 명이 달아났다. 만호가 달아난 색리를 잡지 못했다.

벽파진에서 시체 쉰 구를 태웠다. 시체가 탈 때 중이 염불을 했다. 벽파진 군량이 끝났다. 수졸과 군관 두 명이 섬의 안쪽으로 달아났다.

금갑진에 역질이 돌았다. 백성들이 토하고 쌌다. 시체 백여 구를 묻었다. 모두가 백성들이었다. 금갑진 둔전에 겨울 배추 싹이 올랐다. 둔전에 배속된 백성들이 역질로 죽었다. 금갑 무당이 굿을 했다.

용장산 봉수대가 무너졌다. 용장산에서 벽파진으로 오는 통신 축선이 끊겼다. 수졸들은 달아났다.

삼지원 선착장이 무너졌다. 여름에 개울이 넘쳐 수영 뒷담이 무너졌다. 삼지원 뒷산 옥매봉 봉수대가 무너졌다. 수졸들이 달아났다.

옥도에서 피난민의 계집들과 수군 장졸들이 뒤엉켜 음란한 짓을 했다. 전라도 계집과 경상도 계집이 제 고장 노래를 불렀다. 옥도 군관들이 백성의 개를 빼앗아 잡아먹었다.

해남 어란진 선착장이 무너졌다. 적들이 해남을 떠난 뒤에도 백성들은 마을로 돌아오지 않았다. 적들이 마을을 불질렀다. 개울물이 시커멨다. 해남 백성들 사이에 '이순신은 서해로 갔다. 적들은 다시 올 것이다'는 유언이 돌았다.

수의도 수졸 서른 명이 작당해서 배를 타고 달아났다. 군관이 뒤쫓아갔으나 잡지 못했다. 만호가 군관을 매질했다. 매 맞은 군관이 달아났다. 배도 찾지 못했다.

광양에 적들이 상륙했다는 소문이 돌았으나 확인되지 않았다. '조선 임금이 이미 항복했고 가토의 군대가 서울을 접수했으며, 서울의 미인들은 가토 군대의 첩이 되었다'는 소문이 돌았다. 소문은 경상 연안에서 전라 연안 쪽으로 번져왔다.

도양 백성들이 수영을 습격해서 군량 서른 가마를 실어냈다. 백성과 군관이 함께 달아났다. 달아나던 백성들 열두 명이 죽은 염소를 끓여먹고 설사 끝에 죽었다.

당포진 둔전에 겨울 대파 싹이 올랐다. 둔전을 맡은 백성들이 역질로 죽어서 묻었다. 당포 군관이 선비 집 유부녀를 강간했고 여자는 자살했다. 무당이 굿을 했다.

매포 군관들이 밤마다 여염의 계집들을 수영 안으로 불러들였다. 계집들은 머리에 술과 안주를 이고 있었고 아전들이 계집들을 뒤따라갔다.

방포진 해자가 무너졌고, 포작선 두 척이 뻘밭에 얹혔다. 방포진 백성들이 죽은 적병의 옷을 벗겨서 입었다.

영암, 나주, 곡성, 함평에 도적이 끓어 백성들의 가을 곡식을 빼앗아갔다. 피난민들이 빈 논의 벼를 거두었는데, 반 이상을 참새가 먹었다.

함평에서 수군에 배속된 장정 쉰 명을 육군이 몰아갔다. 도원수가 보낸 군사가 열흘 동안 함평을 뒤졌다. 함평 관아 동헌 객사가 무너졌다. 현감이 매일 밤 관기를 끼고 술을 마셨다.

나주에 역질이 돌았다. 백성들이 역질에 걸린 자들을 움막에 모아놓고 불질렀다. 죽은 시체와 목숨이 붙어 있는 자 들을 함께 태웠다. 나주의 여러 고을들이 일손이 없어 추수하지 못했다. 피난민들이 곡식을 걷어갔다.

가리포 군량이 삼백 석이라고 보고되었으나 곳간은 비어 있었다. 빈 곳간에 쥐떼가 끓었다.

사대포 현감이 달아났다. 색리가 소달구지에 군량을 싣고 현감을 따라갔다.

조도에 피난민 삼백이 뗏목을 타고 들어왔다. 피난민과 원주민들이 어장을 놓고 다투다가 배가 뒤집혀 피난민 다섯 명이 죽었다.

월명포 무기고 문짝이 떨어졌고, 서까래가 내려앉았다. 돌쩌귀가 썩어서 주저앉았고 쥐가 갈고리 끈을 쏠았다.

강포의 고기 잡는 백성들이 밤마다 수군 경계수역 안으로 넘어들어갔는데 수군들이 막지 않았다. 강포 수군들이 군량으로 밥을 지어 끼니때마다 마을 백성들과 함께 나누어 먹었는데 반찬은 백성들이 잡아온 물고기였다. 강포 계집들이 함께 먹었다.

달모산 아래 벽진 마을 백성들이 적과 밀통했던 선비 두 명을 붙잡아 낫으로 찍어 죽이고 선비의 딸을 강간했다.

벽진에 경상 연안 쪽 피난민 오십여 명이 들어왔다. 벽진 백성의 딸과 피난민의 아들이 무너진 향교 마당에서 혼인했다.

몽포 백성들이 보리를 심고 무씨를 뿌렸다. 흘레가 순조로워 염소떼가 크게 늘었다.

금진포 백성들이 적선의 파목을 끌어모아 뗏목을 만들어 고기잡이를 시작했다. 뗏목이 뒤집혀 백성 다섯 명이 마을로 돌아오다가 죽었다.

군내에서 삼 년 만에 오일장이 섰는데, 겨울 미나리, 좁쌀, 겉보리, 찐쌀, 묵은 된장, 미역, 매생이, 감자가 나왔다. 닭 두 마리와 강아지 한 마리를 바꾸어갔고 달걀 한 개에 감자 세 알씩 바꿔갔다.

용장 봉수대가 무너져 현감이 백성들을 데리고 산으로 올라갔다. 저녁에 현감이 내려오지 않자, 마을에 남은 백성들이 주먹밥을 싸가지고 산으로 올라갔다.

옥수 무당들이 시체 오십 구를 묻은 자리에서 씻김굿을 했다. 수줄들이 굿판으로 몰려가 국밥을 얻어먹었다. 굿이 끝나는 새벽에 죽은 자들의 귀신이 빨랫줄에 붙어서 끽끽 울었다.

영암에서 군량 이백 석을 수영으로 보내려고 마차에 실었다. 군수가 도적이 무서워서 군사 열 명을 마차에 딸려보냈다.

화도진에서 포구에 묶인 포작선 다섯 척이 바람에 쓸리다가 부덮혀 깨졌다. 화도진에 겨울 땔나무가 없어서 만호가 옥도로 배를 보내 나무와 볏짚을 실어왔다. 화도진 수졸들이 볏짚을 엮어서 백성들의 집을 덮어주었다.

미호 군관 셋이 탈영했다. 만호가 군사를 풀었으나 잡지 못했다. '이순신이 다시 조정으로 잡혀갔다'는 유언이 미호 백성들 사이에 떠돌았다. 탈영한 군관이 그렇게 말했다고, 백성들이 말했다고, 향리가 말했다.

하루종일 물의 칼들이 일어섰다. 저녁 바다는 거칠었다. 인광의 칼날들이 어둠 속에서 곤두서고 쓰러졌다. 캄캄한 바다에서 칼의 떼들이 부딪혔다. 물보라가 수영 안마당까지 날아들었다. 섬도 수평선도 보이지 않았다. 연안의 읍진들이 어둠 속으로 불려가서 닿을 수 없이 멀어 보였다. 밝는 날 녹진, 금갑진, 벽파진, 남포, 가리포가 그 오목하고 잘록한 포구에 그렇게 남아 있을 것인지 믿기 어려웠다.

배를 끌어올려놓고 종일 종사관 김수철의 복명 보고서를 읽었다. 김수철이 출장에서 돌아오면서 진도 구기자술 한 되와 마른 가자미를 가져왔다. 김수철과 늦게까지 마셨다.

김수철은 곡성의 문관이었는데 임진년에는 의병장 김성일의 막하에 들어가 금오산에서 이겼다. 예민하고 담대한 청년이었다. 문장이 반듯하고 행동이 민첩했다. 입이 무겁고 눈썰미가 매서웠으며, 움직임에 소리가 나지 않았다. 김수철은 졸음을 참고 반듯이 앉아서 핥듯이 마셨다.

—수철아, 읍진이 다 무너지는 것이냐?

—본래 무너져 있던 세상입니다.

—수철아, 죽지 마라. 명령이다.

—네 나으리, 읍진에 무 싹이 올라오고 있으니…… 이제 주무실 시간입니다.

김수철을 내 방에 재웠다. 보름 만에 귀임한 김수철은 눕자마자 코를 골았다. 새벽에 김수철이 이불을 걷어찼다. 나는 이불을 덮어주었다. 동틀 무렵에 코피를 쏟았다. 뒷골이 당기면서 더운 피가 쏟아졌다. 종을 불러 피를 닦게 했다. 구들이 식어 불을 더 때게 했다. 바다는 새벽까지 길길이 뛰었다.

내 안의 죽음

명량에서, 나는 이긴 것인가. 헤아릴 수 없이 많은 적들이 명량으로 몰려왔고, 헤아릴 수 없이 많은 적들이 명량에서 죽었다. 남동 썰물에 밀려갔던 적의 시체들이 다시 북서 밀물에 밀려 명량을 뒤덮었다.

죽을 때, 적들은 다들 각자 죽었을 것이다. 적선이 깨어지고 불타서 기울 때 물로 뛰어든 적병들이 모두 적의 깃발 아래에서 익명의 죽음을 죽었다 하더라도, 죽어서 물 위에 뜬 그들의 죽음은 저마다의 죽음처럼 보였다. 적어도, 널빤지에 매달려서 덤벼들다가 내 부하들의 창검과 화살을 받는 순간부터 숨이 끊어질 때까지 그들의 살아 있는 몸의 고통과 무서움은 각자의 몫이었을 것이다.

그리고, 그 각자의 몫들은 똑같은 고통과 똑같은 무서움이었다 하더라도, 서로 소통될 수 없는 저마다의 몫이었을 것이다. 저마다의 끝은 적막했고, 적막한 끝들이 끝나서 쓰레기로 바다를 덮었다. 그 소통되지 않는 고통과 무서움의 운명 위에서, 혹시라도 칼을 버리고 적과 화해할 수도 있을 테지만 죽음은 끝내 소통되지 않는 각자의 몫이었고 나는 여전히 적의 적이었으며 이 쓰레기의 바다 위에서 나는 칼을 차고 있어야 했다. 죽이되, 죽음을 벨 수 있는 칼이 나에게는 없었다. 나의 연안은 이승의 바다였다.

명량에서의 일들을 적은 장계를 조정에 보냈으나 한 달이 넘도록 유시가 없었다. 종사관 김수철이 나에게 제출한 장계 초안은 정직했고, 정직한 만큼 어리숙했다.

김수철의 초안은 사실에 입각하려고 애썼고, 확인된 것과 확인되지 않은 것들을 분명히 구분했다. 십만쯤으로 되어 보이는 적병들이 몰려왔다가 팔만쯤으로 되어 보이는 적병들이 죽었고 적선 백여 척을 깨뜨렸다고 김수철은 썼다. 적의 시체가 바다에 가득 떴으나 전투 상황이 급박하여 다만 머리 여덟 통을 수습해서 도원수부로 보냈다고 김수철은 글을 끝맺었다.

나는 김수철의 초안을 대폭 수정했다. 적병의 숫자를 모두 지웠고, 포격과 불화살로 깨뜨린 적선은 서른 척이며, 적의 수급首級 여덟을 얻었다고 고쳤다. 그것도 모두 사실이었다. 깨어진 적선이 얼마인지 헤아릴 길은 없었으나 아군의 공격으로 깨뜨린 적선은 서른 척이었고 나머지는 물살에 휘말리면서 적선들끼리 부딪혀 깨어졌다.

깨어지고 불타면서 경상 해안 쪽으로 밀려난 적선의 적들이 죽었는지 살았는지는 따라가보지 않아서 알 수 없었다. 전투 상황이 급박하여 죽어서 뜬 적병들의 머리를 일일이 벨 수 없었고, 수급 챙기기에 부지런했던 원균도 이미 죽고 없었다. 죽은 적병의 머리 여덟을 챙겼는데, 그것들은 모두 아군의 배로 넘어들어왔다가 갑판 위에서 칼에 맞아 죽은 자들이었다.

임진년에 여러 포구에서 이겼을 때, 매번 적병의 숫자를 장계에 써보낸 것이 오 년이 지난 정유년에 조정에서 문제가 되었다. 전공을 허위로 보고해서 임금을 기만하고 조정을 능멸했다는 것이었다. 그것이 내가 죽어야 할 죄목의 하나였다. 견내량에서 이겼을 때부터 나는 장계에 적병의 숫자를 적지 않았다. 그날 견내량 싸움을 끝내고 한산 통제영으로 돌아와 장계를 쓸 때, 나는 그 숫자가 어느 날 나를 죽이게 되리라는 예감에 몸을 떨었다. 그날 밤 나는 종사관을 물리치고 밤새도록 혼자 장계를 썼다. 한산 통제영에서 장계를 쓰던 임진년의 여름밤은 달이 밝았다. 나는 내 무인된 운명을 깊이 시름하였다. 한 자루의 칼과 더불어 나는 포위되어 있었고 세상의 덫에 걸려 있었지만, 이 세상의 칼로 이 세상의 보이지 않는 덫을 칠 수는 없었다. 한산 통제영에서 그리고 그후의 여러 포구와 수영에서 나는 자주 식은땀을 흘렸고, 때때로 가엾고 안쓰러워서 칼을 버리고 싶었다.

명량 전투에 관한 소문은 내가 보낸 장계의 범위를 넘는 것이었다. 그 소문은 명나라 총병부의 정탐들이 퍼뜨리는 것 같았다. 나는 등골이 으스스했다.

명량의 장계를 보낸 지 두 달 만에 논공행상이 내려왔다. 선전관은 오지 않고, 조정의 명을 받들어 도원수부가 시행했다. 거제 현령 안위가 정삼품 통정대부의 품계를 받았고 전투에 참가했던 여러 읍진 수령과 군관 들이 승진했다. 나에게는 상금으로 은전 스무 냥을 보내왔다. 스무 냥의 무게와 질감은 섬뜩했다. 그 스무 냥 속에서 남쪽 바다를 들여다보는 임금의 눈은 가늘게 번뜩이고 있었다.

스무 냥이 내려온 지 이틀 뒤에, 임금이 보낸 선전관 이원길이 목포 앞바다 고하도 수영에 도착했다. 이원길은 수하를 거느리고 병영 막사 공사장까지 나를 찾아왔다. 서울 출신 문관인데, 바다를 평생 처음 본다고 했다. 몸매가 가냘팠고 흰 손가락이 길었다. 먼 길을 온 사람 같지 않게 그는 의관이 반듯했고 여독의 기색이 없었다. 수군 병영의 온갖 너저분한 풍경에 그는 자주 눈살을 찌푸렸다. 나는 공사장 천막에서 그를 맞았다. 나는 인사했다.

─객고가 크시겠소. 전하께서 수군을 이처럼 염려하여주시니 감읍할 뿐이오.

─전하의 근심이 실로 깊소이다. 달아난 배설 말이오.

명량 전투 직전에 탈영 도주한 경상 우수사 배설을 체포해서 끌고 가는 것이 임무라고 그는 밝혔다. 그가 데리고 온 부하들 중에는 무관들이 섞여 있었다. 배설은 이미 수군에서 도망쳤는데, 배설을 체포하는 일로 선전관이 남해의 수군 수영에까지 온다는 것은 이해할 수 없는 일이었다.

　—배설은 이미 달아났지 않소? 배설을 잡으려면 이리로 오실 게 아니라 그의 본가 마을로 가셔야 하지 않겠소? 경상도 성주 말이오.

　—통제공, 그게 그리 간단치가 않소이다. 성주에도 군사들을 보냈으나 잡지 못했소. 배설이 성주에 들어온 흔적도 찾지 못했소. 배설이 비록 달아났다 하나 본래 담력 있는 무장이었소. 따르던 장졸들도 많았던 것으로 아오. 이자가 달아나서 대체 무슨 짓을 하려는 것인지, 전하의 근심이 실로 여기에 있는 것이오.

　나는 겨우 알았다. 임금은 수군통제사를 의심하고 있는 것이다. 명량 싸움의 결과가 임금은 두려운 것이다. 수영 안에 혹시라도 배설을 감추어놓고 역모의 군사라도 기르고 있는 것이나 아닌지, 그것이 임금의 조바심이었다.

　이원길은 열흘 동안 수영에 머물렀다. 이원길은 데리고 온 수하들을 풀어 병영 안을 모두 뒤졌고 수영 인근 백성들의 마을 헛간까지 뒤졌다. 이원길은 명량 전투 이전과 이후의 장졸들의 숫자를 점검했고 각 읍진의 탈영자 숫자를 확인했다. 이원길의 수하들이 수영의 모든 군관들을 불러서 배설의 탈영 경위와 탈영 직전 상황을 수사했다. 이원길의 수사의 초점은 배설이 수영에서 탈영했느냐

아나나에 맞추어져 있었다. 이원길은 귀로에 우수영, 벽파진, 삼지
원까지 뒤지고 돌아갔다.

나는 돌아가는 이원길을 전송하지 않았다. 이원길이 돌아가는
날짜를 나는 알지 못했다. 그날 나는 목수들을 데리고 앞 섬의 산
속으로 들어가 신축 막사에 쓸 목재를 실어내고 있었다. 산속 가파
른 비탈에서 목수 한 명이 굴러내리는 나무에 깔려 죽었다. 내 종
사관 김수철이 돌아가는 이원길 일행에게 점심을 차려내고 건어
물을 싸주어 보냈다.

이원길이 돌아간 지 보름 뒤에 임금이 보낸 면사첩免死帖을 받았
다. 도원수부의 행정관이 면사첩을 들고 왔다. '면사' 두 글자뿐이
었다. 다른 아무 문구도 없었다. 조정을 능멸하고 임금을 기만했으
며 임금의 기동출격 명령에 따르지 않은 죄에 대하여 죽음을 면해
주겠다는 것이었다. 면사첩을 받던 날은 하루종일 비가 내렸다. 나
는 '면사' 두 글자를 오랫동안 들여다보았다. 죄가 없다는 것도 아
니고 죄를 사면해주겠다는 것도 아니고 다만 죽이지는 않겠다는
것이었다.

너를 죽여 마땅하지만 죽이지는 않겠다, 고 임금은 멀리서 그렇
게 말하고 있었다. '면사' 두 글자 속에서, 뒤척이며 돌아눕는 임금
의 해소기침 소리가 들리는 듯했다. 글자 밑의 옥새는 인주가 묻어
날 듯이 새빨갰다. 칼을 올려놓은 시렁 아래 면사첩을 걸었다. 저
칼이 나의 칼인가 임금의 칼인가. 면사첩 위 시렁에서 내 환도 두

자루는 나를 베는 임금의 칼처럼 보였다.

그러하더라도 내가 임금의 칼에 죽으면 적은 임금에게도 갈 것이었고 내가 적의 칼에 죽어도 적은 임금에게도 갈 것이었다. 적의 칼과 임금의 칼 사이에서 바다는 아득히 넓었고 나는 몸 둘 곳 없었다.

면사첩을 받던 날, 적은 오지 않았다. 명량에서 흩어진 적들은 내가 알지 못하는 경상 해안의 여러 포구에서 다시 분산된 중심들을 도모하고 있다는 소문만이 흘러들어왔다. 소문은 비 오는 바다 위의 안개와도 같았다.

종사관 김수철이 저녁때 막사 신축 공정과 수군 징모 실적을 보고하는 일로 내 숙사에 들었다. 서안을 사이에 두고 마주앉은 김수철은 실눈을 뜨고 담벽에 걸린 면사첩을 들여다보았다. 김수철의 얼굴이 하얗게 질렸다. 내가 한산 통제영에서 체포되었을 때 김수철은 내 함거의 뒤를 따라 서울까지 걸어서 올라왔었다. 내가 하옥되었을 때, 김수철은 임금을 대면했다. 일개 지방 수영의 종사관에 불과한 그가 어떻게 임금을 대면할 수 있었는지 나는 모른다. 아마 영의정 류성룡이 길을 열어주었을 것이다. 김수철은 임금 앞에서 이마로 대전 마루를 찧으며 울었다. 나를 심문하던 위관들이 김수철의 일들을 말해주었다. 그때 김수철은 울면서 말했다고 한다.

─전하, 통제공의 죄를 물으시더라도 그 몸을 부수지 마소서. 전하께서 통제공을 죽이시면 사직을 잃으실까 염려되옵니다.

임금이 대답했다.

—너희들이 남쪽 바다에서 사직을 염려했느냐?

김수철은 수영을 이탈한 죄로 곤장 쉰 대를 맞고 풀려났다.

김수철의 시선은 오랫동안 면사첩에 박혀 있었다. 그가 눈물을 떨구었는데, 그의 얼굴은 흔들리지 않았다. 그가 환갑연의 덕담 같은 목소리로 말했다.

—나으리, 오래오래 사십시오.

—알았다. 내 그럴 작정이다.

—보고는 내일로 미루리다. 편히 주무십시오.

—그래라. 피곤하니 물러가라.

김수철은 들고 왔던 문서 두루마리를 펼치지 않은 채 그대로 들고 나갔다.

젖냄새

내 셋째아들 이면은 나보다 먼저 적의 칼에 죽었다. 적의 칼이
아비 자식의 순서를 따라주기를 기대할 수는 없었다. 정유년 명량
싸움이 끝나고 내가 다시 우수영으로 수군진을 옮긴 가을에, 면은
아산 고향에서 죽었다. 면은 어깨로 적의 칼을 받았다. 적의 칼이
면의 몸을 세로로 갈랐다. 죽을 때, 면은 스물한 살이었다. 혼인하
지 않았다.

아내가 면을 낳을 때 나는 함경도 압록강가 삼수에서 여진족과
마주치고 있었다. 거기는 허천강이 압록강으로 합쳐지는 어귀의
산속이었다. 산굽이마다 작은 보堡들이 설치되어 있었고 나는 육
군의 종팔품 권관이었다. 저녁이면 눈 덮인 봉우리들이 보라색으
로 타올랐고 눈보라 속에 출렁거리는 산들의 능선 위로 백두산은
차갑고 높았다. 그때 나는 서른세 살의 젊음이었다. 노루를 계곡으

로 몰아내리고, 눈에 빠진 노루를 쏘아 병영으로 끌고 와서 구워먹었다. 노루고기는 향기로웠고 허파 가득히 밀려드는 찬바람은 달았다. 그때, 베어야 할 것들 앞에서 종팔품 젊은 권관의 칼은 날래고 순결했다. 그리고 그때, 나는 칼로써 지켜내야 하고 칼로써 막아내야 할 세상의 의미를 돌이켜볼 수 없었고, 그 하찮음들은 끝끝내 베어지지 않는다는 운명을 알지 못했다.

여진족들은 정규 편성이 없었다. 그것들은 군대가 따로 있는 것이 아니라 족속 전체가 군대였다. 군대라기보다는 산짐승에 가까웠다. 언제나 열두어 명씩 무리를 지어 달려들어 치고 빠졌다. 아군의 진과 보가 물러서면 그것들은 백여 명씩 들이닥쳐 백성을 죽이고 작물과 가축과 부녀 들을 끌고 갔다.

그것들의 싸움은 그것들의 생업이었다. 그것들은 빠르고 예민했으며 소리가 나지 않았다. 그것들은 삽시간에 모이고 흩어졌다. 소굴을 알 수 없었으므로 사냥을 하듯이 추격해서 하나씩 없애야 했다. 삼수갑산의 눈 속을 나는 산짐승처럼 뛰어다녔다.

밤이면 전나무의 우듬지들이 쌓인 눈을 이기지 못해 쩍쩍 부러져나가면서 비명을 질렀다. 군막 안 노루가죽 위에서 잠드는 저녁의 피로는 몸에 뿌듯했고, 밤마다 깊이 잠들어 아침이면 내가 알지 못하던 낯설고 새로운 힘이 내 팔다리에 가득차 있었다.

거기서, 면의 출생을 알지 못한 채 나는 다시 젊은 아버지였다. 삼수갑산에서 임기를 마치고 고향 아산으로 돌아왔을 때 면은 옹알이를 하면서 첫돌을 넘기고 있었다. 그 아이는 돌이 지나도록 젖을 토했고 푸른 똥을 쌌다. 젖이 덜 삭았는지 똥에서도 젖냄새가 났다. 아내는 변방에서 돌아온 남편을 첫날밤보다도 더 수줍어했다. 아내의 가슴에서는 젊은 어머니의 비린 몸냄새가 났고 어린 면은 입속이 맑아서 그랬는지 미음을 먹이면 쌀냄새가 났고 보리차를 먹이면 보리 냄새가 났다.

내가 보기에도 면은 나를 닮았다. 눈썹이 짙고 머리숱이 많았고 이마가 넓었다. 사물을 아래서부터 위로 훑어올리며 빨아당기듯이 들여다보는 눈매까지도 나를 닮아 있었다. 그리고 그 눈매는 내 어머니의 것이기도 했다. 시선의 방향과 눈길을 던지는 각도까지도 아비를 닮고 태어나는 그 씨내림이 나에게는 무서웠다. 작고 따스한 면을 처음 안았을 때, 그 비린 젖냄새 속에서 내가 느낀 슬픔은 아마도 그 닮음의 운명에 대한 슬픔이었을 것이다.

면이 태어난 후에도 종팔품 권관인 나는 함경도 국경과 남해안의 수군진들을 이삼 년 도리로 옮겨다녔다. 면은 제 어미와 할머니 품에서 자랐다. 개구쟁이 때부터 면은 날이 예리한 연장으로 나무나 기왓장을 저미고 자르고 깨뜨려서 모양을 바꾸어놓는 장난을 좋아했다. 그 아이는 연장의 날에 부딪혀오는 사물의 저항을 신기해하는 듯했다. 면의 장난을 들여다보면서 나는 '저것도 별수 없이 사내로구나' 싶어서 속으로 눈물겨웠다.

무과에 응시하기도 전에 면은 죽었지만, 면의 칼솜씨는 크고도 섬세했다. 면은 상대의 공세를 극한에까지 유도해놓고, 그 극한이 주저앉는 순간의 허를 치고 들어가서 살殺했다. 적의 칼이 오른편 위에서 내려올 때 면의 칼은 적의 칼을 받아내기보다는 적의 왼편 허를 향해 나아갔다. 발이 늘 먼저 나아가 칼의 자리를 예비하고 있었다. 칼을 낮추고 있을 때도, 면의 칼은 머리 위로 보이지 않는 공세의 기운을 광배처럼 거느렸다. 면의 칼은 수세 안에 공세를 포함하고 있었고, 수세와 공세 사이에 간격이 없었다. 둥글게 말아나가는 부드러움 안에 찌르고 달려드는 격세가 살아 있었고 찌르고 나면 곧 둥글어졌다. 아름다운 솜씨였다.

명량 싸움을 끝내고 암태도로 돌아가는 물길 위에서 나는 문득 고향 아산이 위태로울 수도 있다고 생각했다. 내가 적장 구루시마의 머리를 돛대에 걸었으므로, 적들은 내 아들의 머리라도 얻으려 할 것이었다. 그때 면은 고향에서 제 어미와 할머니 그리고 어린 조카들을 건사하고 있었다.

육지의 적들이 진로를 돌연 아산 쪽으로 돌려, 아산의 고향집과 인근 마을들을 불질렀다는 소식을 나는 암태도에서 들었다. 병조의 공문서를 들고 온 군관이 고향 소식을 전해주었다. 아산에는 관군이나 의병이 주둔하고 있지 않았다. 적들은 이순신의 고향을 노린 것이 분명했다. 가토의 특공대 오십여 명이었다. 적들은 마을을 불지른 후 곧 본대로 돌아갔다. 밤중에 기습을 당한 면은 가족들을 데리고 어라산 위로 달아났다. 산 위에서 면과 어린 조카들은 불타서 무너져내리는 마을을 내려다보았다. 적이 면을 죽이지 못했으므로 적들은 또 올 것이었다. 그리고 그것은 오직 면이 혼자서 감당해야 할 외로운 몫이었다. 그때 나는 다시 함대를 우수영으로 옮겼다. 면의 죽음을 알리는 편지는 우수영으로 왔다. 큰형님 집안의 종 치수가 왔다. 치수는 말더듬이에 애꾸였는데, 몸이 다부지고 날렸다. 면이 적의 칼에 죽을 때 곡괭이를 들고 함께 싸웠다고 했다. 치수는 싸움의 경위를 소상히 알고 있었다. 나는 말더듬이 치수에게서 들었다.

적들은 다시 아산 고향 마을로 들이닥쳤다. 면은 가족들을 데리고 산에서 내려와 불타다 남은 사랑채를 고쳐서 기거하고 있었다. 읍내에서 사람이 달려와 적들이 마을로 향했다고 알렸다. 면은 가족들을 다시 산 위로 대피시켰다. 면은 사노 다섯 명을 데리고 마을 어귀 개울가로 나아갔다. 적은 말 탄 장수가 지휘하는 삼십여 명이었다. 조선인 포로를 끌고 와서 면을 찾고 있었다. 면과 사노들은 개울 이쪽 편 둑방에 몸을 숨기고 활을 쏘았다. 개울 건너편에서 적병 열 명이 거꾸러졌다. 적들은 무릎까지 빠지는 개울물로 뛰어들었다. 화살이 날았고 적병 다섯이 개울물 속에서 쓰러졌다. 개울을 건넌 적들은 둑방을 넘어서 달려들었다. 사노 셋이 적의 칼에 쓰러졌고 칼을 빼든 적들이 면을 둘러쌌다.

면은 정면 상방에서 달려드는 적의 칼을 왼쪽으로 피했다. 적의 칼이 땅바닥을 내리쳤다. 면은 다가서면서 적의 오른쪽 허를 찔렀다. 찔린 적이 쓰러지기도 전에 면은 다시 세勢를 수습해서 뒤로 돌아섰다. 돌아서면서, 달려드는 적의 칼을 맞받아쳤다. 적의 칼이 옆으로 밀렸다. 면은 다가서면서 적의 허리를 찌르고 다시 물러서면서 돌아섰다.

허공을 가르던 면의 칼이 갑자기 세의 방향을 바꾸어 왼편의 적을 거슬러 찔렀다. 다시, 면은 돌아서서 칼끝을 낮추었다. 좌우를 노리던 면의 칼이 허공으로 치솟아 돌면서 뒤쪽의 적을 쓸어내렸다.

그리고, 면은 돌아서지 못했다. 다시 돌아서려는 순간, 적의 칼이 면의 오른쪽 허벅지를 찔렀다. 면은 왼쪽 다리로 버티고 서서 자세를 낮추었다. 살아남은 적은 셋이었다. 세 명의 적을 앞에 두기 위하여, 면은 거듭 뒤로 물러섰다. 허벅지에서 피가 흘러 신발이 미끈거렸다. 면의 자세는 점점 낮아졌다. 면은 뒤쪽으로 퇴로를 뚫지 못했다. 반쯤 구부러진 면은 칼을 높이 치켜들어 머리 위를 막아냈다. 위로 뛰어오른 적이 내려오면서 면의 머리 위를 갈랐다. 면은 비틀거리면서 피했다. 적의 칼이 땅바닥을 쳤을 때 면의 칼은 다시 나아가 적의 허리를 베었다. 그러고 나서 면의 오른편 다리가 꺾여졌다. 면이 다시 세를 수습하려고 몸을 뒤트는 순간, 적의 칼이 면의 오른쪽 어깨를 갈라내렸다. 면은 칼을 놓치고 제 피 위에 쓰러졌다. 스물한 살이었고, 혼인하지 않았다.

—마님과 조카들은 어떠하더냐?

　—적들이 물러간 뒤 산에서 내려오셔서 막내아드님 시신을 붙잡고 통곡하시다 실신하셨습니다. 큰댁에서 모시고 갔습니다.

　—시신은 거두었느냐?

　—큰댁에서 거두시어 종택 뒷산에 모셨습니다. 묏자리에 흙이 곱고 돌멩이나 풀뿌리가 없었습니다. 오늘이 삼우라고 들었습니다.

　—알았다. 가거라.

　면의 부고를 받던 날, 나는 군무를 폐하고 하루종일 혼자 앉아 있었다. 환도 두 자루와 면사첩이 걸린 내 숙사 도배지 아래 나는 하루종일 혼자 앉아 있었다. 바람이 잠들어 바다는 고요했다. 덜 삭은 젖내가 나던 면의 푸른 똥과 면이 돌을 지날 무렵의 아내의 몸냄새를 생각했다. 쌀냄새가 나고 보리 냄새가 나던 면의 작은 입과 그 알아들을 수 없는 옹알이를 생각했다. 날이 선 연장을 신기해하던 면의 장난을 생각했다. 허벅지와 어깨에 적의 칼을 받고 혼자서 죽어갈 때의 면의 무서움을 생각했고, 산 위에서 불타는 집을 내려다보던 면의 분노를 생각했다. 쓰러져 뒹굴며 통곡하는 늙은 아내를 생각했다. 나를 닮아서, 사물을 아래에서 위로 빨아당기듯이 훑어내는 면의 눈동자를 생각했고, 또 내가 닮은 내 죽은 어머니의 이마와 눈썹과 시선을 생각했다. 젊은 날, 국경에서 돌아와 면을 처음 안았을 때, 그 따스한 젖비린내 속에서 뭉클거리며 솟아오르던 슬픔을 생각했다. 탯줄에 붙어서 여자의 배로 태어나는 인간이 혈육의 이마와 눈썹을 닮고, 시선까지도 닮는다는 씨내림의 운명을 나는 감당하기 어려웠다. 그리고 송장으로 뒤덮인 이 쓰레기의 바다 위에서 그 씨내림의 운명을 힘들어하는 내 슬픔의 하찮음이 나는 진실로 슬펐다.

　몸 깊은 곳에서 치솟는 울음을 이를 악물어 참았다. 밀려내려갔던 울음은 다시 잇새로 새어나오려 했다. 하루종일 혼자 앉아 있었다. 면의 죽음을 알아챈 종사관과 군관들은 내 앞에 얼씬거리지 않았다. 옆방에는 종사관 김수철이 보고 서류를 부스럭거리고 있었고 마루 밖 댓돌 앞에는 창을 쥔 위병이 번을 서고 있었다. 저녁때 나는 숙사를 나와 갯가 염전으로 갔다. 종사관과 당번 군관을 물리치고 나는 혼자서 갔다. 낡은 소금창고들이 노을에 잠겨 있었다. 나는 소금창고 안으로 들어갔다. 가마니 위에 엎드려 나는 겨우 숨죽여 울었다. 적들은 오지 않았다.

생선, 배, 무기, 연장

정유년 가을에서 겨울 사이에 전선 일곱 척을 새로 만들었다. 적들이 한동안 오지 않아서, 배 만들기에 좋았다. 내륙 관아에서 모아온 목수 서른 명을 우수영으로 데려왔고, 경계 병력을 제외한 전 장졸들을 벌목과 목재 운반에 투입했다. 여러 읍진에 분산되어 있는 조선소들은 목재의 비축량과 목수의 숫자가 고르지 않아서 조선소마다 공정이 들쭉날쭉했고 목수들의 솜씨도 차이가 났다. 발포진에서는 대팻날이 뭉그러지고 톱날에 이가 빠졌는데, 갈아 끼울 날이 없어서 일손을 놓고 있다고 보고해왔다. 발포진 만호는 대팻날과 톱날을 보내달라고 사람을 보냈다. 울포에서는 갑판 밑에 까는 삼베와 나무못을 요청했다. 수군통제사가 주머니 속에 대팻날을 넣고 있는 것도 아니고, 조정에서 나무못을 보내줄 것도 아니었다.

여러 읍진에 흩어져 있던 조선소들을 모두 우수영으로 불러들였다. 목재와 연장과 목수 들을 나누어 쓰도록 했고 권관 두 명과 만호 한 명을 배속시켜 감독하게 했다. 통합된 조선소는 우수영 왼쪽, 진도 망금산을 마주보는 물가에 들어섰다. 진입로가 넓고 평탄해서 목재를 실은 소달구지가 드나들기 편했고 작업장 뒤쪽이 산으로 막히고 언덕이 양지발라서 겨울에도 찬바람을 맞지 않고 일할 수 있었다. 조선소 쪽에서는 늘 목도를 지어 통나무를 나르는 군사들이 발을 맞추는 노랫소리가 들렸다. 뒤로 주저앉는 소를 때리고 당기는 군관들의 고함소리도 들려왔다. 제주 목사가 보낸 돼지 다섯 마리를 조선소로 내려보내 먹게 했다. 돼지를 잡던 날 조선소 군사들이 우수영 연안 백성들을 영내로 불러들여 함께 먹었으며 백성들이 술과 반찬을 가져왔다고 종사관이 보고했다. 나는 모른 척해두었다. 어두운 수평선 너머에서, 사각사각사각, 적의 함대가 노 저어 다가오는 환청에 시달리는 저녁이나, 환도 두 자루와 면사첩이 걸린 숙사 방에서 요를 적시는 식은땀의 한기에 깨어나는 새벽에 나는 자리에서 일어나 자주 조선소를 돌아보았다.

배는 살아 있는 생선과 같다. 전선과 어선이 같고, 판옥선板屋船과 협선挾船이 매한가지다. 생선의 몸이 물을 읽듯이 배는 물을 읽고, 물을 받아내면서 나아간다. 여울을 거스를 때 생선이 때때로 몸통 전체를 뒤틀며 물에 저항하듯이, 배도 몸통 전체를 뒤틀며 파도와 파도 사이를 빠져나간다. 물에 맞서는 배의 저항은 물에 순응하기 위한 저항이다. 배는 생선과 같다. 배가 물을 거스르지만, 배는 물에 오래 맞설 수 없고, 물을 끝끝내 거절하지 못한다. 명량의 역류를 거슬러 나아갈 때도, 배를 띄워주는 것은 물이었고 배를 나아가게 하는 것도 물이었다. 생선의 지느러미가 물살의 힘과 각도를 감지하듯이 노를 잡은 격군들의 팔이 물살의 힘과 속도와 방향을 감지한다. 장수의 몸이 격군의 몸을 느끼고, 노 잡은 격군의 몸이 물을 느껴서, 배는 사람의 몸의 일부로서 역류를 헤치고 나아간다. 배는 생선과도 같고 사람의 몸과도 같다. 물속을 긁어서 밀쳐내야 나아갈 수 있지만, 물이 밀어주어야만 물을 따라 나아갈 수 있다. 싸움은 세상과 맞서는 몸의 일이다. 몸이 물에 포개져야만 나아가고 물러서고 돌아서고 펼치고 오므릴 수가 있고, 몸이 칼에 포개져야만 베고 찌를 수가 있다. 배와 몸과 칼과 생선이 다르지 않다.

함경도 국경 근무를 마치고 나서도 나는 승진되지 않았다. 나는 여전히 종팔품이었다. 종사품 수군 만호가 되어 남해안 발포진에 부임했을 때, 처음 보는 바다는 외면하고 싶도록 두려웠다. 나는 바다와 맞선다는 일을 상상할 수 없었고, 그 위에서 적과 싸운다는 일도 내용과 질감이 떠오르지 않았다. 바다는 다만 건널 수 없고, 손댈 수 없는 아득함으로 내 앞에 펼쳐져 있었다. 그때 발포진은 남루하고 쇠락한 포구였다. 갯가였지만 낡은 고기잡이배 두어 척이 뻘밭에 처박혀 있을 뿐, 밭농사로 연명하는 백성들은 야위어서 눈이 커 보였다. 다만 물과 뻘과 하늘뿐이어서, 사직의 그림자는 자취도 없었다. 거기는 아무의 나라도 아닌 것처럼 차고 스산했다. 백성들은 가렴주구의 혈세를 소 잔등의 짐처럼 짊어지고 낮게 엎드려 있었다. 만호진은 석축이 무너져내렸고, 석축이 끝나는 물가에 양쪽 노가 모두 부러져버린 판옥선 두 척과 구멍 뚫린 협선 열 척이 시퍼런 물이끼를 뒤집어쓴 채 묶여 있었다. 그것이 만호진 수군의 전부였다.

그때 발포 만호진의 배들은 싸움의 도구라 하기에는 눈물겨웠으나 나는 그 깨어진 판옥전선을 들여다보면서 처음으로 배의 몸과 나의 몸을 동일한 조건의 목숨으로 이해할 수 있었다. 물 위에서 나아가고 물러서는 일은 모두 다 몸의 일이었고, 배와 몸이 다르지 않았다. 임진년의 옥포, 한산도, 안골포에서도, 정유년의 명량에서도 배와 몸은 다르지 않았다.

명량 싸움에서 돌아온 판옥전선들 중 세 척을 우수영 조선소에 끌어다놓고 해체했다. 이음새가 삐걱거렸고 밑창이 썩어 있었다. 해체된 목재들 중 쓸 만한 것들을 골라서 작은 협선을 만들게 했다. 섬의 나무들은 키가 작고 구부러져서 목재로 쓸 수가 없었다. 송진만을 뜯어오게 했다. 거제도에 높고 곧은 소나무숲이 좋았으나 거제도 소나무는 적의 배에 쓰일 것이었다. 연안의 해송을 베어냈고 안면도에 군사를 보내 홍송을 베어 뗏목으로 끌고 오게 했다.

조선소에서 나는 때때로 목수들의 일을 눈여겨 들여다보았다.

목수들은 둥근 고임목을 괴고 그 위에 선체를 만들어나갔다. 고임목은 선체를 진수시킬 때 바퀴 구실을 했다. 배 밑창에 목재를 댈 때 이음새에 송진을 처발랐다. 목재를 포개서 붙일 때는 나무못을 박았다. 못을 수직으로 박지 않고 비스듬히 박아 위아래를 관통시켰고 남은 못대가리를 대패로 밀어냈다. 이물과 고물을 얹을 때는 나무못을 쓰지 않고 목재의 접합부를 파내서 사개를 물렸다. 갑판은 대청마루를 깔듯이 장귀틀에 잇대서 목재를 물려나갔고 갑판 밑에 두꺼운 삼베를 깔았다. 대나무 속을 긁어내서 죽처럼 만든 뱃밥을 모든 틈새마다 이겨넣었다. 송진기가 많은 목재는 늘 물에 닿는 아래쪽에 썼고 결이 촘촘하고 단단한 박달나무로 멍에를 박았다. 참죽나무 가운데 토막을 다듬어서 노를 깎았다.

　목수들이 배를 만들어내는 일은 사람의 몸을 빚어내는 일과 흡사했다. 싸우는 바닷가에서 싸움배를 만들 때도, 목수들의 대패와 톱은 연장으로서 평화로워 보였다. 우수영 통합 조선소에서 연장과 무기 사이의 거리가 먼 것인지 혹은 가까운 것인지 나는 가늠하기 어려웠다. 전선 일곱 척을 진수시키던 날도 나는 그 거리를 가늠하지 못했다. 진수하던 날 새 배에서는 송진 향기가 났다. 목수들이 뱃전에서 시루떡을 바다에 던졌다. 군관들이 새 배를 끌고 나가 연안을 한 바퀴 돌며 총통을 쏘아댔고, 장졸들이 배 위에서 함성을 질렀다. 나는 우수영 쪽 물가에 앉아 있었다.

사지死地에서

정유년 가을에, 내륙에서 적의 육군은 밀리고 있었다. 적의 수
군은 명량 수로에서 깨어졌다. 서해를 북상해서 한강으로 진공하
려던 적의 수군 주력은 명량 수로를 통과하지 못했다. 명량에서 적
은 섬멸적 타격을 입고 흩어졌다. 그때, 가토가 지휘하는 적의 육
군 주력은 충청, 경기를 압박했고 관군의 방어선은 한강 유역으로
밀려나 있었다. 한강을 먹통으로 삼아 수륙합동작전으로 서울을
다시 빼앗으려던 적의 전략은 일단 분쇄되었다. 해로를 통한 보급
이 끊기고 겨울이 닥쳐오자 적의 육군 주력은 더이상 북상하지 못
했다.

한강 이북에서 주춤거리던 명의 육군이 공세로 전환하자 적의
육군 부대들은 방면별로 후퇴했다. 경상 내륙까지 깊이 진출했던
가토의 부대는 창녕을 지나 남쪽을 향했고, 금강을 넘어 경기 접경

까지 올라갔던 고니시의 부대는 순천까지 내려왔다. 명군은 접전하지 않았다. 명군은 전투를 피해가면서 달아나는 적들을 남해안으로 밀어내고 있었다. 적은 신속히 이동했고, 온전히 이동했다. 포로로 잡힌 조선 백성들이 적장의 가마를 메었고 총포와 말먹이를 실은 수레를 끌었다.

붙잡힌 조선 계집들이 적장들의 가마에 일신을 바쳤고 조선 백성 풍물패들이 이동하는 적의 대열 맨 앞에서 풍악을 울렸다. 적들은 이기고 돌아가는 개선의 대열처럼 풍악을 앞세우고 후퇴했다.

길에서 쓰러진 조선 계집과 포로 들을 마차 바퀴로 뭉개버리고 적들은 또다른 고을의 조선 백성들을 끌어갔다. 적들이 지나간 마을에서, 살아남은 아이들은 적의 말똥에 섞여나온 곡식 낟알을 꼬챙이로 찍어 먹었다. 아이들이 말똥에 몰려들었는데, 힘없는 아이들은 뒤로 밀쳐져서 울었다. 사직은 종묘 제단 위에 있었고 조정은 어디에도 없었다.

적의 육군 주력은 그렇게 남하했다. 적은 경상도 울산에서 전라도 순천에 이르는 남해안 팔백 리 연안 포구마다 성을 쌓고 장기 농성 태세로 들어갔다. 명군은 더이상 적을 압박하지 않았다. 명량 수로에서 무너진 적의 수군은 경상 해안으로 물러가 적의 육군에 가세했다. 일본에서 새로 건조한 전선들이 바다를 건너와 부산포와 울산으로 들어왔다.

적은 남해안에 수륙연합의 총병력을 집중시켰다. 집중된 중심은 부산포나 울산인 듯했고, 연안의 포구마다 분산된 중심들이 들어서 있었다. 적은 육군의 지상 거점들과 수군의 기동력을 다시 접속시키고 있었고, 그 서쪽 전진기지는 순천이었다. 순천에서 부산에 이르는 적의 포구들은 봉화와 경선輕船으로 연결되어 있었다.

순천은 우수영에서 한나절이 넘는 물길이었다. 승주 조계산 방면에 박아둔 승군 정탐들이 산줄기를 넘어 우수영에까지 와서 적의 동태를 알렸다. 경상 해안 쪽 적의 군비軍備는 순천으로 이동하고 있었다. 북상 육로가 막힌 적들은 다시 남해를 돌아서 한강을 겨누는 수로에 전투력을 집중시키고 있었다.

적의 수륙합동군이 물길을 따라 서진西進한다면, 다음번에 내가 죽어야 할 자리는 명량은 아닐 것이었다. 나의 사지死地는 훨씬 더 뒤로 물러선 자리라야 마땅했다. 적은 이미 명량 수로를 겪었다. 순천에서 발진하는 적의 함대는 명량으로 들어오지 않고 진도 남쪽을 우회할 것이었다. 적의 주력이 다시 명량으로 들어온다 해도 적은 모든 화력을 선두 대열에 배치할 것이었다. 적의 주력이 명량으로 들어오고 동시에 별동함대가 진도 남단을 우회한다면, 명량은 적을 맞을 자리가 아니었다.

정유년 겨울에, 적은 가까이 다가와 있었고, 가까운 자리에서 점점 커지고 있었다. 임진년처럼, 함대를 몰고 포구마다 적을 찾아다니면서 걷어낼 수도 없었다. 적은 이미 연안에 육상 기지를 확보하고 있었다. 그해 가을이 다 가도록 적은 오지 않았고, 나는 우수영을 버려야 한다는 생각에 사로잡혀 있었다. 이제 다시 적이 온다면 우수영 앞 명량 수로는 죽기에 편한 자리였다. 나는 명량 수로에서 죽고 싶지 않았다. 나는 죽음에 이르는 과정에 아무런 은총도 없는 자리에서 죽고 싶었다. 내가 죽어야 할 자리는 우수영보다 훨씬 더 뒤쪽이라야 마땅했다. 정유년 겨울에, 다가오는 적의 기척은 밤마다 내 몸에 느껴졌다. 승군 정탐들이 이틀 도리로 산을 넘어와 수군거리는 적정을 보고했다. 적의 육군이 순천에 집결했으므로 우수영은 육지 쪽 뒤통수가 위태로웠다. 우수영에서 머뭇거리다가, 어느 날 밤, 육지와 바다에서 협공하는 적의 야간 기습을 받고 발진하기도 전에 전멸하는 악몽에 나는 오랫동안 시달렸다. 우수영을 버려야 한다…… 버려야 한다…… 나는 그렇게 속으로 되뇌었지만, 우수영은 칼로 베듯이 잘라지지 않았다.

우수영을 버리고 수군진을 서해 쪽으로 옮기는 일에 관하여 나는 읍진 수령들과 의논하지 않았다. 종사관에게도 말하지 않았다. 그때 장졸들은 모두 배 만드는 일에 내몰려 밤잠을 못 자고 있었고, 말이 새어나가면 수군이 움직이기 전에 수영 주변 민가의 백성들과 피난민들이 동요할 것이었다. 경상 해안이 완전히 적에게 점령당한 후 경상 연안 백성들은 전라도 서쪽 연안으로 넘어왔다. 그들은 연안과 섬에 흩어졌다. 이제 수영이 옮겨간다면 백성들은 또다시 통곡하면서 수군을 따라올 것이 분명했다. 백성들을 들여앉힐 땅이 나에게는 없었다. 우수영을 버려야 한다는 절박한 울림에 귀 기울이면서 나는 죽어야 할 자리를 확보하지 못한 답답함에 조바심쳤다.

내가 물러서야 할 자리는 전라도 서북부 연안이거나 충청도 서해안의 어느 섬이나 포구일 것이었다. 나는 충청 물길을 알지 못했다. 충청 해역에서는 한 번도 교전이 없었다. 충청 수군은 개전 이후 줄곧 전라 수군에 배속되었고 독자적인 작전 경험이 없었다. 충청 해역 수로에 관한 정보를 충청 수군에게 기대할 수 없었다.

정유년 동짓달, 바람이 순한 날을 가려 나는 전선 한 척을 내서 서해로 올라갔다. 종사관과 군관 다섯 명을 대동했다. 나는 위도를 거쳐 고군산군도까지 나아갔다. 멀고도 낯선 뱃길이었다. 고군산군도에까지 육지에서 건너온 피난민들이 들어와 있었다. 그들은 전선을 타고 나타난 수군들이 무서워서 게처럼 옆으로 피했다. 난데없는 수군의 출현으로 피난민들은 겁에 질렸다. 그들은 어느 나라의 백성 같지도 않았다. 그들은 연안에서 연안으로 이동하는 철새의 무리들처럼 보였다. 썰물의 갯벌에 겨울 철새들이 부리를 박고 있었다.

고군산군도와 위도는 수군 기지를 풀 만한 곳은 아니었다. 섬 앞바다가 막힌 데 없이 넓어서, 죽기에 편한 자리였다. 죽을 자리가 아니었고 싸울 자리도 아니었다. 나는 배를 육지 쪽으로 돌려 연안을 돌아보았다. 섬으로 가려는 피난민들이 포구마다 모여 있었다. 봉두난발의 부녀들이 양지쪽에서 아이에게 젖을 물리고 있었다. 서해는 크게 밀리고 크게 썰었다. 작은 강들이 밀물로 달려드는 바다를 내륙 깊숙이 받아들였다. 썰물의 갯벌이 아득히 넓어서 함대가 드나들기는 불가능해 보였다.

어디로 물러서야 할 것인지 나는 막막했다. 위도와 연안 사이의 바다에서 내가 죽는다면, 거기에서 한강 어귀까지는 하룻밤 하룻낮의 물길이었다. 거기는 무인지경의 바다였다. 나의 사지는 아무래도 남해 바다의 맨 서쪽 끝 언저리의 어느 바다일 것 같았다. 그 뒤로는 물러설 자리가 없었다.

군관들이 항해의 목적을 의아해하는 눈치였다. 나는 다만 '연안 시찰'이라고만 대답해주었다. 물러설 자리를 찾지 못한 채 나는 다시 우수영으로 돌아왔다. 엿새간의 뱃길이었다. 돌아오는 배 위에서 나는 우수영을 버리기로 결심했다. 서해에는 물러설 자리가 없었다. 나는 우수영을 버리고 남해의 서쪽 끝 언저리로 가기로 했다. 거기가 나의 자리였다. 거기서 다시 경상 해안 쪽으로 밀고 나갈 수 있을지는 알 수 없었으나, 거기가 나의 자리라는 것은 분명했다. 마침내 적의 전체를 맞아야 하는 날은 정확하고 분명하게 다가오고 있었다. 우수영으로 돌아온 날 밤에 나는 모처럼 깊이 잠들었다.

누린내와 비린내

새로 만든 배 일곱 척을 진수시키던 날, 조선소 목수와 장졸 들에게 돼지 다섯 마리와 술 열 말을 허락했다. 낡은 전선에서 뜯어낸 헌 목재로 만든 협선 열 척도 그날 완성되었다. 진도의 작은 조선소에서도 전선 두 척이 진수되었다. 진도에도 술과 고기를 보냈다. 고임목 위에 올라앉은 새 배는 푸르고 싱싱했다. 군사들이 배를 밀고 당겨서 물 위에 띄웠다. 격군들이 함성을 지르며 노를 일제히 물 위로 치켜들고 흔들었다. 노가 다시 물에 박히자 배는 나아갔다. 새 배는 새로 태어난 생선처럼 조심조심 바다로 나아갔다. 이물에 깃발을 세우고 북을 울렸다. 사부들이 총구멍마다 총통을 쏘아댔다. 조선소 마당에서는 군사와 백성 들이 풍물을 치며 놀았다. 나는 우수영 쪽 물가에서 배를 향해 대장기를 흔들어주었다. 총통의 폭발음에 놀란 새들이 새까맣게 날아올랐다.

진도에서 만든 배 두 척이 총통을 쏘아대며 우수영 내항으로 들어왔다. 배마다 함성이 일었고, 포환이 터졌다. 깃발에 덮인 전선 아홉 척이 빠른 속도로 내항을 여러 바퀴 돌았다. 총구멍마다 흰 화약 연기가 풀려나와 배 뒤로 띠처럼 너울거리며 흘렀다. 나는 화약 연기를 몸 깊숙이 들이마셨다. 내 허파에 스미는 화약 연기는 매캐하고도 향기로웠다. 유황이 타는 냄새는 먼바다를 뒤덮은 적들의 냄새였고, 그리고 나와 내 함대의 냄새였다.

임진년의 싸움은 힘겨웠고 정유년의 싸움은 다급했다. 모든 싸움에 대한 기억은 늘 막연하고 몽롱했다. 싸움은 싸움마다 개별적인 것이어서, 새로운 싸움을 시작할 때마다 그 싸움이 나에게는 모두 첫번째 싸움이었다. 지금 명량 싸움에 대한 기억도 꿈속처럼 흐릿하다. 닥쳐올 싸움은 지나간 모든 싸움과 전혀 다른 낯선 싸움이었다. 싸움은 싸울수록 경험되지 않았고, 지나간 모든 싸움은 닥쳐올 모든 싸움 앞에서 무효였다.

그렇게 날마다 낯설고 날마다 새로운 싸움 속에서, 화약 연기의 기억만이 흩어지지 않는 안개로 내 마음에 오래 머물렀다. 명량에서나 한산도에서나 적의 화약 연기와 나의 화약 연기는 뒤섞여 해풍에 밀려다녔다. 싸움이 끝나고, 기진한 함대가 모항으로 돌아간 뒤에도 생사와 존망의 쓰레기로 덮인 바다 위에서 피아를 구별할 수 없는 화약 연기 냄새는 오래 남아 있었다.

전선 아홉 척은 내항을 서너 바퀴 돈 뒤 포구로 돌아왔다. 전선들이 다가오자 연기 냄새는 더욱 짙었다. 죽은 여진의 가랑이 사이에서 물컹거리던 젓국 냄새와 죽은 면이 어렸을 때 쌌던 푸른 똥의 덜 삭은 젖냄새와 죽은 어머니의, 오래된 아궁이 같던 몸냄새가 내 마음속에서 화약 냄새와 비벼졌다.

진수식은 저녁 무렵에 끝났다. 목수들에게 군량 두 가마와 무명 한 필씩을 주어 고향으로 돌려보냈고 감독 만호와 군관들에게 열흘씩 휴가를 주었다. 술에 취해서 목재 운반을 한나절 동안 지연시킨 죄로 곤장 스무 대를 맞고 옥에 갇혀 있던 완도 향리 세 명을 풀어주었다.

그날 저녁, 조선소 감독 만호가 진수식 고사머리에 쓰고 남은 돼지 대가리 한 통을 내 숙사로 보냈다. 어머니가 죽고 이어 아들 면이 죽은 뒤 나는 포유류의 누린내를 감당하기 버거워서 한동안 고기를 먹지 않았다. 돼지 대가리를 종사관 김수철에게 주어 위병들을 먹였다. 저녁때 진눈깨비가 날리더니 젖은 함박눈이 내렸다. 바람은 잠들었으나, 잿빛 하늘의 먼 쪽이 고르지 않았다. 새벽에 또 눈과 비가 뒤섞인 모양이었다. 임진년에 총 맞은 자리가 꾸물거렸다. 아궁이에 장작을 한번 더 넣으라고 종에게 일렀다. 일찍 자리에 누웠다. 수영에서 먹이는 진돗개들이 눈을 맞으며 뒹굴고 뛰었다.

—나으리, 도원수부 군관이 왔습니다.

종사관 김수철이 문밖에서 고했다. 나는 일어나 장지문을 열었다. 말에서 내린 군관은 댓돌 아래서 임금이 보낸 유지를 받들고 있었다. 나는 마당에 내려가 절하고 유지를 받았다. 군관은 임금의 하사품이라며 작은 대나무 상자 하나를 놓고 돌아갔다. 나는 유지 봉투를 뜯었다. 종이는 바스러질 듯이 얇았다. 접힌 자리가 뚫어져서 글자의 획이 끊어져 있었다. 조정의 궁상을 알 만했다. 나는 유지를 읽어나갔다.

지난번에 다녀온 선전관 편에 들으니, 너는 아직도 상례喪禮를 지키느라 고기를 먹지 않는다 하더구나. 사사로운 정이 간절하다 할지라도 나라의 일은 지엄한 것이다. 싸움에 나가 용맹이 없으면 효도가 아닐진대, 어찌 채소와 나물만 먹고 능히 해낼 수 있겠느냐. 상례에도 원칙이 있고, 방편이 또한 있지 않겠느냐. 내 헤아리되 그러하다. 그대는 내 뜻을 따라 방편을 좇으라. 그러므로 이제 술과 고기를 보내니, 너는 받으라.

군관이 놓고 간 대나무 상자를 열었다. 쇠고기 다섯 근과 술 두 병이 들어 있었다. 임금의 명에 따라 도원수가 보낸 물건이었다. 갓 잡은 고기는 살에서 경련이 일 듯이 싱싱했다. 칼이 한 번 멈칫거린 듯, 칼 지나간 자리가 씹혀 있었다. 잘려진 단면에서 힘살과 실핏줄이 난해한 무늬를 드러냈다. 붉은 살의 결들이 어디론지 흘러가고 있었다. 칼이 베고 지나간 목숨의 안쪽에 저러한 무늬가 살아 있었다. 내가 적의 칼에 베어지거나 임금의 칼에 베어질 때, 나의 베어진 단면도 저러할 것인지를 생각했다. 단면은 떠오르지 않았다.

종을 불러서 숯불을 피워 방안으로 들였다. 종사관 김수철과 영내에서 당직 번을 서던 안위를 불렀다.

—받아라. 어사주다.

안위가 잔을 받았다. 환도 두 자루와 면사첩이 걸린 벽에 나는 기대앉았다. 김수철이 석쇠 위의 고기를 뒤적거렸다.

—다시 고기를 드시니, 장졸들의 복이올시다.

김수철의 잔이 내게로 건너왔다. 나는 마셨다.

—전하의 고기다. 많이 먹어라.

김수철과 안위가 일어서서 석쇠 위의 고기를 향해 절했다. 안위가 말했다.

—탑니다. 어서 드십시오.

나는 먹었다. 김수철이 말했다.

—나으리의 몸이 수군의 몸입니다.

—그렇지 않다. 수군의 몸이 나의 몸이다.

나는 마셨다. 독주가 창자를 찌르며 내려갔다. 누런 연기가 방안에 번졌다. 김수철과 안위의 붉은 얼굴이 연기 저쪽에서 번들거렸다. 숯불 위에서 연기는 계속 피어올랐다. 화약 냄새와 죽은 면

136

의 젖내와 죽은 여진의 젓국 냄새가 또다시 내 마음속에서 겹쳤
다. 나는 말했다.

　—닷새 후에 수영을 목포 앞 고하도로 옮기겠다. 망군과 정탐
과 봉수는 현 위치에 남으라. 읍진마다 군관 다섯씩은 임지에 남으
라. 벽파, 금갑, 녹도는 선발대로 내일 아침 발선하라. 선발대는 군
량과 무기를 옮기고 현지를 평탄케 하라. 안위 너는 장졸 백을 거
느리고 우수영에 남으라. 너에게 협선 스무 척을 맡긴다. 너는 즉
각 발 빠른 전령을 세워 고하도에 선을 대라. 너는 경상 해안 깊숙
이 정탐을 운영하라. 김수철 너는 닷새 후 새벽에 전 함대를 우수
영 내항에 집결시켜라. 닷새 후면 그믐이다. 그날, 바람과 관계없
이 발선하겠다. 내일부터 이동 준비를 하도록 너는 모든 읍진에 시
달하라. 우리는 고하도로 간다. 이상이다. 물러가라.

　김수철과 안위가 돌아간 뒤 장지문을 열어 연기를 빼고 자리에
누웠다. 누린내는 밤새도록 방안에 배어 있었다.

물비늘

정유년 10월 그믐날 새벽에 전선 스무 척과 협선 오십여 척이 우수영 내항에 집결했다. 바다는 캄캄했다. 비와 우박이 섞여서 몰아쳤고 돌풍이 불었다.

읍진 수령과 군관 들을 선착장으로 불러들였다. 수령들은 협선으로 바꾸어 타고 다가왔다. 비에 젖은 창검이 횃불에 번쩍거렸다. 나는 말했다.

—다음번 적을 맞을 자리가 어디인지 아직은 알 수 없다. 우리는 우리가 원하는 자리에서 적을 맞을 수 없다. 우리는 적이 원하는 자리에서 적을 맞을 수도 없다. 적 또한 그러할 것이다. 다만 우리는 고하도보다 더 뒤로 물러설 수는 없다. 고하도로 가겠다. 거기서 시급히 배를 더 만들고 군사를 더 모으겠다. 우리는 우리가 알 수 없는 자리에서 적을 맞아야 한다.

수령과 군관 들이 제 배로 돌아갔다. 나는 대장선을 움직여 내항으로 나가 전선들의 군장을 검열했다. 비는 차가웠다. 갑판 위에 실은 화약에 가마니를 덮게 했다.

전선 스무 척의 대열이 끝나는 내항의 바깥쪽에서 수많은 어선과 뗏목 들이 다가오고 있었다. 어두운 물과 하늘 사이로 어선들은 다가왔다. 무수한 울음들이 뒤섞인 통곡소리가 들려왔다.

—어찌된 일이냐?

종사관 김수철이 대답했다.

—연안 백성들이 수군을 따라나섰습니다. 며칠 전부터 백성들이 술렁거리면서 짐을 챙겼습니다.

어찌하랴, 어찌하랴. 내 마음속에서 우레가 울렸다. 통곡소리가 가까워졌다. 군관들이 협선을 몰고 나가 백성들의 배를 막았다.

—막지 마라, 다가오게 하라.

나는 군관들을 거두어들였다. 어선과 뗏목 들이 대장선 주변으로 몰려들었다. 뗏목 한 척이 우현 쪽으로 다가왔다. 노를 쥔 노인이 비에 젖은 식구 세 명과 닭을 싣고 있었다. 노인에게 물었다.

—너희가 백성으로서 어찌 싸우는 수군을 따라나서느냐?

노인이 반울음으로 대답했다.

—나으리, 이제 우수영을 버리시면 적은 곧 들이닥치리다. 백성이 수군을 따라가지 않으면 적을 따라가리이까? 수군 또한 백성의 자식이 아니고 무엇이오? 내 아들놈 조카놈 들도 임진년 싸움에서

다 죽었소.

노인의 울음이 악으로 바뀌어갔다. 통곡하는 어선과 뗏목 들이 대장선 둘레를 에워쌌다. 대장선에 부딪힌 어선들이 뒤집힐 듯 출렁거렸다.

—노를 멈추어라.

종사관이 격군장에게 명령을 전했다. 대장선은 멈추었다.

—나으리, 백성들을 어찌하리까?

종사관 김수철이 물었다. 나는 대답했다.

—따르게 하라. 허나, 뗏목으로는 고하도까지 갈 수가 없을 터이니……

군관들을 백성에게 보내 머릿수를 헤아리게 했다. 어선 서른두 척, 뗏목 열 척에 삼백오십여 명이었다. 뗏목에 탄 백성들을 전선으로 옮겨 실었다. 전선에서 줄사다리를 던졌다. 백성들이 줄사다리를 잡고 전선 우현으로 기어올랐다. 물이 흔들려, 부녀들은 줄사다리를 잡지 못했다. 군관 몇 명이 뗏목으로 뛰어내렸다. 군관들이 부녀와 아이 들을 밧줄로 묶어 전선 위로 끌어올렸다. 백성들의 빈 뗏목을 전선 고물 뒤에 묶었다. 어선들의 항해 순번을 정해주고, 다섯 척을 한 조로 묶어 선단을 짜주었다. 선단마다 협선을 탄 군관 한 명씩을 배치했다. 발진 시간은 지연되었다.

비가 개고, 날이 밝아오고 있었다. 해남 어란진 쪽에서 떠오르는 아침햇살에 명량 수로의 섬들은 분홍빛 안개 속에서 깨어났다.

먼바다 쪽에서부터 수면을 깨우는 아침의 노을이 우수영 내항 깊숙이 번져왔다. 흩어지는 안개 밑으로 바다의 속살은 붉었고, 북서 밀물은 다시 목포 쪽으로 흘렀다.

나는 다시 대장선을 돌려 선착장으로 돌아왔다.

옥에 갇혀 있던 김애남, 송헌종, 정부은을 선착장으로 끌어왔다. 적이 해남을 유린할 때, 백성의 처녀 일곱 명을 붙잡아 적에게 인도한 자들과 군관으로 명량 해전 때 후미에서 배를 불지르고 달아났다가 육지에서 붙잡힌 자들이었다. 이미 심문과 조사가 끝나 있었다.

아침 선착장에서, 햇살은 물비늘로 반짝거렸다. 거기서, 군관을 시켜 김애남, 송헌종, 정부은을 베었다. 정부은은 한 번 칼질에 베어지지 않았다. 정부은은 두 번 칼을 받았다. 전선들은 가까이 도열해 있었다.

—닻을 올려라.

쇠나팔이 길게 울렸다.

……닻을 올려라…… 닻을 올려라……

배에서 배로 명령이 옮겨졌다. 격군장들이 북을 울렸다.

—장사진을 펼쳐라.

함대는 이열종대로 길게 늘어섰다. 대장선 뒤를 판옥전선 스무 척과 협선 오십여 척이 따랐다. 그 뒤로 백성들의 어선 서른두 척이 따라붙었다. 아침에 바람은 잠들었으나, 장산도 물목에서 백성들의 어선은 위태로워 보였다. 전선의 노를 늦추도록 격군장들에게 일렀다. 저녁 무렵에 함대는 고하도에 도착했다.

고하도는 영산강 어귀였다. 섬의 동북쪽이 높이 솟은 벼랑으로 강의 어귀를 마주하고 있었다. 내륙의 적들이 영산강 물길을 따라 온다면 동북쪽 벼랑을 돌파하지 못하는 적을 섬의 서남쪽 협로로 불러들여 맞을 수 있겠지만, 적의 육군이 수로를 따라와주지는 않을 것이었다. 목포 유달산이 지척이었고, 영산강 물길을 따라 나주와 무안에 쉽게 닿을 수 있었다. 영암은 좁은 물 건너 동쪽이었는데, 영암, 나주, 무안의 넓은 들은 아직도 온전했고, 백성과 풍속이 보존되어 있었다. 백성의 양식을 얻어먹기 편한 자리였다. 백성의 뒷전으로 숨어들어온 것만 같아서 칼 찬 나는 민망했다.

섬의 서쪽 먼바다로 크고 작은 섬들이 수없이 깔려 있고, 섬 사이를 돌아나가는 물길은 가늠할 수 없이 복잡했다. 밀물이 내수면 깊숙이 달려들어 큰 강은 바다가 밀릴 때마다 숨차했고, 썰물은 아득히 멀어서 바다는 개벽을 거듭하는 것 같았다.

섬의 서남쪽으로 넓은 들이 펼쳐져 바다에 닿았고 가까운 섬들이 서북풍을 막아서 배를 감추기에 좋았다. 들은 바다를 향해 펼쳐지면서 순하게 내려앉아서, 들에서 바다를 살피기에 좋았다. 섬 안에 산자락을 의지한 구릉들이 펼쳐져 군막을 짓기에 좋았으며, 동북쪽 산에 키 크고 곧은 해송들이 빽빽해서 배 만들 목재를 얻기에 좋았다. 산이 경사가 급해 베어낸 목재를 끌어내기가 어려워 보였다. 도착하던 다음날 군사를 풀어서 산을 남쪽으로 비스듬히 우회하는 산판길을 뚫게 했다.

데리고 온 백성들은 고하도의 서쪽 들로 들여보냈고, 또 여러 섬으로 나누어 보냈다. 백성들은 살던 고향의 마을에 따라 패를 나누어 섬으로 들어갔다. 백성들은 수군 진영이 들어서는 고하도에서 먼 섬으로는 서로 가지 않으려고 다투었다. 백성들이 움막을 지을 동안 비 오는 날이나 밤에는 전선 안 선실에 머무르게 했다. 겨울이 오고 있었다. 백성들은 뗏목으로 고기를 잡았고 틈틈이 섬으로 올라가 겨울 채소를 기르며 움막을 지었다. 그해 겨울, 우수영에서 따라온 백성들 중 열다섯 명이 죽었다. 뗏목이 뒤집혀 물에 빠져 죽고, 병들어 죽고, 얼어 죽고, 굶어 죽고, 나무를 끌어내다가 소달구지 바퀴에 깔려 죽었다.

서해의 물길은 낯설고 어려웠다. 여기서 사납고 좁은 물길 하나를 잘 골라서, 거기서 적을 맞을 수 있다면 또 한번 존망을 역류할 만도 했지만, 아직도 그나마 온전한 백성들의 넓은 들 뒤쪽 어귀에서 나는 적을 맞고 싶지 않았다. 여기서 내가 죽는다면 적들은 서해를 따라 임금에게 갈 것이었고, 영산강을 따라 백성에게 갈 것이었다. 여기는 더이상 물러설 수 없는 나의 사지였지만, 편안히 죽을 수 있는 사지는 아니었다. 고하도에서도 나는 나의 사지를 찾지 못했다. 아마도 나의 사지는 경상 해안 쪽으로 좀더 앞으로 나아간 어떤 자리라야 마땅할 것이었다. 우수영을 경유해서 경상 해안 쪽의 정탐과 망군을 시험 작동했다. 망군들끼리의 접속이 빨랐고 정탐들의 근접도가 좋았다.

　—눈으로 본 것은 모조리 보고하라. 귀로 들은 것도 모조리 보고하라. 본 것과 들은 것을 구별해서 보고하라. 눈으로 보지 않은 것과 귀로 듣지 않은 것은 일언반구도 보고하지 말라.

　나는 우수영으로 돌아가는 망군 편에 안위에게 그렇게 일렀다. 우수영에 남은 안위에게 무명 두 필과 쇠고기 다섯 근을 상으로 보냈다. 적들의 기별은 오지 않았다.

그대의 칼

고하도에서는 가까운 곳에서 목재를 구할 수 있었다. 영암, 무안 쪽 백성들 중에서 솜씨 있는 목수가 여럿 있었다. 군막 신축 공사는 빠르게 진행되었다. 날이 추워왔으므로 감독 군관들은 작업을 다그쳤다.

고하도로 수군 진영을 옮긴 뒤에도 내 숙사 방안에 환도 두 자루와 면사첩을 걸어놓았다. 그것이 내 운명의 지표인 것 같았다. 죽은 면이 꿈에 나타나는 밤이 계속되었다. 꿈에서 깨어나는 새벽에 식은땀이 전신을 적셨다. 등판이 구들장에 들러붙어 떨어지지 않았다. 매일 밤 똑같은 꿈이었다.

어깨가 잘려나간 면의 몸이 개울창에서 일어섰다. 머리는 죽었는데, 몸은 살아 있었다. 죽은 머리가 산 몸 위에 붙어서 건들거렸다. 면은 칼이 없었다. 어깨 잘린 면의 몸이 무릎걸음으로 다가왔다. 면이 말을 했는데, 잘려진 어깨의 단면에서 목소리가 나왔다.

(아버님, 저는 죽었습니다.)

면이 말할 때, 죽은 머리는 옆으로 꺾여져 있었다. 눈썹과 이마가 나를 닮아 있었다. 저것이 나로구나, 라고 나는 꿈속에서 생각했다. 나는 면을 꾸짖었다.

(죽은 녀석이 너뿐이더냐? 내가 죽인 적이 헤아릴 수 없고 네가 죽인 적 또한 적지 않거늘, 네 어찌 내 꿈을 어지럽히느냐.)

(아버님, 저의 칼을 찾아주십시오.)

(칼을 어찌했느냐?)

(칼을 놓쳤습니다. 눈이 멀어서 찾을 수가 없습니다.)

(물러가라. 무인이 칼을 놓쳤으면 죽어 마땅하지 않겠느냐.)

면은 다가와 내 다리에 매달려 울었다. 면은 잘려진 어깨로 울었고, 거기서 눈물이 흘렀다.

(아버님, 죽을 때 무서웠습니다. 칼을 찾아주십시오.)

(가거라, 죽었으면 가거라. 목숨은 물리지 못한다. 칼 또한 그러하다. 다시는 내 꿈에 얼씬거리지 말아라.)

면은 울면서 돌아섰다. 무릎걸음으로 면은 멀어져갔다. 면이 엉덩이를 밀어서 멀어져가는 쪽으로 노을이 붉었다. 노을 진 갈대숲 속으로 면이 기어들어갈 때 나는 면을 불렀다.

(면아, 면아.)

부르는 내 소리에 내가 가위눌려 나는 잠에서 깨어났다. 식은땀에 젖은 내 등판이 구들장에 결박되어 있었다. 담벽에 걸린 환도에 달빛이 비치었다. 땀이 마를 때까지 나는 한기에 몸을 떨며 자리에 누워 있었다. 나는 파도 소리 위에 떠 있었다. 위병 근무를 교대하는 수졸들의 발소리가 들렸다.

승주 조계산 속에 박아둔 승병장 처운이 적군 포로 열일곱 명을 생포해서 배에 싣고 왔다. 처운의 임무는 본래 정탐이었지만, 봉을 잘 쓰는 그는 때때로 적의 작은 무리들을 급습했다. 포로들은 순천으로 내려온 적의 육군들로, 조계산 남쪽 외곽 진지에 배치된 자들이었다. 스무 명 남짓한 병력이 위병을 세워놓고 진지 안에서 잠들어 있었다. 처운이 승병 다섯 명으로 야습했다. 처운은 위병 두 명의 입을 틀어막고 뒤에서 찔러 죽이고 잠든 적의 무기를 먼저 노획했다. 잠든 적의 목에 칼을 들이대고 한 명씩 흔들어 깨워 묶었다. 저항하던 열 명을 현장에서 베어서 소금에 절인 머리 열 개를 가마니에 담아왔다. 처운은 일본말을 알아듣지 못했으므로 생포된 자들을 심문하지 못한 채 끌고 왔다.

포로들은 삼줄에 묶여져 내 숙사 앞마당에 한 줄로 꿇어앉았다. 스무 살 언저리쯤 되어 보이는 자들도 있었고 수염이 허연, 내 나이 또래들도 있었다. 잔등에 깃발을 하나씩 꽂았고, 조선 백성들의 솜바지에 짚신을 신은 자들도 있었다.

제주가 고향인 격군장 이만수를 불러왔다. 이만수는 조선말보다 일본말이 더 유창했다. 이만수의 아비는 제주 어부였는데, 처와 함께 먼바다로 나아갔다가 대마도에 표착했다. 이만수는 대마도에서 태어나서 자랐고, 이만수의 아비는 대마도에서 죽었다. 이만수는 임진년에 바다를 건너오는 가토의 군대에 징집되어 부산으로 들어왔다. 가토의 군대가 밀양으로 진공할 때 이만수는 탈영해서 조선 관군에 투항했다. 그가 근본이 제주이고 또 바다에 익숙했으므로, 관군은 이만수를 수군으로 보냈다. 나는 임진년 여름 한산 통제영에서 이만수를 받았다. 그때 이만수는 스물여덟 살이었다. 그후 열흘 도리로 닥치는 여러 전투에서 이만수는 노를 잡았다. 힘이 거칠 것이 없었고 온몸의 굴신이 좋아서 그의 노폭은 크고 힘찼다. 내가 의금부에 하옥되어 있을 때 이만수는 원균 밑에서 격군장으로 승진되었다.

나는 이만수에게 포로를 심문해서 보고서를 제출하도록 일렀다. 이만수는 언문조차 쓰지 못했다. 종사관 김수철을 이만수에게 붙였다. 적의 외곽 진지에서 붙잡힌 하급 군졸들에게 고급 정보를 기대할 수는 없었다. 다만 적의 내륙에서의 이동 경로, 보급 및 훈련 상태, 적들에 대한 조선 관아들의 대응 태세를 집중적으로 심문하도록 종사관에게 지시했다. 포로들은 낮에는 산판 벌목 작업에 투입되었고 밤에는 심문을 받았다.

보고서는 열흘 뒤에 넘어왔다. 개인별 심문 조서였다. 붙잡힌 적들은 대개가 소속대를 이탈한 산병散兵들이었다. 고니시의 부대가 순천으로 내려오면서, 고을마다 흩어져 있던 자들을 끌어모은 병력들이었다. 일본에서의 출신지나, 조선에 파병된 시점도 제가끔이었다. 나는 심문 내용 중에서 중요 정보 사항을 요약해서 도원수부에 제출해야 했다. 보고서를 살피는 데 한나절이 걸렸다. 심문 내용은 적의 수뇌부에까지는 접근하지 못했고, 전략 정보는 전혀 없었다.

……아베 준이치. 스물세 살. 하위 무사 계급으로, 파병 전 나고야 성의 위병 분초장. 정유년 여름에 섬진강 하구로 상륙. 이후 소속대와 함께 계속 북상. 금산성 공격 전투에 참가. 금산성 함락 직후 1계급 승진. 아산 작전에 참가. 아산 작전 후 원대에서 유리됨. 부여에서 고니시 부대에 합류해서 순천으로 내려옴. 아산 작전 때는 가토의 부대에 소속되어 있었음. 생포된 자들 중 계급 서열 2위.

아산……, 아산……
나는 종사관을 불렀다.
―아베 준이치는 어디에 있느냐?
―벌목 노역에 투입중일 것입니다.
―끌어오라. 이만수도 불러라.

군관 두 명이 아베를 묶어서 끌고 왔다. 군관이 아베의 정강이를 걸어차서 마당에 꿇렸다. 이만수는 아베 옆에 의자를 놓고 앉았다. 아베가 고개를 들었다. 찌르는 눈빛이었다. 콧날이 가팔랐고 입술이 붉었다. 다부진 어깨가 직각으로 완강히 버티고 있었다.

　―묻겠다. 이만수는 옮기라. 아산 작전이란 무엇이냐?

　아베의 답변을 이만수가 통역했다.

　―내 주군의 특명에 따른 것이다. 아산의 한 산골 마을 주민을 모두 없애라는 명령이었다.

　―작전의 의도가 무엇이었나?

　―모른다. 우리는 주군의 깊은 뜻을 묻지 않는다.

　―아산에서 교전이 있었나?

　―아산에는 조선 관군이 없었다. 마을을 불지르고, 조선 민병들과 싸웠다.

　―이면이라는 청년을 특히 죽이라는 명령이 있었나?

　―있었다. 다만 현지에서 이면을 식별할 수가 없었다.

　―개울을 사이에 놓고 싸웠나?

　―그렇다. 조선 민병들이 개울 건너에서 활을 쏘았다. 화약이 젖어서 조총이 발사되지 않았다. 우리는 칼을 빼들고 개울을 건너갔다.

　―너는 몇 살이냐?

　―스물세 살이다.

나는 묻기를 멈추었다. 나는 아베의 얼굴을 들여다보았다. 봉두난발 아래로 눈이 크고 맑았다. 나는 아베의 목을 들여다보았다. 아베의 목은 굵고 짧았다. 목뒤에 살이 쪄서 포개져 있었다. 나는 다시 물었다.

—살기를 원하느냐?

—무사를 희롱하지 말라.

(……아버님, 제 칼을 찾아주십시오. 눈이 멀어서 찾을 수가 없습니다……)

꿈속에서, 무릎걸음으로 멀어져가던 면의 뒷모습이 떠올랐다. 면은 죽고 아베는 살아서 내 앞에 묶여 있었다. 면의 죽음과 아베의 죽음을 되물려서 바꿀 수는 없을 것이었다. 아베의 팔뚝 위로 푸른 정맥이 꿈틀거리고 있었다. 산 것의 힘이 느껴져왔다. 그 속으로 더운 피가 흐르고 있을 것이었다. 어린 면의 아득한 젖내가 떠올랐다. 내가 맡아보지 못한 아베의 젖냄새도 떠올랐다.

살려주자, 살게 하자, 살아서 돌아가게 하자…… 내 속에서 나 아닌 내가 그렇게 소리치고 있었다. 아베를 죽여서는 안 된다는 울음과 아베를 살려두어서는 안 된다는 울음이 내 몸속에서 양쪽 다 울어지지 않았다. 몸속 깊은 곳에서 징징징 칼이 울었다. 가장 괴롭고 가장 선명한 길을 칼은 가리키고 있었다. 나는 다시 물었다.

—죽기를 원하느냐?

—내 손으로 죽기를 원한다. 칼을 한번 빌려달라.

나는 군관에게 말했다.

—끌어내다 베어라.

이만수가 아베의 겨드랑을 끼고 마당 밖으로 나갔다. 환도를 찬
군관이 그 뒤를 따랐다. 나는 대문 밖으로 나가는 군관을 향해 소
리쳤다.

—아니다. 다시 끌어오너라.

아베는 다시 내 앞으로 끌려와서 무릎 꿇려졌다.

—칼을 다오.

군관이 칼을 나에게 건넸다. 나는 칼을 뺐다. 푸른 날 위에서 쇠
비린내가 풍겼다. 종사관 김수철이 내 팔을 잡았다.

—나으리, 어찌 손수……

—비켜라, 피 튄다.

김수철은 물러섰다. 나는 아베를 베었다. 목숨을 가로지르며 건
너가는 칼날에 산 것의 뜨겁고 뭉클한 진동이 전해졌다.

저녁 무렵에 물결이 잠들었다. 먼 섬들이 노을 속에서 타올랐다.
저녁해가 멀어져서, 저녁 바다에서는 늘 해 지는 쪽의 먼 섬들이 빛
났다. 종사관을 물리치고 혼자서 갯가로 나갔다. 종 강막수가 갯가
의 움막으로 돌아와 파밭을 매고 있었다. 나는 강막수의 움막 안으
로 들어가 누웠다. 강막수가 달려와 방문 밖에서 허리를 굽혔다.

—나으리, 구들이 찰 터인데 군불이라도……

―아니다. 가거라. 가서 일해라.

　강막수는 밭으로 돌아갔다. 섬 너머로 지는 해의 노을이 방안에까지 스몄다. 토담의 틈새에서 빈대들이 기어내려왔다. 칼이 아베의 목을 지날 때 내 오른팔에 와 닿던 진동을 생각했다. 아베를 심문할 때 내 마음속에서 울어지지 않던 두 개의 울음이 동시에 울어졌다. 아베를 죽여서는 안 된다는 울음과 아베를 살려두어서는 안 된다는 울음이 서로 끌어안고 울었다. 눈물이 메말라서 겨우 눈을 적셨다. 산 쪽에서 목재를 나르는 수졸들의 발맞추는 노랫소리가 들려왔다.

무거운 몸

    먼바다 쪽 하늘에서 붉은 노을과 검은 노을이 어지럽게 뒤엉키고 눅눅한 바람이 불어오면 오른쪽 무릎관절이 쑤셨다. 다음날 비가 내렸다. 여름 장마 때는 임진년 사천 싸움에서 총 맞은 왼편 어깨가 결렸고 날씨가 갑자기 추워지면 무릎과 허리가 함께 아팠다. 허리의 통증이 허벅지와 장딴지의 신경을 타고 내려가 발가락 끝까지 저렸다. 임진년 사천에서 적탄은 어깨뼈에 깊이 박혔다. 그때, 엿새 동안 거제, 고성 연안의 당포, 당항포, 율포를 기습해서 적선 오십여 척을 바다로 끌어내 온전히 부수었다. 대열이 망가진 적들은 한 척씩 차례로 붙잡혔다. 바다 여기저기서, 서너 척씩 선단을 지은 함대들이 적선 한 척씩을 붙잡아 온전히 부수었고 차례로 온전히 부수어나갔다. 죽은 자는 헤아리지 않았다.

    언제 적탄이 날아와 박힌 것인지 기억이 없었다. 진을 거두어

가까운 숙영지로 돌아갈 때 어깨가 빠지는 듯이 아팠고, 피에 젖은 겨드랑이 미끈거렸다. 몸에 박힌 적탄은 묵직하고 뻐근했다. 적탄은 깊숙이 들어와 있었다. 더 깊었거나, 각도가 심장 쪽이었다면 아마 그때 나는 율포에서 죽었을 것이다. 적탄의 깊이는 죽음 직전에서 멎어 있었다. 내 몸속의 적탄은, 오래전부터 거기 그렇게 들어와서 살았던 것처럼 무거웠다.

숙영지에서 척후장 조병식을 시켜서, 단도 끝을 불에 달구어 뼛속을 헤집고 적탄을 발라냈다. 엄지손가락 크기만한 쇳덩어리였다. 적탄이 들어올 때보다 칼끝이 들어올 때가 더욱 아팠다. 조병식의 이마에서 진땀이 흘렀다. 바닷물로 씻어내고 뽕나무 잿물을 발랐다.

가까운 곳에서 발사되었던 모양이었다. 적탄이 몸에 박힐 때 화약의 독이 스며서 상처가 화농되었다. 하루도 갑옷을 벗지 못하는 날이었다. 여름의 남쪽 바다는 무덥고 끈끈했다. 갑옷 밑에서 여름내 진물이 흘렀다. 진물이 마른 뒤에도 습한 날들이 계속되면 어깨뼈가 쑤셨고 왼쪽 팔이 힘을 받지 못했다. 상처가 아물어도 통증은 사라지지 않았다. 살아 있는 아픔이 살아 있는 몸속에 박혀 있었으나 병의 실체는 보이지 않았다. 병은 아득한 적과도 같았다. 흐린 날들의 어깨 쑤심증은 내 몸속에 들어와 살고 있는 적의 생명으로 느껴졌다.

서울 의금부 형틀에 묶여 있을 때, 임금의 형장刑杖은 몸을 가득 채우며 파고들었다. 눈앞에 캄캄한 절벽이 일어섰고 매가 거듭될 때마다 절벽은 흰빛으로 부서져나갔다. 그리고 또 절벽이 일어섰다. 형장이 내 하반신에 닿을 때, 적탄에 맞은 왼쪽 어깨뼈 속까지 아픔의 번개들이 치받고 올라왔다. 임금의 형장이 적탄의 상처에 포개질 때마다 나는 수없이 혼절했다. 정신이 돌아오는 사이사이에 나를 심문하는 위관의 목소리가 들렸다.

—네가 부산 왜영을 불태운 사실을 조정에 허위 보고하였느냐?
—네가 적을 빤히 보고도 군사를 몰아가 토벌하지 않고, 바다를 건너오는 가토를 요격하지 않은 의도가 무엇이냐?
—너는 누구의 군대냐? 너는 가토의 군대냐?
—너는 왜 싸울 때마다 원균의 뒤를 따라다녔느냐?
—네가 군공을 속여 보고한 것은 무장으로서 임금을 능멸하는 마음을 품었기 때문이 아니냐?
—신하로서 임금을 속인 자는 마땅히 죽는다. 아니냐?
—전하께서는 네가 이제 가토의 머리를 들고 온다 하더라도 용서해줄 수 없다고 하셨다. 네가 참으로 무장이라면, 사직 앞에 죄를 고하고 밝게 죽는 편이 어떠하냐?

혼절과 혼절 사이에서 나는 아무것도 대답할 수 없었다. 위관의 질문은 답변을 미리 예비하고 있었으므로 나는 아무것도 답변할 수 없었다. 위관은 집요했으나, 아무것도 묻고 있지 않았다. 아마도 거기에 대답할 수 있는 사람은 임금뿐이었다. 임금은 나를 죽여서 사직을 보존하고 싶었을 것이고 나를 살려서 사직을 보존하고 싶었을 것이었다.

히데요시가 전 일본의 군사력을 휘몰아 직접 군을 지휘하며 바다를 건너올 것이라는 풍문 앞에 조정은 무겁게 침묵하고 있었다. 나를 죽이면 나를 살릴 수 없기 때문에 임금은 나를 풀어준 것 같았다. 그러므로 나를 살려준 것은 결국은 적이었다. 살아서, 나는 다시 나를 살려준 적 앞으로 나아갔다. 세상은 뒤엉켜 있었다. 그 뒤엉킴은 말을 걸어볼 수 없이 무내용했다.

의금부에서 풀려난 뒤부터, 추운 날에는 허리가 결렸고 왼쪽 무릎이 시리고 쑤셨다. 무릎이 시릴 때, 두 다리가 땅을 밟지 못하는 것처럼 얼얼했다. 뼛속의 구멍으로 찬 바닷바람이 드나드는 듯싶었다. 뼛속을 드나드는 바람은 내 몸 안에 들어와서 살고 있는 임금의 숨결이며 기침소리처럼 느껴졌다. 내 어깨에는 적이 들어와 살았고, 허리와 무릎에는 임금이 들어와 살았다. 활을 당겨 표적을 겨눌 때 나는 내 어깨에 들러붙은 적을 느꼈고 칼의 세勢를 바꾸려고 몸을 돌릴 때 나는 내 허리와 무릎 속에서 살고 있는 임금을 느꼈다. 시린 무릎으로 땅을 온전히 딛지 못할 때도 내 몸은 무거웠다.

적과 임금이 동거하는 내 몸은 새벽이면 자주 식은땀을 흘렸다. 구들에 불을 때지 않고 자는 밤에도 땀은 흘렸다. 등판과 겨드랑과 사타구니에 땀은 흥건히 고였다. 식은땀은 끈끈이처럼 내 몸을 방바닥에 결박시켰다. 나는 내 몸이 밀어낸 액즙 위에서 질퍽거렸다. 잠에서 깨어나는 새벽에, 나는 내가 어디에 와서 누워 있는지 알지 못했다. 밤에 바다로 나아가는 새들의 울음소리가 들렸다. 겨드랑 밑에서 땀이 식는 한기에 소스라칠 때 내 의식은 식은땀과 더불어 내 바닷가 수영 숙사로 돌아왔다.

군법을 집행하던 날 저녁에는 흔히 코피가 터졌다. 보고서 쪽으로 머리를 숙일 때, 뜨거운 코피가 왈칵 쏟아져 서류를 적셨다. 코피가 터지고 나면 머릿속에서 빈 들판이 펼쳐지듯이 두통이 났고 열이 올랐다. 종을 불러서 옷을 갈아입고 자리에 누우면, 실신하듯이 밑 빠진 잠이 쏟아졌다. 나는 바닥 없는 깊이로 떨어져내렸고, 잠에서 깨어나는 새벽에는 식은땀에 젖었다. 의식이 다시 돌아올 때 나는 어둠 속에 걸린 환도 두 자루를 응시하고 있었다. 임금의 몸과 적의 몸이 포개진 내 몸은 무거웠다.

물들이기

고하도 수영 뒷산 남쪽 사면에 무기 제조창을 설치했다. 대흥사의 젊은 종 막노와 영광 관아의 이방 무억을 데려왔다. 막노와 무억은 농기구를 만들던 대장장이의 아들로 쇠를 녹여 무기를 만드는 모든 과정을 혼자서 해낼 수 있었다. 무안, 영암의 대장장이들도 불러들였다. 목재를 구워서 숯을 만들고 숯불에 쇠를 녹였다. 막노와 무억은 쇠를 깊이 이해하고 있었다. 대장장이들이 무기를 만들어본 적은 없었으나, 총통을 한 자루 보내주면 그 얼개를 들여다보고 똑같이 만들어냈다. 칼과 창과 장병겸長柄鎌도 만들어냈다.

바다에서, 칼을 빼든 적들은 기어코 바싹 다가와 월선 공격을 시도했다. 나는 적에게 근접을 허용하지 않았다. 나는 늘 얼마쯤 떨어진 사정거리 안에서 적을 부수었다. 적병의 숫자는 늘 헤아릴 수 없이 많았다. 육전에서처럼, 적병을 하나씩 죽여서 싸움을 정리하는 전술은 상상할 수 없었다. 적의 배를 깨뜨리고 불태워서 한꺼번에 칠팔백 명씩 물에 처박지 않는 한 싸움을 정리할 수 없었다. 그러나 경선으로 옮겨타거나 널빤지를 붙잡고 뱃전으로 달려드는 적병들을 걷어내려면 칼과 창과 장병겸이 필요했다. 아래에서 기어오르는 적병을 배 위에서 죽이려면 창은 온당하지 않았다. 창은 한번 적의 몸에 박히면 쉽게 빠지지 않았다. 옆으로 훑어내는 낫이 필요했다. 장병겸이란 자루가 길고 날이 넓은 낫이었다. 고하도 무기 제조창에서는 총통 철환과 화살촉을 주로 만들었고 창칼과 장병겸은 낡아서 버린 만큼만 새로 만들었다.

정유년 섣달에 승자총통 백 자루가 완성되었다. 갯가에 장졸들을 모아놓고 바다 쪽을 향해 시험 발사했다. 대장장이들이 기름칠로 번들거리는 총통 백 자루를 상 위에 펼쳐놓았다. 사부들은 일렬로 도열해서 엎드렸다. 화약을 다져넣고 총구멍에다 철환 열 개씩을 넣었다.

—방포하라.

사부들이 심지에 불을 당겼다. 총구멍마다 연기가 치솟고, 폭발음이 장졸들의 함성에 묻혔다. 철환은 팔백 보 밖에 세워진 표적에 박혔다. 그날, 열 번을 거듭 쏘았다. 총구멍이 매끄럽지 않거나 탄도가 고르지 못한 일곱 자루를 녹여서 다시 만들게 했다. 군량 두 가마와 말린 미역 한 짝씩을 주어 대장장이들을 고향으로 가게 했다. 막노와 무역은 수영에 붙잡아놓았다.

일을 끝낸 대장장이 몇 명이 고향으로 가지 않고 수영에 남아 있었다. 나에게 선물로 줄 환도 한 자루를 만들어놓고 가겠다는 것이었다. 어깨에 힘이 빠져 칼이 무거웠으므로 나는 말리지 않았다. 쇠의 두께를 빼서 무게를 줄이라고 일렀다.

—나으리, 대장장이들이 칼에 검명劒銘을 새기겠다 하옵니다. 글을 내려주십시오.

내 숙사로 찾아온 종사관 김수철이 말했다.

—칼에 문자 장식이란 필요 없다.

—하오나, 백성들의 정성이오니, 검명을 새겨서 간직하심이 아름다울 듯합니다. 몇 글자 내려주십시오.

나는 벼루를 당겨 먹을 갈았다. 칼에 문자를 새긴다는 장난이 쑥스럽고 수다스럽게 느껴졌다. 먹을 천천히 갈면서, 그 쑥스러움을 밀쳐낼 만한 문구를 생각했다. 문구는 냉큼 떠오르지 않았다. 베고 다시 제자리로 돌아와 세를 바꾸는 순간의 칼을 나는 생각했다. 나는 칼의 휘두름과 땅 위로 쓰러지는 쓰레기를 떠올렸다.

한 번 휘둘러 쓸어버리니,
피가 강산을 물들이도다.

라고 나는 쓰기로 했다. 김수철이 종이를 펼쳤다. 나는 붓을 들어서 썼다.

─揮掃蕩 血染山河 일휘소탕 혈염산하

'강산을 물들이도다'에서 나는 색칠할 도塗를 버리고 물들일 염染자를 골랐다. 김수철이 한동안 글자를 들여다보더니 입을 열었다.

─물들일 염자가 깊사옵니다.

─그러하냐? 염은 공工이다. 옷감에 물을 들이듯이, 바다의 색을 바꾸는 것이다.

─바다는 너무 넓습니다.

─적 또한 헤아릴 수 없이 많다.

그때, 나는 진실로 이 남쪽 바다를 적의 피로 염染하고 싶었다. 김수철은 글씨를 말아들고 물러갔다. 새 칼은 나흘 뒤에 왔다. 칼집에 자개를 박아 용무늬를 새겨넣었고 박달나무 손잡이에 삼끈을 감았다. 칼을 빼자 햇빛이 튕겨져나갔다. 치켜든 칼끝의 각도가 찌르기에 합당해 보였고 비스듬히 기울며 아래쪽으로 잘록해지는 칼날은 베기에 좋아 보였다. 칼날에 구름무늬가 어른거렸고 칼등을 따라서 길고 가는 피고랑이 칼끝까지 뻗어나갔다. 무게도 쓰던 칼보다 가벼워서 내 병든 어깻죽지가 감당해낼 만했다. 삼끈을 감은 손잡이가 내 손아귀에서 편안했다.

162

바다에서 적과 맞붙어 칼을 써야 할 싸움은 그리 많지 않았다. 적선에 근접되어, 적병 몇 명이 뱃전을 넘어 월선했을 때나, 배 밑 창에서 기어오르는 적들을 내칠 때 때때로 칼은 요긴했다. 함경도 에서 남해안으로 내려온 뒤, 칼은 존망이 명멸하는 세勢의 마당으 로 내 마음에 자리잡았고, 내 방에 걸려 있었다.

칼로 적을 겨눌 때, 칼은 칼날을 비켜선 모든 공간을 동시에 겨 눈다. 칼은 겨누지 않은 곳을 겨누고, 겨누는 곳을 겨누지 않는다. 칼로 찰나를 겨눌 때 칼은 칼날에 닿지 않은, 닥쳐올 모든 찰나들 을 겨눈다. 적 또한 그러하다. 공세 안에 수세가 살아 있지 않으면 죽는다. 그 반대도 또한 죽는다. 수守와 공攻은 찰나마다 명멸한 다. 적의 한 점을 겨누고 달려드는 공세는 허를 드러내서 적의 공 세를 부른다. 가르며 나아가는 공세가 보이지 않는 수세의 무지개 를 동시에 거느리지 못하면 공세는 곧 죽음이다. 적과 함께 춤추며 흐르되 흘러들어감이 없고, 흐르되 흐름의 밖에서 흐름의 안쪽을 찔러 마침내 거꾸로 흐르는 것이 칼이다. 칼은 죽음을 내어주면서 죽음을 받아낸다. 생사의 쓰레기는 땅 위로 널리고, 칼에는 존망의 찌꺼기가 묻지 않는다.

새 칼에, 검명 여덟 글자는 내 필적대로 새겨져 있었다. 다 지워 버리고 물들일 염자 한 글자뿐이었더라도 좋았을 뻔했다. 칼에 새 겨진 문자는 아무래도 쑥스러워 보였다.

새 칼을 받던 날, 군역으로 불려왔던 대장장이들은 고향으로 돌아갔다. 떠나는 백성들에게 종사관을 보내 고마운 뜻을 전했다. 정오 무렵에 도원수부의 전령이 다녀갔다. 경상 내륙 산간의 여러 읍성이 무너졌다고 전령이 가져온 문서는 전했다. 무너졌다기보다는 비워놓고 떠난 읍성에 적들이 들어와서 눌러앉았다. 희망은 없거나, 있다면 오직 죽음 속에 있을 것만 같았다. 백성들이 만들어준 새 칼을 칼집에서 빼서 면사첩 위에 걸었다.

베어지지 않는 것들

조정은 명군을 천병天兵이라고 불렀다. 천병은 조선을 구원하는 천자의 군대이며 하늘의 군대라는 뜻이었다. 명군도 스스로를 그렇게 불렀다. 명의 수군은 전함 오백 척과 군사 만오천으로 정유년 2월에 충청도 당진에 도착했다. 총병관 진린이 지휘하는 절강성 군사들이라고 했다.

서울에서 도원수부를 오가는 관리들 편에 나는 명 수군의 출병 소식을 들었다. 전함 오백 척의 군세가 어떠한 것인지는 떠오르지 않았다. 명의 육군은 내륙의 적을 바다로 내몰지 않고, 적으로부터 멀리 떨어져서 멈칫거리고 있었다. 창끝을 똑바로 겨누지 않는 군대였다. 백성들이 건초를 베어서 명군의 말을 먹였고 겨울에는 언 개울을 뒤져 개구리를 잡아다 바쳤다. 명군의 출병 의도는 군사작전이 아니라 강화 협상인 것처럼 보였다. 강화 협상이 일본과 명

사이에 어떻게 돌아가고 있는 것인지는 남해안 수영에서 알 길이 없었다. 다만, 조선 조정이 그 협상에서 제외되어 있다는 것은 확실해 보였다.

명의 수군이 출병했다는 소식을 들었을 때, 나는 그저 무덤덤했다. 나는 명 수군의 배의 구조와 기능을 알지 못했고 노의 각도를 알지 못했다. 산동반도 연안의 배가 조선반도 남해안의 굴곡진 연안에서 작전에 합당한 것인지를 알 수 없었고 그들의 병장기와 화포의 성능이 어떠한 것인지 알지 못했다. 그리고 나는 정치적 동기에 의해 출병하는 군대의 실전을 신뢰할 수 없었다.

당진에 도착한 명의 수군이 남해로 오지 않고, 한강을 거슬러올라가 서울로 들어간 것은 이해할 수 없었다. 명의 수군은 동작나루까지 마중나온 조선 임금으로부터 통곡을 앞세운 애끓는 환영을 받았다. 그때 동작나루에서 명 수군 총병관 진린은 조선의 하급 관리 한 명을 붙잡아 목에 노끈을 묶어서 끌고 다녔다. 피투성이가 된 조선 관리는 네 굽으로 기면서 개처럼 끌려다녔다. 임금은 외면했다. 조선 중신들이 역관을 보내 만류했으나 진린은 듣지 않았다. 그 하급 관리는 마포나루에 파견된 영접 실무자였는데, 진린이 나루에서 뭍으로 오를 때 신발이 물에 젖었다는 것이었다.

영접 행사가 끝나고 다시 한강을 따라 내려온 명의 수군은 강화도로 들어갔다. 그해 봄이 가고 여름이 다 가도록 명의 수군은 강화에서 나오지 않았다.

포로들의 행적을 정밀히 재검색하라는 유지가 고하도 수영으로 내려왔다. 조정은 임진년 가을에 경기도 광주의 성종릉과 중종릉을 파헤친 적병을 찾고 있었다. 유지는 수군뿐 아니라 도원수부 휘하의 모든 육군 부대들과 지방 관아에 일제히 시달되었다.

　포로들 중에서 오 년 전 임진년 가을에 경기도 광주 지역을 거쳐간 자들을 색출해서 두 선왕의 능을 범한 적을 찾아보라는 것이었다. 임진년 개전 이후 적의 병력은 수시로 교체되었다. 오 년 전에 능을 범한 자들을 포로들 중에서 찾아낸다는 것은 될 일이 아니었다.

　임금의 절망은 깊었다. 종전終戰을 사직에 고하기 전에, 우선 능을 범한 적병의 머리를 사직에 바치려는 것이 임금의 조바심이었다. 그때 고하도 수군 진영에 잡혀 있던 포로는 승병장 처운이 승주 조계산에서 생포해온 열여섯 명이었다. 내 포로들은 임진년에 건너온 자들이 아니었다. 포로들은 모두 오 년 뒤인 정유년에 파병된 자들이었다.

　성종릉과 중종릉은 임진년 가을에 파헤쳐졌다고 하나 그전인지, 그뒤인지도 알 수 없었다. 그 다음해인 계사년 봄에 경기도사가 영의정 류성룡에게 보고했고 류성룡이 임금에게 고했다. 그때 임금은 피난지 의주에서 떠나 서울로 돌아가는 길목에 평양 남쪽

영유에 머물고 있었다. 나는 여수 좌수영에 포진하고 율포의 적들을 걷어내고 있었다. 전황이 다급했던 시기였으므로 조정의 선전관들이 자주 수영까지 내려왔다. 나는 조정의 일들을 들을 수 있었다. 수영으로 내려온 선전관들은 밤늦은 시간에 수하들을 물리치고 목소리를 낮추어서 범릉의 참변을 말해주었다.

두 선왕릉이 파헤쳐진 사변을 처음 발견한 사람은 경기도사였다. 경기도사의 보고를 받은 영의정 류성룡은 지체 없이 명 육군 총병관 이여송의 군막을 찾아가 대문 앞에서 통곡했다. 류성룡은 이어 만월대 정자 위로 올라가 능이 있는 남쪽을 향해 이마를 찧으며 통곡했다. 임금은 행재소 마당에 쓰러져 통곡했다. 임금은 성종묘와 중종묘가 있는 남쪽을 향해 통곡했고, 명의 천자가 있는 북쪽을 향해 통곡했다. 임금은 울음의 방향을 바꾸어가면서 오래오래 통곡했다. 방향을 바꿀 때 세 번씩 절했다. 임금의 방향이 바뀔 때마다 중신들은 대열의 방향을 바꾸어가며 통곡했다. 이마를 땅에 찧고 주먹으로 땅을 치고 머리를 쥐어뜯으면서 중신들은 통곡했다.

—전하, 신들을 죽여주소서.

류성룡이 행재소 수문장인 군관 이홍국을 현장으로 보냈다. 이홍국은 행재소 인근 사찰을 뒤져 사노寺奴 열 명을 데리고 떠났다. 이홍국은 임진강과 한강 물길을 쪽배로 거슬러올라갔다.

무덤은 비어 있었다. 썩다 만 관이 봉분 밖으로 끌려나왔고 시신이 드러났다. 흩어진 수의 조각들은 손을 댈 수 없이 바스러졌다. 왕릉이 파헤쳐진 부근에 수많은 옛 무덤들이 또한 파헤쳐져서 관이 드러났고 부서진 시신들이 널려 있었다.

이홍국의 보고를 받은 임금은 또다시 통곡을 시작했다. 임금과 신하들은 흰 상복에 검은 갓을 쓰고 남, 북으로 방향을 바꾸어가며 통곡했다. 류성룡이 군사 열 명을 보내 흩어진 시신과 관 주변을 지키게 했다.

조정은 도감都監을 설치하고 두 선왕릉 수습에 나섰다.

땅에 묻힌 지 오십 년 가까이, 백 년 가까이 된 시신들이었다. 그 주변에는 다른 여러 무덤들의 백골이 땅 위에 널려 있었다. 죽은 말의 뼈들도 뒹굴었다. 현장을 다녀온 중신들은 다투어 보고했다.

……얼굴의 살은 다 없어지고 두 눈은 빠졌으며 입술도 없어졌습니다. 콧대는 깨어졌고 두 귀도 없어졌습니다. 머리카락 몇 올이 백골에 붙어서 바람에 날렸습니다. 오른쪽 팔목이 빠져 있었고 왼쪽 어깨뼈도 빠져 있었습니다. 몸의 길이는 석 자 두 치 남짓하였습니다.

……가슴과 등의 가죽이 뒤엉켜 뼈마디가 보이지 않았습니다. 가슴뼈가 높아 보였습니다. 등 뒤쪽 어깨뼈에 구멍이 두 개 뚫려 있었는데 하나는 크고 하나는 작았습니다.

……무덤 주변에 인골을 태운 재가 널려 있었습니다. 재를

쑤셔보았으나 옥체를 태운 것인지 아닌지는 알 수 없었습니다.

……신은 일천하여 선왕을 뵈온 적이 없습니다. 가까이 모시던 늙은 상궁에게 물어보니, 선왕께서는 이마 위에 녹두알만한 사마귀가 있었으며, 몸은 비대하지도 않고 마르지도 않았으며, 코끝이 높다고 하였습니다. 하오나 이 유해를 살펴본즉 사마귀는 찾을 길이 없사옵고 코뼈는 문드러져 있었습니다. 또 비대하지도 않고 마르지도 않은 몸 같지도 않았습니다.

……신은 젊어서 선왕을 뵈온 적이 있사온데 이미 사십여 년이 지났습니다. 이제 유해를 대하니 정신이 아득하여 꿈과 같을 뿐입니다.

……화공의 그림에서는 윗수염이 길고 아랫수염은 가운데로 몰려 있었습니다. 또 두 볼에 살이 아래로 약간 늘어져 있었습니다. 이제 유해를 살펴보니, 수염은 모두 없어졌고 두 볼의 살이 모두 빠져나가서 다만 의아할 뿐입니다.

……능 안에 웬 시체가 한 구 있었습니다. 육기가 아직 남아 있어 사십 년 전에 묻은 시체 같지는 않았습니다. 적들이 다른 시체를 능 안으로 옮겨놓았다면 이 시체를 어찌 옥체라고 할 수 있겠습니까.

……여러 시체를 살피었으나, 아득하고 혼미해서 옥체를 찾지 못하였습니다. 망극하고 황공하와 차마 말씀 올리지 못하겠나이다. 어느 시체가 옥체인지는 조정의 공론에 따르도록 하겠습니다. 바라옵건대 속히 옥체를 가려내시고 후히 장사 치르시어 선왕의 혼백을 편안케 하고 사직을 보전하옵소서.

……간악한 도적들이 여러 무덤의 뼈들을 이리저리 흩어놓고 시신을 바꾸어놓았으며 또한 인마人馬의 시체를 함께 불태워 재를 뒤섞어놓았으니 어찌 옥체를 분별할 수 있겠습니까. 신들을 죽여주시옵소서.

그때, 두 선왕릉의 일을 전하는 선전관의 얼굴은 하얗게 질려 있었다. 웅포에서 돌아온 저녁이었다. 그날 적들은 포구 깊숙이 정박해서 넓은 바다로 나오지 않았고 유인에도 걸려들지 않았다. 포구 입구의 수로가 좁아서 함대를 몰고 들어갈 수가 없었다. 그날 적의 종심을 찌르지 못했다. 여수 좌수영 숙사에서 선전관들에게 술을 먹이며 왕릉의 일들을 들었다. 그때 나는 세상이 견딜 수 없이 가엾고, 또 무서웠다. 나는 허망한 것과 무내용한 것들이 무서웠다.

계사년에 왕릉을 범한 자들을 포로들 중에서 색출해내라는 유지는 그 허망과 무내용을 완성하고 있는 것처럼 느껴졌다. 나는 붓을 들어서 썼다.

……계사년 범릉의 일을 어찌 차마 참담하여 입에 담을 수
있사오리까. 지금 신이 부리고 있는 적의 포로는 열여섯 명입니
다. 엄히 심문한즉, 모두 정유년 봄에 파병된 자들로 계사년의
일과는 무관한 자들입니다. 신은 멀리서 통곡할 따름입니다.

　　　　　　　　　—삼도수군통제사 신臣 이李 올림

장계를 도원수부로 보내고 일찍 자리에 누웠다. 적들은 오지 않
았다. 강화로 들어간 명의 수군도 오지 않았다.

국물

정유년 겨울에, 전쟁은 전개되지 않았다. 전쟁은 지지부진했다. 전쟁은 천천히 죽어가는 말기 암과 같았다. 적이 죽어가는 것인지 내가 죽어가는 것인지 알 수 없었다. 나는 죽음을 생각하지 않았다. 나는 희망을 생각하지 않았다. 나는 언어로 개념화되는 어떠한 미래도 생각하지 않았다. 희망은 멀어서 보이지 않았고, 희망 없는 세상에서 죽음 또한 멀어서 보이지 않았다. 보이지 않았지만, 살아 있는 나에게 내가 살아 있다는 사실만은 의심할 수 없이 분명했다. 헤아릴 수 없이 많은 날들이 힘겹게 겨우겨우 흘러갔다. 저녁이면 먼 섬들 사이로 저무는 햇살에 갯고랑 물비늘이 반짝였고, 그 위에 긴 그림자를 드리우며 소멸하는 날들은 기진맥진했다.

전선은 교착되었다. 내륙 깊숙이 진공해서 한강을 압박하던 적의 육군 주력은 남해안까지 밀려내려왔다. 적의 육군은 남해안 팔백 리 연안 포구들마다 성을 쌓고 주저앉았다. 붙잡힌 조선 백성들이 끌려가서 적의 성을 쌓았다. 적의 축성 공사는 빠르게 진전되었다. 군량이 없는 적들은 끌고 온 조선 백성들을 먹이지 않았다. 죽으면 버리고 또 끌어왔다. 그해 겨울에는 눈이 많이 내렸다. 적들은 거기서 겨울을 날 모양이었다.

우수영에서 안위가 전하는 첩보에 따르면, 거제 해안 쪽 적의 포구에 전선 수백 척이 새로 집결했다. 안위의 첩보는 근접도가 좋지 못했다. 그 전선이 경상 해안 쪽 배들을 끌어모은 것인지, 일본으로부터 신규 보급된 것인지 안위는 판단하지 못하고 있었다. 배위에 보충 병력과 병참 보급을 싣고 있는지도 안위는 보고하지 못했다. 그러나 거제 방면에 적의 세력이 집결하고 있다는 정황은 확실해 보였다. 경상 서부 해안에서 적은 수륙을 합쳐가고 있었으나, 그 중심은 보이지 않았고 분산도 보이지 않았다.

적의 육군이 연안의 성에서 병력과 병참을 강화하면서 겨울을 지내고 봄에 다시 육전으로 밀고 올라가려는 것인지, 또는 거기서 수륙을 합쳐서 남해를 우회하려는 것인지, 아니면 수륙이 각각 동시에 공세로 전환하려는 것인지 알 수 없었다. 내륙의 작은 고을들이 연일 무너졌다. 도원수부의 전령은 아침 문안처럼 그 무너짐의 소식을 전하고 갔다. 도원수부는 적의 전체를 들여다보는 전략 정보가 없었다. 적은 커서 보이지 않았고, 보이지 않았으나 거대했다.

명의 육군은 적의 육군 주력을 바다로 내몰지 않았다. 명의 육군은 적으로부터 멀리 떨어진 산악 고지와 교통 요처에 진지를 구축했다. 명군은 적 육군의 북상 저지선에 주저앉았다. 명의 육군도 거기서 겨울을 날 모양이었다. 그해 겨울의 눈은 젖어서 무거웠다. 눈이 내려서 들판에 흩어진 인마人馬의 백골을 뒤덮었고 남해안 피난민들의 움막이 눈에 묻혔다.

정유년 섣달그믐날 저녁에 장졸들을 수영에 모아놓고 송년 단배례를 가졌다. 군사 조련장 한가운데 대장기를 세워놓고 모닥불을 질렀다. 김에 만 주먹밥을 만들고 파래로 죽을 끓여 장졸들을 먹였다. 모닥불 주변에서 군관들이 윷을 놀았다. 수졸들이 잡아온 생선을 회쳤고 서덜을 모닥불에 구웠다. 수졸 몇 명이 마을로 내려가서 된장을 얻어왔다. 난리중에 백성들의 장독에서 어떻게 된장이 익어가는 것인지 알 길이 없었다. 생선회를 된장에 찍어 먹었다. 백성들이 말린 쑥가루에 버무린 보리떡을 보내왔다. 장졸들이 마주보며 맞절을 할 때 눈이 내렸다. 생선 굽는 냄새를 맡고 모여든 마을의 개들이 눈 속을 뛰어다니며 뒹굴고 서로 핥았다. 깊은 겨울이었다.

초봄에 협선을 한 척 내서 영산강을 거슬러 상류로 올라갔다. 녹도 만호 송여종과 종사관 김수철이 함께 갔다. 격군 열 명이 노를 저었다. 고하도로 수군 진영을 옮긴 뒤, 늘 영산강 상류 쪽 물길이 불안했다. 봄에 적의 육군이 전라도 내륙으로 깊숙이 진공한다면, 영산강은 내륙으로부터 고하도를 겨누는 적의 물길이 될 수도 있었다. 육군이 수로를 따라 내려올 리는 없겠지만, 내려오지 않을 리도 또한 없었다. 길은 항상 임자가 따로 없는 것이어서, 영산강은 내륙의 적을 겨누는 나의 물길일 수도 있었다. 나는 강을 알지 못했다. 나는 내가 몸 비벼 밀고 나간 만큼의 산악과 바다를 겨우 좀 알았다. 강물 위에서는 어떠한 자세로 적을 맞아야 하는지를 나는 알지 못했다.

배는 몽탄, 학다리여울을 거슬러서 영산포까지 올라갔다. 거기는 나주평야의 깊은 속살이었다. 강물에는 파도가 없어서, 배는 비단 이부자리를 깔고 나아가는 듯했다. 해마다 역질이 돌고 군량 공출과 군역 동원이 가혹했으나 나주와 무안의 들판에 민생은 아직도 가늘게 뿌리박혀 있었다. 눈이 녹아내리는 봄물에 강물은 젖몸살을 앓듯이 불어났고 새파랗게 살아났다. 무안 쪽 강 언덕으로 펼쳐진 붉은 흙이 봄볕에 부풀어 있었다. 강물이 부풀고 흙이 부풀어 산천은 가득 차오르면서 설레었고 부푼 강물과 부푼 흙을 스치는 바람은 달았다.

멀리서 보면, 백성들의 나루터는 어린애 팔목처럼 가늘게 강물 쪽으로 뻗어나간 돌무더기였는데, 나루터마다 돌더미들은 허물어져 있었다. 지난가을에 지붕을 새로 얹지 못한 백성의 초가지붕들이 시커멓게 썩어 있었다. 강가 묵은밭에서 겨울난 잡초가 스러졌고 그 밑에서 새 풀이 돋아나고 있었다. 백성들의 집 사립문짝과 울타리가 허물어졌고 논두렁길들이 군데군데 끊어져 있었다. 사내들이 모두 죽거나 끌려가서 노인과 부녀 들만이 지키고 있는 마을이었다. 새카만 염소들이 봄볕 속에서 흘레를 붙었고, 늙은 농부들이 땅에 허리를 굽히고 흙을 일구었다. 농부들은 강을 거슬러올라오는 군선을 보자 기겁을 해서 연장을 버리고 집안으로 숨어들었다.

몽탄여울을 지나서 반나절쯤 상류로 올라가자, 물가에 바싹 잇닿은 마을이 나타났다. 강물이 크게 굽이치는 안쪽으로 흰 모래톱이 드러났고 모래톱 너머가 마을이었다. 마을은 제법 커서 오십여 호가 넘어 보였다. 마을 앞 나루터에 강을 건너온 백성들의 배가 십여 척 묶여 있었고, 나루터에 사람들이 모여 복작거리고 있었다.

—마을로 배를 대라.

격군들이 배의 방향을 틀었다. 나루터가 얕아서 군선을 댈 수 없었다. 격군들은 군선에 남고, 백성의 배를 불러서 나루터로 건너갔다. 안위와 송여종이 따랐다. 나루터에서 오일장이 서고 있었다. 장꾼들은 배에서 내리는 수군을 보자 놀라서 보따리를 챙겨 일어섰다.

—놀라지 마라. 우리는 조선 수군이다. 물길을 보러 왔다. 해치지 않을 터이니……

안위가 장꾼들을 향해 소리쳤다. 장꾼들은 다시 제자리에 주저앉았다. 나는 무장을 하지 않았고 평복을 입고 있었다. 백성들은 나를 눈여겨보지 않았다. 장터는 나루터에서 모래톱을 건너가는 백여 보의 양쪽이었다. 염소, 강아지, 닭, 토끼 들이 발목을 새끼에 묶여 나와 있었고 봄미나리, 메주, 두어 되씩의 콩, 팥, 조, 수수가 나와 있었다. 계피와 감초와 당귀와 우엉뿌리와 말린 고구마줄기와 칡이 펼쳐져 있었다. 강아지를 끌고 나온 젊은이 옆에 책력이 몇 권 놓여 있었다. 젊은이는 절름발이였다.

—웬 책력이냐?

안위가 젊은이에게 물었다. 젊은이는 몸을 움츠렸다.

—농사가 시작되니 책력이 있어야……

—어디서 구했느냐?

—소인이 집에서 먹을 갈아서 베꼈습니다.

—책력이 잘 팔리느냐?

—물 건너 마을 사람이 좁쌀 두 되와 책력 한 권을 바꾸어갔습니다.

물건을 바꾼 장꾼들은 나룻배를 저어 강을 건너갔고, 건너간 나룻배로 늦은 장꾼들이 다시 강을 건너왔다. 장터 끝에서 가마솥에 장작을 때서 국밥을 끓이던 아낙에게 안위가 물었다.

—밥을 먹을 수 있겠느냐? 값은 곡식으로 쳐주겠다.

—군사가 몇이시온지……

—열셋이다. 배 안에 열 명이 있다.

—밥이 모자라니, 곡식을 주시면 지어 올리겠습니다. 국물은 넉

넉하오니……

안위가 군선 쪽에 소리쳐서 쌀 한 자루를 가져오게 했다.

─곡식이 모자랄 듯하오니 조를 섞으면 어떠할는지……?

─넉넉한 것이 좋다.

아낙이 쌀을 씻어 밥을 짓는 동안 나는 장터 바닥에 주저앉아 있었다. 송여종이 멍석을 구해와서 깔아주었다. 나는 멍석에 누웠다. 백성들은 다투고 웃고 욕지거리를 하며 하루의 거래를 마무리 짓고 있었다. 밥이 익는 향기 속에 시장기가 솟아났다. 그리고 노곤한 졸음이 몰려왔다. 나는 장터 멍석 위에서 잠들었다. 봄볕이 이불처럼 따스했다. 송여종이 잠든 나를 흔들어 깨웠다.

─간이 어떠하실는지……

아낙이 멍석 위에 밥상을 차렸다. 나는 그 장터에서 송여종, 안위와 함께 점심을 먹었다. 아낙이 국밥 열 그릇을 말아서 나룻배 편으로 격군들에게 보냈다. 말린 토란대와 고사리에 선지를 넣고 끓인 국이었다. 두부도 몇 점 떠 있었다. 거기에 조밥을 말았다. 백성의 국물은 깊고 따뜻했다. 그 국물은 사람의 몸에서 흘러나온 진액처럼 사람의 몸속으로 스몄다. 무짠지와 미나리무침이 반찬으로 나왔다. 좁쌀의 알들이 잇새에서 뭉개지면서 향기가 입안으로 퍼졌다. 조의 향기는 안쓰러웠다. 아낙이 뜨거운 국물을 새로 부어주었다. 나는 짠지를 씹었다. 봄의 짠지 속에 소금의 간은 가볍고 싱싱했다. 안위는 세번째 밥그릇을 내밀었다. 국에 만 밥을 넘길

때 창자 속에서 먹이를 부르는 손짓을 나는 느꼈다. 나는 포식했다. 돌아갈 때 안위는 쌀 한 봉지를 아낙에게 주었다. 어디까지 가시는지, 내려갈 길에 또 들르시라고 아낙은 말했다.

나루터 왼쪽 모래톱에, 죽은 지 한참 되어 보이는 시체 오십여 구가 쌓여 있었다. 시체에 가마니가 덮여 있었다. 가마니 밖으로 팔다리와 머리가 삐져나왔다. 다시 배로 돌아갈 때, 안위가 시체 더미를 발견했다. 안위가 장꾼 노파를 다그쳤다.

—웬 송장들이냐?

—지난겨울에 역질로 죽은 송장들이오.

—묻어야 할 것 아니냐?

—우리 마을 송장에, 위에서 떠내려온 송장이 섞였소.

—그렇더라도 묻어야 할 것 아니냐?

—보다시피, 장정이 없고 허연 노인들만 사는 마을인지라……

송장 무더기는 나루터 옆이었다. 장터까지는 겨우 백여 보의 거리였다. 송장 더미 옆에서도 백성들의 오일장은 평화로워 보였다. 죽음과 삶이 명석히 구분되는 것인지, 구분되지 않는 것인지, 구별되지 않았다.

군선 안에서 대기하고 있던 격군들을 불러서 송장을 묻게 했다. 물굽이가 가팔랐으므로, 물가에서 먼 산밑을 파게 했다. 구덩이를 파고 송장을 옮기는 데 한나절이 걸렸다. 밑에 깔린 송장은 부스러져서 들 수가 없었다. 격군들이 들것으로 토막시체를 옮겼다. 송장이 쌓였던 자리에 불을 놓았다.

날이 저물어서 그날 밤은 그 마을에서 묵었다. 백성들이 잠자리를 합치고, 농가 한 채를 비워주었다. 밤에 농가 토방에서 안위, 송여종과 함께 술을 마셨다. 낮에 국밥을 판 아낙이 탁주와 짠지를 가져다주었다. 나는 안위에게 물었다.

—강물 위에서 싸움을 할 만하겠느냐?

안위가 대답했다.

—물이 흔들리지 않으니 더욱 두려웠습니다.

송여종이 말했다.

—강은 물이 아니라 뭍입니다. 강 양쪽 뭍에서 적의 육군이 쏘아대면 아마도 수군은 견뎌내지 못할 것입니다.

나는 말했다.

—그러할 것이다. 적이 물을 따라 내려오면 강폭이 좁은 상류에서는 싸울 수가 없다. 바다에 가까운 하구에서 맞아야 한다. 여기도 또한 사지로구나.

날이 저물자 봄의 강은 진한 비린내를 토했고, 안개가 강물 위로 피어올랐다. 정유년 겨울은 지나갔다.

언어와 울음

임금은 자주 울었다. 압록강 물가에서 우는 임금의 울음은 조정 대신들과 선전관, 명군 총병부 관리들의 입으로 퍼졌다. 임금의 울음은 남쪽 바다에까지 들렸다. 임금은 슬피 울었고, 오래오래 울었다. 피난 행궁이 들어선 의주 목사의 동헌은 처마가 내려앉고 마루가 비걱거렸다. 골기와 틈새에서 잡초가 올라왔고, 대청 대들보 사개가 뒤틀렸다. 강가의 행궁은 빈 절간처럼 적막했다. 밀물이 강을 거스를 때마다 밀리는 물은 소용돌이치며 철썩거렸고, 강 건너편은 나라가 아니었다. 북쪽의 짧은 해가 일찍 저물어 밤은 길었고 겨우내 눈이 쌓여 길은 보이지 않았다.

차고 푸른 해거름에 소복을 입은 임금은 동헌 마루에 쓰러져 울었다. 의주까지 호종扈從해서 따라온 중신들은 임금을 따라 울었다. 평양에 적이 들어왔고 북경으로 간 청병請兵의 사신은 돌아오지 않았다. 서울의 적들은 종묘를 불질러 마구간을 차렸고 유림은 흩어져 근왕勤王의 기척도 없었다. 임금은 깊이 울었다. 임금은 버리고 떠난 종묘를 향해 남쪽으로 울었고 북경을 향해 울었고 해 뜨는 동쪽을 향해 울었다. 쓰러져 우는 임금의 야윈 어깨가 흔들렸다. 임금의 울음은 달래지지 않았다. 임금은 사무치게 울었다. 아무도 임금의 울음을 말릴 수 없었다. 강 건너로 지는 해가 마루 위로 도열한 중신들의 그림자를 길게 늘어뜨렸고, 중신들은 임금의 울음이 스스로 추슬러질 때까지 임금을 따라 울었다.

서울을 버리기 전날 밤에 임금은 말했다.

—종묘와 사직이 여기에 있는데 내가 어디로 가겠느냐?

그때 임금은 장안의 짚신을 거둬들였고 왕자와 비빈들에게 피난 차비를 갖추게 하고 있었다. 서울을 버릴 때 임금은 울었다. 임진강을 건널 때 임금은 중신들을 이름으로 부르며 울었다.

—성룡아, 두수야, 나는 어디로 가는 것이냐? 내가 어디로 가고 있는 것이냐?

개성을 버릴 때 울었고 평양에 닿았을 때 울었고 평양을 버릴 때 울었다. 평양을 버리기 전날 좌의정 윤두수는 임금에게 말했다.

—온 평양 백성이 전하와 더불어 죽기로 이 성을 지키기를 원하나이다. 민심이 이만하니 성을 지킬 수 있을 것입니다. 행차가 또 평양을 떠나시면 나라는 일시에 무너질 것입니다.

임금은 대답했다.

―경의 말이 옳으나 너무 답답하다.

하삼도下三道, 삼남가 서로 내응해서 속히 창의의 군사를 휘몰고 올라오라는 교지를 써서 호남으로 보내고 나서 임금은 또 길게 울었다. 창호지 반조각을 잘라낸 종이에 가는 붓글씨로 쓴 교지였다.

평양을 떠날 때 비가 내렸다. 임금의 가마가 의주에 닿았을 때 호종 관원은 오십여 명이 남았다. 강을 건널 때마다 관원들은 달아났고, 달아난 자들을 잡아올 수도 없었다.

의주는 비어 있었다. 백성들이 흩어져버린 마을에는 인기척이 없었고 개 한 마리 얼씬거리지 않았다. 빈 마을에 철쭉이 흐드러지게 피어 있었다. 의주가 멀리 바라보이는 언덕에서 임금은 가마를 세우고 남쪽을 향해 또 길게 울었다.

때때로 명나라 황제의 사신이 압록강을 건너왔다. 임금은 강가 나루터에서 황제의 사신을 맞았다. 사신이 황제의 말을 전했다.

너희가 본래 부강하다 하였는데 하루아침에 이 지경에 이른 까닭을 짐은 심히 의아하게 여긴다.

임금은 길게 울었다. 신하들도 따라 울었다. 사신이 또 황제의 말을 전했다.

너희가 신하된 나라의 군셈을 잃지 말고 스스로 조치하라.

임금은 흐느껴 울었고 중신들도 울었고 백성들도 울었다. 명의 구원병이 압록강을 넘어왔을 때 임금은 강가에까지 마중 나가 울 었다.

계사년에 임금은 환도했다. 정월에 의주를 떠난 임금의 가마는 그해 10월 서울에 닿았다. 무악재를 넘자 모화관에서부터 백골이 무더기로 쌓여 있었다. 불타버린 대궐과 관청 자리에 쑥부쟁이가 뒤엉켰고 갓 죽은 송장들이 불탄 대궐 앞까지 가득 널렸다. 서울로 돌아온 날 임금은 교서를 내렸다.

……이제 서울 백성들 중 죽은 자가 헤아릴 수 없이 많을 터 이다. 살아남은 백성들이 마땅히 상복을 입고 있어야 하거늘, 상복 입은 자를 볼 수 없으니 괴이하다. 난리중에 강상이 무너 지고 윤기倫紀가 더럽혀진 탓이로되, 내 이를 심히 부끄럽게 여 긴다. 서울의 각 부는 엄히 단속하여라.

임금은 종묘의 폐허에 나가 길고 구슬픈 울음을 울었다. 임금은 날을 정해놓고 정기적으로 울었다. 생원들이 상소를 올렸다.

……오늘 나라가 이 지경이 된 것은 모두 류성룡, 이산해의

죄입니다. 바라옵건대, 베어서 백성을 위로하시고 사직에 고하소서.

임금은 대답하지 않고 또 울었다. 임금의 울음은 달래지지 않았다. 임금은 기진하도록 슬피 울었고 길게 울었다. 임금의 울음은 정무政務와도 같았다. 임금의 울음은 뼈가 녹아 흐르듯이 깊었다. 남해 바다에까지 들리는 임금의 울음은 울음과 울음 사이에 보이지 않는 칼을 예비하고 있는 것 같았다. 임금은 끝끝내 혼자였고 임금만이 적으로 둘러싸인 사직의 장자長子였다.

임진년에서 정유년에 이르는 동안에 나는 남해안 여러 수영에서 때때로 임금이 주는 교서를 받았다. 선전관이 교서 한 통을 들고 의주나 서울에서 남쪽 바다까지 내려왔다. 임금의 언어는 장려했고 곡진했다. 임금의 언어는 임금의 울음을 닮아 있었다.

너희들이 아비로서 자식을 편히 못 기르고 지아비로서 지어미를 보호해주지 못하며, 죽어서 간과 골이 땅에 흩어지고, 죽어서도 눈을 부릅뜨고 있는 것은 모두 다 나의 허물이다. 올해도 결국 또 저물어 바람이 차가운데 나는 객지로 떠돌며 병들어, 저 『시경』에 이른바 '눈비 내릴 때 떠나왔으되 어느덧 버들꽃 흩날린다'는 노래 그대로 세월의 덧없음을 견디지 못할지니라.

내가 따스운 옷을 입을 적이면 너희들은 옷이 없을 것이요, 수북이 담은 밥을 먹을 때 너희들은 밥이 없을 것이니 내 너희들의 배고픔을 생각했으며, 내 침소에 누워 잠을 청할 적에 한데서 떨며 잠 못 드는 너희들의 밤을 생각하였다. 나라가 가난하고 백성의 힘이 다하여 너희들의 옷, 밥을 살피지 못하니 내 쓰리고 아픈 마음이 어찌 몸뚱이에 병이 든다 한들 이보다 더하랴.

너희들이 갑옷을 오래 입어 서캐가 생겼으리니 어찌 창을 베고 자는 괴로움을 견디어내느냐. 찬바람 속에서 잠들며 외로이 떠도는 길에 쓰라린 정회가 깊을 것이며 습기 찬 안개 속에서 병들어 죽는 근심도 크리라.

이제 가을바람이 불어 너희들의 그 남쪽 바다는 한결 더 추우리니, 어허, 너희들은 옷이 없으리니 나의 부끄러움이요, 너희들은 배고프고 목마를 것이니 내 기름진 음식을 넘긴들 무엇이 편안하겠느냐.

바람 불고 서리 찬 국경으로 임금의 가마는 파천하고 갑옷 번쩍이고 말발굽 요란하던 옛 도성의 선왕 무덤은 천 리나 떨어졌으며 돌아가려는 한줄기 생각이 물이 동으로 흐르듯 하더니 적의 형세가 기울어짐에 과연 하늘이 화를 푸는 줄을 알겠도다.

나는 임금의 교서를 장졸들에게 읽어주었다. 장졸들은 땅바닥에 꿇어앉아 울었다. 교서와 함께 임금이 내려준 무명을 한 자씩 잘라서 장졸들에게 나누어주었다. 임금의 교서를 받는 날에는, 북쪽 국경 행재소 대청마루에 쓰러져 우는 임금의 울음소리가 들리는 듯했다. 임금의 언어와 임금의 울음을 구별하기 어려웠다. 임금은 울음과 언어로써 전쟁을 수행하고 있었다. 언어와 울음이 임금의 권력이었고, 언어와 울음 사이에서 임금의 칼은 보이지 않았다. 임금의 전쟁과 나의 전쟁은 크게 달랐다. 임진년에 임금은 자주 울었고, 장려한 교서를 바다로 내려보냈으며 울음과 울음 사이에서 임금의 칼날은 번뜩였다. 임진년에는 갑옷을 벗을 날이 없었다. 그때 나는 임금의 언어와 울음을 깊이 들여다보지 못했다.

밥

끼니때는 어김없이 돌아왔다. 지나간 모든 끼니는 닥쳐올 단 한 끼니 앞에서 무효였다. 먹은 끼니나 먹지 못한 끼니나, 지나간 끼니는 닥쳐올 끼니를 해결할 수 없었다. 끼니는 시간과도 같았다. 무수한 끼니들이 대열을 지어 다가오고 있었지만, 지나간 모든 끼니들은 단절되어 있었다. 굶더라도, 다가오는 끼니를 피할 수는 없었다. 끼니는 파도처럼 정확하고 쉴새없이 밀어닥쳤다. 끼니를 건너뛰어 앞당길 수도 없었고 옆으로 밀쳐낼 수도 없었다. 끼니는 새로운 시간의 밀물로 달려드는 것이어서 사람이 거기에 개입할 수 없었다. 먹든 굶든 간에, 다만 속수무책의 몸을 내맡길 뿐이었다. 끼니는 칼로 베어지지 않았고 총포로 조준되지 않았다.

헤아릴 수 없이 많은 끼니들이 시간의 수레바퀴처럼 군량 없는 수영을 밟고 지나갔다. 그해 가을에 해남, 강진, 장흥, 보성, 승주,

고흥은 수확기에 백성들이 흩어져 추수하지 못했다. 가을비가 오래 내려 물에 잠긴 논이 썩었고 멸구가 끓었다. 사람 없는 마을마다 새떼들이 창궐해서 노을 속을 날았다.

경상 연안 쪽 추수는 적들이 몰아갔다. 적들은 여수, 순천 너머에 포진했고 전투는 소강이었다. 적들은 연안 육지의 성안에 군량을 쌓아두고 있었다. 오직 적의 군량을 빼앗기 위한 전투를 궁리해보았으나 적의 육지 요새를 바다에서 공격할 수 없었고 수군을 육지로 돌려서 육로를 따라 적의 내륙 쪽 후방을 찌를 수도 없었다.

싸워서 먹을 수도 없었고 백성을 지키지 못한 군대가 백성들로부터 얻어먹을 수도 없었다. 진도가 그나마 온전하여 가을에 팔백 석을 보내왔다. 완도는 섬 안에 농토가 좁고 백성들은 일찍부터 바다에 기대어 살았다. 적이 닿지 않아서 완도는 온전했으나 군량은 콩 삼백 석에 그쳤다. 완도에서 온 콩으로 메주를 쑤어 된장을 담갔다. 수영에서 멀리 떨어진 내륙의 관아들은 삼백 석, 사백 석씩을 보내왔거나 가을이 다 가도록 아예 기별이 없었다. 종사관을 보내 다그치면 고을 수령들은 빈 창고를 열어 보여주었다.

읍진과 포구에 남겨둔 군량을 수영으로 가져다 먹었다. 읍진의 군량은 오십 석, 백 석 정도였다. 만호진의 수군들을 먹이고 또 전투가 끝났을 때 가까운 포구로 들어가 먹기 위해 분산시켜놓은 비상식량이었다. 전투가 없어도 끼니는 돌아왔고 모든 끼니는 비상한 끼니였다. 의주로 달아난 임금은 수군의 배고픔과 추위를 뼈에 사무치게 슬퍼하는 교서를 수영으로 보내왔다. 임금의 교서는 울음과도 같았다. 배고픈 장졸들을 모아놓고 임금의 교서를 읽어주던 날도 끼니는 어김없이 돌아왔다.

점심을 거르고, 아침과 저녁에 다섯 홉씩 먹여도 사부와 격군들은 하루에 팔십 석을 먹었다. 생선과 소금을 쉽게 구할 수 있었던 것은 그나마 수군의 천행이었다. 생선은 어종을 구분하지 않고 한 솥에 넣어 된장을 풀고 끓였다. 둔전에서 나오는 무와 배추를 소금에 절였다. 수졸들이 된장이나 짠지를 담글 때 나는 늘 소금을 많이 넣으라고 일렀다.

동짓달 초하루부터 다섯 홉을 네 홉으로 줄였고 보름이 지나서부터는 세 홉으로 줄였다. 그렇게 모아진 식량을 사나흘에 한 번씩 오는 전령 편에 우수영으로 보내 순천, 여수 쪽 정탐들을 먹게 했다. 겨울은 깊어갔다. 섣달부터는 보릿가루를 물에 타서 저녁을 먹였다. 수상 진법 훈련을 중지했고, 수영 외곽 위병 초소를 반으로 줄였다. 읍진과 수영을 오가는 행정선을 줄였고 연안 순찰선의 운행 횟수를 줄였다.

배고픈 군관들은 숙사에서 나오지 않았다. 수졸들은 하루종일 양지쪽에 누워서 마른 미역을 씹으며 옷을 벗어 이를 잡았다. 포구에 묶인 배에 청태가 끼었다.

격군들 중 허약한 자들 이백 명을 골라서 고향으로 돌아가게 했다. 고향의 관아에 귀향을 신고하고, 다시 소집할 때 응하도록 했다. 귀향 처분을 받은 격군들 중 절반은 귀향하지 않았다. 고향이 이미 불타고 무너져서 돌아갈 곳이 없었고, 고향에도 양식은 남아 있지 않았다. 귀향 처분을 받은 수졸들이 귀향하지 않고 영내에 머물렀다. 선실 안에서 기진해 누워 있다가 저녁이면 비틀거리며 급식소로 내려와 보리죽을 받아먹었다. 금갑진의 주린 수졸 서른 명이 집단 탈영했다. 밤중에 군선을 내어서 완도 쪽으로 달아났다. 행정선 운행 횟수가 줄어서, 사흘 뒤에 보고를 받았다. 금갑진의 탈영자들은 잡지 못했다.

겨울에 이질이 돌았다. 주려서 검불처럼 마른 수졸 육백여 명이 선실 안에 쓰러져 흰 물똥을 싸댔다. 똥물이 갑판 위까지 흘러나왔다. 똥과 사람이 뒤범벅이 되어 고열에 신음하며 뒤채었다. 먹인 것이 없어도 똥물은 한정없이 쏟아져나왔다. 낮에는 배에서 나와 양지쪽 바위 위에서 똥물에 젖은 몸을 말렸고 해가 저물면 다시 선실 안으로 들어갔다. 똥물은 점점 묽어져갔고 맑은 똥물을 싸내면 곧 죽었다.

수영 안팎의 모든 우물과 샘에 금줄을 쳤다. 가까운 섬으로 배를 보내 먹을 물을 실어오게 했다. 겨울 가뭄이 극심해서 섬에 물이 모자랐다. 배는 섬에서 섬으로 헤매면서 물을 구걸했다. 우물을 막고 나서도 이질은 더욱 번졌다. 산의 양지쪽 사면을 따라서 움막을 지었다. 부서진 배의 파목으로 담벽을 치고 짚으로 지붕을 덮었다. 이질에 걸린 수졸들을 움막 안으로 옮기고 환자들이 들어 있던 배를 불태워 없앴다. 움막은 세 채를 지었다. 맨 아래쪽 움막에는 증세가 가벼운 자들을 수용했다. 중증 환자는 그다음 움막에 수용했고 죽은 자들의 시체는 맨 위쪽 움막으로 옮겼다. 이질에 걸린 수졸들은 움막을 차례로 옮겨가며 죽었다. 움막을 불태우고, 타다 남은 시체를 구덩이에 묻었다. 살아남은 수졸들이 허기진 팔다리를 움직여 삽질을 했다. 삽질하는 수졸들의 얼굴은 무표정했다. 그 무표정 속에서, 구덩이에 시체를 묻는 작업은 괴롭고 무의미한 노역일 뿐이었다. 삽질을 하던 수졸들이 며칠 뒤 이질에 걸려 같은 자리에 묻혔다. 산 자들이 죽은 자의 구덩이를 팠고, 죽어서 거기에 묻혔다. 종사관 김수철이 사망자 명단을 작성했다. 연고가 있는 자들은 고향에 통보해주었고 연고를 찾을 수 없는 자들의 명단은 도원수부에 제출했다. 소한 추위가 닥치고 나서야 이질은 기세를 죽였다. 다시 우물을 열었다.

그해 겨울에 헤아릴 수 없이 많은 격군과 사부 들이 병들어 죽고 굶어 죽었다. 나는 굶어 죽지 않았다. 나는 수군통제사였다. 나는 먹었다. 부황든 부하들이 굶어 죽어가는 수영에서 나는 끼니때마다 먹었다. 죽은 부하들의 시체를 수십 구씩 묻던 날 저녁에도 나는 먹었다. 나는 흔히 내 숙사 방안에서 안위, 송여종, 김수철 들과 겸상으로 밥을 먹었다. 부엌을 맡은 종이 보리밥에 짠지, 된장국을 내왔다. 우리는 거의 말없이 먹었다. 포구에 묶인 배의 선실 안에 주린 수졸들은 포개져 쓰러져 있었다. 보리밥의 낟알들이 입안에서 흩어졌다. 나는 흩어진 낟알들을 한 알씩 어금니로 깨뜨렸다. 짠지를 씹던 송여종이 말했다.

—겨울이 빨리 가야 할 터인데요.

그 말은 밥을 넘기기가 민망한 자의 무의미한 소리처럼 들렸다.

—겨울이 빠르거나 더딜 리가 있겠느냐?

나는 송여종처럼 무의미한 소리로 대답해주었다. 다들 아무 말이 없었다. 나는 말했다.

—보리알이 딜 물렀다. 잘 씹어 먹어라.

아무도 대답하지 않았다. 그해 겨울의 밥은 무참했다. 끼니는 계속 돌아왔고 나는 먹었다. 나는 말없이 먹었다. 경상 해안 쪽에, 백성의 군량을 빼앗은 적의 군량은 쌓여 있었다.

아무 일도 없는 바다

나는 죽음을 죽음으로써 각오할 수는 없었다. 나는 각오되지 않는 죽음이 두려웠다. 내 생물적 목숨의 끝장이 두려웠다기보다는 죽어서 더이상 이 무내용한 고통의 세상에 손댈 수 없게 되는 운명이 두려웠다. 죽음은 돌이킬 수 없으므로, 그것은 결국 같은 말일 것이었다. 나는 고쳐쓴다. 나는 내 생물적 목숨의 끝장이 결국두려웠다. 이러한 세상에서 죽어 없어져서, 캄캄한 바다 밑 뻘밭에 묻혀 있을 내 백골의 허망을 나는 감당할 수 없었다. 나는 견딜 수없는 세상에서, 견딜 수 없을 만큼 오래오래 살고 싶었다. 바다에서, 삶은 늘 죽음을 거스르고 죽음을 가로지르는 방식으로만 가능했다. 내어줄 것은 목숨뿐이었으므로 나는 목숨을 내어줄 수는 없었다. 죽음을 가로지를 때, 나는 죽어지기 전까지는 죽음을 생각할수 없었고 나는 늘 살아 있었다. 삶과 분리된 죽음은 죽음 그 자체만으로 각오되어지지 않았다.

아마도 삶을 버린 자가 죽음을 가로지를 수는 없을 것이었는데, 바다에서 그 경계는 늘 불분명했고 경계의 불분명함은 확실했다. 길고 가파른 전투가 끝나는 저녁 바다는 죽고 부서져서 물에 뜬 것들의 쓰레기로 덮였고 화약 연기에 노을이 스몄다. 그 노을 속에서 나는 늘 살아 있었고, 살아서 기진맥진했다.

바다에서, 적들은 늘 정면에서 달려들었다. 적의 함대는 무수한 깃발로 뒤덮여 있었다. 적들은 젊은 수탉처럼 살기를 치장했고 깃발을 나부껴 바람 속으로 살기를 뿜어냈다. 적의 살기는 찬란했고 영롱했다. 적병들은 소 대가리, 귀신 대가리의 탈을 쓰고 있었다. 적의 함대가 다가오기 전에 적의 살기가 먼저 바람에 실려왔다. 해풍에 펄럭이는 적의 깃발들이 섬굽이를 돌아서 시야로 들어올 때 바다는 적의 함성으로 무너지는 듯했다. 적의 선두 대열은 흔히 돌격선을 중심으로 한 방사진이었다. 물 위에서는 숨을 곳이 없어서, 내가 적을 발견하면 적이 나를 발견했다.

적의 선두 대열은 급히 찌르면서 달려들거나 앞쪽으로 날개를 펴면서 다가왔다. 내가 함대를 분산시켰을 때 적은 날개를 크게 벌렸고 내가 함대를 집중시키면 적은 날개를 오므렸다. 바다에서 적의 날개와 나의 날개는 물고 물리면서 펼쳐지고 좁혀졌다. 적의 전투력은 늘 대장선 앞쪽 선단으로 집중되어 있었다. 그 집중된 전투

력을 선봉으로 적은 달려들었다. 적의 중군이 달려들 때, 멀리서
적의 양쪽 날개는 오므려지면서 다가왔다.

　달려들 때, 적의 공세는 빠르고 사나웠다. 나는 자주 진을 뒤로
물리거나 양옆으로 헤쳤다. 칼을 빼든 적병 한 명이 상대의 한 점
을 노리고 달려들듯이, 적의 전투 주력은 그렇게 팽팽한 집중으로
몰아쳐 들어왔다. 달려들 때, 적의 살기는 사납고 날카로웠다. 달
려들 때, 적은 번개와 같았고, 한 골로 쏟아져내리는 급류와도 같
았다. 달려들 때, 적은 집중되어 있었고, 적의 운신은 가벼웠다. 나
는 나의 목숨과 적의 목숨을 맞바꿀 수는 없었다. 나는 자주 진을
물렸다. 진을 물리면 적들은 더욱 다가왔다. 복병의 선단을 감추어
놓은 섬의 굽이를 돌아서 적들이 바싹 다가왔을 때, 나는 비로소
밀면서 부수었다.

　적은 죽음을 가벼이 여겼고 삶을 가벼이 여겼다. 죽음을 가벼이
여기는 적은 죽일 수 있었고 삶을 가벼이 여기는 적도 죽일 수 있
었다. 적은 한사코 달려들었다. 적은 늘 뱃전을 건너와 맞붙잡고
칼로 찌르기를 도모했다. 적의 수군은 오랜 육군의 습성을 지니고
있었다. 적은 수군이라기보다는 배를 탄 육군에 가까웠다. 적은 무
수한 병졸들의 개인의 몸으로 돌격해들어왔다. 그때, 적은 눈보라
처럼 몰아쳐왔다. 적은 휘날렸고 나부꼈으며 적은 작렬했다. 달려
들 때, 적이 죽기를 원하는지 살기를 원하는지 알 수 없었다. 그렇
게 달려드는 적 앞에서 나는 물러섰고 우회했고 분산했다.

적의 살기가 제풀에 흩어질 때 나는 함대를 집중했다. 적이 항로를 오인해서 긴 물목으로 들어설 때 나는 집중했다. 함대를 몰아 적을 물목 안으로 깊숙이 밀어넣었다. 좁은 물목 안에서 적의 종심은 길어졌다. 거북선 한 척이 그 종심을 깊이 찔렀다. 돌격장이 거북선을 지휘했다. 거북선은 적의 종심을 따라 깊이 찔러들어가면서 양쪽의 적의 대열을 좌충우돌로 휘저었다. 적의 대열은 흐느적거렸고 지휘체계는 작동되지 않았다. 나는 집중된 선두로 돌아선 적의 후미부터 잡아나갔다. 서너 척의 화력을 적의 한 척에 온전히 집중시켜가며 한 척씩 잡아나갔다.

삶은 집중 속에 있는 것도 아니었고 분산 속에 있는 것도 아니었다. 모르기는 하되, 삶은 그 전환 속에 있을 것이었다. 개별적인 살기들을 눈보라처럼 휘날리며 달려드는 적 앞에서 고착은 곧 죽음이었다. 달려드는 적 앞에서 나의 함대는 수없이 진을 바꾸어가며 펼치고 오므렸고 모이고 흩어졌다. 대장선이 후미에 있을 때 이물 너머로 바라보면 함대는 적과 마주잡고 쉴새없이 너울거리며 춤을 추는 무도자처럼 보였다.

나를 이동시키면서 고정된 적을 조준하는 일은 어려웠고 나를 고정시키고 이동하는 적을 조준하기도 어려웠다. 나를 이동시키면서 이동하는 적을 조준하기는 더욱 어려웠으나, 모든 유효한 조준은 이동과 이동 사이에서만 이루어졌다. 내가 적을 조준하는 자리는 적이 나를 조준하는 표적이었다. 함대가 이동할 때, 적을 겨누는 나의 조준선은 커다랗게 원을 그리며 회전했다.

  적들이 무너지는 모습은 적들이 달려드는 모습을 닮아 있었다.
적들은 달려들 듯이 무너졌고, 기를 쓰고 무너져나갔다. 지휘계통
이 마비되면 통제되지 않는 적의 함대는 초장부터 난전亂戰으로 돌
입했다. 그때, 적들은 집중도 없었고 분산도 없었다. 계통 없는 적
들은 한 척씩 마구 쑤시고 앞으로 나왔다. 적이 계통을 잃었을 때
나는 계통을 집중시켰다. 계통 없는 적을 한 척씩 온전히 잡아나갈
때, 싸움은 기나긴 여름날의 농사일처럼 지루하고 힘겨웠다. 배가
깨어져 기울 때, 칼을 빼든 적병들은 널빤지를 붙잡고 물로 뛰어내
렸다. 배에 탄 적들은 물에 널린 적들을 건져올리지 않았다. 적선
은 물에 뜬 적들을 이물로 헤쳐가며 달려들었다.

  적선 몇 척이 방향을 돌려 달아날 때까지, 계통 없는 적들은 한
척씩 깨어져나갔다. 싸움을 돌이킬 수 없을 때, 살아남은 적선들은
적장의 배 둘레로 모여들었다. 흔히 적의 대장선은 삼층 누각이었
다. 적선들은 대장선 둘레를 날개처럼 호위하면서 달아났다. 달아
날 때 적은 다시 계통을 수습했다.

  바다에서, 삶과 죽음은 단순하지 않았다. 삶과 죽음은 서로 꼬리
를 물고 있었다. 나는 그 꼬리에 물려서 죽는 죽음이 두려웠다. 바다
에서 내 함대는 늘 춤추듯 너울거리며 진을 바꾸었다. 다시 모항으
로 돌아가기 위해 장사진을 펼칠 때, 바다는 쓰레기로 덮여 있었다.

노을과 화약 연기

바다는 내가 입각해야 할 유일한 현실이었지만, 바람이 잠든 저녁 무렵의 바다는 몽환과도 같았다. 먼 수평선 쪽에서 비스듬히 다가오는 저녁의 빛은 느슨했다. 부서지는 빛의 가루들이 넓게 퍼지면서 물속으로 스몄고, 수면을 스치는 잔바람에 빛들은 수억만 개의 생멸로 반짝였다. 석양에 빛나는 먼 섬들이 어둠 속으로 불려가면 수평선 아래로 내려앉은 해가 물 위의 빛들을 거두어들였고, 빛들은 해 지는 쪽으로 몰려가 소멸했다. 바람 거센 어느 날, 그 물위에서 일어서는 흰 칼날을 바람 잠든 저녁 바다에서는 생각할 수 없었다. 바다는 전투의 흔적을 신속히 지웠고 함대와 함대가 부딪히던 물목은 늘 아무 일도 없었다. 빛이 태어나고 스러질 뿐, 바다에는 늘 아무 일도 없었다.

지금, 아무 일도 없는 바다 앞에서 임진년의 기억들은 멀고 흐리다. 바다는 기억을 지운다. 때때로 야경 수졸들의 호각 소리에 놀라 깨어나는 새벽에 밑도 끝도 없이, 내가 죽인 아베 준이치의 눈동자와 아베가 죽인 면의 젖냄새와 적에게 끌려가 죽은 여진의 젓국 냄새, 그리고 또 내가 시켜서 목 베어 죽인 내 부하들의 잘린 머리의 뜬 눈이 떠오를 때, 지나간 전투의 기억은 계통 없이 되살아났다.

임진년 4월에, 경상 좌수영은 교전하지 않았다. 경상 해안은 비어 있었다. 고니시 유키나가의 제1진 만삼천이 빈 바다를 건너 부산으로 달려들었고, 그해에 삼십만이 바다를 넘어왔다. 조짐은 오래전부터 감지되어왔다. 조정은 믿기 두려운 일을 믿지 않았다. 경상 연안 포구들은 무인지경이었다. 적들은 편안히 포진했다. 봄농사를 시작한 연안 백성들은 마을을 버리고 먼 섬이나 골짜기로 달아났다.

나는 임진년 5월 4일 새벽에 여수 전라 좌수영에서 판옥전선 스물네 척으로 발진했다. 협선 열다섯 척과 어선 마흔여섯 척이 뒤따랐다. 기나긴 전쟁의 시작이었다. 나는 해전 경험이 없었다. 장졸들도 마찬가지였다. 나는 적이 들어온 포구에 대한 정보가 없었다. 나는 보이지 않는 적을 찾아서 동진했다. 나는 흔들리는 바다 위에서 어떻게 싸워야 하는 것인지를 알지 못했다. 그때 나는 다만 적이 깊숙이 다가왔으므로 나아갔다. 함대는 해안과 섬 사이의 협애 수로를 따라 항진했다. 한산도 앞바다에서 경상 우수사 원균의 군사와 합류했다. 원균은 전선 네 척을 인솔하고 있었다. 함대는 가덕 수로를 지나 거제도 남단을 우회했다. 지나온 물목에서 포구마다 척후를 넣었다. 적의 기척은 없었다. 적의 포진을 알지 못했으므로, 척후를 좌우로 분산시켜 멀리 앞세웠다.

거제도 동쪽 옥포만 어귀에서 척후장이 불화살을 올렸다. '적 발견'이었다. 내 함대는 옥포만 외항에 있었다. 나는 함대를 만 어귀로 몰아갔다.

옥포만에서 바다는 자루처럼 오목하게 섬의 안쪽을 파고들어갔다. 외해로 드나드는 만의 어귀는 좁았다. 어귀의 폭은 쉰 마장쯤 되어 보였다. 적은 만 안쪽 포구에 정박하고 있었다. 포구의 뒤쪽으로 산비탈이 가팔랐다.

만의 좁은 어귀는 생사의 먹통과도 같았다. 거기서부터 공세를 몰아서 만 안쪽의 적들을 밀어붙이면 적은 물러설 자리가 없었다. 그러나 내 함대가 만 안쪽으로 깊이 들어와 있을 때 적들이 나를 우회해서 만의 어귀를 역봉쇄하면 나는 물러설 자리가 없었다. 적과 나에게 생사의 조건은 언제나 같았다.

함대는 만 안쪽으로 이동했다. 관아와 민가가 불타는 연기가 섬을 뒤덮었다. 적선들은 산밑 선착장에 정박해 있었다. 무수한 깃발이 휘날려 적선들은 어지러웠다. 상륙해 있던 적병들이 내 함대를 발견하고 배 안으로 뛰어들어 전투 위치에 정렬했다. 나는 이동 대열을 전투 대열로 바꾸었다. 함대는 적의 선착장을 방사 대열로 포위했다. 적들은 대부분 발선하지 못하고 선착장에서 깨어졌다. 발선한 적선 몇 척이 빠르게 내 함대의 양쪽을 우회했다. 우회한 적선들은 수로의 어귀 쪽으로 나아갔다. 좁은 물목을 막아 내 함대를 만안에 가두어놓고 부수려는 작전이었다. 돌격선 다섯 척을 급히 보내 우회한 적들을 붙잡았다. 돌격선과 적선이 교전하는 동안 본대를 만 밖으로 물렸다. 돌격선은 적선에 무수한 불화살을 박아놓고 만 밖으로 빠져나왔다. 그것이 나의 첫번째 해전이었다. 생사의 먹통은 적에게나 나에게나 똑같이 좁았다. 그 먹통에서 삶과 죽음은 포개져 있었다. 그것들은 식별되지 않았다. 죽음 너머의 삶을 바라볼 수 있는 자만이 그 먹통을 드나들 수 있을 터인데, 바다에서 죽음 너머의 삶은 멀어서 보이지 않았고, 입에 담을 수도 없었다.

여수 좌수영에서 옥포로 이동하는 동안 연안 물목의 골짜기마다 피난민들이 모여 있었다. 노인과 아이가 짐을 지고 서로 부축하며 물가로 내려왔다. 피난민들은 내 함대를 향해 발을 구르며 통곡했다. 쪽배를 타고 함대 쪽으로 건너오는 백성들도 있었다. 나는 겨우 말했다.

—내가 싸움을 마치고 돌아갈 때 너희들을 데리고 갈 터이니 그때까지 적에게 들키지 말라. 물가에 얼씬거리지 말고 산 위로 가거라.

옥포 싸움을 마치고 여수로 돌아갈 때, 피난민들은 여전히 그 자리에 주저앉아 있었다. 나는 피난민들을 데리고 갈 수가 없었다. 수가 너무 많았고, 뒷일을 감당할 수 없었다. 피난민들이 울부짖는 물목을 굽이굽이 돌아서 함대는 좌수영에 도착했다. 돌아올 때 나는 피난민들에게 아무 말도 하지 않았다. 나는 나의 무력과 굴욕 속에 깊이 잠겨 있었다. 좌수영에 도착하던 날, 전라도사의 전갈이 왔다. 적이 서울에 들어왔고 임금의 가마는 서울을 떠나 서북 방면으로 향했다는 소식을 전령은 전했다.

임진년 6월에는 당항포에서 싸웠다. 당항포에서 바다는 강처럼 내륙으로 깊숙이 흘러들어갔다. 적들은 그 안쪽에 정박해 있었다. 척후장의 보고에 따르면 적의 전선은 스물여섯 척이었다. 적의 누각선은 검은 휘장을 쳤고 푸른 일산을 세웠고 흰 꽃무늬가 그려진 휘장을 드리웠다. 수많은 절간들이 들어선 것 같았다. 배마다 '나무묘법연화경'의 깃발들이 펄럭였다. 물길을 따라 들어가 적의 종심을 깊이 찔렀다. 적병들은 물로 뛰어내리거나 산으로 달아났다. 정박한 적선을 모두 불태우고, 두 척은 온전히 남겨두었다. 새벽에 산으로 달아났던 적병들이 남겨둔 배를 타고 포구 어귀로 나왔다. 복병들이 달려들어 부수었다.

임진년 9월에는 부산포에서 싸웠다. 삼도수군 백예순여섯 척을 데리고 여수 좌수영에서 발진했다. 부산포에서 적들은 수륙을 합쳐가며 요새화하고 있었다. 부산은 적의 교두보였으며, 보급, 병참, 수송의 전진기지였다.

부산진 선창에 적선 오백여 척이 정박해 있었다. 배들은 대부분

비어 있었고 적들은 육상 진지에 올라가 있었다. 장사진으로 달려 들어가서 횡렬진으로 펼쳤다. 적선들을 불지르고 깨뜨릴 때 적의 육상 진지에서 포격을 시작했다. 전투는 하루종일 계속되었다. 적들은 일곱 개의 육상 거점에서 쏘아댔다. 적의 육상 거점까지는 화살과 포환이 닿지 못했다. 굴속에서 쏘아대는 적을 바다에서 조준할 수는 없었다. 위에서 쏘아대는 적을 아래에서 치켜 쏠 수 없었다. 나는 적의 육상 거점을 포격하지 않았다. 나는 선창에 정박한 적선들을 부수고 태웠다. 적의 배들은 나의 사정거리 안에 있었고 나는 적의 지상포 사정거리 밖에 있었다. 적들은 사정거리 밖에서 마구 쏘아댔다. 적들의 포탄은 물 위에 떨어졌다. 그날 전투는 길고 지루했다. 장졸들은 노무자처럼 일했다. 적선 이백삼십 척을 부수고, 날이 저물어 물러섰다.

가덕도로 진을 물려 군사들을 쉬게 했다. 적선은 부수었으나 적병들을 없애지 못했다. 그것들은 손에 닿지 않았다. 화살로도 닿을 수 없었고 철환으로도 닿을 수 없었다. 임진년에는 포구와 물목을 돌며 적들을 찾아내서 걷어냈다. 손에 닿는 적보다, 닿을 수 없는 적들이 훨씬 더 많았다. 임진년의 기억은 멀고 흐리다. 지나간 전투의 기억은 손에 닿지 않았다. 바다는 전투의 흔적을 신속히 지웠다. 저녁에 사라진 빛들이 아침이면 수평선 안쪽 바다를 가득 채우고 반짝였다. 지나간 것들의 흔적이 물 위에는 없었고 바다는 언제나 새로운 바다였다.

사쿠라 꽃잎

순천의 내륙 기지와 연안에 포진한 적들은 고니시 유키나가의 부대였다. 거기에 규모와 지휘계통을 알 수 없는 수군이 가세하고 있었다. 우수영에 남은 안위가 생포된 적의 척후장을 심문해서 얻어낸 정보였다. 고니시는 도요토미 히데요시의 근위 무사로, 그 자신이 일 년에 오만 석을 거두는 봉지의 영주라고 안위는 보고해왔다. 고니시는 임진년 4월에 바다를 건너온 적의 제1진이었다. 고니시의 부대는 부산, 동래, 밀양을 차례로 부수고 조령을 넘어서 북진했다.

내가 바다에서 옥포의 적을 부술 때 고니시는 서울을 부수었고, 내가 율포, 견내량, 안골포의 적들을 부술 때 고니시는 평양으로 진공했다.

고니시 부대의 대장 깃발은 붉은 비단 장막에 흰색으로 열십자 무늬를 수놓았는데, 그 열십자는 고니시가 신봉하는 야소교의 문양이라고 안위는 보고했다. 임진년에 부산에서 평양까지 북상할 때 고니시는 가마 앞에 열십자 무늬의 깃발을 앞세웠다. 나는 그 열십자 무늬의 뜻을 안위의 보고를 통해서 알았다. 인간의 죄를 누군가가 대신 짊어진다는 것이 그 야소교의 교리라고, 안위는 포로의 말을 전했다. 알아들을 수 없는 말이었다.

적의 내륙 기지에 열십자 무늬의 깃발이 세워진 곳이 적장의 위치이며 그 열십자 깃발 언저리가 전투시 화력을 집중시켜야 할 조준점이라고 안위는 보고했다. 안위가 생포한 적의 척후장은 우수영 감옥에서 이빨로 팔목의 동맥을 물어뜯어 자살했다. 더이상의 정보는 없었다. 안위의 정탐들은 적의 핵심부에 접근하지 못했다. 첩보의 선이 깊숙이 뻗지 못했고, 자주 끊어졌으며, 여러 방면의 선들이 엇갈렸다. 적의 내륙 후방에 포진한 명군 정탐들이 적의 내부에 근접하고 있는 듯했으나, 명군으로부터는 아무런 정보도 오지 않았다. 명군은 조선 수군을 정보로부터 따돌림으로써 작전 지휘상의 우위를 장악하려는 듯했다. 내 몸이 그 조짐을 느끼고 있었다. 적은 가까이 있었고, 거대했으며, 오리무중이었다.

경상 해안 쪽 정탐 상황을 듣기 위해 전령을 보내 안위를 불렀다. 안위는 배로 왔다. 안위는 고흥 동쪽 해안에서 썰물의 뻘밭에 얹힌 적의 척후선 한 척을 나포했다. 척후장과 격군 셋을 생포했고 나머지 적병 스물을 현장에서 사살했다. 적선은 깨지지 않고 온전했는데, 밀물 때 끌어내서 우수영에 묶어놓고 구조와 기능을 분석하고 있다고 안위는 말했다.

안위는 노획품을 싣고 왔다. 군량 열 섬, 건어물 스무 짝, 고구마 열 가마, 소금 석 되, 칼 열 자루, 조총 일곱 자루, 화약 백 근, 그리고 피복과 신발 들이었다. 먹다 남은 차와 찻잔도 있었다. 나는 안위의 배로 올라가 노획품을 점검했다. 종사관 김수철이 목록을 작성했다. 나는 안위에게 물었다.

—척후선에 웬 식량이 이리 많은가?

—장기 척후입니다. 열흘 동안 고흥, 보성 쪽 연안을 샅샅이 뒤지고 있었습니다.

—적이 우리를 찾고 있구나.

적의 주력이 다시 서진西進을 예비하고 있는 것인지, 아니면 다만 고흥, 보성 연안의 내 군세를 탐지하고 있는 것인지 판단할 수 없었다. 고흥, 보성 쪽에는 적에게 보여줄 아무런 군세도 없었다. 나는 늘 그쪽이 추웠고 시렸으며 적에게 감지될 내 빈곤이 두려웠다. 조총은 도원수부로 보냈고 화약은 수영 창고로 옮겼고 식량은 안위에게 돌려주었다.

—칼을 보여라.

안위가 노획한 적의 칼을 뽑았다. 안위는 칼을 나에게 넘겼다.

—죽은 척후장의 칼입니다.

쇠가 살아 있었다. 칼자루에 감은 삼끈이 닳아서 반들거렸다. 살아서 칼을 잡던 자의 손아귀가 뚜렷한 굴곡으로 패어 있었다. 수 없이 베고 찌른, 피에 젖은 칼이었다. 나는 그 칼자루를 내 손으로 잡았다. 죽은 자의 손아귀가 내 손아귀에 느껴졌다. 죽은 자와 악수하는 느낌이었다.

적의 칼은 삼엄했다. 칼자루 쪽에 눈을 대고 칼날의 끝쪽을 들여다보았다. 칼이 끝나는 곳에 한 개의 점이 보였다. 그 점은 쇠의 극한이었다. 칼은 그 소실점 너머로 사라지는 듯했다. 칼날 위에서 쇠는 맹렬한 기세로 소멸하고 있었다. 쇠는 쇠 밖으로 뛰쳐나가려 했고, 그 경계를 따라 칼날은 아슬아슬한 소멸의 흔적으로 떠 있었다. 그 위로 긴 피고랑이 칼날을 따라 소실점 쪽으로 뻗어나갔다. 칼날에 묻은 피를 모아 흘려보냈던 피고랑 속에서 빛이 들끓고 있었다.

칼날에서 칼등 쪽으로, 숫돌에 갈리운 칼은 쇠의 푸른 속살을 드러냈고, 쇠의 속살 위에서 빛은 구름무늬로 어른거렸다. 쇠의 속살은 피부로 싸이지 않은 고기의 속살처럼 보였다. 언젠가 임금이 몸보신하라고 보내준 쇠고기의 단면이 내 마음에 떠올랐다. 그 쇠고기의 단면에 목숨의 안쪽을 이루던 난해한 무늬들이 드러나 있었다. 쇠의 안쪽에도 저러한 무늬가 있었구나, 언젠가 내가 적의 칼을 받게 되면 저러한 쇠의 무늬가 내 목숨의 무늬를 건너가겠구나, 적의 칼의 쇠비린내에 내 피의 비린내가 묻어나겠구나, 나는 죽은 적의 칼을 들여다보면서 그런 생각을 했다.

나는 그 칼이 뿜어내는 적의의 근원을 헤아릴 수 없었다. 그럼에도 불구하고 나는 내 적의 적일 수밖에 없었다. 그것은 선명하게 드러난 운명이었다. 적의 칼이 나에게 그것을 가르쳐주었다.

칼날의 아래쪽에 글자가 몇 자 새겨져 있었다. 죽은 적 척후장의 검명劍銘인 모양이었다. 나는 칼을 눈앞으로 바싹 당겨 글자를 들여다보았다.

말은 비에 젖고,
청춘은 피에 젖는구나.

나는 안위에게 죽은 적의 검명을 보여주었다. 안위가 말했다.

—글귀가 심히 가엾어서 요사스럽습니다.

—죽은 척후장은 몇 살이라 하더냐?

—스물여섯이라 하더이다.

—내력을 물었느냐?

—소상히는 모르오나, 세습 무사의 자식이라 하더이다.

—저 글귀가 가여우냐?

—적이지만 준수했습니다. 내 부하였더라면 싫었습니다.

—글이 칼을 닮았으니 필시 사나운 놈이었을 게다.

안위가 빼앗은 적의 칼은 열 자루였다. 나는 또다른 칼을 빼보았다. 오래 쓴 칼이었다. 피고랑에 녹이 슬어 있었다. 그 칼에도 검명

210

이 새겨져 있었다. 나는 그 녹슨 글자들을 꼼꼼히 들여다보았다.

　　청춘의 날들은 흩어져가고,
　　널린 백골 위에 사쿠라 꽃잎 날리네.

　—이 칼을 쓰던 자를 죽였느냐?
　—배를 나포할 때 스무 명을 사살했습니다. 그때 죽은 자들 중의 하나일 것입니다. 모두 젊은 녀석들이었습니다.
　—이 또한 모진 놈이었을 게다.
　적의 칼을 한 자루씩 들여다보면서, 나는 하루종일 배를 저어 온 안위를 데리고 그런 하나 마나 한 잡소리를 하고 있었다. 말은 비에 젖고, 청춘은 피에 젖는구나…… 청춘의 날들은 흩어져가고, 널린 백골 위에 사쿠라 꽃잎 날리네…… 젊은것들의 글이었다. 바다에서 내가 죽인 무수한 적들의 백골이 내 마음에 떠올랐다. 내 칼에 새겨넣은 물들일 염染자도 내 마음에 떠올랐다. 내 젊은 적들은 찌르고 베는 시심의 문장가들이었다. 내 젊은 적들의 문장은 칼을 닮아 있었다. 이러한 적들 수만 명이 경상 해안에 집결해 있었다. 널린 백골 위에 사쿠라 꽃잎 날리네…… 내가 죽인 백골 위에 사쿠라 꽃잎이 날려도 나는 이 바다 위에 남아 있어야 했다.
　그날 저녁에 술을 먹여 안위를 재웠다. 명량에서 나는 머뭇거리는 안위를 배 위에서 베려고 했다. 안위는 그후 깊고 조용한 무인이 되어가고 있었다. 그가 잘 죽을 수 있는 자리를 찾고 있음은 확실해 보였다. 그날 밤 안위는 취했다. 적의 내륙 기지에 조선 백성 수백 명이 끌려와 있고 이들이 모두 적의 최일선으로 배치되어, 아군이 순천을 공격한다면 우선 이 전진배치된 조선 백성들과 부딪힐 수밖에 없을 것이라고 말하면서 안위는 무표정했다. 안위는 자꾸 마셨다.

안위는 아침에 우수영으로 돌아갔다. 나는 선창까지 안위를 전송했다. 선창에서 안위는 말했다.

—순천의 적들과 싸움이 벌어지면 끌려온 조선 백성들을 어찌하시렵니까?

나는 대답하지 못했다. 나는 되물었다.

—네 생각은 어떠하냐?

안위는 대답하지 않았다.

안위가 노획해온 적의 칼 열 자루를 수영 안 대장간으로 보냈다. 적의 칼은 너무 길었고, 검법이 맞지 않아 장졸들에게 내려줄 수가 없었다. 쇠를 녹여서 총통을 만들 때 합치도록 했다.

비린 안개의 추억

봄에는 바다의 아침 안개가 일찍 삭았다. 물 위에 낮게 뜬 안개는 순하고 가벼웠다. 바람이 몰아가지 않아도, 멀리서 비스듬히 다가오는 아침햇살이 스미면 안개는 섬 사이를 띠처럼 흘러서 먼바다로 몰려갔다. 해가 수평선을 딛고 물 위로 올라서면, 해 뜨는 쪽으로 몰려간 안개의 띠들은 분홍빛 꼬리를 길게 끌면서 사라졌다. 걷히는 안개 너머로 먼 섬은 붉었고 가까운 섬은 푸르렀다.

새벽 순찰길에 걷히는 안개 속으로 배를 저어나가면 봄바다의 비린내는 온몸에 감겼다. 나는 차고 비린 새벽안개를 몸속 깊이 들이마셨다. 안개의 입자들이 허파 속으로 스몄다. 그 비린내는 새로운 시간의 비린내였다. 새로운 시간은 먼바다로부터 새벽안개를 헤치고 다가오는 듯했다.

새벽 바다의 안개 비린내 속에서 나는 때때로 죽은 여진의 몸냄새를 생각했다. 살아 있는 목숨의 냄새는 비리고 숨막혔다. 그 냄새가 평화인지 싸움인지 분별할 수 없었으나, 그 냄새는 싸움과 평화의 구분을 넘어서서 살아 있었다. 살아서, 다른 살아 있는 것들을 부르고 있었다. 산 것은 늘 다른 산 것들을 부르는 모양이었다. 나으리, 밝는 날 저를 베어주시어요……라던 여진의 소리는 다른 산 것을 부르는 산 것의 소리가 아니었을까. 산 것을 부르는 산 것의 소리는 외마디 비명처럼 단순했다. 그 단순한 소리를 알아듣지 못한다 해도, 여진의 몸속은 평화로웠다. 평화롭고 뜨거웠다. 산 것의 몸속에는 울음 같은 것이 살아 있는 모양이었다. 섬진강 물가의 버려진 농가 토방에서 여진을 품었을 때 나는 산 것이 산 것을 부르는 부름의 방식으로 이 기약 없는 전쟁이 끝나주기를 바랐다. 그리고 그 바람은 여진의 몸속에서만 유효한 바람이었다. 나으리, 밝는 날 저를 베어주시어요…… 여진의 울음은 그 몸속의 세상이 몸 밖의 세상을 견디지 못해 우는 울음 같았다. 여진은 죽고, 죽은 여진의 몸냄새는 새벽안개의 비린내에 실려 내 마음속을 흘러다녔다.

새벽 순찰길의 바다 안개는, 보이지 않는 바다 저편의 냄새를 실어다주었다. 새로운 싸움을 예비하는 새로운 시간이 안개에 실려 내 몸속으로 스몄다. 바다에는 지나간 것들의 흔적이 남아 있지 않았다. 바다는 언제나 낯선 태초의 바다였다. 수평선 너머에서 새롭게 다가오는 시간들이 적인지 아군인지 식별할 수 없었다. 그 시간은 싸움에 의해 더럽혀지지 않은, 맑은 시간이었다. 피아를 식별할 수 없는 그 새로운 시간만이 새로운 싸움을 싸워나갈 수 있는 바탕이었다. 새벽 바다에서 낯설고 맑은 시간들은 안개에 실려 내 몸속으로 흘러들어왔다. 그 시간들을 다 건너가고 나서야 나의 전쟁은 끝날 것이었고 그때 비로소 나의 생사, 존망은 하나로 합쳐져 평안할 것이었는데, 새로운 시간의 파도는 끝도 없이 밀어닥쳤다. 새벽 바다에서 죽은 여진을 향한 나의 성욕은 무참했다. 아침 안개가 일찍 삭으면 날이 개었고 안개가 걷힌 뒤 무지개가 서면 저녁 무렵에 비가 내렸다.

영산강 유역을 따라서 백성들의 논밭이 새파래졌다. 적도 오지 않고 명의 수군도 오지 않는 동안 백성들은 다시 피어나고 있었다. 다시 피어난 백성들은 저절로 피어난 것만 같았다. 늦봄에 내륙의 여러 고을에서 보리를 온전히 거두었다. 보리가 풍년을 보자 연안과 섬을 오가는 작은 거래들이 늘어났고 오일장들이 하나씩 살아났다. 장날이면 포구 선착장마다 백성들의 배가 새까맣게 붙어 있었고 물때를 따라나온 고기잡이배들이 연안 어장으로 몰려들었다. 경상 해안 쪽 피난민들은 작은 어선 한 척에 사오십 명씩 끼여 타고 돛도 없이 노를 저어 수영 쪽으로 넘어왔다.

고기 잡는 백성의 배들이 수군의 작전구역 안으로 넘어들어와 읍진의 경비 병력과 충돌이 잦았다. 어장에서 쫓겨난 백성들이 작당해서 수군 만호진 앞 포구로 배를 몰고 와서 꽹과리를 때리고 고

동을 불면서 항의했다.

　—이 바다가 뉘 바다며 저 고기가 뉘 고기냐.

　—나라가 잘나서 백성들이 이 지경이 되었구나.

라면서, 악에 받친 백성들이 군관의 멱살을 잡았다.

　작전구역 안의 어장과 수로를 백성들에게 열어주었다. 적의 정탐들은 어민을 가장하고 전라 수역 안으로 깊숙이 넘어들어왔다. 주린 피난민들은 도적으로 변했다. 도적들은 야간에 배를 타고 바다로 나와 고깃배를 털었고 포구를 돌면서 노략질을 했다.

　백성의 배들을 그 고향 마을 읍진 수군에 등록시키고 선주와 선원의 신원을 조사해서 통행증을 발부해주었다. 통행증을 내줄 때 쌀로 통행료를 받았다. 대선은 석 섬, 중선은 두 섬, 소선은 한 섬씩 받았다. 한 달이 못 되어서 군량 천 석을 모을 수 있었다. 수로마다 군선을 한 척씩 배치해서 백성들의 통행과 어로를 감시하게 했다. 밤에는 군선을 두 척씩 배치했다. 야간 어로는 신고구역을 벗어나지 못하게 했고, 밤에는 통행 목적의 운항을 금지시켰다. 백성들은 잘 따라주었다. 고기 잡는 백성들은 사례로 경비 군관들에게 어물을 주었다. 백성들의 오랜 습속이었고, 물량이 대수롭지 않았으므로 모른 척해두었다. 바람이 잠든 밤이면 연안에는 고기잡이배들의 어화漁火가 되살아났다. 적들은 가까이 있었다.

　행정관을 내륙 고을로 보내 보리 수확량을 확인하고 할당된 군량을 실어왔다. 군량을 실은 소달구지들이 연일 수영에 도착했다.

무안에서 오던 소달구지 열 대가 여울을 건너다가 급류에 휘말렸다. 수영에서 보낸 소 열 마리가 죽고 달구지는 깨어져 떠내려갔다. 보리 오백 석이 젖었고 오백 석은 물밑에 가라앉아 찾지 못했다.

종사관 김수철을 보내 사고를 조사하게 했다. 운송 책임자로 따라온 무안 향리 김판수는 몽탄나루 색주가에 주저앉아 술을 마셨다. 물길을 모르는 열댓 살짜리 관노官奴 두 명이 급한 여울 속으로 달구지를 몰았다. 몽탄나루 색주가 창기는 무안 향리 김판수의 첩이었다. 김판수는 운송중인 군량 이백 석을 빼돌려 색주가 첩에게 주었다. 종사관 김수철이 김판수를 묶어서 끌고 왔다. 김판수를 베었다. 달구지와 수졸들을 다시 현장으로 보내 젖은 보리를 실어왔다. 죽은 소 열 마리도 끌어왔다. 수영 마당에 자리를 깔고 젖은 보리를 널어 말렸다. 그날 안개가 일찍 걷혀서 햇볕은 깊었다.

죽은 소를 배에 실어서 가까운 읍진 수군 부대에 한 마리씩 보냈다. 수영에서 두 마리를 먹었고, 수영 인근 백성들의 마을에 한 마리를 보냈다. 마을에서 밤늦도록 노랫소리가 들렸다. 종사관 김수철이 무안 향리 김판수의 심문 조서와 집행 보고서를 작성했다. 서류에 도장을 찍어서 도원수부로 보냈다. 김판수의 시신을 달구지에 실어 무안으로 보냈다. 마을의 노랫소리는 새벽까지 계속되었다.

전투가 없는 세월에 수군은 어부와 다름없었다. 장졸들은 두 패로 나뉘어 연안 경비와 어로를 교대로 했다. 전선에 그물을 갖추고 두 척이 한 쌍이 되어 쌍끌이로 끌었다. 연안 어장을 백성들이 차지했으므로 수졸들은 전선을 끌고 멀리 나가서 잡아왔다. 햇볕에 말리거나 소금을 뿌려 자반을 만들었다. 수영 안에 생선창고를 지었다. 내륙의 객주들이 수영에까지 와서 생선을 받아갔다. 객주들은 소달구지에 쇠붙이와 구리붙이를 몰아왔다. 생선과 바꾼 쇠붙이를 대장간으로 보내 녹였다. 적은 순천에 있었다. 적이 오지 않는 동안 총통 백여 자루를 새로 만들었고 군량 사천 석을 비축했다. 군량은 여러 읍진 포구에 백여 석씩 분산시켰다. 다시 자리잡아가는 백성들의 삶이 나는 불안했다. 그해 봄에 적은 너무나도 가까운 곳에 있었다. 바다에는 싸움의 흔적이 없었고 밤이면 고기를 쫓는 배들의 어화가 안개 속에 흐릿했다. 봄의 새벽 바다에는 안개가 자주 끼었다. 새벽 순찰선 위에서 찬 안개를 들이마실 때, 밤을 새운 고기잡이배들은 포구로 돌아가고 있었다.

더듬이

섬과 섬 사이에 적의 복병이 숨어 있는지를 살핀 후에야 가히
움직일 수 있을 것이다. 너는 삼도의 수군을 지휘하여 시급히
적을 무찌르라. 임금은 멀리서 통곡한다.

너는 각 포구의 병선을 지휘하여 즉각 경상 해안 쪽의 적을
없애라. 나라의 치욕을 어찌하랴 어찌하랴.

부산 동래 연안에 왜선이 수없이 정박해 있을 뿐 아니라, 자
꾸만 적의 군세가 늘어난다 하니, 남쪽 바다의 장수는 무얼 하고
있느냐. 너는 수군을 이끌고 물길로 나아가 적의 증원 병력을 바
다에서 부수어라. 바다에서 잡아야 상륙지 못할 것 아니냐. 가을
이 깊어가니 시름 또한 깊다. 또 한 해를 이대로 넘기려느냐.

서울에 있는 군사들에게 조총을 훈련시키고 있으나, 총이 모자라고 또 망가진 것이 많아서 군사들은 다만 막대기를 들고 총쏘는 시늉만 하고 있다. 내가 그렇게 들었다. 내 살피건대, 방편이 없고 기계가 없으면 좋은 결과를 기약하지 못한다. 시늉으로써 어찌 실전을 감당할 수 있겠느냐. 너는 빼앗은 왜적의 조총을 많이 쌓아두고 있다 하니 그중 성한 것들을 골라서 서울로 보내라.

전란은 언제 끝나려느냐. 이제 조정의 가난이 물로 씻은 듯하여 종이가 모자라 문서와 전적을 가지런히 하지 못한다. 전적이 바르지 못하고서야 어찌 성현의 뜻을 후세에 전할 수 있겠느냐. 나는 마른 넓적다리를 긁으면서 슬퍼한다. 내 들으니, 너희들의 남쪽 바닷가에는 종이를 만들 만한 상서로운 나무들이 우거져 있다 하더구나. 너는 속히 종이를 장만해서 조정으로 보내라. 이것이 어찌 임금인 내가 할 소리이겠느냐. 임금의 민망함이 이 지경에 이르렀으니, 너는 마땅히 헤아려라.

적이 오지 않았고 내가 적에게 가지 않았던 기간에 임금이 남해안 수영으로 내려보낸 유지는 대체로 이러했다. 임금은 멀리서 보채었고, 그 보챔으로써 전쟁에 참가하고 있었다.

해남 산간 닥나무숲에 군관을 보내 종이를 만들게 했다. 군관들이 백성을 동원해서 종이를 만들었다. 장지狀紙 스무 권이 마련되었다. 노획한 총포 중에서 쓸 만한 물건 이백 자루를 골랐다. 군선을 한 척 내서 물건을 실었다. 군량미 백 가마와 대나무 화살 만 발도 함께 실었다. 군량과 화살은 비변사에서 요청한 것이었다. 배는 서해 연안을 따라 올라가서 한강으로 들어갔다. 종이는 승정원으로 갔고, 조총, 화살, 군량은 비변사로 갔다. 군선은 열흘 만에 수영으로 돌아왔다. 서울로 가는 군선 편에 장계를 써서 임금에게 보냈다.

강토에 인기척이 끊어진 지 오래이오니 차마 어찌 조정에 글월을 올리오리까. 전하의 근심을 깊이 헤아리고 있습니다. 하오나 적은 간교하고 바다는 거치니 수군의 진퇴는 신의 지휘에 맡겨주십시오. 오직 적의 종자를 박멸하여 칼 찬 자의 치욕을 씻으려 합니다.

순천에서, 적의 종자는 번창했다. 보성, 고흥 연안에 적의 척후가 잦아졌다. 우수영에서 안위의 배들이 적의 척후선과 자주 부딪혔다. 적들은 밤에 왔으므로 전투는 새벽까지 계속되었다. 적의 척후선은 화포와 조총으로 중무장하고 있었다. 교전을 각오하고 넘어오는 척후선들이었다. 선단을 이루지 않고 한 척이나 두 척으로 넘어왔다. 적은 이미 나의 빈곤을 알고 있는 모양이었다. 적의 척후선들은 교전중에 순천 쪽으로 달아났다. 복병이 두려운 안위는 순천 해역 쪽으로 적을 쫓아가지 못했다. 순천 해역은 적의 바다였다. 적은 해안에 바싹 붙어서 이동했고, 만조와 간조 때 물길 위에서 움직이지 않고 오래 머물러 있었다. 적은 여러 포구들을 들락거렸다. 적은 연안의 물길과 포구의 지형을 살피고 있었다.

적들은 순천보다 더 가까운 곳에 새로운 전진기지를 들여앉힐 모양이었다. 보이지 않는 적의 기척은 목을 조이듯이 나를 압박했다. 적이 앞발을 내밀기 시작한 바다에서 우수영은 위태로웠다. 송여종에게 전선 일곱 척과 장졸 사백을 주어 우수영을 보강했다. 송여종의 전투 지휘는 굴신이 크고 부드러웠다. 송여종은 적의 지엽 말단을 끌어내서 그 복심腹心을 찔렀다. 송여종은 집중된 힘으로 빠르게 찔렀고 찌른 다음에는 가볍게 산개했다. 우수영에서 송여종은 안위의 지휘를 받게 했다. 적의 순천 기지 내부에 선을 대도록 승군 정탐들에게 일렀다. 선은 연결되지 않았고 첩보는 오지 않았다. 적의 척후선을 통째로 생포해서 적의 전략에 접근할 것, 새 전진기지를 물색하려는 적의 선발대를 초기에 격파할 것, 그 두 가지를 작전 목표로 정해서 우수영에 시달했다. 적의 출몰은 무상했다. 우수영의 전 함대는 무장했다. 무장한 함대는 수영을 벗어나 섬과 연안 포구에 배치되었다. 군량과 화약은 배의 척수에 따라 분산시켰다. 우수영 소속 격군들 중에서 허약하고 노쇠한 자들을 교대시켰다. 본영에서 격군들을 증파해주었다. 우수영 관할 봉수를 정비해서 시험 작동했고, 포구와 포구 사이를 빠른 전령선으로 연결시켰다.

나의 전체로 적의 전체를 맞아야 할 날이 다가오고 있음을, 내 몸은 감지하고 있었다. 밤의 먼바다에서, 내 척후들은 비에 젖었다. 다가오는 시간을 피할 수 없듯이, 더듬어 들어오는 적을 피할 수 없었다. 적은 오지 않았지만, 적은 오고 있었다. 오지 않은 적의 기척이 물결을 따라 느껴왔다.

우수영 함대의 전과는 이렇다 할 것이 없었다. 적들은 빠르게 달아났다. 안위와 송여종은 몸이 달았다. 적의 속도는 월등히 빨랐다. 적은 덤벼들지 않고 돌려서 달아났다. 안위의 전령은 이틀에 한 번씩 고하도 수영에 다녀갔다. 나는 바다에 떠서 진법 훈련을 들여다보고 있었다. 일자진에서 학익진鶴翼陣으로 바꾸는 전환과정이 마음에 들지 않았다. 북을 때리고 쇠나팔을 불어도 함대는 북의 박자에 따라오지 못했다. 북과 노 사이가 나의 현실이었다. 나는 그 사이에 끼어 있었다. 나는 늘 수영 앞바다에 떠 있었다. 안위가 보낸 전령은 종사관 김수철에게 보고하고 돌아갔다. 보고는 적 발견, 추격, 적 도주, 귀항의 반복이었다. 안위는 전령 편에 진도 벽파진에서 잡히는 전복과 도미 몇 마리를 보내오곤 했다. 진도 구기자술도 몇 병 보내왔다. 나는 돌아가는 전령 편에 삶은 개 대가리 한 통과 둔전에서 거둔 약초를 보내주었다.

보름 사이 만조에 우수영 함대는 적 척후선 세 척을 포위해서 교전했다. 사리 밀물에 올라탄 안위의 함대가 달아나는 적을 밀어붙였고, 섬 뒤쪽에 감추어둔 안위의 복병들이 적의 앞쪽을 가로막았다. 안위는 적의 진로와 퇴로를 끊었고, 송여종이 적의 복심을 파고들면서 부수었다. 가벼운 전투였다. 저녁 무렵에 시작되어서 자정께 끝났다. 송여종은 불붙어서 달아나는 적선을 쇠갈고리로 끌어당겨 화포로 부수었다. 물로 뛰어내린 적병들은 밀물에 휩쓸려 떠내려갔다. 송여종의 우현 사부 세 명이 적의 조총에 맞아 물 위로 떨어졌다. 옥천사의 사노寺奴 두 명과 장흥의 고리백정이었다. 송여종은 부하들의 시체를 찾지 못했다. 그날 전투에서 송여종은 적선에서 노를 젓던 격군 일곱 명을 생포했다. 자정께 가랑비가 내려 적선에 붙은 불은 꺼졌다. 송여종의 군사들이 적선으로 건너가 갑판 밑에 숨어 있던 적의 격군들을 끌어냈다.

송여종이 생포한 적의 격군 일곱 명은 모두가 적에게 붙잡힌 조선 백성들이었다. 송여종이 포로 일곱 명을 고하도 수영으로 끌고 왔다. 송여종의 군관이 포로를 심문했다. 적에게 끌려간 지 일 년이 넘은 자들이었다. 해남이 무너질 때 끌려간 자들이 다섯 명이었고 나머지 두 명은 바닷가에서 해초를 따다가 붙잡혔다. 나이들은 예순에 가까웠다. 처음 여섯 달 동안은 순천에서 적의 성곽 공사에 동원되었고 그후에는 적선에서 노를 저었다고 진술했다. 때로는 적의 사부 역할을 맡아 아군 함대를 향해 조총을 쏘았다고 진술했다. 연안 마을의 물길과 물때와 섬 안의 우물의 위치를 적에게 말했다고 진술했다. 눈 언저리에 화살을 맞은 해남 농부는 심문 도중에 죽었다. 적의 순천 기지에 억류된 조선인 포로 전체에 대한 정보는 기대할 수 없었다. 심문이 계속되는 동안 포로들을 하옥시켰다. 저녁때 송여종이 내 숙사로 찾아왔다. 포로를 인계하고 나서도 송여종은 우수영으로 돌아가지 않고 있었다.

—나으리, 저자들을 저의 처분에 맡겨주십시오.

나는 송여종의 얼굴을 들여다보았다. 두 눈에 핏발이 섰고, 몹시 피곤해 보였다. 안위가 보내온 구기자술을 따라주었다. 송여종은 세 잔을 거푸 마셨다.

—교전중이 아니면, 군법은 통제사가 시행하는 것이다. 군율이 그러하다. 모르느냐?

—그렇기는 하오나……

—그래, 데려다가 어쩔 셈이냐?

—저의 부하들 세 명이 이번 싸움에서 죽었습니다. 보고받으셨을 줄 압니다.

—너의 불찰 아니냐? 부하가 죽으면, 그 상급자의 불찰이다.

—저는 죽지 않겠습니다.

송여종의 말투는 거칠었다.

—저자들 중에 내 배를 쏜 자들도 있습니다. 저자들의 머리를

걸지 않으면 어찌 우수영을 통솔하겠습니까?

종을 불러 식은 찌개를 데워오게 했다.

—그래야 하겠느냐?

—그래야 하옵니다.

—송여종, 베어져야 할 자는 너다.

송여종이 눈을 부릅떴다.

—그리고 나다. 네가 백성을 온전히 지켰더라면, 어찌 백성이 너에게 총을 쏘았겠느냐?

송여종은 고개를 돌려 나를 외면했다.

—데리고 가거라. 이제, 너의 처분에 맡긴다.

다음날 아침에, 송여종은 우수영으로 돌아갔다. 송여종은 조선인 포로를 데리고 가지 않았다. 병들고 다친 자들은 귀향시키고 나머지는 우수영으로 보내 협선의 격군들로 배치했다. 검불처럼 앙상한 노인들이었다. 나의 노와 적의 노를 번갈아가며 저어야 하는 백성을 생각하면서, 나는 머리의 비듬을 긁었다. 나는 찬 청정수를 마시고 싶었다. 조선인 포로 천여 명은 적의 순천 요새에 전진배치되어 있었다. 나는 적에게 둘러싸였고 백성들에게 둘러싸였다. 바다에는 지나간 것들의 흔적이 없었다. 붙잡힌 백성들을 앞세우고, 적은 또 다가오고 있었다.

날개

　나는 적의 공세 안에 적의 죽음이 내포되어 있기를 바랐다. 달려드는 적의 살기 속에 적의 죽음이 포함되어 있지 않다면, 내가 적을 죽인다는 것은 불가능했다. 적에게 나 또한 마찬가지였다 하더라도 나는 적에게 이미 내포되어 있던 죽음만을 죽일 수 있었다.

　임진년에는 전투가 끝나는 새벽에도 모항으로 돌아갈 수 없었다. 포구에서 포구로 이동하며 물가에 눌어붙은 적을 긁어냈다. 임진년의 잦은 전투에서 나는 적의 복심腹心에 들어앉은 적의 죽음을 보았다. 그때 나의 복심에 들어앉은 나의 죽음도 적에게 보였을 것이다. 아마 그랬을 것이다.

　일자진에서 학익진으로 전환하는 수상 훈련은 더디게 진전되었다. 나의 함대가 도주하고 적의 함대가 따라올 때, 적을 적의 사정거리 경계점까지 유도해놓고 갑자기 나의 함대를 거꾸로 돌려 공세로 바꾼다는 것은 힘들지만 가능한 일일 것이었다. 그때, 나의 모든 함대는 거꾸로 돌아선다. 선두는 후미가 되고 후미는 선두가 된다. 선두나 후미는 본래 없는 것이다. 선두는 돌아서서 후미가 되고 후미는 돌아서서 선두가 된다. 선두는 돌아서면서 양쪽으로 펼쳐 날개를 이룬다. 날개는 적을 멀리서 둘러싼다. 제2열과 제3열은 빠르게 나아가면서 양쪽으로 펼친다. 제2열은 오른쪽 날개에 제3열은 왼쪽 날개에 가세한다. 제4열 제5열 제6열은 양쪽 날개의 분기점으로 집중해서 중군中軍을 이룬다.

중군은 새의 가슴이다. 새는 가슴근육으로 날개를 움직인다. 대장선은 중군의 한가운데 위치한다. 제7열 이후는 중군의 뒤쪽을 받친다. 중군에서 양쪽 날개의 끝까지는 낮에는 깃발로, 밤에는 쇠나팔로 연결한다. 날개는 가볍고 빠르며, 중군은 무겁고 강력하다.

날개는 멀리서부터 적을 조인다. 적은 집중되고 나는 분산된다. 집중된 적은 분산된 나를 향해 쏜다. 적의 화력은 집중에서 분산으로 흩어진다. 분산된 나는 집중된 적을 향해 쏜다. 나의 화력은 분산에서 집중으로 모인다.

날개는 더욱 다가온다. 적의 화력은 전방위를 감당해야 한다. 나의 화력은 초점을 이룬다. 중군을 휘몰고 들어가 분산된 적을 부순다. 적은 전방위를 쏘고 나는 한 방위를 쏜다.

적은 계통을 잃는다. 적은 흩어진다. 흩어지면서 중군의 외곽을 우회하는 적들을, 제7열 이후가 다시 막아선다. 진은 거대한 새처럼 물 위에서 너울거린다. 너울거리면서 적을 가슴 깊이 품는다.
품어서 죽인다. 펼쳐서 가두고, 조여서 품고, 품어서 죽인다. 적을
품어서, 적의 안쪽에 숨어 있는 적의 죽음으로 적을 죽인다.

이것이 환상이었을까. 나는 가난했다. 적 안에 내포된 죽음만이
나의 재산이었다. 그것이 환상이었다 하더라도, 돌아서서 펼치는
새의 양쪽 날개는 대안이 없는 환상이었다. 수영 앞바다 진법 훈련
장 물 위에서 나는 그 양쪽 날개를 쉴새없이 퍼덕거렸다. 물은 늘
거칠었고, 물은 노에 저항했다. 배는 그 저항의 힘으로만 나아갔다.
물은 퍼덕거리려는 날개를 쉽게 받아주지 않았다. 돌아서서 펼
치고, 조이면서 다가올 때, 노를 잡은 격군들의 몸은 북과 겉돌았
다. 북에는 날개의 환상이 담겨 있었고 노는 물에 잠겨 있었다. 중
군 전위에서 흔드는 깃발의 신호가 양쪽 날개끝까지 연결되지 않
았다. 두 날개의 분기점에 중군 대열을 형성할 때, 몰려드는 배들
이 부딪혀 노가 부러졌고 고물이 깨어졌다. 방향을 전환시키는 쇠
나팔이 울릴 때마다 격군들의 함성이 터져나왔고 감독 군관의 고
함소리는 목이 쉬어 있었다. 날개는 무거웠다. 날개는 좀처럼 펼쳐
지지 않았다.

훈련 해역에서 돌아온 저녁에 코피가 쏟아졌다. 여종을 불러서
먹다 만 저녁 밥상을 물리고 옷을 갈아입었다. 여종이 무릎으로 목

뒤를 받쳐 고개를 젖혀주었다. 창문 가운데로 수평선이 걸려 있었다. 먼 섬들이 흔들려 보였다. 가까운 바다에서 야간 훈련의 불화살이 올랐다. 나는 여종의 무릎을 베고 누워 있었다. 오한이 나고 식은땀이 흘렀다. 여종이 찬 물수건을 이마에 덮고 머리를 긁어주었다. 여종이 이부자리를 펴주었다.

밤에 안위가 보낸 전령이 왔다. 전령은 수졸이 아니고 군관이었다. 나는 긴장했다. 전령을 숙사 방안으로 불러들였다. 종사관 김수철을 깨워 배석시켰다. 나는 요 위에 앉아서 보고를 받았다. 전령은 말했다.

─이틀 전에 보성만 안쪽 수성포에 적선 서른 척이 들어왔습니다. 보급선 서른 척에 군량과 화약을 싣고 왔습니다. 정탐을 주변에 배치했습니다. 적들은 백성의 빈집을 돌며 우물을 퍼냈습니다. 오늘 아침까지 적은 돌아가지 않았습니다.

─낮에는 적들이 무얼 하더냐?

─배에 병력을 가득 싣고 왔습니다. 낮에는 모두들 산으로 올라갔다가 밤에는 다시 배로 돌아왔습니다. 정탐들이 산으로 접근하지 못했습니다.

─바다에서 발견하지 못했느냐?

─보성만 어귀가 워낙 넓은지라······

적의 전진기지가 우수영 쪽으로 다가오고 있었다. 낮에 산으로 올라간 적들은 자연동굴을 찾거나 참호를 파고 있을 것이었다. 적

230

의 선발대가 거기에 눌러앉아 후속대의 진지를 마련할 것이었다. 적이 육상 거점을 완공하고 그 안에 엎드리면 바다에서는 손댈 수 없었다. 김수철이 말했다.

—빨리 걷어내지 않으면, 눌어붙겠습니다.

—그렇겠구나.

캄캄한 바다에 안개가 차오르고 있었다. 물도 바다도 보이지 않았다. 안개는 숙사 방안에까지 밀려왔다. 허리와 어깻죽지가 결려왔다. 종을 불러 군불을 때라고 일렀다.

산으로 올라간 적병들은 밤에 배로 내려온다. 고하도 수영에서 보성만까지는 새벽에 떠나면 닿을 수 있다. 하루종일 노를 저어온 격군들이 야간 공격을 감당해낼 수 있을까. 나는 이불을 끌어당겨서 시린 무릎을 덮었다. 나는 아직도 적의 전체를 한꺼번에 맞을 때가 아니었다. 나는 적의 전체를 나누어서 맞아야 했다. 수성포의 적들을 시급히 걷어내지 않으면 적의 중심은 바싹 다가올 것이었다. 안개는 점점 짙어갔다. 나는 전령에게 말했다.

—모레 새벽에 발진하겠다. 너는 오늘밤 우수영으로 돌아가라. 가서 안위에게 전하라. 우수영 함대는 모레 정오께 울돌목으로 나오라. 거기서 본대와 합류하라. 모레 밤 수성포를 야습하겠다. 썰물 전에 전투를 끝내야 한다. 가서 격군들을 우선 재우고 먹이라.

전령은 돌아갔다. 전령의 배를 저어온 우수영 격군 열 명을 바꾸어주었다. 전령이 돌아간 뒤, 다시 요 위에 누웠다. 김수철은 내 머리맡에 앉아 있었다.

―가서 자거라.

―내일은 훈련을 중지하고 군사들을 놀려야겠습니다.

―그래야겠구나.

여종이 물수건을 바꿔주고 뜨거운 차를 가져왔다.

―나으리, 몸이 감당하시겠습니까?

―늘…… 견딜 만하다.

―편히 주무십시오.

―그래, 가서 자거라.

어둠 속에서, 안개는 무겁게 가라앉았다. 밤새 숨이 버거웠다.

달무리

안개 속에서 쇠나팔이 울렸다. 함대는 새벽에 발진했다. 전선 스무 척과 협선 서른 척이었다. 안개는 무겁고 끈끈했다. 안개는 물처럼 흘러내렸다. 시계視界는 한 마장 정도였다. 이물 너머를 노리는 시선이 안개 속에서 풀어졌다. 함대는 장사진으로 출항했다. 선두도 후미도 보이지 않았다. 배들은 안개를 헤집고 나타나 안개 속으로 스며들어갔다. 산봉우리와 섬 들이 안개에 덮여 보이지 않았다. 바다에서는 육지가 보이지 않으면 물길이 보이지 않았다. 바람이 멀리 몰려가버려, 안개는 수면 위로 쌓였다. 물은 보이지 않고, 안개 밑에서 뱃전에 부딪히는 물소리가 철썩거렸다. 단 한 개의 항해 지표도 찾을 수 없었다. 새들은 날지 않았다. 배는 안개 속을 흘러다니는 신기루처럼 보였다. 지표 없는 안개 속을 헤집고, 장사진은 동남진했다. 배들은 다만, 안개 속에서 어른거리는 앞선 배의 자취에 매달렸다. 깃발은 식별되지 않았고, 북으로는 위치를 알릴 수 없었다. 쇠나팔을 불어서 전선 간 거리를 당기고 속도를 늦추었다. 나는 어디에 있으며 어디로 가고 있는지, 안개 속에서는 알 수 없었다. 적은 안개 너머에 있었다. 장사진의 선두에 향도선嚮導船을 세웠다.

발진 전날 밤에 팔금도의 늙은 객주 이억수를 데려왔다. 무릎에 힘이 빠져 누워 있는 노인을 수졸들이 들것에 실어왔다. 이억수를 향도선에 태웠다. 이억수는 팔금도 삼대 객줏집 장손이었다. 소싯적부터 노꾼들을 부려 배를 타고 다니며 연안 고을들을 돌며 건어물, 옹기, 죽제품, 소금을 교역했다. 영암, 해남, 강진, 보성에 이르는 연안 물길을 이억수는 땅을 딛고 다니듯 했다. 그는 여러 갈래 미세한 물길들의 개별적 질감을 알고 있었고, 물길들이 바다에서 합치고 갈라서는 흐름을 알고 있었다. 발진 직전에 나는 선창에서 이억수에게 물었다.

—수군의 일이 지금 다급하다. 네가 이 안개 속으로 물길을 찾을 수 있겠느냐?

—해가 오르면 훨씬 걷힐 것이니 그동안만 더듬으면 해남까지는 갈 수 있을 것입니다.

—뭍이 보이지 않는다. 어찌 물길을 찾을 수 있느냐?

—몸이 아는 일입니다. 몸이 아는 시간과 배의 속도를 가늠해서 위치를 잡아나갈 수 있을 것입니다. 마침 바람이 없어 물길이 다들 제 성질로 돌아왔고, 또 가끔씩 안개 사이로 섬 그림자가 보이기도

하니, 배를 움직일 수 있을 것입니다. 허나, 격군을 다그쳐서 빠르게 나가지는 마십시오.

향도선에 격군 열 명을 붙였고 사부 스무 명을 태워 무장시켰다. 이억수의 늙은 몸이 안개 속으로 함대를 이끌었다. 함대는 앞선 자의 허리춤을 붙잡고 가는 장님의 대열처럼 뒤뚱거렸다. 안개 속에서 함대는 동남진했다. 명량 해협에서, 안개에 덮인 물은 보이지 않았다. 보이지 않는 물이 우우우 울리면서 해남 쪽으로 치달렸다. 벽파진 앞바다에서 불화살을 올려 안위의 함대를 찾았다. 안위가 불화살로 응답했다. 안개 속에서, 불화살은 젖은 반딧불처럼 희미했다. 우수영 함대 스무 척은 벽파진 외항에서 대기하고 있었다. 안위의 함대를 대열 후미에서 따르게 했다.

완도를 지날 때 날이 밝기 시작했고 안개는 묽어졌다. 해남 쪽으로 산의 능선들이 뿌옇게 드러났다. 강진 앞바다에서 안개는 걷혔다. 장흥 쪽으로 푸른 산맥의 능선이 번쩍거렸다. 젖은 섬들이 아침 햇살에 빛났다. 낮익은 섬과 능선 들이 처음 보는 세상처럼 드러났다. 항해 지표를 찾은 격군장들이 난타로 북을 울리며 배를 다그쳤다. 향도선을 후미로 돌리고 척후를 멀리 앞세웠다. 배에서 배로 깃발을 흔들어 항해 대열을 삼렬종대로 바꾸었다. 함대는 빠르게 나아갔다. 쇠나팔을 불어 전선 간 거리를 넓혔다. 함대는 저녁 무렵에 보성만 어귀에 닿았다.

보성만은 넓고 아득해서, 원양인지 만인지 구별하기 어려웠다. 등푸른 산맥이 내해의 먼 안쪽을 달리고 있었다. 수면에 내려앉은 노을이 빛의 고랑으로 일렁거렸다. 일렁이는 빛의 고랑들은 해 지는 쪽으로 뻗어나가다가 타오르듯이 사라졌다. 산맥이 저녁 햇살을 막아서는 서쪽 연안에 어둠은 내려와 있었다. 여기서, 썰물이 시작되는 자정 안에 싸움을 끝내야 할 것이었다.

수성포는 보성만 안쪽의 끝이었다. 입구의 양쪽은 바위 언덕이었고, 포구의 십 리 물길은 좁았다. 십 리 물길이 끝나는 안쪽 선창에 적들은 정박해 있었다. 그 물길 위에서는 함대를 펼칠 수도 오므릴 수도 없었다. 장사진으로 찔러 들어갈 수밖에 없었으나 십 리 물길 양쪽 언덕에서 적들이 지상 화기로 쏘아대면 함대는 퇴로를 찾지 못할 것이었다. 긴 젓가락을 포구 안쪽으로 밀어넣어서 적들을 집어낼 수는 없었다.

만 어귀에 무인도 세 개가 흩어져 있었다. 섬은 펑퍼짐했고, 멀찍이 떨어져 있었다. 함대를 갈라서 섬 뒤쪽에 숨겼다. 송여종에게 전선 여섯 척을 주어 포구 안쪽을 찌르도록 했다. 초요기를 올려서 송여종의 배를 불렀다. 송여종은 다가왔다. 나는 말했다.

—너무 깊이 찌르지 마라. 깊이 들어가면 뒤쪽이 막혀서 죽는다. 처음에 맹렬히 쏘다가 물러서라. 적을 넓은 바다로 끌고 나오라. 섬 사이로 끌어들여라. 나는 섬 뒤에서 나오면서 적의 후방에서 펼치고 몰겠다. 내가 나오면 너는 배를 거꾸로 돌려서 밀어라.

내륙의 산맥 위로 보름달이 올랐다. 달빛은 물속으로 깊이 스몄다. 달빛은 산맥과 바다를 가득 채우면서, 그 아득한 공간을 비워 놓고 있었다. 송여종의 전선 여섯 척이 만 안쪽으로 나아갔다. 송여종의 배 뒤로 긴 물이랑이 파이고 물이랑 속에서 달빛이 출렁거렸다. 노들이 물을 튕겨낼 때, 반딧불 같은 인광의 가루들이 배 뒤쪽으로 날아올랐다. 척후선 한 척을 바다 가운데로 내보내놓고 나는 함대를 섬 뒤로 물려서 기다렸다. 삶은 고구마와 말린 물메기로 장졸들에게 야식을 먹였다. 격군들을 교대시켰다.

달이 중천으로 올랐다. 물 위에 뜬 달무리가 바람에 흔들렸다. 먼 어둠 속에서 검은 배들이 나타났다. 총소리가 들렸고 불꽃이 날았다. 세 대씩 나란히 세 번 쏘아대는 불화살이 올랐다. 송여종이었다. 배들은 더욱 다가왔다. 나는 움직이지 않았다. 쫓기는 송여종은 적선 이십여 척을 달고 있었다. 송여종은 뒤따르는 적에게 사정거리를 아슬아슬하게 허용하고 있었다. 송여종은 응사하지 않았다. 북소리가 가까워졌다. 세 대씩 나란히 세 번 쏘아대는 불화살이 또 올랐다. 송여종이었다. 송여종은 섬 사이로 진입했다. 적들은 쏘면서 따라 들어왔다. 나는 움직이지 않았다. 송여종의 전선들이 섬 사이의 물목을 빠져나갔고, 적들은 선두부터 후미까지 그 물목 안으로 들어왔다.

—가자. 발진하라.

대장선의 사부가 두 대씩 두 번 쏘는 불화살을 올렸다. 송여종이 다시 세 대씩 세 번으로 응답했다. 세 방면의 섬 뒤에서, 함대는 일제히 발진했다. 적의 대열은 섬 사이 물목에 온전히 들어와 있었다. 함대는 적의 좌우 양측과 후미로 다가갔다. 송여종의 배들이 빠르게 앞으로 나아가 거꾸로 돌아섰다.

내 사정거리 안에서, 대열이 무너진 적들은 가운데로 모여들면서 뒤엉켰다. 적선들끼리 부딪히면서 적의 노가 줄줄이 부러져나갔다. 불붙은 섶을 던져 태우고 화포로 부수었다. 송여종은 격군을 다그쳐서 배를 빠르게 몰아 이물로 적의 우현을 들이받았다. 적이 조준점을 잃고 기우뚱거릴 때 송여종은 우현으로 화력을 집중시켰다.

그날, 적선 두 척이 살아서 포구 안으로 달아났다. 물이 빠지기 시작했다. 만의 가장자리에서 갯벌이 드러났다. 달아난 적을 추격할 수는 없었다. 적선이 깨어질 때마다, 벌통이 깨어진 것처럼, 헤아릴 수 없이 많은 적병들이 물 위로 쏟아져내려 썰물에 쓸려갔다. 갑판 밑에서 노를 잡던 적의 격군들이 물 위로 쏟아져내릴 때, 조선말로 비명을 질렀다. 썰물에 떠내려간 적의 격군들은 대부분이 조선 백성들이었다. 생포된 자들이 그렇게 진술했다. 적선 한 척은 대체로 격군 쉰 명이 저었다. 거기에 교대 병력을 삼사십은 태우고 있었다. 머릿속으로 그들의 숫자를 헤아리다가, 그만두었다.

보름달이 서쪽으로 기울었다. 물 위에 뜬 달무리 안에 적병들의 시체가 가득차 있었다. 달무리는 바람에 흔들리며 넘실거렸다. 달이 내려앉자, 달무리는 더 넓어지면서 흐려졌다. 물 위에서 각 전선별로 인원을 점검했다. 주먹밥과 소금으로 새참을 먹였다. 부상자 열다섯을 한 배로 모았다. 함대를 돌렸다. 격군들은 지쳐 있었다. 함대는 천천히 나아갔다. 사부들은 갑판에 누워 잠들었다. 달무리가 함대를 따라왔다. 함대는 달무리의 가운데를 저어나갔다. 달무리 안에서, 시체들이 이물에 부딪혔고 노에 맞아 으깨졌다. 그날 밤 본영으로 돌아갈 수 없었다. 새벽에 우수영으로 들어가 부상자들의 상처를 갯물로 씻었다. 우수영에서 장졸들을 재웠다. 우수영으로 가는 물길에서 나는 선실에 누워 있었다. 누운 몸이 물결에 흔들렸다. 화약 연기를 쏘여 두 눈이 쓰라렸다. 나는 갑옷 옷소매로 눈물을 닦아냈다. 나는 달빛에 젖어 잠들었다.

옥수수숲의 바람과 시간

    고하도 수영 둔전에 옥수수가 우거졌다. 보성만에서 돌아오는 함대가 섬의 날뿌리를 돌아서 수영 선창으로 방향을 틀자 오른쪽 언덕에서 키 큰 옥수수들이 해풍에 서걱거렸다. 옥수수는 둔전 보리밭 둑길을 따라서 산꼭대기 쪽으로 펼쳐져 있었다. 뒤틀리면서 뻗어나간 긴 이파리들이 해풍에 쏠리면서 서걱거렸다. 바람이 언덕을 밀고 올라갈 때마다 바람에 눕는 옥수수숲에서 썰물 소리가 일었고, 바람의 끝에서 다시 일어서는 이파리들이 너울거렸다. 옥수수숲을 스치는 바람 소리는 시간이 어디론지 떼지어 몰려가고 몰려오는 소리처럼 들렸다.

    포구의 외곽 바다를 경비하던 군선들이 돌아오는 함대를 알아보고 총통을 쏘아올렸고 섬의 벼랑 끝과 물굽이에서 망군들이 함대를 향해 깃발을 흔들었다. 수영에 남은 장졸들은 모두 벌목 작업장으로 올라가 있었다. 빈 수영을 지키던 종사관 김수철과 당직 군관 두 명, 그리고 서걱이는 옥수수숲이 선창에 닿는 함대를 맞았다.

보성만 싸움에서 돌아올 때, 송여종은 물에 뜬 적병의 시체를 갈고리로 건져올려서 머리 열다섯 통을 잘라왔다. 죽은 적병의 머리를 자르지 말고, 다만 적선을 부수는 데 화력을 집중시키라고 늘 일렀지만, 도원수부는 물증을 요구하고 있었다. 전투가 끝난 바다에서, 적병의 머리 몇 통을 챙기는 일은 늘 불가피했다. 송여종은 고리짝 세 개에 머리 다섯 통씩을 담아왔다. 나는 선착장에서 머리를 점검했다.

송여종이 머리를 꺼내 한 줄로 늘어놓았다. 수졸은 뚜껑을 열기 전에 창으로 고리짝 밑을 찔러 구멍을 뚫었다. 구멍에서 썩은 물이 흘러나왔다. 수졸은 고리짝을 흔들어 물을 빼냈다. 수졸이 뚜껑을 열었다. 굵은소금 틈새로 머리카락이 삐져나와 있었다. 수졸이 머리카락을 들어올려서 머리를 한 통씩 꺼냈다. 밑에 들어 있던 머리에서 물이 뚝뚝 떨어졌다. 물은 끈끈해 보였다. 머리마다 봉두난발이 바람에 나부꼈다. 흰 머리카락도 있었다. 소금을 맞아서, 얼굴들은 절인 배추처럼 오그라져 있었다. 나는 얼굴들을 들여다보았다. 표정은 제가끔이었다. 눈을 뜬 얼굴, 턱이 돌아간 얼굴, 웃는 얼굴도 있었다. 얼굴의 나이를 가늠해보다가, 나는 고개를 흔들어 내 마음속에 떠오르는 적병의 나이를 지워버렸다.

—이게 다 적병들이냐?

—그러할 것입니다. 조선 백성들도 섞여 있는지 알 수 없으나,
어쨌든 적의 노를 젓던 자들입니다.

바다를 건너온 지 오래된 적병들은 군복을 걸치지 못한 자들이
허다했다. 투구도 갑옷도 신발도 없었다. 그들은 백성을 죽여 옷을
빼앗거나 송장의 옷을 벗긴 누더기를 걸쳤고, 짚신을 신었다. 소금
에 전 관상을 들여다보고 그 근본을 식별하는 일은 불가능했다. 얼
굴들은 제가끔 숨이 끊어지던 순간의 표정으로 굳어 있었다. 나는
머릿수를 헤아렸다. 바람이 옥수수숲을 쓸고 지나갔다. 메마른 옥
수수숲이 서걱이면서, 썰물이 빠져나가는 소리가 들렸다.

—열다섯이냐?

—그러하옵니다. 어차피 보고용일 것이오니……

—열다섯이로구나.

—좀더 챙겼어야 했을는지……

송여종이 내 눈치를 살폈다.

—아니다…… 담아라.

수졸이 땅에 널린 머리통을 들어서 고리짝에 쟁여넣었다. 수졸
은 쟁여진 머리통 위에 허연 웃소금을 뿌리고 뚜껑을 닫았다. 수졸
은 두 손바닥 사이에 소금을 넣고 비벼서 손을 씻어냈다. 김수철은
삼도수군통제사의 관인이 찍힌 종이로 고리짝을 봉인했다.

—내일 아침에 도원수부로 보내라. 전황보고서도 함께 보내라.

나는 김수철에게 일렀다. 수졸은 고리짝 위에 가마니를 덮고 그

위에 다시 소금을 뿌렸다. 고리짝에 담긴 머리통들의 제가끔의 표
정들이 내 마음에 오래 남아 있었다. 칼로 베어지지 않는 것들을
칼로 벨 수는 없었다.

보성만 전투에서 돌아온 다음날, 함대를 수영 내항에 집결시키
고 전선의 파손 상태를 점검했다. 바다에서 적선과 옆구리를 스치
면서 협선들의 노가 부러졌고 판옥전선의 고물꼬리가 떨어져나갔
다. 대열을 돌리고 진을 바꿀 때 키가 뒤틀렸고 눗좆이 부러졌다.
다락 문짝이 너덜거렸고 배의 밑창을 댄 통나무판의 사개가 어긋
났다.

진법 훈련을 중지시키고 배들을 선창에 묶었다. 배마다 파손 부
위를 도면으로 그려서 제출케 했다. 김수철을 가까운 읍진으로 보
내 목수를 데려오게 했다. 김수철은 배를 타고 떠났다. 목수가 도
착하고 배를 정비하는 데 한 열흘은 걸릴 모양이었다. 그 열흘 동
안 장졸들을 두 패로 나누어 고기잡이와 벌목 작업에 투입했다.

보성만 싸움에서 돌아온 격군들 중 늙은이와 병든 자 이십여 명
을 고향으로 돌려보냈다. 암태도 농부들이 보내온 돼지 다섯 마리
로 귀향자들에게 저녁을 먹였다. 수영에 남는 장졸들과 귀향자들
이 밤늦도록 먹고 마셨다. 고향이 없어져버린 늙은 귀향자들이 술
취해서 제 고향 노래를 부르며 울었다. 늙은 격군의 눈물은 눈가를
겨우 적셨고 흐르지는 않았다. 나는 장졸들 틈에 섞여 돼지 간 몇

점을 집어 먹었다. 나는 귀향자들의 행선지를 묻지 않았다.

벌목 작업에 투입한 적병 포로 두 명이 산속 작업장에서 죽었다. 내항에서 전선 보수작업을 점검하다가 보고받았다. 말을 타고 현장으로 갔다. 산밑에 말을 묶고 걸어서 올라갔다. 소달구지가 닿을 수 없는 급경사였다. 비탈을 우회하는 산판길이 없었다. 가파른 비탈에서 통나무를 끌어내리다가 흙이 뭉개지면서 바위가 굴렀다. 비탈 아래쪽에서 밧줄을 당기던 포로 두 명이 바위에 깔렸다. 바위는 포로 두 명을 깔아뭉개고 산 밑 계곡까지 굴러내려갔다. 감독 군관은 적병 포로 열 명을 모두 그 구간에 배치했었다.

바위에 깔린 포로의 몸뚱이는 으스러졌다. 머리통이 깨어져 얼굴을 식별할 수 없었다. 끌어내리던 통나무가 비탈 중턱에 비스듬히 걸려 있었다. 아름드리 소나무였다. 나이테가 촘촘해서 결이 단단했고 송진이 많았다. 배의 밑창감이었다. 비탈에는 곳곳에 바위가 박혀 있었다. 수졸들을 시켜 바위 밑을 삽으로 파서, 바위를 먼저 굴려내리고 통나무를 끌어내렸다. 죽은 포로들의 시체 옆에서, 산 포로들이 통나무에 묶은 밧줄을 당겼다. 군관이 포로의 벗은 잔등을 채찍으로 때렸다. 비탈을 내려온 통나무는 소달구지에 실려서 산을 내려왔다.

군관이 포로들을 시켜서 죽은 포로들의 시신을 옮겼다. 가마니로 만든 들것에 시신을 실었다. 시신은 사지가 빠지고 부스러져서

너덜거렸고 죽처럼 흘러내렸다. 포로들이 흘러내리는 시신의 조
각들을 삽으로 떠서 들것에 실었다. 시신을 옮기면서 포로들은 울
었다. 늙은 포로도 울었고 젊은 포로도 울었다. 주려서 퀭한 두 눈
에 눈물이 고였다. 늙은 포로의 울음소리는 목울대를 빠져나오지
못하고 뱃속에서 꾸룩거렸다. 늙은 포로는 메마른 소리로 울었다.
늙은 포로의 울음소리는 파충류의 울음소리처럼 들렸다. 나는 울
음을 우는 포로들의 얼굴을 하나씩 하나씩 들여다보았다. 포로들
은 모두 각자의 개별적인 울음을 울고 있었다. 그들을 울게 하는
죽음이 그들 모두에게 공통된 것이었다 하더라도 그 죽음을 우는
그들의 울음과 그 울음이 서식하는 그들의 몸은 개별적인 것으로
보였다.

그 개별성 앞에서 나는 참담했다. 내가 그 개별성 앞에서 무너진
다면 나는 나의 전쟁을 수행할 수 없을 것이었다. 그때, 나는 칼을
버리고 저 병신년 이후의 곽재우처럼 안개 내린 산속으로 숨어들어
가 개울물을 퍼 먹는 신선이 되어야 마땅할 것이었다. 그러므로 나
의 적은 적의 개별성이었다. 울음을 우는 포로들의 얼굴을 들여다
보면서 나는 적의 개별성이야말로 나의 적이라는 것을 알았다.

나의 적은 전투대형의 날개를 펼치고 눈보라처럼 휘몰아 달려
드는 적의 집단성이기에 앞서, 저마다의 울음을 우는 적의 개별성
이었다. 그러나 저마다의 울음을 우는 개별성의 울음과 개별성의
몸이 어째서 나의 칼로 베어 없애야 할 적이 되어야 하는 것인지를

나는 알 수 없었다. 적에게 물어보아도 적은 대답할 수 없을 것이었다.

임진년의 여러 연안 포구의 골짜기와 갯벌에서, 배가 깨어져 육지로 달아난 적들은 무수히 뒤엉켜 울었다. 썰물이었으므로 뭍까지 쫓아올라가서 죽이지는 못했다. 부대를 잃고 퇴로를 잃은 적들은 갯벌의 바위틈이나 물고랑에 게처럼 모여서 울었다. 무수한 적들이 울어대는 울음소리는 여름날 논 개구리들의 울음소리처럼 서로 비벼지면서 갯벌을 넘어왔다. 그때, 적들은 죽기로 작정한 자들처럼 필사적으로 울었다. 적의 울음의 기세는, 내 함대의 정면으로 들이닥치던 적의 공세를 닮아 있었다. 그 울음은 몸 안에 들어 있는 모든 울음을 모두 소진한 뒤에, 울음의 끝에서 죽을 수밖에 없는 자들의 맹렬한 울음이었다.

싸움을 끝낸 기진한 함대가 대열을 돌려 모항으로 돌아갈 때, 그 울음은 포구 어귀까지 들려왔고 적들의 울음 위에서 갈매기가 울었다. 적들의 울음이 개별적인 울음이라는 것을 임진년에는 알지 못했다. 칼로 베어지지 않는 그 개별성이 나의 적이라는 것도 임진년에는 알지 못했다. 벌목 작업중 포로 두 명이 압사한 산비탈에서 나는 허리에 찬 환도가 무거웠다.

포로들이 시체를 산 아래로 옮겨왔다. 나는 들것을 든 포로 뒤를 따라 내려왔다. 포로들이 알아들을 수 없는 일본말로 감독 군관에게 뭐라고 지껄였다. 군관이 나에게 포로들의 말을 옮겼다.

—죽은 자들을 고향이 보이는 바닷가에 묻게 해달랍니다.

나는 군관에게 말했다.

—네가 알아서 묻어라.

선창 오른쪽 언덕 옥수수밭으로 군관은 들것을 인솔해갔다. 거기서, 적들의 고향인 동쪽 바다는 넓게 트여 있었다. 해가 거기서 떴고, 적들은 거기서 왔다. 동남풍이 그쪽에서 불어왔고, 적들은 동남풍에 실려왔다. 군관이 포로들을 시켜 옥수수밭을 파게 했다. 포로들은 구덩이를 파면서 또 울었다. 죽은 포로 시체 두 구를 한 웅덩이에 묻었다. 봉분은 없었다. 옥수수의 긴 잎들이 해풍에 쓸리면서 썰물 소리로 서걱거렸다. 시간은 옥수수숲에 발붙이지 못하고 썰물로 빠져나가는 듯싶었다. 포로들이 삽질을 마치고 구덩이를 향해 엎드려 곡을 했다. '나무관세음보살'을 외는 자들도 있었다. 먼 섬 너머로 해가 지고 있었다. 바다는 내항 깊숙이 부풀었다. 해 지는 쪽 하늘에서 붉은 노을과 검은 노을이 어지럽게 뒤엉켰다. 내일은 비가 올 모양이었다. 일찍 자리에 누웠다. 어깨가 결리고 식은땀이 흘렀다.

백골과 백설

조선을 구원하기 위해 출병했다는 명의 수군 함대 오백 척은 정유년 가을이 가고 겨울이 다 가도록 강화도에서 나오지 않았다. 명의 수군 총병관 진린이 산동에서 발진할 때 전속 요리사 일곱 명을 대동했다는 소문이 남해안 수병에까지 퍼졌다. 명의 수군들이 강화도 인근 섬 백성들을 붙잡아 군역에 동원했으며, 백성의 곡식과 물고기를 빼앗고 백성의 딸들을 엮어서 숙영지로 끌고 들어갔다는 소문도 들렸다.

조정은 서울에서 강화까지 명 수군의 군량을 실어다주었다. 임금은 정삼품 접반사를 강화에 상주시키면서 명 수군 지휘부의 주색과 풍류를 뒷바라지했다. 명군은 남해의 싸움터로 내려오지 않았고, 진린으로부터는 한 번의 전령도 오지 않았다. 진린은 남해의 물길이며 적의 정황을 물어오지 않았다. 선발대도 전령도 오지 않

248

왔다. 조정의 침묵은 길었다. 겨울이 다 가도록 선전관은 오지 않았다. 조정이 나의 수군과 명의 수군을 어떻게 접속시킬 것이며, 전쟁의 국면을 어떻게 전환시키려는 것인지에 관하여 나는 조정의 전략을 알 수 없었다.

내륙에서 불어오는 소문들은 흉흉했고, 종잡을 수 없었다. 도원수부는 상황을 만지지 못했다. 경상 해안 쪽에 박아둔 정탐들이, 명과 일본 사이에 강화 협상이 진전되고 있다는 소문을 전했다. 소문은 아득했다. 첩보의 계선을 확보하지 못한 내 정탐들이 그 소문의 진위를 판별할 만한 정보를 입수할 수는 없었다. 정탐들은 잡을 수 없는 신기루 속을 겉돌고 헤매었다. 명의 육군은 적의 남해안 육상 기지를 타격하지 않았다. 명의 수군은 강화에 주저앉았다. 적은 공세를 수세로 전환하고 육상 기지 안에서 장기 농성에 들어갔다. 그러한 정황이 명과 일본 사이에 강화 협상이 진전되고 있다는 소문을 증폭시키는 모양이었다. 일본이 제시한 강화 조건은 조선 반도의 충청, 전라, 경상 삼도를 분할해서 일본에 양도할 것과 명나라 천자의 딸들 중 한 명을 일본 관백 도요토미 히데요시의 첩실로 보내라는 것이라고 했다.

정유년 가을에서 무술년 봄 사이에, 나무를 베어서 전선 서른 척을 새로 만들었고 물고기와 바꾼 쇠붙이를 녹여 총통을 만들었다. 내륙 관아의 부패한 수령들과 아귀다툼을 해가며 군량을 모았고 화약을 모았다. 군량을 빼돌리고 징집 대상자를 빼돌리는 여러 고을 수령들의 범죄 사실을 낱낱이 적어서 이들을 처형해달라는 장계를 조정으로 보냈다. 장계는 조정에서 공개되었다. 그 지방 수령들의 뒤를 봐주던 조정 대신들로부터는 아무런 회신도 조치도 내려오지 않았다.

백골이 나뒹구는 백성들의 마을을 뒤져 격군과 사부를 충원했고 병든 군사들을 교체시켰다. 수영 앞바다 갯벌을 막아 소금을 건져냈고 갯벌 너머 바다에 수로 양쪽으로 정치망 어장을 들어앉혔다. 화살에 쓰이고 남은 대나무 파목으로 통발을 만들어 물밑에 붙은 생선을 건져올렸고, 생선을 소금에 절였다. 둔전에서 나오는 콩으로 가을에 된장 쉰 독을 담가 양지쪽에 묻었다. 가을에 백성들에게서 거두어들인 무, 배추를 소금에 절여 묻었다. 무청으로 시래기를 엮어서 수영 막사 담벽에 걸어서 말렸고, 감 수천 개를 깎아서 곶감을 만들었다.

가을에 백성들이 논바닥에 버린 볏짚을 모조리 긁어모아서 가마니를 짰다. 가마니로 막사의 창문과 담벽을 덮어 외풍을 막았다. 새로 짠 가마니에서는 벼의 향기가 났고 햇빛의 냄새가 배어 있었다. 노란 가마니를 뒤집어쓴 수영 막사들은 초가집처럼 평화로워 보였다. 남은 볏짚을 바싹 말리고 단으로 묶어서 전투시 적선에 집어던질 불쏘시개를 만들었고 옥수수로 술을 담갔다.

배 안에 마른풀을 태워서 나무를 파먹는 벌레를 잡았다. 겨우내 이가 끓었다. 장졸들의 옷을 벗겨 끓는 물에 삶았고 머리를 잿물에 감게 했다. 훈련이 없고 작업이 없는 날, 격군들은 시래기 다발이 걸린 막사 담벽에 기대앉아 속옷을 벗어서 이를 잡았다. 군량창고에 쥐떼들이 들끓어 백성들의 고양이 열 마리를 빌려왔다.

정유년 가을에 나는 타격 방위를 설정할 수 없었다. 조정은 장님처럼 적의 먼 외곽을 더듬고 있었다. 강화 협상의 신기루 속에서 경상 해안 쪽의 적은 점점 더 강력하게 집중하고 있었다. 집중된 적의 복심이 신기루에 풀려서, 적은 보이지 않는 전방위로 퍼져 있는 듯했다. 경상 해안 쪽의 적이 강화도에 틀어박힌 명의 수군과 밀통하고, 명의 천자가 일본 관백 도요토미 히데요시와 밀통해서, 내 함대가 아무 곳도 조준할 수 없고 내 칼이 아무것도 벨 수 없게 되는 환영에 나는 진저리를 쳤다.

새벽에는 오한으로 몸이 떨렸다. 한기에 잠 깨는 새벽에, 마음이 몸으로 돌아오지 않아서 몸은 아득했다. 먼 물소리 위에 떠도는 마음을 겨우 수습하면 머리 위 담벽에 걸린 환도 두 자루와 면사첩이 새벽 달빛에 젖어 있었다.

나는 환도 아래서 몸을 뒤채었다. 나는 강화 협상이라는 말을 이해할 수 없었다. 백골로 뒤덮인 강토에 쑥부쟁이가 우거졌고, 도성은 잿더미가 되었다. 적이 나의 강토와 연안을 내습했으므로, 적이 전쟁을 끝내기를 원한다면 군대를 거두어 돌아가면 될 일이었다. 그리고 온 국토를 갈아엎고 돌아가는 적을 온전히 살려서 돌려

보낼 것인지, 종자를 박멸해서 시체로 바다를 덮을 것인지는 적이 아니라 나와 내 함대가 결정할 일이었다. 적은 귀로의 바다 위에서 죽음을 통과해야만 돌아갈 수 있을 것이었고, 그 바다에서 적의 죽음과 나의 죽음은 또 한번 뒤엉킬 것이었다. 이 세계에서는 그토록 단순하고 자명한 일이 단순하지도 자명하지도 않았다.

새벽마다 식은땀을 흘렸다. 강화 협상 소문은 읍진 수령과 군관 뿐 아니라 격군과 사부 들에게까지 퍼져 있었다. 군사들의 마음속에 고향의 밥냄새가 피어나고 있었다. 적의 군세는 날로 집중되었다. 정탐들은 육로와 해로로 선을 대어가며 사흘 도리로 보고해왔다. 강화 협상과 협상 조건과 거기에서 오가는 언어들은 존재하지 않은 것들을 존재하는 것으로 바꾸어놓으려는 허깨비처럼 느껴졌다. 조준할 수 없는 적이었다. 벨 수 없는 전방위의 적이었고 안개처럼 풀어진 무정형의 적이었다.

겨울이 깊어갔다. 내륙의 산맥을 휩쓸고 내려오는 북풍은 차고 메말랐다. 눈보라 속에서 먼 섬들이 지워졌고 가까운 섬들이 낮게 엎드렸다. 수영의 깃발이 바람에 찢어져 너덜거렸다.

명과 일본이 조선을 분할해서 강화한다면 나는 고려 때의 삼별초들처럼 함대를 이끌고 제주도로 들어가야 할 것인지를 생각했다. 그때는 명과 일본이, 그리고 조정 전체가 나의 군사적인 적이 될 것이었다. 아마, 그때 나의 함대는 수영을 이탈하거나 나를 배반할 수도 있을 것이었다. 나는 혼자일 수도 있었다. 그러나 나의 죽음은 내가 수락할 수 없는 방식으로는 오지 못할 것이었다.

  적선 사십여 척이 부산포에서 거제도로 건너왔다. 거제도의 적
선 오십여 척이 순천으로 들어왔다. 사천, 고성의 적들이 남해도로
건너갔고, 남해도의 적들이 순천으로 집결했다. 순천의 적세는 파
악되지 않았다. 첩보는 세 방면으로부터 역송되어왔다. 거제도에
상륙한 적들은 백성의 집을 불질렀다. 부릴 만한 백성을 끌어갔고
부릴 수 없는 백성을 죽였다. 적들은 관아 건물의 기와를 벗겨 산
속으로 끌고 가서 육상 진지의 외벽을 쌓았다. 백성들을 시켜 섬의
대나무를 모조리 잘라 화살을 만들었고 통나무를 베어냈다. 적의
중심은 나의 수영을 향해 서진하고 있었다. 적은 계절풍처럼 멀리
서 일제히 불어오고 있었다. 첩보를 전한 정탐은 수영에서 묵지 못
하고 바로 돌아갔다. 돌아가는 정탐에게 소가죽 신발 두 켤레와 찐
쌀 다섯 되를 주었다.

  정탐이 돌아가던 날 저녁에 남해도 현감의 급보가 수영에 도착
했다. 명의 도사부都司府 담종인이 나에게 보낸 문서가 남해도에 도
착했다는 것이었다. 남해 현감은 배를 탄 전령을 띄워 담종인의 문
서를 나에게 전했다. 전령을 태운 협선은 열 명이 노를 저어 급히
수영에 도착했다.

  명군의 통신 축선이 적이 일부를 장악한 남해도에까지 닿아 있
고 명군의 문서 연락병들이 남해도에까지 드나들고 있다는 것은

놀라운 일이었다. 붉은 비단으로 싼 그 두루마리는 개전 이후 명군 최고사령부가 나에게 보낸 최초의 문서였다. 종사관 김수철을 방 안으로 불러들여서 문서를 함께 읽었다.

이제 일본군 수뇌부들이 속속 귀순하고 있으니 그 마음이 실로 어여쁘다. 왜는 본래 인간의 언어를 알아듣지 못하는 종자들이거니와, 우리 천자의 크고 깊은 교화의 덕이 저 금수와도 같은 왜에게까지 미쳐 일본군은 이제 군사를 거두어 돌아가려 하고 있으니 실로 천자의 덕이 아니고서야 바랄 수 없는 일이다. 그러므로 너희는 이제 함대를 해산하고 군사를 풀어헤쳐서 고향으로 돌아가거라. 인간은 인간이므로 마땅히 고향으로 돌아가야 한다. 그것이 창생의 슬픔과 고통을 지극히 헤아리는 천자의 뜻이다. 이제 너희는 일본군 진영에 가까이 가서 공연한 싸움을 일으키지 말고 천자의 변방 남쪽 바다를 소란케 하지 말라. 내, 너희들의 수영을 한번 들여다보고 쓰다듬어주고 싶은 마음 간절하나 멀어서 가지 못하고 이제 글을 전하니 내가 친히 너희에게 간 것과 무엇이 다르랴. 대저 천자의 무장은 정한을 가벼이 드러내는 일을 삼가는 것이다. 그러니, 그리 알라.

읽기를 마치고 김수철은 말없이 창밖으로 시선을 돌렸다. 썰물의 갯벌 위에 새들이 내려앉고 있었다. 바람과 물결이 함께 먼바다로 몰려나가서 바다는 비어 있었다. 섬 너머 수평선 쪽에서 바람 속을 날뛰는 물결이 하얗게 일어섰다. 빈 바다에는 시간의 흔적이 없었고, 지나간 싸움의 흔적이 없었다. 내가 알지 못하는 내 마음의 오지에서 징징징 칼이 울었다.

—수철아, 고향으로 돌아가겠느냐?

김수철의 시선은 바다 쪽에서 돌아오지 않았다. 바다를 바라보는 그의 눈에 물기가 번졌다.

—나으리, 이미 돌아갈 고향이 없습니다.

—일본군과 명군은 돌아갈 고향이 있을 것이다.

김수철이 내 쪽으로 시선을 돌렸다.

—나으리, 이 문서는 장졸들에게 발설치 마십시오.

—너도 발설치 마라. 조정이 가엾구나. 우리는 가엾지 않다.

열이 올랐고, 사지가 빠지는 듯이 쑤셨다. 김수철이 자리를 펴주었다. 나는 자리에 엎드렸다. 김수철이 수건으로 내 등판의 땀을 닦아주었다. 속옷을 갈아입었다. 김수철이 종을 불러 내 젖은 속옷을 내보내고 뜨거운 매실차를 가져오게 했다. 나는 온 천지의 적들에게 포위되어 있었다.

명군 지휘부가 조선 조정을 경유하지 않고 조선 수군에게 군대 해산과 적대행위 종료와 귀향을 명령하고 있는 사태를 시급히 조정에 알려야 했다. 멀리서, 긴 꼬리를 끌며 우는 임금의 통곡소리가 들리는 듯했다. 명과 일본이 강화하는 날, 다시 서울 의금부에 끌려가 베어지는 내 머리의 환영이 떠올랐다. 나는 임금의 칼에 죽을 수는 없었다. 나는 나의 자연사로서 적의 칼에 죽기를 원했다.

—수철아, 내가 아프다. 네가 담종인에게 지금 즉시 답장을 써라.

—전하실 뜻을 말씀해주시면……

—고향이 이미 없다고 써라. 기어이 원수를 갚겠다고 써라. 적의 종자를 박멸할 것이라고 써라. 간략히 써라.

—알았습니다.

김수철이 제 숙사로 돌아가려고 자리에서 일어났다. 나는 김수철을 불러세웠다.

—아니다. 그만두어라. 내가 쓰겠다.

김수철은 돌아갔다. 나는 자리에서 일어나 벼루에 먹을 갈았다. 팔이 흔들려 붓끝에 힘이 먹히지 않았다. 나는 자주 쉬면서, 한 자씩 겨우겨우 써나갔다.

적들이 진을 친 거제, 웅천, 김해, 동래가 모두 우리 땅이어늘 적에게 가까이 가지 말라 하심은 무슨 말씀이며, 이제 우리에게 고향으로 돌아가라 하시나 우리는 이에 돌아갈 고향이 남아 있지 않습니다. 적이 바닷가 육상 기지에 성을 쌓고 해가 바뀌어도 돌아가지 아니하고 살육과 약탈이 날로 자심해가고 있으니 적이 돌아갈 뜻이 과연 어디에 있는 것입니까. 대인의 뜻과 저의 뜻을 삼가 우리 임금께 알릴 것이오니 대인은 그리 아소서.

새벽에 글을 마쳤다. 담종인이 보내온 문서와 내가 담종인에게 보낸 답서의 사본을 장계에 합쳐서, 아침에 떠나는 조운선 편으로 조정으로 보냈다. 그날 새벽에 바람은 연안으로 몰려왔다. 선창에 묶어둔 협선 다섯 척이 서로 부대끼면서 난간이 깨어지고 노가 부러졌다. 당직 군관에게 곤장 스무 대를 때렸다.

인후

임진년 개전 이래, 적은 동남풍을 타고 바다를 건너왔고 나는 북서풍이 거센 날을 골라 적의 소굴을 찔렀다. 적은 나의 동쪽에 있었고 나는 적의 서쪽에 있었다. 바람이 적과 나 사이의 바다와 섬들을 이쪽저쪽으로 휩쓸었다.

바람 거센 출정의 새벽에 노를 쥔 격군들은 돛폭에 배를 맡기고 뱃전에 기대어 멀어지는 내륙 쪽을 바라보고 있었지만, 바람과 물결을 거슬러 모항으로 돌아오는 저녁에 격군들의 몸은 이물을 때리는 물결 앞에서 휘어졌다. 바람은 내륙의 산맥과 원양을 휩쓸며 달려들었다. 출정의 새벽마다 바람은 크고 막막했다.

바람의 방향은 사람의 몸으로 감지할 수 없는 전방위였다. 바람은 모든 방향에서 불어와 모든 방향으로 몰려가는 듯싶었다. 그 막막한 바람이 돛폭에 걸려 내 함대를 적에게 가까이 밀어주었다. 먼 수평선 쪽에서 구름이 흩어지고 노을의 띠들이 뒤엉킬 때 바람은 거기서 불어오고 있었지만, 바람에 절어서 쏠리는 몸이 바람의 방향을 감지할 수는 없었다.

낮게 날던 새떼들이 숲으로 숨고 가까운 섬의 활엽수 이파리들이 일제히 뒤집힐 때 바람은 섬 모퉁이를 돌아나가고 있을 것이었지만, 바람의 방향은 배에 탄 사람의 몸에 와 닿지 않았다. 바다에서, 바다의 바람 속에서, 바람에 젖은 몸은 늘 바람으로부터 고립되어 있었다.

적의 포구로부터 동남풍이 불어오는 봄날 저녁에 염전 바닥의 소금은 오지 않은 적의 기척처럼 북쪽으로 쏠려 있었다. 방향을 감지할 수 없는 바람 줄기의 틈새마다 적들은 서식하고 있었다.

바람이 잠든 가을날, 소금은 고운 눈이 쌓이듯이 염전 바닥에 내려앉았다. 소금은 먼 데서 오는 시간의 가루처럼 염전 바닥에 내려앉았다. 정유년 가을에 바람이 고와서 소금은 고요했다. 갯벌을 막아 물을 가둔 수영 염전에 허연 소금이 햇볕의 무늬를 드러냈다. 저녁에 수줄들은 소금을 퍼담아 창고로 옮겼고, 다음날 소금은 또 허옇게 내려앉았다. 바람 고운 정유년 가을에 소금은 풍년이었다. 소금은 먼 데서 고요히 왔다. 그해가 다 가도록 적들은 오지 않았고 조정의 선전관도 오지 않았고 명의 수군도 오지 않았다. 소금은 창고 가득 쌓였다. 타격 방위는 설정되지 않았다.

무술년 봄에 다시 동남풍이 불었다. 나는 적에게 바싹 다가가기로 했다. 해안의 육상 기지에 눌어붙은 적은 바다로 나오지는 않았으나 내륙의 점령지를 다시 넓혀나가기 시작했다. 적이 군사를 거두어 돌아가리라는 소문은 날로 무성했고, 적의 요새에 병력은 계속 증강되었다.

나는 내가 손댈 수 없고 내가 조준할 수 없는 퇴로를 따라 적이 철수하는 사태를 감당할 수 없었다. 적의 후방 주력 기지는 부산, 울산에 있었다. 부산은 일본에서 최단거리의 포구였다. 철수한다면, 적은 부산과 울산에 육상 부대의 주력을 집결시켜 거기서 발진할 것이었고, 경상 연안의 해안 부대와 수군들은 각 주둔지별로 발진할 것이었다. 적의 대병력이 출항 준비를 갖추어 떠나려면 발진 작전에만 두 달 이상이 걸릴 듯했다. 나의 수영이 주둔한 목포 앞바다에서 부산까지는 너무나 멀었다. 바람이 좋은 날에 격군을 다그쳐도 사흘 물길이었다. 부산에서 철수하는 적을 목포에서 추격해서 바다 위에서 잡기는 불가능했다. 나의 정보력으로는 적이 발진하는 날을 미리 알아서 인근 포구에서 잠복할 수도 없었다.

동남풍이 부는 부산 앞바다에서 함대를 포진해놓고 언제 바다로 나올지 알 수 없는 적을 무작정 기다릴 수도 없는 일이었다. 나는 경상 해안의 적에게 가까운 포구로 수영을 옮겨야 했다. 적이 철수한다면, 부산이나 울산에서 발진하는 적의 함대를 한나절 물길 안에서 요격할 수 있는 최근접거리의 포구로 나는 가야 했다.

적의 서쪽 전진기지는 순천에 있었다. 나는 순천보다 더 동쪽으로는 갈 수 없었다. 순천보다 더 동쪽으로 수영을 옮긴다면 나는 순천의 적들과 경상 해안의 적들 사이에 끼게 될 것이었다. 나는 양쪽 방향의 적들을 감당할 수 없었다. 부산은 적 전체의 복심이었고, 순천은 적의 최전선의 인후였다. 내가 동쪽으로 이동할 수 있는 최대거리는 순천 앞바다 언저리였다. 순천의 적은 수륙연합의 삼만이었다. 순천에 집결한 적 수군의 군세는 파악되지 않고 있었으나, 순천이 전진기지인 만큼 적의 병력은 크고 정예일 것이었다.

나는 적의 인후에 바싹 다가갈 수는 없었다. 그러나 어쨌든 나는 적에게 가까이 다가가야 했다. 나는 전쟁 전체에 관한 정보가 없었다. 조정도 그랬고 도원수부도 마찬가지였다. 만일, 소문대로 일본이 명과 조선반도를 분할하는 조건으로 강화하고 조선에서 철수하는 것이라면, 그때 내가 살 길은 돌아가는 적을 바다에서 부수는 수밖에는 없었다. 그때 그 바다가 나의 살 자리인지 죽을 자리인지는 알 수 없었으나, 그 마지막 바다는 그 두 개의 국면이 포개진 자리일 것이었다.

명량 해전이 끝난 후, 정유년 가을에서 이듬해 무술년 봄 사이에 나는 약간의 군세를 회복할 수 있었다. 판옥전선 팔십여 척과 협선 이백여 척을 정비했고 장졸 팔천여 명을 확보했다. 군량, 화약, 총통, 창검, 화살도 계사년의 한산 통제영 수준으로 회복되었다. 철수 소문 속에서 적은 팽창했고 명군의 진퇴는 더욱 모호했다.

목포 앞바다에 함대를 가두어놓고 북서풍에 엎드려서 겨울을 지낸 나의 오랜 수세守勢를 청산하기를 적들이 요청하고 있었다. 적의 요청을 물리치는 일은 언제나 절대적으로 불가능했다. 나는 순천의 동쪽 광양만을 바로 찔러 들어가는 바다의 자리에 내 수영을 들여앉힐 수는 없었다. 순천만, 광양만 일대의 포구와 섬은 이미 적에게 장악되어 있었다.

고금도는 강진만 어귀로, 서쪽으로는 완도의 청해진에 가깝고 북쪽으로는 장흥, 강진의 육지 날뿌리가 닿을 듯이 가까웠다. 섬의 동쪽으로 다시 작은 섬들이 수없이 포개져 있어 물길은 복잡했고, 먼바다에서 안쪽이 들여다보이지 않았다. 작은 섬의 날뿌리들이 좁은 바다를 두고 서로 포개져 있어 물길은 굽이굽이 뒤틀렸다. 쳐들어오기도 어렵고, 쳐들어온 적이 빠져나가기도 어려운 포구였다. 섬의 해안은 산으로 막혀 해안 단애는 날카로웠고 섬의 안쪽으로 농토가 넓었다. 거기서, 순천의 적까지는 물길로 백 리였다. 적의 인후를 겨눌 수 있는 자리였다.

무술년 봄에, 수영을 고금도 덕동포구로 옮겼다. 본대가 발진하기 보름 전에 우수영의 안위를 선발대로 보냈다. 안위는 장졸 오백을 인솔했다. 안위는 백성들을 모아 가마니와 볏짚으로 가건물 군막 백여 동을 지었다. 안위의 전령이 도착한 다음날 새벽에 본대는 목포 앞 고하도 수영에서 발진했다.

262

몇 개의 포구와 읍진에는 군사를 남겨두었다. 함대는 명량 해협에서 벽파진 앞을 지나는 진도 수로를 따라서 완도 남단을 우회했고, 저녁 무렵에 고금도 덕동포구에 닿았다. 백성들이 이동하는 수군을 따라 바다로 나섰다. 솥단지와 이부자리를 짊어진 백성들이 어선을 타고 함대의 뒤를 새까맣게 따라왔다.

바람이 잠들어, 백성들의 어선은 먼 항해를 견딜 만했다. 함대가 덕동포구 내항으로 방향을 틀었을 때, 선발대로 먼저 온 안위의 군사들이 포구에서 총통을 쏘아댔다. 나는 불화살을 올려 응답해주었다. 안위의 군사들이 미리 지어놓은 보리밥과 김냉국, 무짠지로 장졸들의 저녁을 먹였다. 따라온 백성들은 어선을 선착장에 묶어놓고 섬의 안쪽으로 들어갔다. 밤중에 바람이 불었다. 군사를 풀어서 백성들의 어선을 뻘 위로 끌어당겨놓았다. 고금도에 도착하던 날 나는 관아의 객사에서 잠들었다. 적의 인후를 겨누는 물목에서 나는 모처럼 깊이 잠들었다.

적의 해, 적의 달

고금도는 적의 인후를 찔러 들어가는 물길의 입구였다. 입구는 숨겨져 있었다. 거기서부터 적의 인후에 닿는 길은 멀지는 않았지만 구부러져 있었다. 바로 찔러 들어갈 수는 없었다. 함대의 힘이 기진해서, 마지막 힘이 마지막으로 유효할 물길 너머에서 적의 인후는 벌떡거리고 있었다.

내 유효 작전거리가 끝나는 경계선쯤에서, 적들은 수륙으로 집중했다. 덕동포구의 수영 앞바다에서 섬들은 첩첩이 겹치면서 흩어져 있었다. 일출의 바다는 섬 사이를 붉은 띠로 휘돌아, 바람이 적 쪽으로 몰려가고 물결이 잠드는 조금 무렵에 바다는 내수면처럼 고요했다. 무술년의 햇볕은 깊고 힘셌다. 습기가 걷히는 가을날에 바다의 숨결은 순하고 맑았다. 낮게 내려앉은 바다는 비린내도 짠내도 풍기지 않았고, 바스락거리는 바람 속에서 높은 목소리로 짖는 먼 새들의 울음소리가 또렷했다. 아침마다, 적의 방향에서 떠오르는 해가 낯선 시간의 입자들을 노을 속으로 뿜어냈고, 적의 하늘에서 부챗살로 번지는 붉은빛이 수영 내항에까지 번져와 군막의 거적지붕들이 노을에 젖었다. 아침 안개가 수면 위에 오래 머무는 여름날, 먼 섬들과 먼 바위들이 안개 속으로 불려가 보이지 않았다. 하나의 섬과 하나의 바위가 안개 속으로 실종되면 다른 여러 섬과 바위 들이 좌표상의 입지를 잃고 덩달아 표류했다.

그 바다에서는 늙은 어부들만이 안개 속을 드나드는 섬과 바위들을 목측으로 엮어가며 항해 지표를 더듬어낼 수 있었다. 안개 속에서, 적의 인후로 가는 길은 때로는 보였고 때로는 보이지 않았다. 밤새, 섬들의 뒤쪽에 배치해두었던 복병의 선단들은 적 쪽에서 번지는 아침노을을 헤치며 수영으로 돌아왔고, 그때 물가에서 밤을 새운 망군들도 군막으로 돌아왔다.

고금도에서 나의 군사들은 혈거했다. 고금도에서는 영구 막사를 짓지 않았다. 장졸들은 진흙으로 담을 올리고 거적으로 지붕을 덮은 군막에서 잠들었다. 고금도에서는 긴 앞날이 보이지 않았다. 고금도에서는 무기를 만들지 않았고, 배를 새로 만들지 않았다. 끼니때마다 소금에 절인 푸성귀를 찬으로 먹였고, 장졸들은 말린 생선을 씹어서 소금기를 채웠다. 내륙의 적들은 방면별로 집중했고, 집중된 적들은 순천, 사천, 울산, 부산의 네 거점으로 분산되어 있었다. 적의 집중과 분산은 날로 뚜렷해졌다. 적은 숨기려는 기색도 없이 드러내놓고 집중했고 분산했으며, 분산된 거점에서 다시 집중했다. 여러 방면의 정탐들이 적의 포구에 바싹 다가갔고, 배에서 배로 첩보를 역송해서 수영으로 물어날랐다. 다시 고금도 수영을 버리고 바다로 나아간다면, 그때 나는 적의 전체를 맞아야 할 것이었고, 싸움이 끝난 뒤 어느 포구로 들어가 머물게 될 것인지는 알 수 없었다. 다시 고금도를 버려야 할 때, 나는 아무런 연안 거점을 예비하지 못한 채, 교두보 없는 바다로 나아가야 할 것이었다. 고금도에서는 영구 막사를 지을 수 없었다. 시간은 바스러지듯이 빠르게 흘러갔다. 적의 멱통 앞에서도, 섬의 안쪽으로 백성들의 넓은 들은 기름졌고, 여름의 논밭은 푸르렀다. 전쟁에 끌려나왔다가 불구자가 되어 고향으로 돌아온 청년들이 마을 처녀와 혼인했다. 높은 하늘가 논둑길로 이따금씩 요령 소리를 앞세우고 꽃상여가 흘러갔다.

고금도에서, 함대는 늘 정박 상태에서도 무장했다. 전선의 총구마다 총통을 장착했다. 화약과 군량을 배로 옮겨 실었다. 섬들의 산봉우리마다 망군들을 배치했고, 섬의 남쪽 해안에까지 경비선을 내보냈다.

고금도로 함대를 옮긴 지 닷새 후에 임금의 유시가 수영에 도착했다. 명량 전투 직후에 붉은 쇠고기 다섯 근과 함께 상중에도 방편을 좇아 고기를 먹으라는 유시를 받은 후 일곱 달 만에 받는 유시였다. 두루마리를 풀 때, 등에서 식은땀이 흘렀다.

내륙의 적들이 소굴을 남쪽으로 옮겨 너희들의 바다를 압박하고 있다 하니 내 멀리서 깊이 근심하는 바다. 강화에서 머뭇거리는 명의 수군을 내 곡진히 타일러 너희들의 남쪽 바다로 내려가게 하였다. 너는 마땅히 천병天兵의 수군을 예로써 맞이하고 또 머물 만한 수영을 베풀고 그 불편을 살펴서 천자의 뜻에 누가 되지 않도록 하라. 너는 명의 수군을 형제처럼 알고, 힘을 합치고 지략을 합쳐서 적을 토멸하라. 내 너를 조정으로 불러들여 한잔 더운술을 내릴 수 있는 날이 언제쯤이겠느냐.

총병관 진린이 지휘하는 명의 수군이 남해안으로 이동하는 모양이었다. 나는 진린의 남하 의도를 짐작할 수 없었다. 철수하는 적의 퇴로를 막고 돌아가는 적을 부수려는 것이 진린의 작전 목표라고 보기는 어려웠다.

진린은 전쟁의 전체 국면에 관해서 내가 알지 못하는 정보를 가지고 있을 수도 있었다. 돌아가는 적의 배후를 단지 멀리서 위협해서 참전의 명분을 세우고, 강화 협상에서의 이득을 도모하려는 것이라면 진린의 천병 역시 나의 적일 수밖에 없었다. 나는 읍진 수령들과 군관들을 불러모아놓고 임금의 유시를 읽어주었다. 전쟁의 국면이 크게 전환되면서 무언가 두려운 날들이 다가오고 있음을 예감하면서, 그들은 모두들 말이 없었다.

임금의 유시가 도착한 지 보름 뒤에 진린이 강화에서 보낸 명 수군의 선발대 전선 한 척이 고금도 수영에 도착했다. 진린의 직예直隷 부대의 부장인 연락관이 인솔한 전선이었다. 연락관의 이름은 등자석이라고 했다.

등자석은 외항에서 협선을 먼저 들여보내 자신의 도착을 통고했다. 협선에는 통역관이 타고 있었다. 나는 외항에까지 영접 나가지 않고 선창에서 협선으로 갈아타고 상륙하는 등자석을 맞았다. 등자석은 젊은 장수였다. 군복 차림이 휘황찬란했고, 열 명의 부관을 대동하고 있었다.

선창에서 부관들은 창검과 기치를 펼쳐서 등자석을 호위했다. 등자석의 전함은 선창 너머 외항 쪽에 닻을 내렸다. 격군이 이백 명쯤은 되어 보였고, 내가 작동 방법을 알 수 없는 거포로 무장하고 있었다. 이물과 고물에 붉은 칠을 했고 쌍돛을 올리고 있었다.

바람이 거칠어, 등자석의 전선은 강화에서 고금도까지 열이틀이 걸렸다. 등자석은 피로한 기색이 없었다. 명 수군 본대 오백 척이 정박할 포구와 군사들의 숙영지, 보급, 병참, 지리, 수로, 적정을 미리 파악해서 진린에게 보고하는 것이 자신의 임무라고 등자석은 말했다. 젊은 장수답게 절도가 있었고 눈매가 사나워 보였다.

그날 밤, 강진에서 잡아온 노루를 구워서 등자석에게 저녁을 베풀었다. 등자석은 자신이 몰고 온 전선의 군사들에게 상륙을 허락하지 않았다. 명의 군사들은 배에서 먹고 잤다. 그가 나에게 폐를 끼치지 않으려는 기색은 확실했다. 통역을 술상 귀퉁이에 앉히고 나는 등자룡과 마주앉았다. 백성들이 가져다준 매실주를 등자룡에게 따라주었다. 강화도에 틀어박혀 있던 등자룡이 적의 본국 정세와 정보를 환히 꿰고 있었다. 명군의 정보망은 일본 권부 깊숙이 작동하고 있었다.

—진린 총병관께서 강화도에 오래 머무시더니 돌연 남해로 내려오시는 뜻이 무엇이오?

—때를 기다린 것입니다.

—때가 무엇이오? 적이 들이닥칠 때가 바로 나아가야 할 때가 아니오?

—그보다 더 중요한 때를 기다리신 것입니다.

—그게 대체 무슨 때요?

—아니, 모르시오? 도요토미 히데요시는 죽었소. 일본군은 전쟁을 포기하고 돌아가게 될 것이오. 조선에 파병된 일본군 장수들은 정치적 구심점을 상실했소. 전후에 기대했던 봉토 배분도 어렵게 되었소. 후계가 불확실한 도요토미는 죽을 때 군대를 거두라는 유언을 남겼소. 일본군은 이제 기지별로 철수하게 될 것이오.

임진년 개전 이후 남해안의 포구와 물목마다 벌어졌던 저 끝없는 싸움과 죽음과 죽임이 이렇게 끝장이 날 수가 있는 것인가. 나는 머릿속에 거대한 황무지가 펼쳐지고 있음을 느꼈다. 그날, 등자룡이 먼 물길을 저어왔으므로 술자리를 일찍 끝냈다. 등자석과 그의 부관들에게 관아 객사를 숙소로 내주었다. 환도 두 자루와 면사첩이 걸린 내 숙사 토방으로 돌아와 나는 일찍 자리에 누웠다. 진린은 철수하는 적의 배후에서, 먼바다에서 얼씬거리다가 중국으로 돌아갈 것이었다. 진린은 적의 불가피한 철수를 이미 알고 함대를 움직이는 것이었다. 진린이 돌아가는 적의 뒤통수를 부술 리는 없었다.

진린은 적과 알맞은 거리에 떨어져서 전쟁의 쓰레기 더미 속에서 부스러기들을 이득으로 챙겨서 돌아갈 것이었다. 임금은 이 진린을 나에게 보내왔다.

적의 인후 앞에서 나는 온 천지의 적들로 둘러싸여 있었다. 나는 이런 방식으로 전쟁이 끝나는, 이 세상의 손댈 수 없는 무내용을 감당할 수 없었다. 그날 밤, 나는 혼자서 숨죽여 울었다. 관아 객사로 올라간 등자석 패거리들은 거기서 또 술을 마시는지 노랫소리가 들려왔다. 달이 높이 떠올라 숙사 방안을 비추었다. 나는 새벽까지 잠들지 않았다. 나는 달빛 속에서 뒤채었다. 등판을 적시는 식은땀에서 누린내가 났다. 내가 맡는 내 몸의 냄새는 고단했다. 말하여질 수 없는 적의가 산더미처럼, 파도처럼 내 마음에 밀려왔다. 임진년에 이물의 앞쪽에서 눈보라로 나부끼며 달려들던 적을 맞을 때보다 더 크고 깊은 무서운 적의로 나는 잠들지 않았다. 적은 가까이 있었다.

몸이여 이슬이여

무술년 여름에 진린의 함대 오백 척은 강화를 떠났다. 강화를 떠난 진린의 함대는 곧바로 남해안으로 내려오지 않았다. 진린의 함대는 한강을 거슬러서 동작나루까지 올라갔다. 동작나루에서 마포나루까지 명 수군의 전선 오백여 척이 도열했다. 그날 비가 내렸다. 동작나루에서 임금은 울먹이며 진린을 맞이했다. 임금이 진린의 손을 잡을 때, 함대는 대포를 쏘고 폭죽을 터뜨렸다. 바람이 불어, 비에 젖은 곤룡포가 임금의 허벅지에 감겼다. 임금은 삼정승을 대동했다. 임금을 맞을 때 진린은 칼을 벗지 않았고 근위 무사들을 물리치지 않았다.

─천병은 가벼이 움직이지 않는 것이오. 이제 천하의 대세가 천자께 흘러들고 있으니 조선에도 복된 날이 있을 것이오.

진린은 임금에게 그렇게 말했다. 장맛비가 계속 내렸다. 진린의 군사는 비 내리는 한강에 배를 대놓고 배 안에서 사흘을 먹고 마셨다. 조선 조정은 술과 안주를 날랐고 조정 대신들이 지휘선으로 올라가 명의 장수들을 접대했다. 한강 연안 고을 관기들이 배에 올라가 술을 따랐고 풍악을 울렸다.

진린은 사흘 후에 군사를 수습해서 한강을 떠났다. 진린이 한강을 떠날 때 임금은 동작나루 언덕에서 함대의 후미가 행주 쪽으로 사라질 때까지 손을 흔들었다. 출정의 나팔과 군가 소리가 한강에 울려퍼졌고, 행주 쪽으로 지는 해가 임금의 그림자를 길게 늘어뜨렸다.

한강을 떠난 진린의 함대는 보름 만에 남해 고금도 수영에 도착했다. 수영 어귀의 물길은 복잡했다. 완도 남쪽 해역에까지 길라잡이들을 내보냈다. 나는 수영 외항에서 진린을 맞았다. 함대 오백 척은 섬굽이 사이의 물목을 가득 메우고 다가왔다. 진린은 경호 무사 스무 명, 전속 요리사 일곱 명, 행정관 다섯 명, 군의관 세 명, 통역관 세 명, 부관 다섯 명, 시종 열 명을 직속으로 거느리고 있었다.

진린은 키가 크고 몸이 뚱뚱했다. 손등은 털로 뒤덮였고 입에서는 지독한 마늘 냄새가 났다. 그의 군복은 갑옷 비늘에 금박을 입혔고 투구에는 보석이 박혀 있었다. 그가 걸음을 옮길 때마다 허리에 찬 장신구들이 덜그럭거렸다. 진린이 선착장에 내릴 때, 도열해 있던 장졸들이 총통을 쏘고 깃발을 흔들었다.

진린의 시종들이 선착장 바닥에 파인 물웅덩이에 엎드렸다. 진린은 엎드린 시종들의 등을 밟고 상륙했다. 덕동 수영에서 빤히 바라다보이는 섬을 명 수군들의 숙영지로 내주었다.

그날 밤, 내륙 관아에서 보내온 사슴과 돼지로 진린과 그의 하급 지휘관들을 접대했다. 나는 읍진 수령과 종사관, 행정관을 배석시켰다. 관아 대청에 상을 놓고 양측이 길게 마주보며 앉았다. 진린이 데리고 온 통역관들이 사이사이에 끼었다. 진린은 구운 사슴다리를 통째로 뜯었고 통마늘을 한 줌씩 씹어 먹었다. 진린이 말했다.

—소국이라 하더니, 과연 바다가 작고 물길이 좁아서 개미 싸움하는 것 같겠소. 우린 개미 싸움은 못하오. 싸움에는 귀측이 먼저 나가시오. 우리는 장거리포로 엄호하리다. 이것이 귀측과 나의 원칙이오. 통제공, 우리 대포를 믿으시오. 해상에서 적의 육상 기지를 부술 수 있소.

나는 진린에게 물었다.

—군량은 싣고 오셨소?

진린은 술잔을 상 위로 때려붙였다.

—배들이 고프신 모양이로군. 그래, 천병을 부양할 양식도 없으시오?

—조선 수군은 조정의 군수 지원을 받지 않는 군대요.

진린은 껄껄 웃었다.

—고생들이 많으셨겠소. 허나 적의 양식을 먹고 싸우는 군대가 강한 군대요. 군량을 좀 싣고 오기는 했소만, 천병이 천자의 곡식을 먹는 것은 민망한 일이오.

진린은 내 읍진 수령들에게 술잔을 돌리고, 명량 해전의 전과로 화제를 돌렸다.

—통제공의 명성은 중원에서도 우레와 같소. 적은 이제 물러갈 것이오. 내 보기에 통제공은 이 작은 나라의 장수라 하기에는 재주가 아깝소. 통제공은 큰 판을 주물러야 할 사람이오. 전쟁이 끝나면 좀 쉬었다가 대국으로 들어와 벼슬을 하시오. 내가 우리 천자께 공을 천거하리다.

진린에게 군사를 거두어 돌아가달라고 말할 수는 없었다. 전쟁이 끝나는 날, 물결 높은 바다에서 적탄에 쓰러지는 내 죽음의 환영이 떠올랐다. 나는 고개를 흔들어 그 환영을 떨쳐냈다. 날은 무더웠다. 진린은 군복 소매로 이마의 땀을 닦아가며 마구 마시고 마구 지껄였다. 진린의 머리 뒤로 해가 지고 있었다. 내 죽음의 환영은 노을 속에서 어른거렸다.

나는 진린의 술잔에 자꾸만 술을 따라주었다. 그날 진린은 술자리에서 쓰러졌다. 부관들이 진린을 떠메고 숙소로 돌아갔다. 나는 취하지 않았다. 밤중에 명 수군 숙영지 위수사령관에게 종사관 김수철을 보냈다. 명의 수군들이 숙영지를 이탈해서 백성의 마을로 접근하는 일이 없도록 해달라고 명의 위수장에게 요청했다. 명군 위수장은 총병관 진린을 경유해서 요청해달라는 회답을 보내왔다.

명 수군의 전선들은 크고 견고했다. 선장船長과 선폭이 내 판옥전선의 두 배쯤이었다. 배 밑이 뾰족해서 썰물 때는 위태로워 보였고 덩치가 커서 좁고 복잡한 물길을 민첩하게 빠져나가기 어려워 보였다. 도착한 다음날 진린은 수영 외항에서 화력을 시범했다. 나는 읍진 수령들을 대동하고 명의 화력 시범을 참관했다. 명의 함재 대포는 사정거리가 길었고 파괴력이 컸다. 해안에 바싹 들이대면 해상에서 적의 육상 거점을 타격할 만했다. 그러나 배 밑이 뾰족해서 썰물을 견디지 못할 것이었다. 명의 함재 대포는 조준이 자주 어긋났고 장탄에서 발사까지의 시간이 더디었다. 발사의 반사 충격이 너무 커서 한 발이 나갈 때마다 선체가 부서질 듯이 요동쳤고 선체가 흔들려서 후속 포를 안정시킬 수가 없었다.

명의 수군이 도착한 뒤부터 적들의 소규모 산발 기습이 잦아졌다. 적들은 가까이 오지는 않았다. 적들은 트인 바다 한가운데로 선단의 모습을 드러냈다. 빠르게 저어 다가가면 적들은 달아났다. 명 수군의 화력을 탐색하려는 의도인 듯싶었다.

명의 수군은 수영 외곽 해역에 경비 병력을 배치했을 뿐, 주둔지에서 나오지 않았다. 수로 정찰이나 연안 초계도 하지 않았다. 진린의 군대는 낯선 바다의 섬에 포착한 이국종 물개떼처럼 보였다. 여름이 가고 있었다. 섬에 닥쳐올 가을과 겨울이 진린의 머릿속에 들어 있는 것인지 알 수 없었다. 나 역시 섬의 가을과 겨울을 예비할 수는 없었다.

진린은 적의 철수를 확신하고 있는 듯했다. 나는 진린의 확신을 확신할 수 있었다. 나는 진린을 내 외곽으로 삼고, 혼자서 적에게 가야 할 것이었다. 여름의 끝에서, 아침저녁으로 한기의 싹은 날카로웠다. 여름이 끝나가는 바다는 차고 고요했다. 해가 뜨고 해가 질 때마다 하루는 하루씩 부스러져갔다.

진린의 하급 지휘관들은 자주 술자리를 요구했다. 천병을 지극히 살피고 불편이 없도록 하라는 조정의 유시는 내 가난을 아울러 걱정하고 있었다. 명군 지휘관들에게 술을 먹이면서 나는 일본 국내 정세에 관한 그들의 정보를 귀동냥할 수 있었다. 일본 권부 깊숙이 박아놓은 명의 첩자들과 오사카를 드나드는 외교관들의 정보가 군 내의 일선 지휘관에까지 흘러들어 술자리의 안주가 되고 있었다.

도요토미 히데요시의 장례는 여섯 달 동안 계속되었다. 전 일본의 무장, 승려, 유자와 오사카의 백성들이 날마다 길에 나와 울었다. 히데요시의 아들은 강보에 싸인 어린애였다. 권좌를 겨누는 무사 집안들이 일본 천하에서 일제히 꿈틀거리며 합쳐지고 흩어졌다. 천황은 황궁 깊숙이 숨어서 속세의 땅을 밟지 않았고 병마의 일을 묻지 않았다. 천황은 막부가 바치는 음식을 먹었고, 하루 세 차례 목욕하고 하루 세 차례 하늘에 절했다. 히데요시는 죽을 때 권력을 측근의 다섯 권신들에게 임시로 분할해주었고, 아들이 장성하도록 보필할 것을 명했다. 아무도 조선 전쟁을 수행해나갈 수 없었다.

히데요시는 죽기 전에 조선 철병을 명했고, 그의 철수 명령은 이미 조선에 파병된 적의 장수들에게 전달되었다. 적의 육군들은 남해안 육상 기지로 집결했고 수송을 맡은 수군과 전선이 증파되었다. 히데요시는 천하인天下人을 자처했고, 그의 오사카 성에는 늘 천하포무天下布武의 깃발이 걸려 있었다. 그는 천하포무, 네 글자를 칼에 새겼다. 천하포무의 깃발은 오다 노부나가에게서 물려받은 것이라고 했다. 그가 조선에 출병한 깊은 뜻은 천하를 가지런히 하기 위한 것이었다. 히데요시의 무武는 권權을 장악하고 상商을 장악하는 천하의 칼이었다. 그의 칼은 권세와 이윤을 아울러 천하를 도모하는 칼이었다. 히데요시는 칼의 바탕 위에서 오사카에 거대하고 영화로운 저잣거리를 열었다. 히데요시의 칼은 일본 남쪽에 항구를 열어서, 천하의 이윤이 기다리고 있는 구라파와 안남의 또 다른 항구들을 겨누고 있었다.

진린의 하급 지휘관들로부터, 히데요시의 칼에 새겨진 '천하포무'의 이야기를 들으면서 나는 내 칼에 새겨진 물들일 '염'자를 생각했다. 히데요시의 칼은 얻을 것이 많았고 나의 칼은 얻을 것이 없었다. 나는 히데요시의 칼을 이해할 수 없었다. 나는 나의 무력이 안개처럼 증발된 무기력 속에서 죽고 싶었다. 아마, 그것은 나의 가망 없는 사치였을 것이다. 가망이 없고 단념할 수도 없는 사치였다. 그 사치 속에서 히데요시는 나의 적이었다.

그가 조선 철병을 명령하고 죽었다는 것인데, 그가 죽기 전에
남긴 유언시는 이러했다는 것이다.

몸이여, 이슬로 와서 이슬로 가니,
오사카의 영화여, 꿈속의 꿈이로다.

술 취한 명의 하급 지휘관들이 히데요시의 유언시를 노래로 부
르며 춤을 추었다. 술 취한 이국 군대들이 부르는 노래가 칼처럼
내 마음을 그었다. 그날 나는 취했다. 내 마음속에서 내 칼이 징징
징 울면서 춤을 추었다. 저러한 노래, 저러한 시구를 이 세상에 남
겨두어서는 안 된다고, 진실로 이 남쪽 바다를 적의 피로 붉게 물
들이지 않으면 안 된다고, 내 술 취한 칼은 마구 울었다.

무술년 가을에 나는 내 타격 방위를 설정할 수 있었다. 나는 적
의 인후를 찌르고, 적의 복심을 찌를 것이었다. 술 취한 명의 지휘
관들은 술상 옆에 쓰러져 토했다.

소금

 밤이면 해안과 섬에 적들의 봉화가 올랐다. 어둠 속에서 육상의 적들과 해상의 적들이 서로 부르고 응답했다. 산맥의 어두운 능선을 따라가며 불의 칼날들이 돋아났다. 바람이 잠든 날, 적들의 봉화는 곧고 높았다. 싸리나무를 태우는 적의 불꽃은 맑고 맹렬했다. 불의 깊은 안쪽은 푸르고 고요했고 길게 뻗쳐올라간 불꽃의 꼭대기에서 새빨간 혀들이 날름거렸다. 적들의 봉화는 불의 칼처럼 어둠을 찔렀다. 캄캄한 바다 한가운데서 불이 오르면 적들이 장악한 섬들이 차례로 불을 올렸고, 내륙 쪽 산맥 능선이 불을 올려 응답했다. 섬에서 두 번 불이 오르면 산맥에서 두 번 불이 올랐고, 산맥에서 세 번 불이 오르면 섬에서 세 번 불이 올랐다. 적들의 불빛은 산맥과 해안을 따라 길게 이어졌고, 해안선이 꺾이는 어둠 너머의 불빛은 보이지 않았다. 그 너머에서 보이지 않는 불빛의 위쪽으로 붉은 기운이 뻗쳐 있었다. 섬과 산맥이 한바탕 서로 부르고 응답한 뒤 적들의 봉화는 일제히 죽었고, 새벽에 다시 살아나서 해안을 따라 뻗어나갔다. 적들의 봉화는 덕동 수영 내 숙사 창문 너머로도 보였다.

어둡고 먼 바다에서 회오리바람이 물결을 곤두세울 때, 일어서서 섬 뒤쪽으로 돌아가는 물결을 적선으로 잘못 본 망군들은 새벽에도 급보를 전했다. 망군들의 급보에 깨어나는 새벽에, 잠이 덜 깨어 희뿌연 내 의식은 내륙의 산맥 능선을 따라 길게 늘어선 적의 봉화에 의해 좌표를 회복하곤 했다. 나는 적들끼리 서로 부르는 손짓의 내용을 해독할 수 없었다.

먼바다에 가랑비가 내릴 때, 바다에서는 시간을 식별할 수 없었다. 시간은 풀어져서 몽롱했다. 새벽 같기도 했고 저녁 같기도 했다.

순천 동쪽 광양만에서 발진한 적선 백여 척이 고흥반도 남단을 우회해서 동진하고 있다는 첩보가 덕동 수영에 도착했다. 저녁 같은 새벽이었다. 원양에서 비가 내렸다.

광양만 남쪽 섬들의 뒤쪽에 깊숙이 박아둔 척후선들이 배에서 배로 역송해온 정보였다. 역송의 거점들은 신속히 출렁거렸다. 고흥반도 남단에서 동쪽으로 항로를 잡았다면, 적의 함대는 내 모항으로 달려드는 것이 아니라 철수의 중간 거점과 항로를 확보하려는 선발대일 것이었다.

잠든 격군과 사부 들을 깨워 전선 열다섯 척으로 발진했다. 진 린의 쉰 척이 내 함대의 뒤를 따랐다. 진린의 배마다 물길을 잘 아 는 길라잡이들을 한 명씩 붙여주었다. 진린의 함대는 이백여 마장 뒤에서 따라왔다. 정오 무렵에 함대는 고흥 해역에 도착했다. 적들 은 보이지 않았다. 섬의 뒤쪽으로 함대를 나누어 감추었다. 척후를 멀리 내보내 오후내 섬굽이와 물길을 뒤지며 적을 수색했다.

저녁때, 거금도 남단을 멀리 우회하는 적의 대열이 척후에 포착 되었다. 송여종이 전선 열 척을 이끌고 이미 거금도에 매복하고 있 었다. 감추어둔 함대를 다시 수습해서 나아갔다. 적의 후미가 사정 거리 안으로 들어왔을 때, 멀리서 송여종의 대열이 섬굽이를 돌면 서 적의 진로 앞에 일자진으로 산개했다.

적의 선두가 날개를 펼쳤다. 송여종의 일자진은 배 간 간격을 넓히면서 서서히 물러섰다. 적의 화력은 전방으로 집중되었다. 송 여종은 적에게 사정거리의 경계를 허락하면서 더욱 물러섰다. 송 여종은 응사하지 않았다. 송여종은 더욱 물러났다. 적들은 더욱 벌 리면서 송여종 쪽으로 나아갔다. 나는 벌어진 적들의 후방에서 함 대를 펼쳐서 헤쳤다. 서너 척이 한 조가 되어 적선을 한 척씩 둘러 싸고 잡아나갔다. 적의 후미가 방향을 거꾸로 돌려 내 쪽을 향했 다. 송여종의 진이 돌격 대열로 바뀌었다. 원양에서 온종일 가랑비 가 내렸다. 배들은 깊이 젖었다. 적선은 불을 받지 않았다. 화약이 젖었는지 적들의 조총은 잠잠했다.

송여종은 전선을 빠르게 몰며 적선을 비비고 지나갔다. 적들의
노가 부러졌다. 송여종은 기동력을 잃은 적들을 총통으로 차근차
근히 부수었다. 사격 연습을 하듯이 정돈된 대열로 송여종은 적을
온전히 부수었다. 나는 함대를 풀어 적의 외곽을 봉쇄했다. 먼 날
개를 조여서 적들을 송여종에게로 몰아주었다. 적들은 철수 대열
의 선발대인 모양이었다. 육군 병력들이 배마다 가득 타고 있었
다. 적의 육군 병력 수천 명이 버려지는 화물처럼 물 위로 흩어져
밀물에 휘말렸다.

달이 뜰 무렵에 싸움은 끝났다. 적선 쉰 척이 깨어졌고 쉰 척이
달아났다. 적들은 모항인 순천 쪽 광양만으로 되돌아갔다. 진린의
함대가 달아나는 적을 향해 장거리포 몇 발을 쏘았다. 포탄은 물
위에 떨어졌다. 달아나는 적들을 잡지 못했다. 적의 모항을 찔러
들어갈 수 없었다. 격군들이 지쳐 있었다.

밤에 덕동 수영으로 함대를 돌렸다. 송여종의 군사들이 물 위에
흩어진 적병의 시체를 갈고리로 건져서 머리 육십 통을 베었다. 함
대는 새벽에 덕동포구에 닿았다. 진린의 함대가 뒤따랐다. 포구에
서 기다리던 장졸들이 불화살을 올리며 함성을 질렀다. 수영에서
대기하던 장졸들에게 전선 정비를 맡기고 싸움에서 돌아온 격군
과 사부 들을 재웠다. 송여종이 적의 머리 육십 통을 고리짝에 담
아 소금창고 안으로 옮겼다.

282

—놀라운 솜씨요. 전승을 축하하오.

진린이 나에게 술잔을 내밀었다.

—모두가 천병의 엄호에 힘입은 바이오.

진린의 얼굴이 일그러졌다.

—천병은 가벼이 움직이지 않는 법이오. 천병의 싸움은 크고 무거운 법이오.

진린은 사슴고기를 회로 먹었다. 진린은 내 수영에서 주는 밥을 먹지 않고 자신이 데리고 온 전속 요리사의 음식을 먹었다. 머지않아 바다에서 적의 전체를 맞을 때, 진린의 함대 전체를 적의 진로나 퇴로 앞에 장애물로 막아세울 수는 있을 것이라고 나는 생각했다. 그때 적의 화력은 진린 쪽으로 집중될 것이고, 적의 허는 내 앞에 노출될 것이었다. 나는 진린의 함대가 필요했고, 적의 육상 기지를 바다에서 부술 수 있는 진린의 장거리포가 필요했다.

—내, 전에도 말했지만, 통제공은 대국에서 벼슬을 할 국량이오. 어찌 이 좁고 구부러진 바다에서 마치려 하시오. 천자께 천거할 터이니, 전쟁이 끝나면 내 배를 타고 대국으로 가십시다.

나는 잔을 들어 마셨다. 진린이 중국에서 가져온 독주였다.

—나는 소국의 장수요. 하오나 무인에게 소국이나 대국이 있을 리 없을 것이오. 작은 바다도 오히려 벅차오.

술기운이 올라, 진린의 얼굴은 벌겋게 달았다. 진린의 옆자리에 그의 유격장 천수가 앉아 있었다. 진린이 천수에게 물었다.

—이번 싸움에서 적의 머리 얼마를 잘랐느냐?

천수가 몸을 움츠리며 대답했다.

—적이 무수히 물 위에 떴으나, 조선 군사들이 그중 얼마를 건졌습니다.

—너희들은 건지지 못했단 말이냐?

—물살이 어지럽고, 갈고리를 잘 쓰는 자가 없었기에……

진린이 주먹으로 술상을 내리쳤다. 안주 접시가 뒤집히고 술병이 쓰러졌다.

—내 첫 싸움에, 천자께 바칠 물건이 없다는 말이냐? 너희들이 너희들의 장수를 생각하는 심지가 그리도 가난하더냐?

진린은 방밖에서 시립하고 있던 부관들을 불러들여 천수를 끌어냈다. 나는 비로소 진린을 안심했다. 나는 말했다.

—소국의 군대가 어찌 감히 천병과 더불어 공을 다투리까. 적의 머리를 모두 총병관께 드리리다. 앞으로도 적의 수급은 모두 천병의 것이오.

진린의 요리사가 새 술상을 들여보냈다. 진린은 거푸 마셨다.

—통제공, 적은 어차피 물러갈 것이오. 너무 몰아치지 마시오. 필요한 것은 적의 머리통이오. 아시겠소? 하나 죽이지 않고서야 머리를 벨 수가 없으니……

나는 종사관 김수철을 술자리로 불렀다. 진린이 보는 앞에서, 송여종이 베어온 머리 육십 통 중 쉰 통을 진린의 행정관에게 보내도록 지시했다. 그날 밤, 김수철은 수졸들을 시켜서 적의 머리 다섯 통씩 담긴 고리짝 열 개를 진린의 수영으로 옮겼다. 서울에 주둔하는 명군 총병부를 경유해서, 북경까지 가야 하는 물건이므로 소금을 많이 쳐줄 것을 진린은 당부했다. 나는 김수철에게 말했다.

—소금을 많이 치랍신다.

진린은 쓰러지도록 마셨고, 술 취한 진린의 부장들은 죽은 도요토미 히데요시의 유언시를 혀 꼬부라진 소리로 노래 불렀다.

　몸이여, 이슬로 와서 이슬로 가니,
　오사카의 영화여, 꿈속의 꿈이로다.

조선 수군이 베어온 적의 머리 쉰 통을 진린이 가져갔다는 소문이 명군 영내에 퍼졌다. 술자리에서 방밖에 시립했던 진린의 부관들이 말을 퍼뜨린 모양이었다. 진린은 나에게서 얻은 머리 쉰 통의 전과를 명군 총병부에 보고했고, 적의 머리 쉰 통을 서울 총병부에 보냈다.

나는 고흥 남쪽 바다의 전황을 보고하는 장계에 적병의 머리 육십 통을 베었다고 적어서 조정으로 보냈다. 그리고 진린의 다급한 요청으로 적의 머리 쉰 통을 진린에게 주었다고 장계의 말미에 써넣었다.

소문의 진상을 조사하는 명군 감찰관이 고금도 수영에까지 내려왔다. 감찰관은 명군 총병부에서 직파되었다. 나는 인근 읍진으로 시찰을 나갔다. 명군 감찰관을 만나지 않았다. 감찰관은 진린의 부하들로부터 엇갈리는 진술만을 듣고 떠났다.

서울로 올라간 감찰관은 내가 임금에게 보낸 장계의 원본을 제시해줄 것을 조선 조정에 요청했다. 조정은 겁에 질렸다. 조정은 진린에게 가해질 천자의 노여움에 조바심쳤다. 선전관이 고금도 수영에까지 내려왔다. 선전관은 사실을 요구하지 않았고 해결책을 요구했다.

나는 장계 한 장을 새로 써서 선전관에게 주었다. 고흥 남쪽 바다의 전투는 조·명 연합함대의 작전이었으며 전투가 끝났을 때 적병의 시체가 무수히 물 위에 떴으나 물살이 빠르고 날이 어두워 조선군이 자른 적의 머리는 다만 열 통이라고 장계에 썼다.

장계를 새로 쓰면서 나는 이 두 통의 장계가 어느 날 임금을 기만한 죄로 나를 죽일 수도 있으리라고 생각했다. 그러나 철수를 서두르는 적정敵情이 다급했으므로, 임금이 나를 죽이게 되는 날은 내가 바다에서 적의 전체를 맞은 이후가 될 것이었다. 그리고 그때 이미 임금은 나를 다시 죽일 수 없을 수도 있을 것이었다.

나는 문장의 수사를 띠워서, 곧고 애달픈 충정을 고백하는 문체로 장계를 새로 썼다. 선전관은 새로 써준 장계를 들고 서울로 떠났다. 조선 조정은 내가 새로 써준 장계를 명군의 감찰관에게 제시했다.

명군의 감찰관은 머리 숫자에 대한 조사를 마감했고, 수군 총수 진린을 음해하는 유언비어를 퍼뜨린 죄목으로 진린의 부관 두 명을 베었다.

　서울의 명군 총병부가 보낸 형리가 고금도 수영 마당에서 진린의 부관 두 명을 참하던 날, 조정에서 임금의 유시가 도착했다.

　한 싸움에 대하여 두 건의 다른 장계를 받으니 착잡하다. 대국을 섬기기란 이토록 어려운 것임을 너는 알라. 허나 스스로 공을 줄여서 천병의 장수를 옹호하는 네 마음이 어여쁘다. 전쟁은 언제 끝나려느냐. 어느덧 가을 기운이 서늘하고 떠도는 남쪽 백성들은 올해도 고향에 돌아가지 못하는데, 저 창궐하는 적들을 내 어찌해야 하겠느냐.

　진린의 부관 두 명은 알아들을 수 없는 중국말로 마지막까지 고래고래 소리지르며 몸부림치다가 베어졌다. 형리의 솜씨가 서툴러, 부관들은 여러 번 칼질에 베어졌다. 형리들은 부관 두 명의 머리를 싸들고 서울로 돌아갔다. 그날 밤 진린이 나를 명군 수영 안으로 초청해서 술자리를 베풀었다. 나는 몹시 취했다. 술 취한 머릿속에서 썰물이 빠져나간 갯벌이 펼쳐졌다. 거기에는 아무것도 없었다. 아무것도 보이지 않았다. 이 세상에는 적이 아닌 아무것도 없을 듯싶었다. 새벽에 술을 토했다. 삭다 만 고깃점들이 넘어왔다. 노란 위액이 콧구멍으로 쏟아졌다. 종이 달려와 등을 두들기고 토사물을 치웠다. 몸은 무력했고, 무력한 몸은 무거웠다. 창밖으로, 어두운 산맥의 능선 위에서 적들의 봉화가 타올랐다. 나는 요 위에 쓰러져 있었다.

서늘한 중심

　적의 육상 기지 후방으로 승군 정탐 부대들을 보강했다. 승군
정탐들은 적에게 가까운 산속의 사찰과 암자에 진지를 구축했다.
발 빠르고 눈치 빠른 수졸 백여 명을 중 옷을 입혀서 승군 부대로
배속시켰다.

　첩보는 고흥반도 끝까지는 육로로, 거기서부터는 배편으로 전
달되었다. 느리고, 목마른 첩보였다. 나에게 닿은 첩보는 모두가
닷새나 엿새 전의 상황이었다. 비가 내리고 바람이 불 때는 열흘
전의 상황이 보고되기도 했다. 지나간 시간을 돌이킬 수 없듯이,
나는 적의 과거를 부술 수 없었고 미래의 적을 찌를 수 없었다. 나
는 현재의 적만을, 목전의 적만을 부술 수 있었다. 첩보는 더뎠다.
적의 현재는 나에게 와 닿지 않았다. 철수하는 적들을 바다에서 잡
을 수 없다면, 어느 날, 적들이 모두 떠나버린 빈 광양만 바다의 적

막을 나는 감당할 수 없었다. 그 견딜 수 없는 적막보다는 임금의 칼에 죽는 편이 오히려 아늑할 듯싶었다. 적들이 홀연 스스로 빠져나간 그 빈 바다의 텅 빈 공간, 적이 안개처럼 스스로 물러가서 더 이상 아무런 조준점도 내 앞에 남아 있지 않는 그 빈 바다를 상상할 수 없었다.

그 무연한 바다의 저녁 썰물에 다시 드러나는 갯벌과 거기에 내려앉아 주둥이로 뻘밭을 쑤셔 먹이를 찾는 새들과, 그리고 그 빈 공간으로 밀려드는 빈 시간을 나는 감당할 수 없었다.

그 빈 공간과 빈 시간 앞에서, 내 허리에 매달린 칼의 허망을 나는 견딜 수 없었다. 견딜 수 없는 것들을 견디는 날들이 계속되었다. 첩보는 지나간 것들의 지나감을 전했고, 바다는 늘 아무 일도 없었다.

쪼가리 첩보들을 꿰어맞춰볼 때, 순천의 적들은 철수에 대비해서 군대의 중량을 줄여나가고 있었다. 여러 조짐으로 보아 그것은 확실했다. 적들은 부상자들을 데리고 가지 않기로 한 모양이었다. 적들은 부상자 오백 명을 죽여서 시체를 광양만 바다에 버렸다. 적들은 시체를 배에 싣고 광양만 어귀까지 나와서 물 위에 던졌다. 정탐들이 물 위에 뜬 시체를 육안으로 확인하고 보고해왔다.

적들은 조선인 포로들 중 극소수는 데리고 가기로 하고 나머지는 모두 죽였거나, 해안 진지에 배치했다. 적들은 조선인 포로들 중 병약자 삼백 명을 죽여서 시체를 바다에 버렸다. 조선인 포로를 죽일 때, 적들은 포로를 바닷가 창고에 가두어놓고 하나씩 끌어내서 목 베었고, 시체를 배에 싣고 외항으로 나갔다. 광양만 바다에는 적병들의 시체와 조선인 포로들의 시체가 섞여서 떠다녔다. 시체들은 모두가 머리가 잘려 있었다.

적들은 베어낸 머리통을 소금창고에 보관하고 창고 주변에 경비 병력을 배치했다. 이 머리통들의 용도는 적들이 바다에서 퇴로를 열 때 진린에게 바칠 뇌물일 것이라고 정탐들은 판단했다.

정탐들의 판단은 적의 병영 안에서 떠도는 소문에 근거하고 있었다. 적들의 학살은 심야에 은밀히 집행되었고, 학살을 집행한 새벽에, 집행에 동원되었던 군졸들을 다시 죽여서 내버렸다. 정탐들의 판단은 신뢰할 만했다.

적들은 햇볕에 화약을 펼쳐서 말렸고, 내륙 고을에서 훑어온 노획품들을 나무상자에 포장해서 배에 실었다. 적들은 수송선의 양쪽 현에 총구멍을 뚫어서 포를 장착하기 시작했고 수송선에 노를 보강해서 기동력을 높였다.

적장 고니시 유키나가의 숙사는 적의 병영 안, 산중턱의 요새인데, 그 요새에는 흰 비단 바탕에 붉은색으로 그려진 열십자의 깃발이 걸려 있다고 정탐들은 전했다. 밀물 때, 함대가 해안으로 바싹 접근한다면 그 열십자 깃발의 요새는 명 수군의 장거리포 사정거리 안으로 들어올 것이지만 명 수군의 배가 너무 크고, 배 밑이 뾰족해서 접근도가 문제일 것이라고 정탐들은 판단했다.

적의 기지 안에서 적 육군의 훈련은 중지되었지만, 바다를 향해 총구를 겨누고 있는 적의 지상포는 철거되지 않고 있었다. 적들은 두 달 전에 보급이 끊겼다. 일본은 철수 작전 일체를 조선 주둔군 지휘관의 처분에 맡겼다. 적의 군량은 재고가 없었다. 적들은 오직 약탈에 의해 끼니를 이어가고 있었다. 적들의 약탈은 지리산 속 마을까지 뻗쳤다. 구례, 하동, 승주, 곡성, 광양, 남원의 마을들이 흩어졌다. 적들은 조선인 포로들을 동원해서 연안에서 물고기를 잡았다. 적들은 쥐를 잡아먹고 진흙을 물에 타서 마셨다. 저녁마다, 노을은 적의 방향으로부터 퍼져왔다.

순천의 적들과 남해도의 적들은 광양만 어귀의 작은 섬들을 징검다리의 거점으로 삼아 봉화로 교신했다. 가끔씩 적의 쾌속선이 순천과 남해도 사이를 오가기도 했다. 적들은 일 년 이상 남해도를 장악했다.

적이 남해도에 상륙할 때 백성들이 피하지 못했다. 백성들은 모두 적에게 억류되었고, 적의 병영으로 끌려가 노역했다. 순천의 적들과 남해도의 적들이 철수하는 바다 위에서 합쳐진다면 두려운 일이었다. 내가 광양만 안쪽을 깊이 찔러 들어가 순천을 부술 때 남해도의 적들은 조선인 포로들을 앞세우고 내 뒤로 달려들 것이고, 그때 나는 타격 방위를 설정할 수 없을 것이었다.

292

무술년 초가을에 상륙 특공대 삼백을 보내 광양만 어귀의 적의 통신 축선 거점들을 소탕했다. 싸움은 사흘 동안 계속되었다. 섬에 상륙할 때, 교두보와 엄폐물을 확보하지 못한 장졸 스무 명이 적탄에 맞아 죽었다. 임진년 개전 초기에 백성들이 모두 떠나버린 빈 섬이었다. 섬 안의 적들은 모두 봉수대를 관리하는 육군들이었다. 오래 굶어서 유령과도 같았다. 특공대들이 섬을 수색해서 섬 안에 적의 종자를 없앴다.

섬이 접수된 뒤에도 특공대를 철수시키지 않고 계속 섬을 장악도록 하고 군량과 화약을 실어다주었다. 섬의 포구에 전선 세 척과 경선 열 척을 배치해서, 순천과 남해도 사이를 오가는 적의 연락선을 잡도록 했다. 순천의 적들과 남해도의 적들은 교신이 두절되었다.

후방 읍진에 산개시켜놓았던 전선과 경선 들을 모두 고금도 덕동 수영으로 집결시켰다. 정탐 부대를 제외한 모든 읍진의 수졸들을 덕동 수영으로 불러들였다. 섬과 포구에 분산배치했던 화약, 군량, 피복, 총통, 창검, 화살을 모두 덕동 수영으로 끌어모았다. 모든 티끌을 끌어모아서, 나는 집중했다. 덕동포구는 군사와 군수물자를 옮기는 배들로 복작거렸다.

불안해진 백성들이 수영으로 나를 찾아왔다. 또 백성을 버리고 떠날 작정인지, 백성들은 울면서 물었다. 백성들은 수영 마당을 이

마로 찧으며 통곡했다. 나는 숙사 툇마루에 걸터앉아 우는 백성들을 바라보았다. 나는 대답하지 않았다. 백성들의 흔들리는 어깨 너머로 또 하루의 노을이 번지고 있었다. 백성들은 대답을 요구하며 질기게 울었다. 늙은 백성들의 울음은 메말랐다. 저녁의 새들이 숲으로 돌아갔고, 야간 경비 해역으로 나가는 배들이 포구를 떠났다. 어두워지도록 백성들은 돌아가지 않았다. 나는 대답하지 않았다. 군사들을 불러서 백성들을 물리쳤다.

마지막 읍진의 군사와 장비가 도착하던 날 나는 종사관 김수철을 데리고 군사와 장비를 검열했다. 내 모든 것이 집중되었다. 그날 저녁에, 내 숙사 토방에 걸려 있던 면사첩을 끌어내려 불 아궁이에 던졌다. 나는 집중된 중심을 비웠다. 중심은 가볍고 소슬했다. 나는 결국 자연사 이외의 방식으로는 죽을 수 없었다. 적탄에 쓰러져 죽는 나의 죽음까지도 결국은 자연사일 것이었다. 그러나 나는 적이 물러가버린 빈 바다에서는 죽을 수 없었다. 나는 갈 것이었다.

빈손

적의 집중과 나의 집중은 광양만, 순천만, 보성만의 바다를 사이에 두고 대치했다. 보성만과 순천만 사이로 고흥반도의 등푸른 산맥이 반도의 남쪽 끝까지 치달아 내려와서 적들의 해안선은 보이지 않았다. 바다와 바다 사이에서 산맥은 가을빛에 빛났고, 저녁마다 붉게 타올랐다. 적들의 방향에서 해가 떠오를 때, 해가 산맥을 내 쪽으로 밀어붙여 산맥은 내 쪽으로 가까워 보였고, 목포 쪽으로 해가 질 때 어둠 속으로 불려가는 산맥은 적의 방향으로 멀어져가면서 소멸했다. 적의 집중과 나의 집중 사이에서 무술년의 가을날들은 하루씩 바스러져갔다.

마른 가을빛이 내리는 수영 앞바다에서 수졸들은 화약 더미를 펼쳐서 말렸다. 수졸들이 멍석을 거두는 저녁에, 잘 마른 화약의 유황 향기가 해풍에 실려 수영 안에 번졌다. 남해안의 생선회에 맛을 들인 명 수군 부장들이 저녁마다 술에 취해 노래를 불렀다. 명군 주둔지에서 노랫소리는 새벽까지 계속되었다. 무술년의 여름은 무덥고, 추위는 일찍 다가왔다. 무술년의 가을은 여름을 칼로 끊어내듯이 들이닥쳤다. 무술년의 햇볕은 농토 안으로 깊이 스몄고 가을의 습기는 일찍 걷혔다.

무술년에, 섬 안쪽 백성들의 농사는 대풍이었다. 무술년 추석에 백성들은 온전히 먹었고 온전히 입었다. 백성들은 임진년 개전 이래 버려졌던 무덤들을 벌초했다. 가을빛 속에서 무덤들은 단정하게 살아났다. 만삭의 부녀들이 배를 내밀고, 음식을 머리에 이어 무덤까지 날랐다. 가을빛 속에서 새들의 깃털에 윤기가 흘렀고 물고기들이 살이 올랐다. 무술년 가을에, 양지바른 해안마다, 널려진 화약은 잘 말라서 바스락거렸다. 척후들은 먼바다에 떠 있었다.

명의 육군 총병관 유정의 부대 만이천은 적장 고니시 유키나가의 순천 기지 후방을 바짝 압박하고 있었다. 유정의 육군 부대는 무술년 정월에 압록강을 건너왔다. 유정은 사천성 병력을 인솔했다. 유정은 후퇴하는 적의 뒤를 멀리서 밀었다. 적이 버리고 달아난 읍성을 유정의 부대는 교전 없이 접수했다. 유정은 평양, 서울, 광주를 거쳐서 서로西路를 따라 남하했다. 순천까지 적의 뒤를 따라 내려온 유정의 부대는 검단산성에 포진했다. 검단산성에서 적 순천 기지까지는 삼십 리였다. 걸어서 한나절이었고, 작은 구릉 하나를 사이에 두고 있었다. 유정의 부대는 석 달 동안 검단산성에서 나오지 않았다. 유정의 부대는 적의 기지를 향해 한 번의 유격전도 하지 않았고, 장거리포 한 발도 쏘지 않았다.

유정은 다만 이동과 주둔만으로 전쟁을 수행하고 있었다. 유정은 적이 순천 기지를 버리고 철수한 뒤에 적의 빈 기지를 접수할 모양이었다. 유정이 지상 병력으로 적의 내륙 쪽 후방을 강타해서 적을 바다로 내몰아주지 않는다면 나는 바다에서 적을 맞을 수 없었다. 나의 적은 만나지지 않는 적이었다. 순천 기지의 적의 주력은 육군이었다. 적은 해안에서 지상포로 방어선을 구축했고, 해안에서 고지에 이르는 사면에 미로의 진지를 파고 매복해 있었다.

정탐들의 보고에 따르면 적의 진지 안에는 무장하지 못한 조선인 포로들이 화살받이로 끌려와 있었다. 나는 물 위에 뜬 수군이었다. 적의 해안선에 내 수군을 풀어서 상륙을 시도하는 일은 불가능했다. 칼을 쓰는 적의 육군을 상대로 진지를 빼앗기 위한 백병전을 할 수는 없었다. 적의 해안 방어선을 돌파하기 전에 썰물이 빠져나가면, 갯벌에 얹혀 퇴로를 잃은 내 함대는 적의 지상포에 전멸할 것이었다. 적의 해안 기지를 빤히 내려다보는 뒷산 고지에서 유정의 육군 부대 만이천은 석 달째 움직이지 않았다. 유정은 한 번의 전령도 나에게 보내오지 않았다.

하루하루가 무서웠다. 오는 적보다 가는 적이 더 무서웠다. 적은 철수함으로써 세상의 무의미를 내 눈앞에서 완성해 보이려는 듯했다. 적들이 철수의 대열을 정돈하는 밤마다, 적들이 부수고 불 태운 빈 마을에 봄꽃들이 흐드러지게 피어 있는 꿈을 꾸었다.

무술년 가을에 연락관 세 명을 유정에게 보냈다. 권관 김용을 조장으로 삼고 군사 열 명을 딸려주었다. 군사들에게 건어물과 말 린 사슴고기를 실려서 유정에게 보냈다.

나는 유정에게 수륙합동작전을 제의했다. 10월 초, 썰물이 순하 고 달이 어두울 때 함대를 몰고 광양만 안쪽을 찔러 들어가 적의 순천 기지를 야습할 터이니, 명의 육군은 적의 내륙 후방 쪽으로 기습해서 적을 바다로 내몰아달라고, 나는 유정에게 요청했다.

연락관 세 명에게 돌아오지 말고 유정의 영내에 상주하면서 명 육군의 동태를 수시로 보고하도록 일렀다. 유정은 내 연락관들의 영내 상주를 허락했다. 연락관들이 데리고 간 군사 열 명이 나와 내 연락관 사이에서 전령으로 오고갔다.

9월 하순에 전령이 왔다. 유정은 10월 초의 수륙합동작전을 수 락한다는 답서를 보내왔다. 나는 돌아가는 전령 편에, 검단산성 안, 명 육군의 전투 준비 태세를 소상히 보고하도록 일렀다. 나는 유정의 답신을 진린에게 보여주었다. 전령은 그날로 돌아갔다.

10월 초 이튿날 새벽에 함대는 고금도 덕동 수영에서 발진했다. 나는 내 모든 함대를 동원했다. 나는 경상, 전라, 충청 삼도 수군 만삼천을 배에 실었다. 전선 백오십 척과 협선 이백 척이 수영 내항에 도열했다. 진린의 전선 백 척은 내 함대의 왼쪽에 도열했다.

여름에 담근 된장은 이백 독이 넘었다. 된장은 겨울을 넘겨야 익게 될 모양이었다. 나는 된장이 익는 봄을 기약할 수 없었다. 발진하기 전날 밤, 백성들을 영내로 불러들여 된장을 나누어주었다. 백성들은 지게를 지고 와서 된장을 한 독씩 지고 갔다. 덜 익은 무짠지와 오이장아찌도 한 독씩 파내서 백성들에게 나누어주었다.

밤중에 수영 창고 마당에 횃불을 올리고 된장 배급 작업을 지휘하면서 내 종사관 김수철은 눈물을 흘렸다. 군관들도 울었고 백성들도 울었다.

나는 수영 창고 마당에 쭈그리고 앉아서 된장 독을 지고 가는 백성들의 뒷모습을 오랫동안 바라보았다. 백성들이 소를 잡았는지, 말린 쇠고기 육포를 한 보따리 들고 왔다. 배에서 드시라는 것이었다. 나는 백성들의 육포를 받았다. 육포를 내민 백성들이 땅바닥에 이마를 대고 말했다.

—나으리, 이제 또 수영을 버리시는 것입니까?

나는 대답했다.

—버리는 것이 아니다. 물 위로 나아가는 것이다.

—그럼 어찌 군사들을 먹이실 된장을 백성들에게 푸십니까?

—아마도 오래지 않아 전쟁은 끝날 것이다. 된장이 익으면 너희들이 먹어라.

—그럼 다시 수영으로 돌아오십니까?

—그것은 알 수 없다. 내가 군사를 데리고 다른 포구로 들어가더라도 너희들은 잘 있으라.

—나으리, 부디……

—알았다. 물러가라.

발진하는 새벽에, 바람은 잠들었다. 새벽 바다에, 적의 방향으로부터 먼동이 터졌다. 적에게 가까운 먼 섬들이 어둠 속에서 솟아나오면서 아침 햇살에 빛났다. 쇠나팔이 울렸다. 쇠나팔 소리는 전선에서 전선으로 이어져가며 긴 꼬리를 끌었다.

—닻을 올려라. 광양만으로 간다.

군관들이 전선에서 전선으로 명령을 복창했다. 전선마다 격군장들이 북을 울렸다. 이물 기수들이 깃발을 흔들었다. 깃발은 전선에서 전선으로 이어져가며 펄럭였다. 깃발 신호에 따라, 발진 대열의 선두가 외항 쪽으로 돌아섰다. 함대는 동진했다. 섬과 섬 사이의 좁은 물목을 가득 메우고 달려가는 함대를 바라보며 연안의 백성들은 통곡했다. 백성들은 함대가 나아갈 때 울었고 돌아올 때 울었다. 백성들은 늘 울었다.

먼 섬의 날뿌리와 봉우리 들은 가을빛 속에서 푸르고 싱싱했다. 바다는 고요해서, 물길의 작은 속살까지 배의 이물에 느껴졌다. 친숙한 항해 지표들을 차례로 확인해가며 함대는 동진했다. 여수 돌산도 남단에서 항로를 수정했다.

거기서부터 광양만의 깊은 안쪽을 바로 찔러 들어갈 작정이었다. 돌산도 남단에서 함대는 북진했다. 대낮의 햇빛이 내리쬐어, 바다는 물비늘에 덮여 있었다. 다시 쓰레기로 뒤덮일 바다 위에서 대낮의 물비늘은 바다를 뒤덮고 명멸했다. 저녁 밀물에 맞추어 적의 기지를 겨누는 함대는 빠르게 북진했다. 돌산도 남단에서 전 함대의 격군을 교대시켰다. 삼렬종대의 후미가 내 몸에서 너무 멀게 느껴졌다. 돌산도 남단에서 대열을 오열종대로 바꾸어 후미를 당겼다. 나는 대열의 선두에서 나아갔다.

광양만 어귀에서 함대를 멈추고, 척후들을 만 안쪽으로 깊이 찔러넣었다. 썰물이 밀물로 바뀌었다. 나는 유정의 지상군이 움직일 때까지 광양만 어귀에서 기다렸다. 척후들은 적의 기지에 바싹 접근했다. 유정은 움직이지 않았다. 척후들은 아무런 기별도 전하지 않았다. 적들은 바다로 나오지 않았다. 밀물이 다시 썰물로 바뀔 때까지 유정의 부대는 움직이지 않았다. 적의 함대는 여전히 포구에 붙어 있었다.

유정의 영내에 심어둔 연락병들이 전령을 나에게 보내왔다. 전령은 유정의 군사 몰래 배를 타고 광양만으로 들어왔다. 유정은 장거리포를 적에게 근접 배치하지도 않았고, 부대를 이동시키지도 않았다고 전령은 전했다.

전령은 또 전했다. 며칠 전 새벽에 적의 순천 기지로부터 소금에 절인 머리통이 담긴 고리짝 스무 개가 유정의 군막에 도착했다. 그후 매일 새벽마다 지게를 진 적병들이 유정의 군막으로 고리짝을 날랐다. 유정의 군막에는 고리짝이 쌓여가고 있었다.

배를 타고 건너온 전령은 여수 쪽 육로로 돌아갔다. 협선을 한 척 내서 돌아가는 전령을 여수까지 태워다주었다. 광양만 어귀에서 함대는 물 위에 떠서 밤을 새웠다. 유정은 밤새도록 움직이지 않았고, 적은 여전히 육상 기지에 눌어붙어 있었다. 밤에 척후들을 철수시켰다.

새벽 밀물에 함대는 광양만 안쪽으로 진입했다. 함대는 적의 포구를 반원진으로 둘러쌌다. 진린의 수군이 뒤를 따랐다. 내 함대의 뒤쪽으로 군세가 파악되지 않은 남해도의 적들도 철수를 대비하고 있었다. 순천의 적들과 남해도의 적 사이에 통신이 회복된다면 나는 앞과 뒤에서 적을 맞아야 할 것이었다. 협선 백오십 척을 외곽 물목에 배치해서 적의 연락선을 봉쇄했다.

새벽 밀물의 고비에서 함대는 반원진을 조여가며 적의 포구로 달려들었다. 적의 육상 기지에서 포탄이 날아왔고 해안 진지의 적들이 조총을 쏘아댔다. 해안의 적들은 수백 명이 도열해서 신호에 따라 일제히 사격했다. 총알은 한꺼번에 날아왔다. 화살이 적에게 닿지 않았고 총통이 적에게 닿지 않았다. 적을 만질 수 없었고 적을 겨눌 수 없었다. 함대를 더욱 조여서 적에게 다가갔다. 적의 사정거리 안이 나의 사정거리였다. 적선 몇 척이 바다로 나왔다. 적선은 여러 갈래로 흩어졌다. 내 함대의 화력을 분산시키려는 작전이었다. 함대의 좌측 유격장들이 달려들어 바다로 나온 적선에 불섶을

302

던지고 총통으로 깨뜨렸다. 부서진 적선은 열 척에 불과했다.

진린의 함대는 적의 포구 외곽에 일자진을 펼쳤다. 진린의 함대는 적의 육상 진지를 향해 장거리포를 쏘았다. 진린은 명중률이 낮은 곡사화기를 한꺼번에 수백 발씩 쏘아댔다. 광양만은 어귀 밖까지 쾅쾅 울렸다.

나는 진린에게 고니시 유키나가의 열십자 깃발의 요새를 부수도록 일러놓았다. 고니시 유키나가의 요새는 고지의 칠부 능선이었다. 진린은 열십자 깃발의 요새로 화력을 집중했다. 진린은 산의 능선이 허물어져내리도록 쏘아댔다. 고니시의 요새는 폭파되었다. 그 안에 고니시가 있었는지는 알 수 없었다.

함대가 적의 포구를 공격할 때, 적의 주력은 광양만 쪽 해안에 배치되어 있었다. 적의 내륙 쪽 후방 기지는 비어 있었다. 유정의 군대는 그 빈 기지를 접수하지 않았다. 적들이 해안선에 일자 대열로 밀집해 있을 때 유정의 육상 장거리포는 해안의 적들을 쏘지 않았다.

적의 배는 바다로 나오지 않았다. 함대는 썰물 때 물러서고 밀물 때 달려들었다. 밀물과 썰물 사이에 함대는 먼바다에서 기다렸다. 썰물 때 빠져나오지 못한 명 수군의 전함 여섯 척이 적의 지상포에 부서졌다. 함대는 바닷물처럼, 밀물 때 나아가고 썰물 때 물러섰다. 목전의 적이 너무나 멀었다. 함대는 사흘 밤 사흘 낮을 물러서고 나아갔다. 썰물에 배를 뺄 때, 군관과 사부 서른 명이 적탄에 맞아 죽었다. 물 위로 떨어진 부하들의 시체를 찾지 못했다. 유정은 끝끝내 움직이지 않았다. 물 위에 떠서 나흘이 지났다. 적에게 닿을 수 없었다. 지친 격군들이 근육이 뒤틀려 무더기로 쓰러졌다.

나흘째 되던 날 아침에, 나는 함대를 거두었다. 적의 교신을 차단할 협선 오십여 척을 광양만 해역 연안에 남겼다. 나는 빈손으로 돌아가야 했다. 광양만 어귀에서, 함대는 항해 대열로 펼쳤다.

군관들이 뱃전에서 주먹밥을 물에 던져 죽은 부하들과 작별했다. 역풍이 불어서 돛을 접었다. 격군장들은 북을 울리지 않았다. 함대는 긴 대열을 이루어 느리게 항진했다. 후미가 너무 멀어서 내 몸에 후미는 느껴지지 않았다. 후미 쪽으로 자주 협선을 보내 이상 유무를 확인했다. 함대는 서진했다. 고흥반도 남단을 우회할 때 날이 저물었다. 함대의 진행방향 쪽으로 해가 지고 있었다. 함대는 노을 진 바다를 헤치고 느릿느릿 나아갔다. 함대는 세상의 바다를 다 건너서, 붉은 하늘 속으로 항진하는 것 같았다. 자정이 넘어서, 함대는 고금도 덕동 수영으로 돌아왔다. 전 장졸을 데리고 떠났으므로, 수영 선창에는 아무도 함대를 마중하지 않았다. 밀물의 선창에 인광이 부서지고 있었다.

볏짚

늦가을 햇볕에 추수가 끝난 들판은 메말랐다. 백성들은 논밭으로 나오지 않았다. 빈 들판에 쌓인 볏짚 속으로 가을볕은 깊게 스몄다. 군사들을 풀어서 고금도 경작지의 버려진 볏짚들을 모두 거두어들였다. 완도, 해남, 강진, 장흥 쪽으로 군사를 보내 빈 들판의 볏짚을 거두었다. 전선들이 날마다 연안 포구를 돌며 볏짚을 실어 날랐다. 덕동 수영 마당과 백사장에 볏짚은 산더미처럼 쌓였다. 마른 볏짚이 뿜어내는 햇빛의 향기가 수영에 퍼졌다.

군사들이 볏짚을 단으로 묶었다. 묶음은 어른 키만씩 했다. 추수가 끝나고 노는 백성들을 동원해서 군사들을 돕게 했다. 해남, 장흥 쪽 백성들까지 불러들였다. 볏단 묶기는 열흘 동안 계속되었다. 백성들은 볏짚의 용도가 무엇인지를 말없이 알고 있었다. 볏단을 묶으면서 부녀들은 때때로 울었다.

군관들이 고함을 질러 작업을 다그쳤다. 수영 바닷가에 볏짚은 이십 리가 넘게 쌓였다. 수영은 볏짚으로 쌓은 성처럼 보였다. 날마다 쌓이는 볏짚을 바라보면서 나는 처음으로, 내가 아닌 어떤 힘에게 빌었다. 내가 저 볏짚에 불을 당겨 적선들을 모조리 태우기 전까지는 비가 오지 않게 해달라고, 나는 빌었다. 비는 오지 않았다.

볏단 묶기 작업을 마지막으로 점검하고 돌아온 저녁에, 정유년 명량 싸움 직전에 달아난 배설이 생각났다. 나는 누웠던 자리에서 일어나 도원수부에 문서를 보냈다. 나는 배설을 검거하는 수색에 진전이 있는가를 도원수에게 물었다.

며칠 후에 도원수 권율은 회신했다. 성주 산속 마을과 인근 고을을 모조리 뒤졌으나 배설을 잡지 못했으며, 자신의 재직중에 배설을 잡지 못하면 후임자에게 업무를 인계해서 사직의 마지막 호흡이 붙어 있는 한 조선 팔도의 모든 고을과 섬을 다 뒤져서 기어코 배설을 붙잡아 그 머리를 수군 수영으로 보내주겠다고 도원수 권율은 회신했다.

늙고 우둔한 맹수와도 같은 권율의 위엄이 떠올랐다. 나는 도원수의 말을 믿었다. 권율은 그런 사내였다. 적의 전체를 맞기 위해 출정하는 날, 나는 배설의 머리를 장졸 앞에 걸고 싶었지만, 나의 소망은 이루어지지 않을 모양이었다.

순천 기지의 적들이 발진 준비를 개시했다. 승군 정탐들은 발

빠르게 움직였다. 적의 군량은 이미 두 달 전에 끝났다. 적의 배후 내륙에는 더이상 약탈할 마을도 남아 있지 않았다. 아마도 순천의 적들은 주력의 전체를 함대에 싣고 바다로 나와 남해도의 적들과 합쳐서 퇴로를 도모할 것이었다. 적의 발선 날짜는 입수되지 않았다. 광양만 어귀에 함대를 펼쳐서 감추고, 적의 주력이 바다로 나오기를 기다리는 수밖에 없었다.

무술년 동짓달에, 함대는 다시 고금도 덕동 수영을 떠났다. 내모든 병력과 군량과 화약을 다시 배에 실었다. 모든 볏짚을 배에 실었다. 고금도 수영에 나는 남긴 것이 없었다. 내가 다시 살아서 기지를 연다면, 그때는 고금도가 아닌, 훨씬 더 적에게 가까운 경상 연안 쪽 어느 포구일 수밖에 없었다.

나는 기지를 닫았다. 나는 기지가 없고 모항이 없고, 숙영지가 없는 바다로 나아갔다.

—닻을 올려라. 다시 광양만이다.

나는 모항 없는 바다로 나아가는 장졸들을 위로할 수는 없었다. 군관들은 다음 기항지를 묻지 않았다. 진린의 함대 이백 척이 뒤따랐다. 바다는 추웠고, 물결이 높았다.

광양만 어귀를 반원진으로 봉쇄했다. 섬 두 개가 거점이었다. 오십 척을 두 패로 갈라 섬 뒤쪽에 복병시켰다. 백 척으로 진을 짜서 바다를 막았다.

진린의 함대가 반원진의 오른쪽 해역을 맡았다. 거기서 사흘을 기다렸다. 적은 나오지 않았다. 바다는 새벽마다 안개에 덮였다. 안개는 모든 항해 지표를 걷어갔고 안개 속에서 적의 해안선은 보이지 않았다. 함대의 선두도 후미도 보이지 않았다. 안개 속에서 깃발은 깃발의 신호를 받지 못했다. 안개 속에서 내 척후들은 눈이 멀었고 정탐들은 귀로를 찾지 못했다. 차고 비린 새벽안개를 마시며 나는 더욱 기다렸다.

　나흘째, 바다에는 가랑비가 내렸다. 바람이 잠들어, 가랑비는 곱게 내리고, 깊이 적셨다. 전선 갑판마다 쌓아놓은 볏짚이 비에 젖기 시작했다. 함대는 움직이지 않았다. 닻을 내린 전선들은 속수무책으로 비에 젖었다. 볏짚의 위쪽에서 물방울이 흘러 떨어졌다. 나는 대장선 장대 창밖으로 비에 젖는 볏짚을 바라보았다. 나는 제갈공명은 아니었다. 나는 다만 바라보았다. 비는 오후에 그쳤다. 적의 해안선에 커다란 쌍무지개가 떴다. 젖은 볏짚에 햇볕이 내리쪼였다. 볏짚이 마르면서, 익어가는 밥의 향기를 뿜어냈다. 적은 오지 않았다.

　순천의 적은 나의 북쪽에 있었고 남해도의 적은 나의 남쪽에 있었다. 적과 적 사이의 바다에 나는 함대를 펼쳤다. 나의 타격 방위는 우선 북쪽 순천의 적이었고, 광양만은 적의 인후였다. 북쪽의 적이 남쪽의 적에게 손짓해서 바다로 불러내면 나의 타격 방위는 분산될 것이었다. 나는 적의 전체를 맞되, 차례로 맞아야 했다. 적과 적 사이의 육상 봉수 거점은 소탕되었다.

그러나 적의 연락선 한 척이 나의 해상 봉쇄선을 통과한다면 남쪽의 적은 내 후방으로 달려들 것이 분명했다. 모든 협선들을 풀어서 광양만에서 남해도로 통하는 외해의 수로를 차단했다. 적과 적 사이에서 바다는 고요했고, 달무리가 물 위에 떴다. 적과 적 사이에서 격군들은 곤히 잠들었다.

새벽에 광양만 안쪽으로부터 척후선 한 척이 대장선으로 다가왔다. 척후선은 빠르게 저어왔다. 척후장이 내 배로 건너뛰었다. 완도의 군관이었다.

—나으리, 좀 전에 적의 협선 다섯 척이 진린의 해역 안으로 들어갔습니다. 적선들은 동쪽 연안 수로에 붙어서 다가왔습니다. 명의 수군은 교전하지 않았습니다.

진린과 고니시 유키나가 사이에 내가 알 수 없는 일들이 진행되고 있는 모양이었다.

—알았다. 위치로 돌아가라.

척후장이 돌아갔다. 동틀 무렵에 또 한 척의 척후선이 다가왔다. 척후장은 오지 않고 수졸을 보냈다.

—나으리, 명군 해역 안으로 들어갔던 적선들이 다시 적의 기지로 돌아갔습니다.

격군들을 깨워 대장선을 진린의 해역 안으로 몰아갔다. 진린은
붉고 푸른 깃발로 뒤덮인 사령선 누대 안에 앉아 있었다. 진린은
무장했고, 무장한 부관들이 시립하고 있었다.

　—적의 밀사들이 장군께 다녀간 줄 아오만……

진린의 얼굴이 일그러졌다.

　—조선 수군이 천병을 염탐하는가?

진린의 부관들이 내 쪽으로 접근했다.

　—부관들을 물리쳐주시오.

진린이 한참 후에 부관들을 물리쳤다.

　—적선들이 장군께 다녀갔다고 들었소이다.

　—그렇소. 고니시가 사람을 보내왔소. 적들은 전쟁을 포기했소.
통제공, 이미 끝난 전쟁이오. 고니시가 나에게 선물로 수급 이천
개를 주겠다고 합니다. 내가 조선에 와서 약간의 공을 취한들 조선
에 누 될 일이 없지 않소?

　—장군 막하에 많은 수급이 쌓이기를 바라오. 저도 장군께 수급
을 몰아드리리다. 그래, 적들이 수급을 실어왔소?

　—아니요, 남해도에 쌓아놓고 있다고 합니다. 남해도에 연락선
을 보내 수급을 실어올 터이니, 배를 한 척 통과시켜달라고 했소.

　……이자를 여기서 베어야 하나. 허리에 찬 칼이 천 근의 무게
로 늘어졌다. 등에서 식은땀이 흘렀다. 임진년에 총 맞은 어깻죽지
가 쑤셨다. 정유년에 형장에 으스러지던 아랫도리가 결려왔다. 나

는 진린의 선실 방바닥에 주저앉았다. 여기서 이자를 베어버리면, 아마도 사직은 끝장이 나고, 전쟁은 처음부터 다시 시작될 것이었다. 아마도 그때, 나는 이 세계 전체를 적으로 맞아야 할 것이었다. 나는 겨우 말했다.

—이번 싸움에서, 모든 수급을 장군께 바치리다.

진린은 대답했다.

—가는 적을 보내는 것은 병법의 이치에 크게 어긋나는 것이 아니오. 장수의 용기는 사졸의 용기와는 다른 것이오. 아시겠소, 통제공. 수급은 싸우지 않고도 얻을 수 있소.

고니시가 진린과의 약속을 지킨다면, 고니시는 퇴로를 열기 위해 제 부하 이천 명의 머리를 잘라서 진린에게 바칠 것이었다. 아니면 남해도의 적들과 교신해서, 그 섬에 억류된 조선 백성들의 머리를 바칠 것이었다. 고니시가 진린을 기만한다면, 고니시는 남해도의 적들에게 연락선을 보내 동시 출병으로 나를 협공할 것이었다.

—수급은 걱정 마시오. 바다에서 고기 건지듯이 건져서 장군께 드리리다.

나는 나의 해역으로 돌아왔다. 전 함대의 격군을 깨워 노 앞으로 보냈고 사부들은 전투 위치로 배치했다. 전선과 전선 사이의 깃발 신호를 점검했고, 읍진 수령과 군관 들에게 정위치를 명했다. 군량은 보름 치가 남아 있었고, 화약은 잘 말라 있었다. 바싹 마른 볏짚 위에 바다의 새들이 내려앉아 교미했다. 적의 방향에서 노을

이 퍼졌고, 적의 해안 기지 위 하늘에서 노을의 띠들이 어지럽게
뒤엉켰다.

바다에 초저녁의 어둠이 깔렸고, 흔들리는 섬 그림자들이 물속
으로 잠겼다. 광양만 어귀 밖 외해 쪽으로 멀리 내보낸 척후선 한
척이 달려왔다. 척후장은 진도 수군진의 젊은 권관이었다. 권관은
바다에서 다른 척후선의 격군들을 징발해서, 격군 마흔 명으로 숨
이 끊어질 듯이 달려왔다. 척후장은 대장선 뱃전으로 다가와 소리
쳤다.

—적의 배 한 척이 명 수군의 해역을 통과해서 동남진했습니다.
무장한 협선이었습니다. 멀리서 쫓아갔습니다. 적선은 남해도로
들어갔습니다. 제가 본 적선들 중 가장 빠른 배였습니다.

—알았다. 너는 위치로 돌아가라. 가서, 모든 척후선들을 철수
시켜 본대로 합류하라.

적의 연락선은 남해도로 건너갔다. 적은 내 전방과 후방에서,
남쪽과 북쪽에서 동시에 달려들 것이다. 적들끼리의 손짓은 남해
도에서 거제도, 사천, 고성, 부산으로 이어지고, 경상 해안 모든 연
안 포구의 적들이 일시에 달려들 것이었다.

적의 순천 기지에서 봉화가 올랐다. 봉화가 아니라 산불처럼 산
전체를 태우는 불이었다. 불길은 초겨울의 마른 능선들을 따라 뱀
처럼 퍼져나갔다. 봉화의 중간 거점을 빼앗긴 적들이 산 전체를 태

위 남해도의 적에게 보내는 발진의 신호였다.

여기는 내가 죽을 자리는 아니었다. 나는 적의 전체를 내 전방에 두어야 했다. 나는 노량 바다로 가기로 했다. 적들은 거기서 합쳐질 것이었다. 적보다 먼저 노량으로 들어가서, 적 퇴로의 진행방향 앞에 나는 포진해야 했다.

그날 밤, 함대는 광양만을 떠났다. 함대는 노량으로 향했다. 격군장들은 북을 울리지 않았다. 함대는 고요히 이동했다. 달은 뜨지 않았다. 노량에서 바다는 다시 넓어지고 있었다. 노량은 멀지 않았다.

들리지 않는 사랑 노래

노량의 물결은 사나웠다. 치솟는 물기둥의 허리를 바람이 베고 지나갔다. 적들은 바다를 뒤덮고 달려들었다. 검은 깃발의 선단이 서쪽 수평선을 넘어왔다. 물보라에 뒤덮여, 적선의 숫자는 헤아릴 수 없었다. 광양만을 떠난 순천의 적들이었다. 적들은 노량 수로를 향하고 있다. 쇠나팔을 불어서 함대를 뒤로 물렸다.

남쪽 수평선 위에 붉은 깃발들이 무수히 나타났다. 물보라에 가려 선체는 보이지 않았고, 물보라 위로 깃발은 나부끼며 다가왔다. 남해도에서 발진한 적 육군의 보충대였다. 오랫동안 남해도에 머문 적들이었다. 내가 닿을 수 없었던, 먼 적들이었다. 붉은 깃발들은 섬굽이를 돌아서 빠르게 노량 수로로 들어왔다. 동트는 아침 햇살이 적의 붉은 기폭 위에서 부서졌다. 다시 쇠나팔을 불어서 함대를 더욱 뒤로 물렸다.

검은 깃발의 적과 붉은 깃발의 적 사이로, 흰 깃발의 선단이 돌격대형의 장사진을 펼치고 다가왔다. 사천의 적들이었다. 사천의 적들은 철수하는 바다에서 항로를 거꾸로 돌려 노량으로 들어왔다. 사천의 적들은 경상 연안 포구의 모든 적들을 휘몰아왔다. 찢어진 '나무묘법연화경'의 깃발들이 적 선두에서 날개를 펼치고 다가왔다.

　적들의 살기는 찬란했다. 먼바다에서, 여러 방면의 적들은 합쳐지면서, 다시 거대한 반원진으로 재편성되고 있었다. 적선에 가려 수평선은 보이지 않았다. 적의 반원진은 바다 전체의 크기만한 그물로 다가왔다. 아침 햇살 속에서 수천의 적기가 바람에 나부꼈다. 적의 반원진은 더욱 다가왔다. 적의 전체였다. 내 앞에 드러난 적의 모든 것이었다. 적들은 수군뿐 아니라, 철수하는 육군 병력 전체를 배에 싣고 있었다. 적의 전체는 넘실거리며 다가왔다. 적들의 이물에서 흰 물기둥이 깨어져나갔다.

　그때, 적들은 경건해 보였다. 적이 경건했다기보다는, 적이야말로, 그 앞에서 내가 경건해야 할 신비처럼 보였다. 신비, 신비라고나 해두자. 나는 대장선 갑판에 무릎을 꿇었다. 나는 빌었다. 무엇을 향해 빌었는지, 나는 빌고 있었다. 바다는 문득 고요했다.

　이제 죽기를 원하나이다. 하오나 이 원수를 갚게 하소서.

　나는 물러섰다. 적은 다가왔다. 물러서는 물길의 섬마다 복병의 선단을 떼어놓았다. 나는 해협 쪽으로 물러섰다. 해가 오르자, 바람은 더욱 불었다. 바람은 적의 편이었다. 섬들이 포개진 수로 어귀에서 적의 반원진은 선두부터 오열종대로 바뀌었다.

적의 종심은 길어졌다. 적들은 긴 이동 대열을 이루며 섬 사이의 수로 안으로 들어왔다. 적의 긴 종심을 길게 찌를 수는 없었다. 긴 종심의 저쪽 끝까지 나는 찔러 들어갈 수가 없었다. 적의 대열을 토막으로 끊어낼 수밖에 없었다.

불화살을 올렸다. 격군장들이 북을 울렸다. 불화살은 전선에서 전선으로 번져가며 일제히 날아올랐다. 섬 뒤에 배치한 내 복병의 선단들이 섬의 날뿌리를 돌아나왔다. 복병들이 적의 대열을 옆에서 찔러 토막내기 시작했다. 적의 대열은 흔들리면서 끊어졌다. 나는 적 쪽으로 이물을 돌렸다. 함대의 주력으로 적의 선두를 부수어나갔다.

위태로운 근접전이었다. 적병의 얼굴이 보였다. 복병 선단의 수졸들이 마른 볏짚을 적선으로 던졌다. 적선 한 척마다 수십 단의 볏짚이 날아들었다. 적병들이 볏짚을 던지는 내 수졸들을 조총으로 쏘았다. 총에 맞은 수졸들이 물 위로 꺼꾸러져 떨어졌다. 적병들이 갑판 위로 날아든 볏짚을 물 위로 집어던졌다. 내 사부들이 볏짚을 던지는 적병들을 활로 쏘았다. 적병들이 물 위로 고꾸라졌다.

사부들이 적선에 쌓인 볏짚에 불화살을 꽂았다. 바람은 나의 편이었다. 적의 육군은 무장하지 않았다. 적의 육군은 다만 배 위에 실린 화물이었다. 불붙은 적선에서 적병들은 물 위로 쏟아져내렸다. 헤아릴 수 없이 많은 적들이었다.

적의 선두 주력이 방향을 틀기 시작했다. 적은 항로를 돌려 수로를 거꾸로 빠져나갔다. 적은 다시 넓은 바다로 향했다. 적이 방향을 돌릴 때, 적선의 우현이 일제히 내 앞쪽에 노출되었다. 총통을 집중시켜 적의 우현을 부수었다. 깨어진 적선들은 기울면서 물에 잠겨갔다. 뱃전에서, 사부의 대열 한 줄이 적의 조총에 맞아 물위로 떨어졌다. 예비 병력들이 다시 전투 위치에 도열했다.

날이 저물었다. 섬 사이의 좁은 수로를 벗어난 적들은 다시 먼바다로 나왔다. 적들은 근접교전을 피했다. 적들은 화력을 일시에 집중시켜 내 함대의 허를 뚫고 노량을 벗어나려 했다. 적은 전선 수십 척을 앞으로 내보내 내 함대의 화력을 돌려놓고 그 옆으로 주력을 빼돌리려 했다. 일부를 죽여서 주력을 철수시키려는 적의 의도는 초전부터 확연했다. 나는 함대를 물려가면서 적 주력의 항로를 차단했다.

밤중에 전투는 소강이었다. 물결이 점점 높아졌다. 달은 뜨지 않았다. 배를 움직일 수 없었다. 가까운 포구와 섬 들을 거점으로 적을 멀리서 포위한 채 바다에서 밤을 새웠다. 새벽에 주먹밥으로 장졸들을 먹였다. 내장이 뒤틀린 격군들이 갑판에 쓰러져 먹은 것을 토했다. 적들도 밤중에 움직이지 않았다.

다시 날이 밝았다. 바다는 고요했다. 포위망을 조이면서 적에게 다가갔다. 대열의 계통을 버리고, 적들은 산개했다. 적들은 개별적 철수를 시도했다. 적들은 바다 가득히 뿔뿔이 흩어졌다. 적들의 깃발이 어지럽게 뒤엉켰다. 적들은 내 포위망 사이사이로 파고들었다. 내 포위망은 교란되었다. 교전하는 함대 사이로 적선들은 한 척씩 빠져나갔다.

적들은 계통 없이 달려들었다. 멀리 떨어진 내 전선들이 깃발 신호를 받지 못했고, 신호는 전달되지 않았다. 함대 전체를 통제할 수 없었다. 각 방면별 수령들에게 지휘권을 넘겼다. 나는 중군中軍만을 인솔하고 적의 진로 맨 앞으로 나아갔다. 전투는 난전亂戰으로 돌입했다. 진은 무너지고 대열은 흩어졌다. 지휘 통제는 작동되지 않았다. 한 척이 닥치는 대로 한 척씩을 붙잡아 들러붙었다. 모든 한 척이 전방위의 사선射線에 노출되어 있었다. 수평선 쪽의 적들도 마찬가지였다. 기나긴 하루였다. 시간은 정지한 듯 더디었다. 바다는 쓰레기에 덮였다. 화약 연기와 볏짚이 타는 연기에 뒤덮여, 먼 싸움은 기억 속의 싸움처럼 희미했다.

불붙은 적선들이 마지막 힘을 다해 노를 저어와서 내 대장선의 고물을 들이받고 깨어졌다. 적병들의 시체가 노와 노 사이에 끼어 으깨졌다. 물에 뜬 적병들의 시체를 헤치면서 또다른 적선이 불길을 날리며 달려와 대장선을 들이받고 깨어졌다. 적들은 사방에서 들이닥쳤다.

다시 날이 저물었다. 해 지는 쪽의 먼 섬들이 석양에 빛났다. 화약 연기 속으로 노을이 스몄다. 바람은 잠들었다. 격군들은 기진맥진했다. 사흘 밤을 재우지 못했다. 적선 백여 척이 관음포 안 내항으로 달아났다. 거기는 퇴로가 없는 물목이었다. 적들은 항로를 오인했던 모양이다.

나는 중군을 몰아 관음포로 향했다. 거기서 포구의 어귀를 막고 안쪽을 찌를 판이었다. 적선 두 척이 내 대장선 앞뒤로 달려들었다. 뒤쪽에서 중군장이 달려나와 앞에서 달려드는 적선을 막았다. 나는 대장선 장대에서 소리쳤다.

─관음포가 급하다. 관음포로 가자.

난간에 도열한 적들이, 일제히, 무더기로 쏘아댔다.

갑자기 왼쪽 가슴이 무거웠다. 나는 장대 바닥에 쓰러졌다. 군관 송희립이 방패로 내 앞을 가렸다. 송희립은 나를 선실 안으로 옮겼다. 고통은 오래전부터 내 몸속에서 살아왔던 것처럼 전신에 퍼져나갔다. 나는 졸음처럼 서서히, 그러나 확실히 다가오는 죽음을 느꼈다.

─지금 싸움이 한창이다. 너는 내 죽었다는 말을 내지 말라.

내 갑옷을 벗기면서 송희립은 울었다.

─나으리, 총알은 깊지 않사옵니다.

나는 안다. 총알은 깊다. 총알은 임진년의 총알보다 훨씬 더 깊이, 제자리를 찾아서 박혀 있었다. 오랜만에 갑옷을 벗은 몸에 서늘한 한기가 느껴졌다. 서늘함은 눈물겨웠다. 팔다리가 내 마음에서 멀어졌다. 몸은 희미했고 몸은 멀었고, 몸은 통제되지 않았다.

—북을…… 계속…… 울려라. 관음포…… 멀었느냐?

송희립은 갑옷 소매로 눈물을 닦으며 북을 울렸다.

난전은 계속중이었다. 싸움의 뒤쪽 아득한 바다 위에서 노을에 어둠이 스미고 있었다. 적선을 태우는 불길이 바다 곳곳에서 일었다. 등판으로 배의 흔들림이 느껴졌다. 격군들은 관음포를 향해 저어가고 있었다.

싸움터를 빠져나가 먼바다로 달아나는 적선 몇 척이 선창 너머로 보였다. 밀물이 썰물로 바뀌는 와류 속에서 적병들의 시체가 소용돌이쳤다. 부서진 적선의 파편들이 뱃전에 부딪혔다. 나는 심한 졸음을 느꼈다.

내 시체를 이 쓰레기의 바다에 던지라고 말하고 싶었다. 졸음이 입을 막아 입은 열리지 않았다. 나는 내 자연사에 안도했다. 바람결에 화약 연기 냄새가 끼쳐왔다. 이길 수 없는 졸음 속에서, 어린 면의 젖냄새와 내 젊은 날 함경도 백두산 밑의 새벽안개 냄새와 죽은 여진의 몸냄새가 떠올랐다. 멀리서 임금의 해소기침 소리가 들리는 듯했다. 냄새들은 화약 연기에 비벼지면서 멀어져갔다. 함대가 관음포 내항으로 들어선 모양이었다. 관음포는 보살의 포구인가. 배는 격렬하게 흔들렸고, 마지막 고비를 넘기는 싸움이 시작되고 있었다. 선창 너머로 싸움은 문득 고요해 보였다.

세상의 끝이······ 이처럼······ 가볍고······ 또······ 고요할 수 있다는 것이······, 칼로 베어지지 않는 적들을······ 이 세상에 남겨놓고······ 내가 먼저······, 관음포의 노을이······ 적들 쪽으로······

연보

충무공 연보
인물지

이 충무공의 연보는 그분의 개인사적 중요 사건, 임진년에서 무술년에 이르는 해전, 정치권력과의 관계를 중심으로 기술했다. 연도별 사건보다도 그 사건들이 당대사 속에서 보여주는 무늬와 질감 들이 드러날 수 있기를 나는 바랐다.

소설이 불가피하게 변형시키거나 재편성한 사실들이 여기에서 복원되기를 바란다. 그러나 이 짧은 연보에 그분의 생애가 모두 다 담기기를 바랄 수는 없다. 그분의 마음은 오직 그분의 것이다. 후인이 다만 우러를 뿐이다.

『난중일기亂中日記』『이충무공전서李忠武公全書』『선조실록宣祖實錄』『연려실기술燃藜室記述』과 장계狀啓, 유시諭示, 교서敎書, 행장行狀에서 필요한 부분을 골라서 짜 맞추었다. 연도와 날짜는 모두 음력에 따랐다. 물때를 가려 들고 나는 수군의 진퇴와 바다의 일들을 짐작하기에는 음력이 오히려 편할 터이다.

을사년乙巳年, 1545년

3월 8일, 서울 건천동에서 태어났다. 1544년에 즉위한 인종은 8개월
만에 세상을 떠났다. 이어 명종이 왕위에 올랐다.

이미 무오년, 갑자년, 기묘년에 잔혹한 사화가 중앙 정치 무대를 휩
쓸고 지나갔다. 개혁과 수구, 훈구와 사림은 공존 못할 적대관계로 부
딪쳤다.

16세기 사림 지식인들의 마음속에서, 인의예지와 도학적 정의의 길
은 선명하게 보였다. 아름다운 길이었고, 피에 젖은 길이었다. 그 시대
는, 선명히 보이는 그 길로 걸어갈 수 없었다. 그 시대는, 그 분명한 길
로 현실을 몰아갈 수 없었다. 현실과 가치 사이에서, 지식인의 세상은
피바다가 되었다. 김종직, 조광조의 문하는 모두 도륙되었다. 살아남은
자들은 산천에 유랑했다.

이순신이 태어나던 해에 을사사화가 있었다.

이순신의 할아버지 백록은 기묘사화에 연루되었다. 이순신의 아버지 정은 벼슬하지 않았다. 이순신의 유년은 가난했다.

소년 시절에 충남 아산으로 주거를 옮겼다. 아산은 이순신의 외가 마을이었다. 이주 동기는 확실치 않으나, 아마도 서울에서의 생활고 때문이었던 것으로 짐작된다.

아산 시절, 소년 이순신의 영웅적 덕성과 언행이 이분李芬(이순신의 조카)이 지은 『행록行錄』에 전한다.

병자년丙子年, 1576년, 공의 나이 서른둘

이해 2월에 식년무과式年武科에 급제하고, 12월에 함경도 동구비보董仇非堡에 권관(종팔품)으로 부임했다. 이순신의 최초의 공직생활은 육군 초급 장교로서 국경을 수비하는 야전에서 시작되었다.

이순신은 22세 무렵에 처음으로 무예를 배우기 시작했다. 28세 때 훈련원이 주관하는 무과 별과시험에서 낙방했다. 달리는 말에서 떨어져 발목뼈를 다쳤다. 그로부터 4년 후에 이순신은 무과 시험을 통과했다. 무武의 길은 그의 청춘 시절을 일관되게 지배했던 꿈이었다.

동구비보는 함경도 삼수三水 고을의 외곽 진지이다. '구비'는 물굽이, 산굽이의 구비이다. 보堡는 최일선의 방어 기지이다. 성을 쌓을 수 없는 곳에 진鎭을 설치하고, 진을 설치할 수 없는 곳에 보堡를 두었다. 16세기 동북면의 보는 여진족과 대치하면서 국경을 방어했다.

이후 이순신의 청·장년 시절은 함경도 국경의 육군 진지와 남해인 수군 기지를 오가며 전개되었다.

경진년庚辰年, 1580년, 공의 나이 서른여섯

전라도 고흥 발포진鉢浦鎭의 수군 만호(종사품)로 부임했다. 최초로 수군의 초급 지휘관이 되었다.

발포진은 지금의 전라남도 고흥군 도화면 내발리이다. 고흥반도 남쪽 끝으로, 서쪽으로는 거금도, 동쪽으로는 나로도를 마주본다.

발포는 전라 좌수영(여수) 휘하의 5개 해안 기지 중의 하나였다. 이때 발포진에는 판옥전선 2척, 사후선 2척이 배속되어 있었던 것으로 보인다.

병술년丙戌年, 1586년, 공의 나이 마흔둘

함경도 조산보造山堡 만호로 전근했다. 이때 이순신의 품계는 종사품이었다. 이듬해 이순신은 녹둔도鹿屯島의 둔전관을 겸했다. 녹둔도는 함경도 경흥부의 북쪽 끝 두만강 어귀의 작은 섬이다. 여기는 여진족과 대치하던 요새였다.

조산보는 함경도 경흥부의 국경 마을로, 여진족과 최근접거리의 방어 기지였다.

함경도 국경에 근무하던 때, 이순신은 적장 율지내와 그의 무리들을 유인 작전으로 생포했다.

1587년에 도요토미 히데요시는 규슈의 시마즈 일가를 타도했다. 일본의 모든 무력과 영지가 도요토미 히데요시의 1인 권력 밑으로 집결했다.

경인년庚寅年, 1590년, 공의 나이 마흔여섯

이순신에 대한 인사발령은 극심한 파행을 보였다. 1589년 연말에 이순신은 정읍 현감(종육품)에 임명되었다. 그로부터 8개월 뒤인 1590년 7월에 이순신은 고사리진高沙里鎭의 병마첨절제사로 임명되었다. 병마첨절제사는 육군의 일선 지휘관으로 종삼품의 자리였다. 사간원은 이 임명에 반대했고, 이순신은 부임하지 못했다. 이순신의 승진이 너무 빠르다는 것이 반대의 한 이유였다.

그로부터 한 달 후에 이순신은 정삼품으로 승진되어 만포진 수군첨절제사에 임명되었다. 사간원은 다시 반대했고, 이순신은 다시 부임하지 못했다. 발령은 취소되었다.

1591년 2월에 조정은 이순신을 진도 군수로 발령했다. 사간원은 반대했다. 이순신은 부임하지 못했다. 조정은 이순신을 가리포 수군첨절제사로 변경 발령했다. 사간원은 또 반대했다. 이순신은 부임하지 못했다.

이 혼란스런 인사 파행은 조정 대신들 간의 권력투쟁과 당쟁의 여파였던 것으로 보인다.

신묘년辛卯年, 1591년, 공의 나이 마흔일곱

이해 2월 13일, 이순신은 전라 좌수사(정삼품)에 임명되었다. 이순신은 여수 좌수영에 부임했다. 좌수사는 독자적인 작전을 수행할 수 있는 해역 사령관이었다.

이순신이 부임하던 무렵 전라 좌수영은 순천, 광양, 낙안, 보성, 흥양 등 5개의 내륙 기지五官와 방답, 여도, 사도, 발포, 녹도 등 5개의 해안 기지五浦를 지휘했다.

방답은 지금의 여천군 돌산도이다. 여도는 고흥군 점암면 여호리이다. 사도는 여호리 해안과 잇닿은 남쪽 포구 마을이다. 발포는 고흥군 도화면 내발리이다. 녹도는 고흥군 도양읍 녹두마을이다.

그때 전라 좌수영 휘하의 5개 육상 기지와 5개 해상 기지에는 판옥전선 30척, 사후선 30척 이상이 배속되어 있었던 것으로 보인다. 이순신이 부임한 뒤 많은 배를 새로 만들었고 또 거북선을 건조하였으므로 임진년 개전 때의 좌수영 수군 무력은 이보다 훨씬 더 강력했을 것으로 보인다.

이해에 조선 조정은 도요토미 히데요시의 조선 출병의 기미를 감지하고 있었다. 대마도주가 일본 정권 핵심부의 조선 정벌 계획을 조선 조정에 전했다. 정보와 사실은 당파성의 입장에 따라 정반대로 해석되고 평가되었다. 조선 조정은 일본 정권의 핵심부에 직접 닿는 정보의 선이 없었다. 통신사가 두절된 지는 이미 1년이 넘었다.

1590년 3월에 보낸 통신사 3명이 1591년 3월에 복명했다. 황윤길이 정사였고 김성일이 부사였고 허성은 서장관이었다. 복명의 내용은 엇갈렸다. 황윤길은 일본이 곧 쳐들어올 것이니 대비가 필요하다고 보고했다. 김성일은 도요토미 히데요시는 그같은 대전쟁을 수행할 만한 위인이 아니라고 보고했다. 조정은 김성일의 보고를 따랐다. 황윤길은 서인이었고 김성일은 동인이었다.

당시의 정치 상황과 임금인 선조의 성격으로 보아, 황윤길과 김성일의 엇갈린 보고의 배후를 헤아리는 일은 어렵다. 김성일 등 동인들은 선조의 선병질적인 성격을 자극해서 국내 정치를 아수라장으로 만들어버리는 사태를 피해가면서 전란에 대비하려 했던 것으로도 볼 수 있다. 그 무렵 도요토미 히데요시는 조선 임금에게 보낸 국서에서 이렇게 말했다.

일본 관백 도요토미 히데요시는 조선 국왕에게 말한다.

나는 싸우면 지는 일이 없고 치면 빼앗지 못하는 일이 없다. 나는 명나라로 쳐들어가서 명나라 4백여 주를 우리나라의 풍속으로 바꾸고, 억만 년쯤 일본 제국의 정치를 시행하려 한다.

먼 나라나 작은 섬이나, 뒤늦게 따라오는 자들은 용서하지 않을 것이다.

임진년王辰年, 1592년, 공의 나이 마흔여덟

4월 12일에, 여수 좌수영에서 거북선에 올라 총통을 시험 발사했다. 이날은 날이 맑았다. 10월 초순부터 머리가 어지럽고 몸이 불편해서 혼자서 신음하는 밤들이 많았다.

4월 13일에 전쟁은 시작되었다. 이날 오후 5시께 일본 전함 7백여 척이 부산포에 내습했다.

4월 14일 새벽 5시부터 적들은 상륙 작전을 개시했다. 고니시 유키나가의 제1진 1만3천, 가토 기요마사의 제2진 2만3천, 구로다의 제3진 1만1천 등 제1선단 6만여 명의 병력이 잇달아 부산에 상륙했다.

4월 14일에 부산이 함락되었다. 15일에 동래성이 무너졌다. 17일에 기장, 양산이 무너졌다. 18일에 언양이 무너졌다. 19일에 김해가 무너졌다.

적은 세 갈래로 나뉘어 북상했다. 고니시의 부대는 조령을 넘었다. 가토의 부대는 죽령을 넘었다. 구로다의 부대는 서쪽으로 향했다.

4월 28일에, 신립은 충주 남한강에서 대패했다. 조선군의 방어선은 완전히 붕괴되었다.

4월 30일, 임금은 서울을 버리고 의주로 향했다.

5월 2일, 서울이 함락되었다.

5월 4일, 이순신의 전라 좌수영 함대는 첫번째로 출전했다. 좌수영 함대는 판옥전선 24척, 협선 15척, 어선 46척으로 4일 새벽 4시께 여수에서 발진했다.

함대는 동진했다. 6일 아침 한산도 인근해역에서 경상 우수사 원균의 함대와 합류했다. 원균은 전선 4척을 인솔했다.

7일, 옥포만에서 적선 26척을 전멸시켰다.

8일, 적진포(지금의 고성군 거류면 남촌포이다)에서 적선 11척을 격파했다.

9일, 함대는 좌수영 모항으로 귀환했다. 좌수영에 돌아와서, 이순신은 서울이 함락되고 임금이 의주로 피난간 사실을 알고 통곡했다.

5월 10일에 임금에게 보낸 장계에서 이순신은 이렇게 썼다.

적의 배들은 사면의 장막에 온갖 무늬를 그렸고 붉고 흰 깃발들을 어지러이 내걸었습니다. 바람에 펄럭이니, 바라보기에 눈이 어지러웠습니다.

전하의 가마가 의주로 옮겨가신 기별에 접하고 놀랍고 망극하여 장졸들이 서로 붙잡고 통곡했습니다. 여러 장수들에게, 너희는 배를 한층 더 정비하여 바다 어귀에서 사변에 대비하라고 일렀습니다.

신이 이번 싸움길에 연안을 두루 돌아보니 지나치는 산골짜기마다 피난민들이 모여서 신의 배를 보고 울부짖었습니다. 늙은이와 아이가 짐을 지고 서로 부축하며 흐느껴 울고 부르짖었습니다. 비참하고 불쌍하여 배에 싣고 가고 싶었습니다. 그러나 그 숫자가 너무 많을 뿐 아니라, 싸우는 배에 사람을 가득 태우면 움직이지 못할 것이므로 태우지 못했습니다……

이때 임금은 평양에 머물렀다. 이 장계는 평양으로 갔다.
임진년 4월 30일 이후 임금의 피난 일정은 다음과 같다.

4월 30일 서울 출발, 5월 1일 개성 도착, 5월 3일 개성 출발, 5월 7일 평양 도착, 6월 11일 평양 출발, 6월 13일 영변 도착, 14일 박천, 15일 가산, 16일 정주, 18일 선천을 경유 22일 의주 도착.

임금은 의주에서 임진년의 여름, 가을, 겨울을 보내고 이듬해 계사년 1월 18일 의주를 떠나 서울로 향한다. 환도 일정은 다음과 같다.

1월 18일 의주 출발, 20일 정주 도착, 3월 1일 영유 도착, 4월 1일 가산 도착, 8월 12일 황주 도착, 8월 13일 재령 도착, 8월 18일 해주 도착, 8월 23일 연안 도착, 8월 27일 개성 도착, 9월 19일 벽제 도착, 10월 1일 서울 도착. 정릉 월산대군의 옛집으로 들어갔다.

임금의 환도는 의주에서 서울까지 10개월이 걸렸다. 환도 행차는 전선의 진퇴를 따라 이동했으므로 많은 시간이 걸렸다. 피난길에서 임금

은 지방 관아나 지방 관리 들의 집에 기거했다. 임금이 거처하는 곳이
피난 조정의 대궐이었다.

옥포만 전투는 임진왜란 최초의 해전이었고, 최초의 승전이었다. 이
순신과 수군 장졸들은 해전 경험이 없었다. 적을 향해 돌격할 때 이순
신은 실전 경험이 없는 장졸들을 향해 이렇게 말했다.

—너희는 경거망동하지 마라. 너희는 태산과 같이 진중하라.

옥포만 전투는 임진년에 벌어진 여러 해전의 전형적인 모델을 이룬
다. 한 번의 출전에서 여러 포구를 돌며 적을 소탕하는 싸움의 스타일,
그리고 적의 포진에 관해 사전에 충분한 정보가 없이 연안을 광범위하
게 수색해서 적을 찾아내 소탕하는 싸움의 방식이 그것이다. 이 수색섬
멸전은 임진년의 여러 전투에 적용되었던 이순신 함대의 기본 전술이
었다.

대체로 이순신 함대는 적의 기지에 상륙하지 않는다. 또 상륙하더라
도 짧은 시간 안에 치고 빠진다. 육군의 지원이 없었고, 적의 육군이 강
했기 때문인 것으로 보인다. 이것도 임진년을 일관한 이순신 함대의 기
본 전술이다.

5월 29일, 새벽에 판옥전선 23척으로 다시 출정했다. 이 싸움에서 거
북선이 처음으로 실전에 투입되었다. 거북선을 지휘했던 돌격장은 이
언양이었다. 경상 해안 쪽으로 출정한 이순신 함대는 사천, 당포, 당항

포, 율포를 차례로 돌며 적의 함대를 부수었다. 이 출정은 경상 해안 쪽에서 원균이 제공한 정보에 따른 것이었다.

이 싸움에서 거북선의 활약상을 이순신은 다음과 같이 조정에 보고했다.

신은 일찍이 왜적의 침입이 있을 것을 염려하여 별도로 거북선을 만들었습니다. 앞에는 용머리를 붙여 그 입으로 대포를 쏘게 하고 등에는 쇠못을 꽂았습니다. 안에서는 밖을 내다볼 수 있어도 밖에서는 안을 들여다볼 수 없도록 하였습니다. 비록 적이 수백 척이라 하더라도 쉽게 돌진해서 포를 쏘게 되어 있습니다. 이번 싸움에서 돌격장이 거북선을 지휘했습니다.

적의 큰 배는 3층 누각을 설치했고 단청은 마치 불전佛殿과 같았습니다. 배 앞에는 푸른 일산을 세웠고 누각에는 검은 비단 휘장을 드리웠습니다. 깃발마다 흰 글씨로 '나무묘법연화경南無妙法蓮花經'이라는 일곱 글자가 쓰여 있었습니다.

—임진년 6월 14일의 장계

5월 29일, 사천 선창(지금의 사천시 용현면 선진리)에서 교전중 이순신은 왼편 어깨에 적탄을 맞았다. 총알은 관통되어 등으로 뚫고 나갔다.

군관 나대용이 적탄을 맞았고, 나도 왼쪽 어깨에 적탄을 맞았다.

등으로 뚫고 나갔으나, 중상에 이르지는 않았다. 내 부하들 중에 격군과 사부 들 여럿이 적탄에 맞았다.

—『난중일기』임진년 5월 29일

또 그 무렵 류성룡에게 보낸 편지에는 이렇게 썼다.

싸울 때 스스로 조심하지 못하여 적의 탄환을 맞았습니다. 사경에 이르지는 않았으나, 어깨뼈를 깊이 상했습니다. 언제나 갑옷을 입고 있으니, 상처가 곪아서 진물이 흐르고 있습니다. 바닷물로 씻어내고 늘 뽕나무 잿물을 바르고 있지만 아직도 쾌차하지 못해 민망하옵니다. 징병한다는 소문이 들리면 백성들은 다투어 달아나고 있습니다. 민심의 흩어짐이 극도에 이르렀으니 이것을 무엇으로 수습하리까.

또 이분의 『행록』은 이날의 일을 다음과 같이 적었다.

그날, 공은 적탄을 맞았다. 피가 발꿈치까지 흘러내렸다. 공은 활을 놓지 않고 계속 독전하였다. 싸움이 끝난 뒤 칼끝으로 살을 쪼개고 탄환을 꺼냈다. 깊이가 두어 치였다. 사람들은 공의 부상을 알고 놀랐다. 공은 웃고 이야기하며 태연하였다……

2차 출정 때는 사천, 당포, 당항포, 율포에서 적선 70여 척을 부수었다. 이 적선은 그 포구에 정박해 있던 적의 거의 전부였다. 이 싸움의 공로로 이순신은 자헌대부資憲大夫·정이품로 승품되었다.

336

당포는 지금의 통영시 산양면 삼덕리이다. 당항포는 고성군 회화면 당항리이다. 율포는 거제군 동부면과 남부면 사이의 오목한 바다이다.

7월 6일, 제3차로 출정했다. 전라 좌수영, 우수영의 수군을 합친 전함 49척으로 발진했다. 노량 해역에서 원균의 경상도 수군 4척이 가세했다. 이 싸움이 세계 전쟁사의 한 절정을 이루는 한산도 해전이다.

『난중일기』는 임진년 7월분이 누락되어 있다. 한산도 싸움의 전말은 임진년 7월 16일자 장계에 기록되어 있다.

이순신 함대의 작전은 수색섬멸에서 유인섬멸로 바뀌었다.

한산도 대첩은 두 개의 국면을 갖는다. 견내량 싸움과 안골포 싸움이다. 견내량은 거제도 북쪽 하청면 앞바다이다. 안골포는 지금의 진해시 안골동이다.

적의 함대는 견내량과 안골포에 숨어 있었다. 이순신은 견내량의 적 앞으로 소수의 전선을 보내 적의 주력을 한산도 앞바다까지 유인해서 부수었다.

안골포의 적들은 내항 깊숙한 곳에서 나오지 않았다. 이순신 함대는 종렬진으로 내항을 깊이 찔러 들어갔다. 여러 번의 파상 공격 끝에 안골포의 적들을 모두 부수었다.

견내량에서 적선 47척이 격침되었고 10여 척이 나포되었다. 안골포에서는 적선 42척을 격침시켰다.

한산도 앞바다에서 학익진鶴翼陣은 수세와 공세, 유인과 섬멸, 도주와 역공, 포위와 역포위에서 신속한 전환의 위력을 떨쳤다. 이 '전환'이야말로 한산대첩의 비밀이었다.

적의 주력을 넓은 바다 쪽으로 유인하며 도주하던 이순신의 함대는 돌연 적 앞에서 방향을 180도 선회하면서 양쪽으로 날개를 펼치며 적을 포위해서 섬멸했다. 강도 높은 군사 훈련과 지휘관의 대담성만이 작전의 성공을 담보할 수 있었다.

견내량에서, 적장은 와키자카 야스하루였다. 와키자카는 김해로 달아났다. 와키자카 휘하의 장수들은 대부분 견내량에서 전사했다. 와키자카의 가신 마나베가 패잔병 4백을 이끌고 한산도로 들어갔다. 마나베는 한산도에서 할복 자살했다. 이순신 부대는 한산도로 들어간 적의 잔당들을 추격하지는 않았다. 적들은 모두 굶어 죽은 것으로 보인다. 한산도에는 식량이 없었고 적들은 배가 없었으므로 바다로 탈출할 수 없었다.

한산대첩은 남해안의 두 물목에서 벌어졌던 국지전이었으나, 그 전과는 전쟁 전체의 국면을 바꾸어놓았다. 적들은 남해안의 제해권을 상실했다. 바다를 통한 보급이 끊겼고 퇴로가 막혔다. 적의 서해 우회를 좌절시킴으로써 조선은 전라, 충청, 황해를 지켜냈다.

반격의 교두보가 확보되었고, 서해를 통한 지휘계통이 회복되었다.

임진년 7월에 고니시 유키나가는 평양을 점령하고 눌어붙어 있었다. 임금은 의주에 있었다. 고니시가 의주의 조선 임금에게 편지를 보냈다.

류성룡의 『징비록徵毖錄』이 이 편지를 전한다.

　일본 수군 10만이 또 서해를 건너오고 있소이다. 알 수 없구나! 대
왕의 수레는 이제 또 어디로 가려는가.

　이순신은 한산도 싸움의 여러 모습들을 다음과 같이 장계에 적어 보
고했다.

　안골포의 백성들은 산속에 깊이 숨어 있었습니다. 적의 배를 모조
리 깨뜨리면, 적들은 숨어 있는 조선 백성들을 도륙할 것입니다. 그
래서 잠시 물러나와 밤을 새웠습니다.

　적들의 시체를 12곳에 쌓아놓고 불을 질렀습니다. 적의 피가 포구
에 가득찼습니다. 얼마를 죽였는지 헤아리지 못합니다.

　견내량은 물길이 좁고 암초가 많아 판옥전선이 싸우기 곤란합니
다. 적은 또 형세가 급해지면 기슭을 따라 육지로 올라갈 것입니다.
그래서 한산도 쪽의 넓은 바다로 유인해서 모조리 잡아버리기로 계
획을 세웠습니다.
　　　　　　　　　　　　　　　　　　—임진년 7월 15일의 장계

7월 13일, 싸움을 마친 이순신 함대는 여수 좌수영으로 귀환했다.
7박 8일의 전투였다. 이 싸움의 공로로 이순신은 정헌대부正憲大夫로

승품되었다.

정헌대부를 내리는 교서에서 임금은 말했다.

바람 불고 서리 찬 국경으로 임금의 수레는 떠돌고, 갑옷 번쩍이
고 말발굽 소리 요란한 옛 도성의 선왕의 무덤은 천 리나 떨어졌으
니, 돌아가려는 한 가닥 생각이 마치 물이 동으로 흐르듯 하던 차에,
이제 적의 형세가 기울어지니 하늘이 노여움을 푸는 줄을 알겠도다.
아아, 100리를 가는 자는 90리로 반을 삼는 법이니 그대는 끝까지
힘쓰라.

8월 1일, 판옥전선 74척, 협선 92척을 좌수영 앞바다에 집결.
8월 24일 발진, 남해도 관음포에서 1박,
8월 25일 사량도에서 원균과 합류, 당포에서 1박,
8월 26일 물결 사나워 포구에서 대기,
8월 27일 웅천에 도착, 경상 해안 쪽 적에 대한 정보 수집,
9월 1일 새벽에 몰운대 도착, 부산 동래 해역을 수색, 부산포에 정박
중인 적선 5백여 척을 발견, 장사진으로 돌격해 들어가 전투, 6차례 전
투로 적선 150여 척 격침.

이 싸움에서 녹도 만호 정운鄭運이 전사했다. 정운은 이순신이 가장
아끼던 장수들 중의 하나였다.
이순신은 정운에 관해 별도의 장계를 올려 그의 죽음을 애도했다.

정운은 몸을 가벼이 여겨 죽음을 잊고 먼저 적의 소굴에 돌격하여 하루종일 힘써 싸웠습니다. 그날 돛을 올릴 때 정운은 적탄에 맞아 죽었습니다. 그 늠름한 기운과 맑은 기상이 아주 없어져서 뒷세상에 알려지지 못하면 절통한 일입니다.

—임진년 9월 11일의 장계

정운의 사당은 녹도에 있다. 이대원과 함께 모셨다. '쌍충사'라고 한다.

이때 부산에 진을 친 적의 모습은 다음과 같다.

······부산성 내의 관사는 모두 철거하고 흙을 쌓아서 집을 만들어 소굴을 이룬 것이 1백 호에 달했습니다. 성 밖의 동남쪽 산기슭에서 적의 소굴이 3백여 개가 있었습니다. 그중 큰 집은 축대를 쌓고 회를 발라서 마치 절과 같았습니다. 적들의 소행을 생각할 때 통분한 마음 가눌 수 없습니다······

—임진년 9월 17일의 장계

임진년은 저물었다.

계사년癸巳年, 1593년, 공의 나이 마흔아홉
7월 14일, 한산도로 수영을 옮겼다(이보다 며칠 전에 권율은 행주산성에서 크게 이겼다. 행주대첩의 소식은 7월 13일 이순신 수영에 전해졌다). 수영을 옮기던 날 몸이 많이 아팠다. 수영은 한산도 두을포에 자리잡았다. 두을포는 지금의 통영시 한산면 두억리이다. 섬의 서쪽 해안, 오목한 포구이다. 포구 앞에 대혈도, 소혈도 두 섬이 있어 배를 감추기 좋고 파도를 막아주어서 내항은 늘 고요하다. 물밑 경사가 완만해서 배들이 들고 나기가 힘들지 않다.

1593년 8월 10일에 올린 장계에서 이순신은 적의 동태와 아군의 실정을 다음과 같이 보고했다.

적들 중 3분의 1은 조선 백성들이 섞여서 일하고 있습니다. 적들은 부산에서 웅천에 이르는 백여 리에 서로 마주보며 성채를 쌓고 성채를 엮어서 벌이나 개미처럼 진치고 있으니 참으로 통분합니다. ……적들의 동정을 보면, 거기서 겨울을 날 듯하니 더욱 통분하기 그지없습니다. ……수군은 바람이 높지 않은 8월, 9월 이전이라야 배를 부려 적을 제어할 수 있을 것인데, 이제 날마다 바람이 높아지고 파도가 산같이 일어나면 배를 부리기 어려울 것이니 참으로 답답하고 민망하옵니다.

한산 수영에서 이순신의 수군은 참혹한 식량난을 겪는다. 백성들은 흩어져서 군사를 모을 수가 없고, 징집한 군사들도 먹이기가 어려웠다. 명나라 군대는 싸우지 않고 행패만 부렸다. 참혹한 날들이 계속되었다. 같은 날 보낸 장계에서 이순신은 이렇게 말했다.

수군이 먼 해상에 진을 친 지도 벌써 5개월이 되었습니다. 병졸들의 마음이 풀어지고 날랜 기운도 꺾였습니다. 전염병이 크게 번져 진중의 군졸들이 태반이나 감염되었습니다. 사망자가 속출하고 있습니다. 군량이 모자라서, 굶고 또 굶고 있습니다. 병이 들면 이기지 못하고 반드시 죽습니다. 군사의 수효는 날로 줄어드는데, 다시 보충할 길도 없습니다.

신이 거느린 수군은 원래 6천2백 명입니다. 그중 금년 2월부터 지금까지 병들어 죽은 자가 6백 명입니다. 겨우 남아 있는 군졸들도 먹는 것이 조석으로 불과 두세 홉에 불과합니다. 배고프고 고달픔이 극도에 달해, 노를 젓고 활 당기기를 감당할 수 없습니다. 순천, 낙안, 보성, 흥양 고을의 군량 680석을 지난 6월에 이미 모두 실어다가 먹었습니다.

전라도가 비록 보존되었다고 하지만, 전쟁이 일어난 후 물력은 이미 고갈되었습니다. 또 명나라 군대를 접대하느라고 이미 말라빠져버렸습니다. 요즘 명나라 군대가 남하해서 마을을 드나들며 재물을 빼앗고 들판의 곡식을 빼앗아 명군이 지나가는 고을마다 마을은 남아나지 못합니다. 무지한 백성들은 우르르 무너져서 달아나버리고 있습니다. ……이처럼 굶주리고 병든 군졸들을 데리고, 적을 공격하기에는 백 가지로 생각해도 계책이 전혀 없으니, 통분하고 또 통분합니다.

수영을 여수에서 한산도로 옮긴 것은 이순신 자신이 밝힌 바와 같이, '편안히 기다리다가 피로한 적을 맞는다以逸待勞'는 전략적 판단에 따른 것이다. 한산도는 적 수군의 서진西進을 막는 요충지이다.

8월 1일, 조정은 이순신을 삼도수군통제사에 임명했다. 삼도수군통제사는 전라, 경상, 충청의 수군을 총괄 지휘하는 수군의 최고사령관이다. 이 임명은 그해 10월 9일 이순신에게 전달되었다. 69일이 걸렸다. 전시에 최고지휘관에 대한 인사발령이 이처럼 늦게 전달되는 배경은 난해하다. 아마도 조정 내부의 당쟁의 결과가 아닌가 싶다. 분명한 것은 조정의 현실 인식과 현실 감각이 마비되어 있었다는 점이다.

계사년(1593)에서 갑오년(1594)에 이르는 2년 동안 전쟁은 소강 상태로 들어갔다. 2년 동안 흉년이 들었다. 진주성이 함락되었다. 이 무렵의 『난중일기』와 장계는 참혹하다.

경상우도의 여러 고을은 군량이 이미 바닥났습니다. 군사를 모집해온들 무엇으로 먹이겠습니까. 답답하고 또 답답합니다.

—계사년 11월 17일의 장계

영남의 여러 배에서 격군과 사부 들이 거의 굶어 죽게 되었다. 참혹하여 들을 수가 없다.

—『난중일기』, 1594년 1월 19일

살을 에듯이 추운 날이다. 옷 없는 병졸들이 움츠리고 앉아 추위에 떨고 있다. 군량은 바닥났다. 군량은 오지 않았다.

—『난중일기』, 1594년 1월 20일

344

그 무렵 조선 백성들의 참상은 땅 위의 지옥을 이루었다.

부자가 서로 잡아먹고 부부가 서로 잡아먹었다. 뼈다귀를 길에 내
버렸다.

—『징비록』

굶어 죽은 송장이 길에 널렸다. 한 사람이 쓰러지면 백성들이 덤벼
들어 그 살을 뜯어 먹었다. 뜯어 먹은 자들도 머지않아 죽었다.

—『난중잡록亂中雜錄』

명나라 군사들이 술 취해서 먹은 것을 토하면 주린 백성들이 달려
들어 머리를 틀어박고 빨아 먹었다. 힘이 없는 자는 달려들지 못하고
뒷전에서 울었다.

—『난중잡록』

정유년丁酉年, 1597년, 공의 나이 쉰셋

2월 26일, 삼도수군통제사 이순신은 한산 통제영에서 체포되었다.
원균이 후임으로 임명되었다. 이순신은 서울로 압송되었다. 이순신의
죄목은 군공을 날조해서 임금을 기만하고 가토의 머리를 잘라오라는
조정의 기동출격 명령에 응하지 않았다는 것이었다.

이순신을 체포하기 직전, 조정에서 벌어진 어전회의에서 임금(선조)의
발언은 다음과 같다.

한산도의 장수는 편안히 누워서 무얼 하고 있는가.

—『선조실록宣祖實錄』, 1597년 1월 23일

어찌 이순신이 가토의 머리를 가져오기를 기대할 수 있겠는가. 다만 배를 거느리고 기세를 부리며 기슭으로 돌아다닐 뿐이다. 나라는 이제 그만이다. 어찌할꼬, 어찌할꼬.

—『선조실록』, 1597년 1월 23일

이순신이 부산에 있는 왜적의 진영을 불태웠다고 조정에 허위 보고를 하니, 이제 가토의 대가리를 들고 와도 이순신을 용서할 수 없다.

이순신이 글자는 아는가?

이순신을 용서할 수 없다. 무장으로서 어찌 조정을 경멸히 여기는 마음을 품을 수 있는가?

해군의 선봉을 갈아야겠다.

이순신을 털끝만치도 용서해줄 수 없다.

—『선조실록』, 1597년 1월 27일

이순신을 압송하는 함거는 2월 26일 한산도를 떠나 3월 4일 서울에 도착했다.

3월 13일, 선조는 승정원에 비망기를 내렸다. 비망기에서 임금이 이

르기를,

　이순신의 죄는 용서할 수 없다. 마땅히 사형에 처할 것이로되, 이
제 고문을 가하여 그 죄상을 알고자 하니 어떻게 처리함이 좋을지 대
신들에게 물어보라.

　임금은 이순신을 죽이기로 작정을 하고, 대신들에게 동의를 구하고
있는 것으로 보인다.
　이보다 앞서, 사헌부는 이순신 처리 문제에 대해 임금에게 의견을 올
렸다.

　이순신은 나라의 막대한 은혜를 받아 지위가 높아졌음에도 불구
하고 군사를 끌어안고 섬 속에서 5년을 지냈습니다. 마침내 적이 바
다를 덮고 달려와도 산모퉁이 하나 지키지 않았습니다. ……은혜를
배반하고 나라를 저버린 죄가 큽니다. 청컨대 잡아와 국문하여 죄상
을 밝히시옵소서.
　　　　　　　　　　　　　　　　　　—『선조실록』, 1597년 2월 4일

　조정은 이순신의 혐의를 입증하지 못했다. 이순신은 한차례 고문을
받고 4월 1일 출옥해서 백의종군을 시작했다.
　이순신에게 가해진 고문의 내용은 알 수 없다. 이순신은 출옥 후,
부축하는 사람 없이 걷거나 말을 타고 남해안까지 내려왔다. 출옥 후
술도 조금 마셨다. 이순신에 대한 고문이 몸을 아주 망가뜨린 것은 아

니었다.

4월 13일, 백의종군의 남행길에 모친상을 당했다. 이 무렵의 『난중
일기』는 다음과 같다.

영구를 상여에 싣고 집으로 돌아왔다. 비가 억수같이 쏟아졌다.
나는 기진맥진했다. 남쪽 길이 바쁘니, 다만 부르짖으며 울었다. 어
서 죽기를 바랐다.

—1597년 4월 16일

7월 16일, 원균의 함대는 칠천량 해전에서 참패했다. 조선 전함 3백
척 이상이 깨어졌고 삼도수군은 전멸되었다. 경상 해안 일대가 다시
적의 수중으로 들어갔다. 원균, 이억기, 최호가 전사했다. 배설은 전함
10척을 수습해서 진도로 물러섰다. 한산 통제영은 궤멸되었다.

칠천량 해전은 바다에서는 원균이 지휘했지만, 작전을 기획하고 강
행한 사람은 도원수 권율이었다. 이 참패의 전술적 책임은 원균에게 있
고 전략적 책임은 권율에게 있고 정치적 책임은 병조판서와 임금에게
있을 것이다.

7월 23일, 조정은 상중의 이순신을 다시 삼도수군통제사로 임명했
다. 임명교서는 8월 3일 남해안을 정찰중인 이순신에게 전달되었다.

9월 16일, 이순신은 명량에서 크게 이겼다. 전선 12척으로 우수영에
서 발진했다. 적은 330척의 함대로 명량 수로로 들어왔다. 적은 명량

수로를 지나서 서해안으로 진공하는 수륙합동군이었다. 이 싸움에서 적선 33척이 깨어졌고 나머지는 도주했다. 이 싸움은 정유재란의 국면 전체를 결정적으로 바꾸어놓았다. 적은 서해를 우회할 수 없게 되었다.

10월 14일, 아들 이면이 충남 아산에서 적을 맞아 싸우다가 전사했다.

10월 29일, 목포 앞 고하도로 수군 진영을 옮겼다. 고하도에서 조선 수군은 매우 안정된 상태에서 겨울을 넘겼다. 총통을 새로 만들고 배를 만들어 조선 수군 무력을 재건했다.

무술년戊戌年, 1598년, 공의 나이 쉰넷

도요토미 히데요시가 죽고, 일본군은 철수를 서두르고 있었다.

2월 17일, 고금도로 수군 진영을 옮겼다. 철수하는 적의 주력 쪽으로 바싹 다가가려는 이동이었다.

7월 16일, 진린이 지휘하는 명 수군 5백여 척이 고금도로 들어와 이순신 함대와 합류했다.

11월 19일, 철수하는 적의 주력을 노량 앞바다에서 맞아 싸우다 전사했다. 이 싸움에서 적선 2백여 척이 격침되고 50여 척이 도주했다.

이순신의 죽음은 전투가 끝난 뒤에 알려졌다. 통곡이 바다를 덮었다. 이날 전쟁은 끝났다.

여기에 적은 인물들은 임진왜란과 정유재란의 전사戰史에 등장하는 인물들이다. 모든 인물을 다 챙기지 못했다. 이순신의 『난중일기』를 중심으로, 이순신과 직·간접적인 관계에 있었던 인물들 중에서 중요하다고 판단되는 인물을 가렸다. 그러나 이 인물지가 한 인물에 대한 역사적 평가가 될 수는 없을 것이다. 인간을 평가한다는 것은 늘 어려운 일이다. 하물며 당쟁의 정치 현실 속에서 한 인물의 정치적, 군사적 정당성 여부를 객관적으로 논할 수는 없을 것이다. 소설과는 다른 당대 현실을 이해하는 데, 이 인물지가 작은 도움이 되기를 바란다.

　　『난중일기』는 싸움터에서 백성의 신분으로 전사한 수많은 군졸들의 실명을 기록하고 있다. 또 심부름하는 종들과 수발들던 여자들, 그리고 여러 말썽꾸러기들, 탈영자, 범법자 들의 이름을 모두 다 실명으로 기록하고 있다. 그 수많은 사람들의 삶의 궤적을 지금에 와서 추적할 수는 없다. 그들은 다들 당대 현실에 맞서서 싸웠고, 싸우다 죽었고, 절망했고, 또다른 세상을 꿈꾸었고, 꿈을 위해 싸우다 또 죽었다. 그 수많은 이름들은 고귀해 보인다. 이름만 전하고 이야기는 전하지 않는 그 많은 넋들이 이제 편안하기를 바란다.

곽재우郭再祐**, 1552~1617**

현풍 사람이다. 34세에 과거에 합격했으나 답안지에 왕의 뜻에 거슬린 글귀가 있어 파방된 후 과거를 포기하고 세상에 나아가지 않고 강촌에서 소일했다. 전쟁이 일어나자 가산을 정리해서 군사를 모아 싸움터로 나아갔다. 그는 육지에서 연전연승했다. 늘 붉은 옷을 입었기 때문에 홍의장군紅衣將軍이라고 불렸다.

어머니가 세상을 떠나자 다시 물러가서 삼년상을 치르며 임금이 불러도 나오지 않았다. 혼자서 비슬산으로 들어가 도가풍의 적막 속에서 생식을 하며 살았다. 임금이 높은 자리로 불렀으나 나오지 않았다. 광해군 때 함경 감사가 되었으나 곧 벼슬을 내놓고 집으로 물러가 일생을 마쳤다.

그는 몸을 던져 충의를 이루고 물러가 공명을 취하지 않았다. 후에 충익忠翼이라 시호했다.

안위安衛, 1563~?

순흥 사람이다. 정유년에 백사 이항복의 추천으로 거제 현령이 되었다. 명량 해전 때는 전투 초기에 뒤에서 머뭇거리다가 이순신에게 호되게 야단맞는 대목이 『난중일기』에 나온다. 그러나 안위는 곧 배를 이끌고 적진으로 뚫고 들어가 용맹히 싸웠다.

이순신의 특별한 신임을 받았던 장수들 중 한 명이다. 이순신이 특별히 장계를 올려 『무경칠서武經七書』(중국의 병법에 관한 일곱 가지 책)를 하사받게 해주었다. 안위는 오래 살아서 병자호란 때는 74세의 노구로 군사를 이끌고 나아갔다. 그러나 은진에서 임금이 항복하고 강화가 성립되었다는 소식을 듣고 통곡하며 군사를 거두어 돌아갔다.

선무공신宣武功臣에 책록되었다.

배설裵楔, 1551~1599

성산(지금의 성주) 사람이다. 경상 우수사였다. 배설의 행적은 확실치 않다. 정유재란 때 삼도수군통제사 원균과 함께 칠천량에서 참패했다. 원균은 이때 전사했으나 배설은 죽지 않고 전선 10척을 거느리고 진도로 물러섰다. 물러설 때 적의 상륙이 임박한 한산 통제영에 불을 질렀다.

이순신이 다시 삼도수군통제사가 되자 경상 우수사로서 이순신의 막하로 들어왔다. 이순신과 심정적 갈등이 많았던 것으로 『난중일기』에 나타나 있다. 명량 해전 직전에 탈영해서 도주했다. 탈영 후 그의 행적을 알 수 없다.

전쟁이 끝난 후 그는 선산 땅에서 체포되었다. 도원수 권율이 서울로 끌고 가서 목 베었다.

송여종宋汝悰, 1553~1609

여산 사람이다. 젊어서 무예를 닦아, 낙안군수 신호申浩의 막하에 들어가 있다가 전쟁을 만났다.

이순신의 전령으로, 이순신이 써준 장계를 품고 남해안에서 의주 행재소까지 오가며 전했다. 그가 적들이 장악한 내륙지방을 뚫고 남해에서 의주까지 오고간 일들의 내막은 알 수 없다. 그러나 그는 그 먼 길을 다녀왔다. 정운의 후임으로 녹도 만호가 되었고, 명량과 노량 해전에서 큰 공을 세웠다. 전쟁이 끝난 후에도 계속 수군과 육군의 지휘관직을 역임했다.

선거이宣居怡, 1550~1598

보성 사람이다. 이순신과 함께 청년 시절에 함경도 국경에서 여진족을 막는 전투에 참가했었다. 그후 거제 현령이 되었다. 개전 초기에는 육군으로, 행주산성에서 권율의 막하에서 싸웠다.

충청 병사 및 충청 수사로 활약했다. 한산도에서는 이순신을 도와 둔전의 일을 관리했다. 1598년에 울산蔚山 싸움에서 싸우다 전사했다.

선거이는 육군으로 싸울 때도 이순신에게 자주 편지를 보내 문안했고 육전의 형세를 알려왔다.

원균元均, 1540~1597

본관은 원주이다. 임진년 개전 초기에 경상 우수사였다. 전쟁 초기에 이순신의 전라도 수군과 합쳐서 옥포, 사천, 당항포, 당포, 적진포, 한산도에서 크게 이겼다. 이순신이 삼도수군통제사가 되자 이순신보다 무과의 선배였던 그는 이순신과 결정적으로 반목하게 되었다. 1596년에는 잠시 육군으로 전속되었다가 이순신이 체포되자 삼도수군통제사가 되었다.

권율의 강압으로 칠천량에서 조선 수군을 몰고 나갔다가 크게 패했다. 이순신과 원균의 갈등과 불신은 『난중일기』 곳곳에 나타난다. 심지어 이순신은 원균을 지휘할 수 없으니 자신의 통제사 직위를 면해달라는 장계를 올리기도 했다.

칠천량에서 패배한 후 원균은 단신으로 거제도에 상륙해서 산으로 들어갔다가 거기까지 추격해온 적병의 칼을 받고 죽었다. 사후에 선무공신 일등으로 책록되었다.

정탁鄭琢, 1526~1605

청주 사람이다. 남명 조식曺植의 제자로 이순신이 체포되었을 때 판중추부사의 자리에 있었다. 정탁은 이순신을 구명하기 위한 상소를 올렸다. 조정 내부에서 이순신은 정치적으로 고립되어 있었다. 이순신에 대한 우호적 여론이 조정에는 없었다. 류성룡만이 이순신의 인물됨과 그의 무죄를 믿고 있었던 것 같지만, 류성룡은 당시의 정쟁의 현실 속에서 이순신을 살리기 위해서는 이순신을 옹호하는 발언을 삼가야 했다. 정탁의 상소만이 이순신 구명을 위해 공론화된 의견이었다.

정탁은 상소에서 말했다.

이제 이순신은 이미 한 번 형벌을 겪었사온데, 만일 다시 또 형벌을 가하오면 무서운 문초로 목숨을 보전하지 못하여, 혹시 성상의 호생好生하시는 본의를 상하게 하지나 않을까 걱정하나이다…… 요즘 왜적들이 또다시 쳐들어옴에 있어서, 이순신이 미처 손쓰지 못한 것도 거기 무슨 그럴 만한 사정이 있을 것이옵니다. 대개 변방 장수들이 한번 움직이려고 하면 반드시 조정의 명령을 기다려야 하고 장군 스스로 제 마음대로 못 하옵는바, 왜적이 바다를 건너오기 전에 조정에서 비밀히 내린 분부가 그때 곧 전하여졌는지 아닌지도 모를 일이오며 또 바다의 풍세가 좋았는지 어쨌는지 그리고 뱃길도 편했는지 어쨌는지 또한 알지 못하는 일이옵니다.

이언량李彦良, ?~?

개성 사람이다. 젊어서 무과에 급제해서 훈련원 첨정을 지냈다. 전쟁이 일어나자 가세는 기울었다. 이순신의 막하로 들어와 거북선을 만들었고, 스스로 거북선을 지휘하며 돌격장이 되어 적의 대열 안으로 선봉에서 쳐들어갔다. 돌격장이 지휘하는 거북선은 적의 대열을 흩뜨려놓아서 적의 지휘계통을 파괴했다. 옥포, 당포, 부산포, 견내량, 당항포에서 싸웠다.

이언량의 전투 지휘는 대담하고도 과감했던 것으로 보인다. 그는 과감하게 적과 근접전을 벌였다. 노량 싸움에서는 명나라 장수 진린의 배가 포위되자 진린을 구하려고 적의 대열 안으로 들어갔다가 포위되었다. 뱃전에서 칼을 들고 끝까지 싸웠으나 그만 적탄에 맞고 쓰러져 적에게 사로잡힐 지경이 되었다. 이언량은 쓰러진 몸을 일으켜서 스스로 물에 뛰어들어 죽었다.

그 배에 그의 아들 지볽가 함께 타고 있었다. 아버지가 물에 뛰어들어 죽자 아들 지는 사력을 다해 끝까지 싸워서 이겼다. 선무원종宣武原從 일 등훈에 참록되었다.

이순신李純信, 1554~1611

삼도수군통제사 이순신과 한글 이름이 같다. 본관은 전주이다. 개전 초기에 방답 첨사였다. 전쟁이 일어나자 이순신의 막하에서 중위장中衛 將, 전부장前部將으로 활약했다.

옥포, 당포, 한산도, 부산 해전에서 적과 싸워 크게 이겼다. 전쟁 기간 내내 늘 이순신의 직접 지시를 받는 중간 지휘관으로 싸웠다. 전쟁 이 끝난 뒤 훈련대장이 되었고 사후에 선무훈宣武勳에 참록되었다.

이운룡李雲龍, 1562~1610

재령 사람이다. 이운룡은 원래 원균의 부하였으나 이순신의 지극한 신임을 받았다. 이운룡은 개전 초기에 싸움에 소극적이었던 원균에게 극력 저항했다. 경상도 수군만으로는 적의 수군을 제압할 수 없으니 이 순신의 전라도 수군과 합쳐서 함께 싸우자고 주장했다.

이운룡은 옥포 싸움에 나아갔고 당항포 싸움에서는 우척후장으로 활 약했다. 정유재란 때는 육군으로 전속되어 영천에서 싸웠다. 도요토미 히데요시가 죽자 퇴각하는 적의 육군을 무찔러내려갔다.

전쟁 후에 비변사 당상관이 되었고 함경도병사가 되어 북쪽 국경의 오랑캐를 막았다. 제7대 삼도수군통제사가 되어 이순신의 뒤를 이었

다. 이순신은 '나를 대신할 사람은 이운룡이다'라고 극찬했다. 병조판
서에 추증되었다.

정걸丁傑, 1514~1597

영광 사람이다. 판옥전선, 불화살, 대총통 등 전쟁의 가장 핵심적인
무기를 고안해낸 군사 발명가이다.

젊어서 무과에 급제했다. 함경도 온성 부사로 나아가 국경을 유린
하는 여진족들과 싸워 큰 공을 세웠다. 임진년에는 충청 수사로 부임
했다.

권율의 행주산성이 포위되었을 때 조선군은 화살이 거의 다 떨어질
지경이 되었다. 이때 충청 수사였던 정걸이 화살을 가득 실은 배를 서
해를 통해 한강 어귀로 들여보내 행주산성에까지 보내주었다. 권율은
이 화살에 힘입어 이길 수 있었다. 정걸은 수군이었지만, 내륙의 육전
의 동태에 대해서도 정확한 정보를 가지고 있었던 것 같다.

부산포 싸움은 정걸의 기획에 따라 이순신의 지휘로 이루어졌다. 정
걸은 적의 보급, 수송 기지인 부산포를 부수어버릴 것을 이순신에게 건
의했고 이순신은 이에 따랐다. 정걸은 이순신을 도와 부산포로 나아가
싸웠다.

뒷날 판옥선의 운영이 어려워 이 배를 폐지시키려 할 때 조정에서는
"이 배는 명장 정걸이 창제한 배이므로 폐지할 수 없다"는 논의가 있
었다. 그의 두 아들도 모두 전사했다. 후일에 선무원종 공신에 책정되
었다.

최대성崔大晟, 1553~1597

경주 사람이다. 옥포 해전에서 이순신 함대의 한후장_{捍候將}으로 활약하면서, 적선을 생포했다.

정유재란 때는 송대립과 함께 예교 전투에서 이겼고 보성 전투에서 이겼다. 보성 싸움에서 두 아들 언립, 후립과 함께 전사했다. 참의에 추증되었다.

김완金浣, 1546~1607

경주 사람이다. 젊어서 무과에 급제하고 임진년에는 사도 첨사를 맡고 있었다. 이순신 함대의 척후장, 대병장代兵將으로 활약했다.

이순신이 투옥되었을 때는 원균의 지휘하에서 조방장으로 활약했다. 칠천량에서 조선 수군이 전멸될 때 헤엄쳐 달아나 창원에 상륙했으나 적에게 사로잡혀 일본에까지 끌려갔다. 김완은 다시 탈출해서 이순신의 막하로 돌아와 적의 동태에 관한 정보를 제공했다.

임진년에는 사도 첨사로서 이순신과 함께 관내 해역을 수색하는 일에 진력했다. 사후에 선무공신으로 참록되었다.

최희량崔希亮, 1560~1651

수성 사람이다. 35세에 무과에 급제하여 흥양 현감에 제수되었다.

이순신의 막하에서 군수물자 확보에 힘썼다. 나무를 베어서 배를 만들고 망가진 무기를 수리했으며 군량 조달에 힘썼다. 노량, 돌산, 예교, 당포에서 적들을 크게 부수었다. 싸움 때마다 적의 군량을 노획해서 싣고 왔고 적에게 붙잡힌 조선인 포로 칠백여 명을 구출했다. 노량 해전의 선봉장으로 나아갔다. 노량에서 이순신이 전사한 소식을 알고 통곡하며 고향으로 돌아가 세상에 나오지 않았다.

사후에 병조판서에 증직되었다. 나주 충일사에 배향되었다.

정사준鄭思竣, 1553~?

경주 사람이다. 젊어서 무과에 급제하여 선전관이 되었다. 전쟁이 일어나자 형제들과 함께 통곡하며 가산을 정리해 군량미를 확보해서 이순신의 막하로 들어왔다. 임진년에는 적들의 조총을 골똘히 들여다보고 연구했다. 정사준은 백성들 중에서 솜씨 있는 대장장이들을 뽑아서 적의 조총보다 더욱 우수한 총통을 만들어 생산해냈다.

이순신은 적의 화포의 구조와 성능을 분석해서 그 우수한 점을 다음과 같이 말했다.

적의 조총을 항상 눈앞에 두고 그 노리를 들여다보았습니다. 적의 조총은 총신이 길고 총구멍이 깊숙하여 탄환이 나가는 힘이 맹렬하고 맞으면 반드시 부서집니다.

—「봉진화포장封進火砲狀」

또 우리나라 총통의 단점을 다음과 같이 말했다.

우리나라 승자나 쌍혈총통은 총신이 짧고 구멍이 깊지 않아서 그 맹렬한 힘이 적의 총통만 같지 못하고, 그 소리도 우렁차지 못합니다.

—「봉진화포장」

정사준이 대장장이들을 지휘해서 만든 총통은 이같은 결점을 모두 보완했다. 이순신은 정사준에게 특별한 상을 내려줄 것을 임금에게 요청했다.

병조참의에 증직되었고 옥계서원에 배향되었다.

나대용羅大用, 1556~1612

금성 사람이다. 28세에 무과에 급제했다. 그는 완고하고 강인한 성격이었다. 윗사람에게 잘 보이는 일을 좋아하지 않았고, 늘 주변이 적막했다. 옥포 해전에서 노량 해전에 이르는 모든 해전에 거의 참전했다. 옥포, 사천 해전에서는 유군장을 맡아 전선을 지휘했고 때로는 복병장이 되어서 적의 후미를 기습했다.

그는 전투 지휘에 능했을 뿐 아니라 각종 무기와 병선을 스스로 고안해내는 일에 뛰어난 창의력을 보였다. 그가 거북선을 만들었다.

임진년에 이순신이 처음으로 적탄에 맞았을 때 나대용도 왼쪽 허벅지에 적탄을 맞고 쓰러졌다.

노량 해전에서는 이순신이 적탄을 맞고 숨진 다음에도 끝까지 전투를 지휘해서 싸움을 마무리지었다.

그는 이순신이 가장 아끼던 부하 장수들 중 한 명이었다. 전쟁이 끝난 뒤에는 경기 수사를 지냈다.

정경달丁景達, 1542~1602

영광 사람이다. 젊어서 문과에 급제했다. 병조 정랑, 가평 현감, 남원

부사, 청주 목사, 함경도백을 역임했다.

임진년 개전 초기에는 선산 부사로 군량과 군사를 모아 김성일金誠一의 부대와 합쳐서 금오산에서 크게 이겼다. 그후 죽령 아래쪽에 군사를 주둔시키며 죽령을 넘나드는 적들을 막았다.

1594년, 이순신은 임금에게 요청하여 정경달을 자신의 종사관으로 맞아들였다. 종사관은 지금의 비서실장 혹은 정보참모와 같은 기능을 수행했다. 정경달은 이순신의 직접 지시를 받아 행정 업무, 징모 업무, 군수조달 업무, 시찰, 전령 등의 업무를 수행했다.

이순신이 투옥되자 정경달은 임금과 조정 요로에 탄원서를 보내 이순신의 석방을 위해 노력했다. 정경달은 서울로 올라와 임금을 만났다. 그때 정경달은 임금에게 말했다.

장수가 기회를 엿보고 정세를 살피는 것을 가지고 전투를 기피한다고 하여 죄를 물을 수는 없는 것입니다. 전하께서 통제사를 죽이시면 사직을 잃게 될 것입니다.

사후에 예조참판에 증직되었고 선무원종훈에 참록되었다.

이억기李億祺, 1561~1597

전주 사람이다. 21세에 함경도 경흥 부사로 부임했다. 북쪽 국경에서 청년 시절을 보내며 무인의 길로 들어섰다. 여진의 적장 율지내, 니응개를 붙잡아 베었다.

순천 부사를 거쳐 임진년 개전 때는 전라 우수사로 이순신의 막하에 들어왔다.

이순신이 체포되어 국문을 받을 때 통렬한 울분의 편지를 옥중으로 보내 안부를 묻고, 관계 요로에 진정서를 보냈다.

원균이 삼도수군통제사로 부임하자 원균의 지휘를 받았다. 그는 임진년 개전 초부터 칠천량 해전에 이르기까지 거의 모든 전투에 지휘관으로 참전했다.

칠천량에서 조선 수군이 전멸당할 때 그는 도피하라는 부하들의 말을 꾸짖어 물리치고 끝까지 싸우다 죽었다. 그는 37세의 젊은 나이로 죽었다. 그의 넋을 건져서 양주 아차산에 장사지냈다. 병조판서를 증직했다.

정운鄭運, 1543~1592

하동 사람이다. 28세에 무과에 급제한 뒤 일관되게 무인의 길을 걸어갔다. 1591년에 녹도 만호로 부임해서 이순신의 전라 좌수영 막하로 들어왔다. 개전 초기에 전라도 수군이 작전구역을 넘어서 경상 해안 쪽으로 출정하는 문제를 놓고 여러 장수들의 의견이 엇갈려 있을 때, 정운은 구역에 관계없이 나아가 싸울 것을 주장했다. 첫 해전인 옥포 해전에서 후군을 맡아 큰 공을 세웠고, 그후 당포, 한산도에서 선봉을 맡았다. 부산포 해전 때 몰운대에서 적탄에 맞아 숨겼다.

이순신은 정운의 죽음을 크게 슬퍼했다. 정운을 위한 장계를 올려서 그의 죽음을 헛되이 하지 말아줄 것을 임금에게 요청했다. 녹도 이대원李大原의 사당에 배향했다. 그후 몰운대에 순절비를 세웠고 병조판서를 증직했다.

그는 어렸을 때부터 강직한 성격을 보였다. 움직임은 민첩하고 단정했고 홀어머니를 지극히 모셨다. 그의 행적은 『삼강행실三綱行實』에 기록되어 있다.

송대립宋大立, 1550~1597

여산 사람이다. 송대립, 송희립, 송정립 삼형제가 참전하여 모두 큰 공을 이루었다.

동생 송희립의 권유로 두 형제가 모두 이순신의 막하로 들어갔다. 송희립은 지도 만호로, 형을 수군에 불러들였다. 이순신이 송대립을 권율 도원수에게 천거해 창의별장倡義別將이 되었다.

정유년 3월에 보성 땅 예진曳津으로 출격해서 큰 승리를 거두었다. 돌산도 남쪽 끝에 수군 기지를 설치하고 적선들의 동서 왕래를 차단했다.

정유년 7월에는 백의종군하는 이순신을 수행해서 남해안 여러 마을들을 돌며 수군 재건 사업에 참가했다.

적들이 흥향 제망포에 상륙했을 때 군사를 거느리고 나아가 싸웠다. 적들이 내륙 쪽 산기슭으로 달아나자 육전으로 나아갔다. 추격 도중에 1천이 넘는 적의 복병에게 포위되어 화살이 다할 때까지 싸웠다. 수많은 적들을 죽이고, 아침부터 저녁까지 싸웠다. 기력이 쇠진하여 옆구리에 적의 총알을 맞고 쓰러졌다. 죽을 때, 북쪽을 향해 두 번 절했다. 사후에 병조참의에 증직되었다.

송희립宋希立, ?~?

여산 사람이다. 송대립의 동생이다. 임진년 개전 때 지도 만호로 이순신의 막하에 들어왔다. 옥포 해전 때부터 적극적인 공세의 전략을 주장했다.

당포, 옥포, 한산, 부산 싸움에 참가했다. 7년 전쟁 동안 시종일관 이순신과 함께 참전했다. 이순신이 투옥되자, 정경달 등과 함께 상경해서 대궐 문밖에서 울부짖었다. 다시 백의종군하는 이순신을 따라 싸움의 길로 나섰다.

노량 관음포 해전에서 적들에게 포위된 명나라 수군을 구출하기 위해 적의 후방을 공격하다가 적탄에 맞았으나 죽지는 않았다. 그는 상처를 붙잡고 일어나 계속 싸웠다.

이순신이 적탄에 맞고 쓰러졌을 때 송희립은 이순신과 같은 배에 타고 있었던 것으로 보인다. 송희립은 이순신의 임종을 수습했다. 이순신이 운명하자, 장수의 북채를 넘겨받아 계속 싸움을 몰아갔고, 싸움이 끝난 후 군사들을 수습해서 돌아왔다. 정조 때 충강공사忠剛公祠에 배향되고 선무 일등공신에 참록되었다.

류형柳珩, 1566~1615

진주 사람이다. 개전 초기에 의병장 김천일金千鎰이 강화도에 주둔할 때 김천일의 막하로 가세했다.

의주 피난 조정의 선전관으로 이순신 수영에 왕래하면서 이순신과 알게 되었다. 원균이 칠천량에서 패전한 뒤 남은 군사들을 수습해서 이순신의 막하로 들어왔다. 순천 전투에서 큰 공을 세웠다. 노량 해전에서는 여섯 군데나 적탄을 맞아가면서 끝까지 싸웠다. 전쟁이 끝난 뒤 제5대 삼도수군통제사, 함경도 북병사 등 수군과 육군의 총수를 역임했다.

병신년(1596)에는 해남 현감 자리에 있었다. 이때 '기일을 어긴 죄'로 목포 만호 등과 함께 이순신에게 끌려와 심문을 받았다.(3월 1일)

'기일을 어긴 죄'는 분명치 않으나, 아마도 군수물자 조달 시한을 넘겼거나 행정 사항을 지연시킨 죄일 듯하다. 이때 류형은 부임 초기였으므로 이순신은 류형을 벌하지는 않았다. 아마도 그 죄는 전임자의 근무 태만이었던 듯싶다.

어영담魚泳潭, 1532~1594

함양 사람이다. 영호남의 여러 물길을 소상히 파악하여, 크고 작은 전투에서 이순신 함대의 물길을 안내했다. 옥포 전투 때는 광양 현감으로 있으면서 함대의 물길을 안내했다. 군량을 준비하고 곡식의 종자를 보존하는 일에 많은 노력을 기울였다. 싸움 때마다 큰 공로를 세웠다.

그는 한때 파직되어 있었는데, 이순신이 그의 인물됨을 알고 임금에게 장계를 올려 조방장으로 기용했다. 장계에서 이순신은 말했다.

어영담은 이미 파직되었으나 바닷가에서 자라나 배에 익숙하고 영남과 호남의 물길 사정과 섬들의 형세를 역력하고 상세하게 알고 있을 뿐 아니라 적을 토벌하는 일에 몸과 마음을 다 바쳐 작년에는 매번 선봉에 서서 싸웠습니다. 내세울 만한 인재입니다. 조선 수군의 조방장으로 임명하여 큰일을 성취하도록 할까 하여 감히 품의합니다.

어영담은 한산도 수영에서 전염병에 걸려 세상을 떠났다. 어영담은 선무훈록에 오르지 못했다.

김덕령金德齡, 1567~1596

광산 사람이다. 의기와 용맹으로 일세를 뒤흔든 영웅이다. 전쟁이 일어나자 담양에서 의병 5천으로 일어섰다. 남원에 이르러 적을 크게 무찔렀고 다시 영남으로 진출했다. 김덕령의 싸움은 영남의 여러 고을을 적으로부터 막아냈다. 1594년에는 이순신과 함께 수륙합동작전을 전개했다. 이 작전은 적이 유인에 걸려들지 않아서 별 전과는 없었다.

1596년에 이몽학의 반란을 진압하기 위해 출병했으나 이미 반군이 해산했기 때문에 회군했다. 그러나 이 사건에 연루되어 김덕령은 역적 이몽학과 내통했다는 혐의를 뒤집어쓰고 고문 끝에 옥사했다. 김덕령의 죽음은 조선 군대 전체에 암울한 그림자를 드리웠다. 후에 신원伸冤되어 병조판서에 추증되었고 충장忠壯이라는 시호를 받았다.

김대인金大仁, ?~?

순천 사람이다. 집안이 가난해서 중이 되었다가 다시 하산해서 무과에 급제했다. 여수 좌수영 밑 마을에서 살았다. 이순신의 하인들이 민간 마을로 들어와 백성의 개를 잡아먹자 김대인은 이들을 붙잡아 죽도록 매질을 했다. 이순신이 대노하여 김대인을 붙잡아와서 문초했다. 그때 김대인은 말했다.

종들을 풀어서 민간에 폐단을 일으키는 것도 옳지 않거늘 이제 또 무죄한 사람을 죽이신다면 무엇으로 군대를 호령하시렵니까?

이순신이 김대인을 크게 기특히 여겨 막하에 거두었다. 김대인은 그후 한산 싸움, 광양 싸움에서 큰 공을 세웠다. 성격이 불같아 어떠한 고관이라도 정의에 거슬리면 용서하지 않았다. 그는 적이 많았다. 남의 모략을 받고 금부에 갇혀 울분 끝에 죽었다.

권율權慄, 1537~1599

안동 사람이다. 46세에 문과에 급제하고 전라도사, 의주 목사를 역임했다. 전쟁 때는 전라도 광주에서 의병 1천으로 일어섰다. 수원에서 이겼고 행주산성에서 크게 이겼다. 행주에서는 2천8백여 명의 군사로 적 3만을 맞아 싸웠다. 적들은 거의 다 죽었다. 정유재란 무렵에 도원수가 되어 전쟁 전체를 총괄 지휘했다. 가토의 머리를 잘라오라는 요격 명령을 이순신에게 전했고, 이것이 이순신을 죽음의 곤경으로 몰고 간 가장 중요한 원인이 되었다. 권율은 뛰어난 지휘관이었으나 이순신과의 관계는 험악했다. 이순신이 지휘계통의 명령에 거역한다는 장계를 올려서 이순신이 구속되는 직접적인 원인을 제공했다. 권율은 또 김덕령을 체포해서 조정으로 압송했다. 사후에 영의정에 추증되었다.

류성룡柳成龍, 1542~1607

풍산 사람이다. 전쟁 기간중 영의정, 도체찰사의 신분으로 전쟁과 정무를 두루 살폈다. 이순신을 추천해서 전라 좌수사가 되게 했다. 어렸을 때부터 이순신과 친분이 있어서 이순신의 인물됨을 누구보다도 잘 알고 있었다.

이순신이 투옥되었을 때는 자신의 정치적 입장이 난처하고 미묘해서 이순신을 적극적으로 옹호하지 못했다. 이순신과 늘 편지를 주고받아 수군의 사정을 잘 알고 있었다.

류성룡은 명나라 군대에게 전적으로 의지하지 않고 조선의 힘으로 전쟁을 수행하기 위한 방책을 수립하기에 애썼다.

저서로는 『문집』과 『징비록』이 전한다. 시호는 문충文忠이다.

박몽세朴夢世

전라 좌수영 아랫마을에 살던 수졸이며 돌 쪼는 석수였다. 민간에 행패를 부리고 백성의 개를 잡아먹었다. 이순신한테 들켜서 곤장을 맞았다.

강막지姜莫只

강막지는 수영에서 일하던 종으로 소금을 구워서 수군에 바치는 일을 했던 것으로 보인다. 이순신은 슬픔이 복받쳐서 울고 싶을 때 부하들이 보는 앞에서 울 수가 없었다. 그래서 강막지의 집으로 가서 울었다.

태구련太九連

대장장이로 솜씨가 뛰어났다. 환도를 만들어서 이순신에게 기증했다. 지금 아산 현충사에 보관된 이순신의 칼은 태구련의 작품이다.

김개金介, 금이金伊, 금수今守, 경京, 애수愛守, 한경漢京, 해돌海乭

이들은 모두 이순신의 아산 집에 딸린 종들이다. 이순신의 수영을 심부름으로 오가며 집안 소식을 전했다. 백의종군하는 이순신에게 하루 쉬어 갈 거처를 마련해주기도 했고, 이순신의 팔다리를 주물러주기도 했다.

해海

해가 누구인지 알 수 없다. 아마도 종이거나 계급이 낮은 수졸이었던 모양이다. 이순신은 달빛이 아름답고 심사가 울적할 때 해를 불러서 피리를 불게 했다. 해는 이순신 옆에서 피리를 불어주었다.

부안 사람, 최귀지崔貴之, 여진女眞

이순신의 여자들이다.

부안 사람은 이순신의 첩이다. 고향이 부안일 뿐, 그 외에는 알 수 없다.

최귀지는 광주 목사 최철견崔鐵堅의 서출인 딸이다.

여진은 누구인지 알 수 없지만, 이순신에게 와서 자고 갔다.

『난중일기』는 이 여인들이 와서 자고 간 일까지 기록해놓았다.

이면李葂, 1577~1597

이순신의 셋째아들.

이순신이 남해안 수영에 근무할 때 고향인 아산에서 어머니와 조카들을 뒷바라지하고 있던 중, 정유재란 때 마을로 쳐들어온 적을 맞아 싸우다가 전사했다. 21세에 죽었고 장가들지 않아 후손이 없다. 아산 현충사 경내에 산소가 있다.

원시적 파토스의 비극

황종연(문학평론가)

1. 무인 이순신

『칼의 노래』는 장르상으로 역사소설보다 가상고백假想告白, imaginary confession에 가깝다. 임진전쟁기 조선의 명장 이순신이 일인칭 서술자로 나와 그의 나이 오십대 전반에 죽기를 각오하고 전장으로 나아간 그 자신의 이야기를 들려준다. 그의 서술은 원균의 지휘하에 있었던 충청, 경상, 전라 삼도의 수군이 참패하자 원균의 뒤를 이어 그가 다시 수군통제사에 임명된 정유년(1597) 7월 무렵에서 시작해서 노량 앞바다에서 일본 병력을 상대로 명나라 장수 진린과 연합작전을 펼치다 전사한 이듬해 11월로 끝난다. 그는 임진전쟁기의 많은 인물과 사건을 지시하고 있지만 그 자신의 이력을 가지고 그 시기의 조선인들이 살았던 삶의 전형에 관한 예화를 만들려는 의욕을 전혀 보이지 않는다. 그의 서술은 그가 속한 역사적 공동체의 존재에 실감을 부여하는 일보다 그 자신의 독특한 지각과 경험을 생생하게 표출하는 일에 주력한다. 게다가 그것은 선조 임금에 대한 신뢰와 의혹이 착종된 감정의 표현처럼 역사적 정확성을 추구하는 이순신 전기에서는 불가능한 자기 노출의 순간을 포함한다. 이순신이 실제로 지었다고 알려진 문장의 어구들이 그의 서술 중에 들어 있음에도 불구하고 그의 목소리가 그 역사 인물의 목소리와 같다고 믿을 근거는 없다. 그가 서술한 이야기는 문헌으로 확인된 그 인물의 전기적 사실과 모든 대목에서 일치하는 것도 아니다. 그의 연대기가 꼼꼼하게 준수되지 않았음은 물론 많은 허구가 그의 이야기 속에 도입되었다. 그러나 그의 고백은 상상이 가능한 그의 인격을 우리 마음속에 떠올리게 한다. 『칼의 노래』를 읽고 이순신이라는 이름이 실체를 얻은 듯한 느낌, 이순신이라는 인간의 진실이 드러난 듯한 느낌이 든다면 그것은 그 가상 고백의 형식이 선사하는 즐거운 착각의 하나다.

이순신의 인간적 진실이란 물론 전혀 새로운 주제가 아니다. 이순신이 전몰한 지 육 년 뒤인 갑신년(1604)에 선조가 그를 선무일등공신宣武一等功臣으로 책정하는 동시에 좌의정으로 추증하며 내린 교서敎書를 시작으로 무수히 많은 글이 그 진실을 천명하고 현양하려는 목적으로 쓰여졌다. 이순신 현창은 특히 그의 사후 정치와 문화의 역사를 통해 통치 권력의 자기 옹위擁衛와 밀접한 관련을 맺어왔다. 정조가 이순신 신도비 건립에 맞춰 지은 비명碑銘은 좋은 증거의 하나다. 정조는 이순신이 선조의 국가 중흥 사업의 기초를 놓았기에 비명을 바친다고 하면서 『시경』 증민蒸民 편 중의 고사를 인용하여 신하가 공을 이룰 수 있다는 것은 임금이 공명하다는 것을 뜻한다고 썼다. 이순신의 무훈을 전제군주제 찬미에 이용한 발언임은 굳이 말할 필요도 없다. 그런가 하면 국가 건설 프로젝트가 조직적으로 추진된 후後식민지 한국에서 이순신은 한동안 국민 정체성 생산을 위한 주요 수단이었다. 1950년대와 60년대에 이순신 이야기의 신화화에 누구보다 열심이어서 각종 충무공 현창 사업에 관여했고, 이순신을 '성웅聖雄'으로 칭송하는 전기를 지었던 이은상은 이순신이 민족을 멸망의 위기에서 구한 역사상 위인에 그치지 않고 "우리 민족의 전통적 대이상의 '권화權化'"이며 "구원한 세대에 영생하고 있는 민족지도정신 그 자체"라고 주장했다.(『이충무공전서』 국역본 서문) 이순신은 국가 통치 권력의 신화지神話誌적 장치로 아직 여전하다. 이것은 광화문 네거리에 세워져 반세기 가까이 풍설을 견디고 있는 그의 동상이 증명하는 바다.

그렇다면 『칼의 노래』는 어떤가. 이순신상像의 창출이라는 점에서 얼마나 새로운가. 『난중일기』를 비롯해서 현전하는 이순신 자료의 대부분은 유교 담론의 제약하에 만들어졌기 때문에 역사적으로 박진감 있는 인물 창조에 대한 요구를 외면하지 않는 한 충군효제의 윤리에서 벗어난 이순신을 그리기란 쉽지 않은 일이다.

『칼의 노래』의 미점은 역사적으로 정확한 서술에 많은 주의를 기울이는 한편, 종래의 이순신상 내부로부터 그것을 파열시킬 대립을 찾아 확대하고 있다는 데에 있다. 충무라는 이순신의 시호는 알다시피 임금을 위해 진력한다는 뜻과 용맹을 드러낸다는 뜻의 결합이다. 정조의 어명으로 편찬된 『이충무공전서』 중의 세보世譜에서는 "자기 몸을 위태로이 하며 임금을 받들었으니 가로되 충이요, 공세를 꺾어 모욕을 막았으니 가로되 무다"라고 그 시호를 풀이하고 있다. 이순신의 충신 풍모와 무인 풍모 중에서 전제국가 또는 국민국가의 신화지가 전자를 강조했다면 『칼의 노래』는 그 제목에서 보듯이 후자를 강조한다. 그 많은 증거 중 하나로, 정유년 이전의 이순신 사적이 시대 교란적으로 서술에 이용된 예를 보면, 이순신이 갑오년(1594)에 촉나라의 제갈량과 당나라의 곽자의에 비추어 자신의 신하됨을 반성하며 지은 「무제육운無題六韻」은 인용은커녕 언급조차 되지 않은 반면에, 같은 해 아니면 그 다음해에 한산도 장인이 칼을 만들어 바치자 이순신이 지었다는 검명劍銘의 어구 "한 번 휘둘러 쓸어버리니,/피가 강산을 물들이도다"는 한 장의 제재로 채택되어 있다. 『칼의 노래』가 애국 영웅 신화가 퇴조한 작금의 시대에 유의미한 인물로 이순신을 부활시켰다면 그것은 무엇보다도 그의 무용武勇을 그의 충의忠義보다 앞세운 이해 방식 덕분이다.

2. 몸의 원초성

이순신을 한국의 전설적인 장수로 만들어준 그의 자질 중 하나
는 비범한 용기다. 해야 마땅한 일이라면 어떤 위험이나 반대에
도 굴하지 않고 하는 그의 능력은 거북선 발명이나 영리한 전술로
표현된 그의 지략과 함께 자주 찬미의 대상이 되었다. 그의 용기
를 웅변하듯 알려주는 기록의 하나가 명량해협에서 열세의 전선
을 이끌고 대승을 거두기 전에 그가 "죽으려고 하면 곧 살고 살려
고 하면 곧 죽는다"는 오자吳子의 말을 장수들에게 들려주고 격려
했다는『난중일기』중의 일 절이다. 이 구절은『칼의 노래』에서 이
순신이 출진出陣을 도모하며 장졸들에게 "살 길과 죽을 길이 다르
지 않다. 너희는 마땅히 알라"라고 명하는 말로 변형되어 나타난
다. 소설 속의 이순신은 삼도수군통제사로 재임명되어 남해로 돌
아온 이후 어디가 자신의 "사지死地"이어야 하는가를 계속 묻는다.
그에 따르면 무인됨의 핵심은 명예로운 죽음에 대한 소망이다. 생
과 사가 교차하는 자리에 자신을 몰아넣은 그는 장렬하게 죽고자
하는 의지를 끊임없이 자기 내부에 소생시킨다. 그런 점에서 그가
그의 군졸과 싸우다 죽은 일본의 젊은 무사의 칼을 살펴보다가 거
기에 새겨진 명문銘文에서 깊은 인상을 받는 장면—『칼의 노래』중
순전한 창작의 하나인 장면은 주목할 만하다. "청춘의 날들은 흩
어져가고,/널린 백골 위에 사쿠라 꽃잎 날리네"라는 그 문장을 읽

고 어쩌면 그는 수많은 전장을 돌며 적병을 베는 사이에 그를 떠나간 그 자신의 청춘을 생각하는 한편, 그의 무인 의식 속에 숨어 있는 죽음의 미학을 깨닫고 있었는지도 모른다.

용기는 그 용勇이라는 한자의 원의原義가 시사하듯이 힘力과 관계가 있고 그런 이유에서 마찬가지로 힘이라는 의미를 그 자의 중에 담고 있는 사내男의 두드러진 자질이다. 『칼의 노래』에서 용기라는 남성적 미덕은 생물학적으로 고정되어 있다. 명량전투에 참가한 정명설의 일화는 예시적이다. 한낱 이름 없는 백성임에도 두 아들을 데리고 어선을 몰아 해전에 뛰어든 그는 총탄을 맞아 숨을 거두기 직전에 두 아들에게 "사내야 사내야, 사내가 죽어야 한다"고 말한다. 용기의 원천은 바로 남자의 물질적인 몸이다. 무武를 상징하는 칼은, 이순신의 상상 속에서, 그의 몸 밖에서 있으면서 또한 그의 몸 안에 있다. 전쟁의 무의미함에 생각이 미친 순간, 분노로 마음이 들끓는 순간 또는 그의 전의가 솟구치는 그 밖의 순간 그는 자신의 몸속에서 칼이 울어대는 울음을 느낀다. 그의 자아는, 그 가장 원초적인 양상에 있어서, 지각 능력이 있는 그의 몸이다. 그는 그의 몸을 가지고 있다기보다 그의 몸으로 존재한다. 그의 자아는 그의 몸으로부터 발생하고 그의 몸을 매개로 타자와 관계한다. 몸의 경험에 존재 조건을 가지고 있는 그의 자아는 말하자면 육신적 주체성corporeal subjectivity이라고 부를 만한 것이다. 그가 왕년의 관기 여진과 성교하는 장면에는 그의 무인武人 자아가 그의 물질적

신체 속에서 스스로를 의식하는 대목이 들어 있다. "나는 그 여자를 안듯이 그 여자를 베어주고 싶었다. 나는 내 몸을 그 여자의 몸 속으로 밀어넣듯이, 그렇게 칼날을 여자의 몸속으로 밀어넣고 싶었다."

몸의 원초성은 소설 주인공의 자아와 관련해서만이 아니라 소설에 그려진 인간 현실과 관련해서도 엄연한 존재론적 사실이다. 그 인간 현실의 중심을 차지하는 전쟁을 보면 그것은 어떤 신념의 쟁투나 체제의 대결이기 전에 생사의 기로에 놓인 몸들의 싸움이다. 전쟁의 원초적 현실은 살려고 하는 의지와 죽이려고 하는 의지가 사실상 동일한 상태에서 두 집단의 몸이 서로 적대하고 격돌하고 살상하는 데에 있다. 이순신의 눈에 들어온 패전한 조선의 참상은 바다 위를 떠다니는 시체나 숲속에서 썩어가는 송장이나 목이 잘린 남자의 몸이나 유린을 당한 여자의 몸처럼 쓰레기가 되어버린 몸으로 대표된다. 이순신의 싸움은 나라의 영토를 수복하거나 왕조의 권위를 회복하기 위한 싸움이라기보다 적으로부터 자신과 동족의 몸을 지키기 위한 싸움이다. 그래서 그의 싸움에서는 무력 정비와 전략 강구 못지않게 자신과 동족의 보양이 중요하다. 이야기의 어떤 대목에서 그는 아예 가족을 먹여 살리는 가장과 비슷하다. 그는 그의 군사들을 먹일 방안을 궁리하고 그의 주둔 지역 백성들이 굶주릴까 염려한다. 그는 식사에 얽힌 이야기를 빈번하게 한다. 그중에 그의 어머니를 여의고 상례喪禮를 지키느라 육식을 피하고 있는 그에게 임금이 술과 고기를 내린 이야기가 있다. 그의 부름을 받고 모인 장졸들이 구운 고기를 그에게 권하며 그의 몸에 대한 염려를 표현하여 "나으리의 몸이 수군의 몸입니다"라고 하자 그는 이렇게 답한다. "그렇지 않다. 수군의 몸이 나의 몸이다."

이렇게 인간 존재가 몸으로 환원되었으니, 생활의 목적이 몸의 보전에 놓이게 되었으니 문화의 축소는 불가피하다. 문화의 기반 인 언어조차 어떤 경우 번거롭거나 사치스럽다. 소설 속의 인물들 은 감정에 북받치면 말 대신에 몸으로 그것을 표현하곤 한다. 임금 도 울고, 장수도 울고, 백성도 운다. 그러나 그들의 세계가 단지 빈 곤하다고 말하기는 어렵다. 풍요 속에 미학이 있다면 가난 속에도 미학이 있다. 작중의 이순신이 여진과 나눈 사랑은 전란 속의 퇴폐 한 삶의 표정을 띠고 있다. 그가 서술상 현재부터 수년 전 함평 고 을에서 처음 만났을 때 서른 살이었던 그녀는 기생보다 노비에 가 까웠다. 눈동자는 맑았지만 "몸은 더러웠"다. 그는 그녀와의 성교 중에 "오랫동안 뒷물하지 않은 여자의 날비린내"에 젖어 비상한 희열을 느낀다. 이 냄새 나는 여진의 몸은 김훈의 첫 장편 『빗살무 늬토기의 추억』의 주인공이 상상하는 "신석기" 여자의 몸—두 가 랑이 사이에 "오줌버캐 낀 고랑"을 감추고 있는 몸—을 연상시킨 다. 그것은 남자의 몸을 인류의 역사를 거슬러 그 아득한 시원으로 데려가는 듯한, 남자의 생명을 그 순수하고 강건한 최초의 상태 속 에서 약동하게 하는 듯한 여자의 몸이다. 이순신이 여진과 헤어진

380

이후 그녀의 몸에 대해 느끼는 강렬한 그리움은 그의 주체성이 두드러지게 육신적임을 감안하면 그리 이상하지 않다. 그것은 신체와 사물, 체험과 언어, 자연과 문화의 직접적인 조응에 대한 소망을 나타낸다. 좀더 간단하게 말하면 자신의 몸이 우주의 몸이기를 원하는 소망을 나타낸다. 『칼의 노래』에 표현된 무인 감성 속에 모종의 미학이 있다면 그것의 핵심은 아마도 원시주의일 것이다.

3. 실존주의적 고뇌

그러나 『칼의 노래』에서 이순신의 원시적 파토스가 밝은 음조의 장쾌한 아리아를 낳고 있는 것은 아니다. 그의 서술은 오히려 그 파토스를 좌절시키는 상황과 마주하여 그가 느끼는 근심과 분노와 절망을 전달하며 많은 탄식과 오열의 조각난 음절들을 흩뿌린다. 그는 이야기를 개시하자마자 그가 조정으로부터 부당한 혐의를 받아 당해야 했던 고통과 수치를 상기하고 그 자신이 얼마나 무력한가를 생각한다. 이순신 연표를 보면 임진전쟁의 발발 이후 혁혁한 전공을 세워 조선수군 총사령관의 지위에 올랐던 그는 정유년 봄에 한양에 하옥되어 심문을 당하고 출옥 후 수개월 동안 권율의 휘하에서 죄인의 처지로 종군했다. 그가 그렇게 지위의 급전을 겪은 이유에 대해서는 많은 주장이 있지만 최대의 이유가 그에 대한 선조 임금의 불신이었다는 것이 현재 한국사의 상식이다. 『칼의 노래』 역시 그가 억울하게 당한 고문과 징계에 대한 궁극적 책임을 선조에게 돌린다. 작중 서술은 선조가 신하들에게서 모반의 위험을 느끼고 살벌한 금압 정책을 취한 군주였다는 사실을 정확하게 지시한다. 예컨대 히데요시의 침략으로부터 수년 전 선조는 호남의 유생 정여립이 반란을 꾀한다는 풍설에 접하자 체포 명령을 내려 그를 자결에 이르게 했으며 이후 이 년간 그 반란에 연루된 혐의로 약 일천 명에게 형벌을 가하도록 허가했다. 작중 서술자는 기축옥사己丑獄事라고 불리는 그 사건에 대해서 언급하며 임금이 자신의 권력을 유지하려는 욕망으로 거의 광분한 상태임을 암시한다. 그는 죄인의 누명을 벗고 장수의 자리에 복귀했으나 자신에게 겨누어진 "임금의 칼"을 잊지 않는다. 그는 언제 역모의 혐의를 쓰고 처형될지 모르는 신세다.

무인으로서의 이순신의 의지를 꺾어버리는 소설 속의 상황은 길삼봉 이야기에 압축되어 있다. 소설의 저자가 『연려실기술』에서 차용했다고 밝힌 길삼봉이라는 인물은 천안의 사노私奴 출신 장사로 정여립의 반란에 가담하여 전라도의 여러 고을에서 관군과 싸웠으며 끝내 체포되지 않았다고 한다. 소설 속의 서술자는 길삼봉의 정체를 둘러싸고 항간에 떠도는 갖가지 소문을 전하고 그 인물이 임금과 그의 종신들에게 압제의 수단이 되었음을 지적한다. "헛것"에 불과한 길삼봉이 어느 순간 실체로 둔갑했고 그러자 임금과 그의 종신들은 길삼봉을 색출한다는 명분 아래 그들의 정치적 적에게 박해를 일삼았다. 그래서 누구도 길삼봉이 아니면서 누구나 길삼봉인 형국이 되었다. 길삼봉의 미스터리를 추궁한 서술자 이순신은 "아마도 길삼봉은 임금 자신일 것"이라고, "조정 대신 전부"일 것이라고 말한다. 그렇다면 길삼봉이 무엇인가는 명백하다. 그것은 권력의 다른 이름이다. 길삼봉이라는 헛것을 둘러싸고 펼쳐진 연극은 그 본질에 있어서 권력투쟁 바로 그것이다. 이순신은 조정의 "언어는 길삼봉이 숨을 수 있는 깊은 숲이었을 것이다"라고 덧붙인다. 정치 언어는 밝히는 대신에 감추고, 드러내는 대신에 덮는다. 그것은 침공을 당한 조선의 군민이 신분과 지체를 가리지 않고 가난과 울분과 공포 속에서 끊임없이 우는 울음과 대조적이다. 칼이고 몸인 이순신은 언어와 허구가 지배하고 있는 세상과 마주하여 다만 막막할 따름이다. 그의 말대로 "헛것은 베어지지 않는다".

도원수 권율은 이순신이 백의의 몸으로 그의 휘하에서 대기하고 있을 무렵 이순신을 찾아와 원균이 참패했음을 알리고 다시 남해의 방위에 나서주기를 종용한다. 이순신이 한양에서 당한 굴욕에 책임이 없지 않은 그는 그것을 잊어버리라고 권고하며 "무인이란 본래 그래야" 한다고 격려한다. 그러나 이순신이 목격한 바에 따르면 무인의 도리는 전란중의 조선 무반계급에서 종종 방기되고 있는 터이다. 원균이 참패한 전쟁에서 살아남은 우수사 배설은 이순신이 수군통제사로 부임한 직후 그의 면전에서 비겁함을 두둔하는 궤변을 늘어놓더니 밤을 틈타 어디론가 도주한다. 이순신은 배설을 기필코 체포해달라고 권율에게 부탁하고 자신의 마지막 전투에는 배설의 머리를 창끝에 걸고 나기를 바랐지만 그의 소망은 이루어지지 않는다. 더욱이 전쟁 상황은 그의 용맹으로부터 의미를 앗아가는 방향으로 전개된다. 명과 일본 사이에서는 그로서는 이해하기 어려운 강화협상이 진행되고 그에 따라 명군 최고사령부에서는 그에게 일본군에 대한 공격을 자제하라는 지시를 내린다. 또한 조선으로 출병한 이후 강화도에 병영을 차려놓고 꼼짝도 않던 명의 수군은 일본군의 철수가 확실하게 예견되는 시점에 남해로 이동하여 주둔하기 시작한다. 명의 장수 진린은 자신의 전공戰功의 물증으로 이용할 적의 머리를 거두는 데에 주로 관심이 있을 뿐만 아니라 자신과 대치중인 적장 고니시 유키나가를 상대로 그의 부대에 퇴로를 열어주고 그 대가로 이천 명의 머리를 받는다는 내용의 협상을 은밀하게 벌인다. 이순신은 마지못해 진린의 비위를 맞추어가며 은근하게 결전에의 의지를 피력하지만 진린으로부터 "장수의 용기는 사졸의 용기와는 다른 것"이라는 훈계를 듣고 만다.

이은상의 『성웅 이순신』과 같은 표준 전기들은 삼도수군통제사에 복귀한 시점부터 노량해전에서 전사한 시점까지의 이순신 사적을 불운한 시대를 만난 영웅이 불굴의 의지로 자신의 영웅됨을 증명하는 과정으로 정리하는 경향이 있다. 그 전기들은 그가 승리하기 불가능한 싸움을 어떻게 승리로 이끌었는가를 설명하면서 적의 총탄에 맞아 목숨을 잃어가는 순간에도 자신의 죽음을 알리지 말라고 부하들에게 당부하는 그의 전설의 유명한 절정으로 나아간다. 『칼의 노래』의 서술자-주인공 역시 영웅성을 가지고 있다. 그러나 그것은 어떤 경우 광우성狂愚性과 구분하기 어려운 영웅성이다. 사태가 이러한 것은 서술자-주인공이 한편으로는 그의 무인적 삶에 대해 지대한 의의를 부여하고, 다른 한편으로는 그러한 삶을 하찮게 만드는 정황을 예리하게 파악하고 있기 때문이다. 그는 전쟁중에 죽기를 두려워하지 않는 용기를 지고하게 여기고 있는 동시에 그가 어떤 희생도 불사하고 투신한 전쟁의 궁극적무의미성을 직관하고 있다. 임금의 칼에 죽어 오명을 남기지 않겠다는 일념으로 장졸을 지휘하고 있는 동시에 그가 원하는 대로 전쟁을 하면 나중에 임금의 칼을 받아야 하는 처지임을 예감하고 있다. 그는 자신의 삶 속에 작용한 아이러니에 대해 말하는 중에 "세상은 뒤엉켜 있었다. 그 뒤엉킴은 말을 걸어볼 수 없이 무내용했다"고 절망의 어조로 단정한다. 다시 생각하면, 그를 고뇌에 빠뜨린 삶의 상황은 조선시대 양반관료가 탄식한 그것보다는 전후 유럽 실존주의자들이 주목한 그것을 닮아 있는 듯하다. 이름하여 부조리라는 상황.

4. 타나토스의 황홀경

임금은 자주 운다. 일본군이 쳐들어온다는 소식에 서울을 버리고 떠나며 울기 시작해서 쫓겨가는 도중에 당도한 북녘 고을이면 어디에서나 운다. 장졸도 운다. 땅바닥에 꿇어앉아 임금이 내린 국서의 구절을 들으며 울고, 죽음의 공포에 무너져 한밤을 보내며 운다. 백성도 운다. 죽임을 당하는 혈육을 눈앞에 두고 울고, 이동하는 군대를 따라 이곳저곳 피난을 다니며 운다. 이순신이 듣기에는 귀신도 운다. 굿이 파한 새벽이면 "죽은 자들의 귀신이 빨랫줄에 붙어서 끽끽" 운다. 울음은 사람이 자신과 자신의 외부 사이의 관계를 두고 행하는 일정 종류의 감응이다. 외부가 압도적으로 힘이 있다고 느끼면, 자신이 힘이 없다고 느끼면 사람은 울음으로 반응한다. 외부를 자신의 의지대로 통제할 능력이 있는 사람은 울지 않는다. 이순신은 좀처럼 울지 않는다. 그는 딱 두 번, 그의 아들 면이 일본군에 죽임을 당했음을 알았을 때, 그리고 전쟁이 조만간 무의미하게 끝나리라는 예감이 들었을 때, 그나마도 "혼자서 숨죽여" 운다. 그러나 그의 강건함의 이면에는 연약함이 있다. 그가 실은 세상을 마음대로 움직이지 못하는, 오히려 세상으로부터 침해를 당하기 쉬운 상태에 있음을 그의 몸은 감추지 못한다. 그는 눈물은 흘리지 않지만 대신에 새벽이면 자주 "식은땀"을 흘린다. 식은땀에 온통 흥건하게 젖은 그의 몸에서 강건한 남성을 떠올리기는 어렵다. 그것은 물기 없고 날카로운 칼과 오히려 대립적이다. 이미지의 일반 공식에 따르면 남성적인 것은 건조한 것, 단단한 것, 명확한 것과 연결되고 여성적인 것은 축축한 것, 부드러운 것, 모호한 것과 연결된다. 그의 몸속에서 빈번히 그러나 헛되이 울어대는 칼에 대한 지시는 그의 무인성武人性 또는 남성성이 봉쇄되어 무력한 상태라는 암시처럼 들리기도 한다.

이순신은 뛰어난 지도자이고 전략가이지만 전쟁 상황은 그의 이해력과 통제력의 범위 내에 있지 않다. 그의 진지가 있는 바다에서 "바람은 모든 방향에서 불어와 모든 방향으로 몰려가는 듯싶었"고 "바람에 젖은 (그의) 몸은 늘 바람으로부터 고립되어 있었다"는 그의 말은 암시적이다. 게다가 그는 옥사를 겪은 이후 그가 다시 참가하는 전쟁이 그 자신에게 궁극적으로 아무 의미도 없다고 처음부터 생각했다. 그가 관여한 전투를 보다 넓은 맥락에서 고려하는 중에 "히데요시의 칼은 얻을 것이 많았고 나의 칼은 얻을 것이 없었다"고 그는 산정한다. 어느 해협에 자신이 죽을 자리가 있을지 초조하게 궁리하는 그의 행위는 그가 명예 욕망에 붙들려 있음을 알려주면서 동시에 모종의 비관에 압도되어 있음을 시사한다. 그의 비관주의는 그의 마음에 비친 바다의 이미지에서 좀더 구체적으로 환기된다. 그에게 바다는 그의 주저 없는 지칭 그대로 "사지"다. 바람에 실려오는 "꽃 핀 숲의 향기 속에(는) 인육이 썩어가는 고린내가 스며 있"고, 아무 일도 없었다는 듯이 태평한 모양을 하고 있는 바다는 실은 끊임없이 뒤척이며 그 가장자리로 무수히 많은 송장을 밀어내고 있다. 이순신은 임금의 적의가 무서워 바다로 왔으나 바다 너머에서 밀쳐오는 적의는 그에 못지않게 무섭다. 그의 시야를 가득 채우는 바다 앞에서 그는 이해할 수도, 감당할 수도 없는 살기에 자신이 대책 없이 노출되어 있음을 느낀다. "적의 칼과 임금의 칼 사이에서 바다는 아득히 넓었고 나는 몸 둘 곳 없었다"고 그는 말한다.

그 전장으로서의 바다는 그가 얼마나 무능한가, 얼마나 하찮은가를 깨닫게 한다. 그의 몸 앞에 압도적으로 현전하는 그 바다의 본질은 미학의 용어로 말하면 숭고다. 숭고한 것은 피라미드처럼 무한한 연장延長을 시사하여 인간의 미소함을 절감케 하는 부류든, 광포한 자연 현상처럼 무한한 힘을 시사하여 인간의 궁극적 해체를 상기시키는 부류든 간에 개인의 존재를 무의 상태로 축소시킨다. 쇼펜하우어가 주장했듯이 숭고한 것을 경험하는 일은 죽음의 불가피성을 깨닫는 일과 같다. 『칼의 노래』의 주인공은 자신이 죽을 수밖에 없음을 알고 있음은 물론 자신이 정한 방식으로 죽기를 도모한다. "희망은 없거나, 있다면 오직 죽음 속에 있을 것만 같"다고 그는 한때 생각했었다. 부조리가 삶의 실상임을 깨달은 그가 철학이라는 어휘를 아는 근대인이었다면 이렇게 카뮈처럼 선언했을지 모른다. "철학에서 진실로 중요한 문제는 단 하나다. 그것은 자살이다." 그가 "자연사"라고 부르는 죽음―임금과

388

그의 종신들의 농간으로 누명을 쓰고 죽지 않고 무인으로서의 명예를 지키며 전장에서 죽는 죽음은 자살의 요소를 명백하게 가지고 있다. 카뮈가 의미 없는 삶을 의미 없는 그대로 살기를 택한 반면 이순신은 의미 없는 삶을 스스로 끝내기를 택한다. 주목할 것은 이순신의 전사戰死가 그의 몸을 그 시원적 상태로 복귀시키는 행위로 나타난다는 점이다. 그는 동물적 몸으로 그를 축소시키는 냄새에 취해서, 언어 이전으로 그를 데려가는 침묵에 실려서 목숨을 거둔다. 언젠가 "죽은 여진에게 울음 같은 성욕을" 느꼈던 그다. "젓국 냄새" 지독한 여진의 몸은 사람 시체 떠다니는 "비린 안개" 속의 바다와 이미지상으로 상통한다. 그는 여진과의 성교 중에 "내 몸은 나로부터 아득해져갔"다고 느끼듯이, 전사하기 직전에 "팔다리가 내 마음에서 멀어졌다. 몸은 희미했고 몸은 멀었고, 몸은 통제되지 않았다"고 느낀다. 그의 자살은 원시적 황홀을 향한 그의 정념이 타나토스의 노선을 따른 결과처럼 보인다.

이순신의 노량해전중 사망이 자살이라는 견해는 오래전부터 그의 생애에 대한 야담적 해석의 일부였다. 그를 충군애국의 상징으로 만들려 했던 이순신 신화 작자들은 그것을 당연히 불쾌하게 여겼다. 『성웅 이순신』의 저자는 항간에 유행한 이순신 자살설을 경멸하는 어조로 일축했다. 하지만 현전하는 그의 시문이 그의 진심의 전부를 표현했다고 간주하는 어리석은 가정에 따르지 않기로 했다면, 그리고 그가 그의 정치적, 사회적 환경과의 관계에서 체험했을 갈등에 대한 상상적 이해를 장려하기로 한다면 그의 살의가 적에게만이 아니라 그 자신에게도 향했으리라는 추정은 가능하다. 게다가 세상의 이치와 영구히 대립되는 자리에 자신을 세우는,『칼의 노래』의 표현을 빌리면, "아무런 은총도 없는" 죽음을 자신에게 선사하는 그의 자살은 그를 특별한 종류의 영웅으로 만든다. 비극적 영웅이 바로 그것이다. 헤겔의 고전적 정의에 따르면 비극은 한 공동체의 윤리적 토대를 이루는 두 가치 사이의 갈등에 관한 것이다. 정당성이라는 면에서 서로 동등한 그 두 가치는 비극의 작중인물들을 움직이고 대립시키는 두 윤리적 힘 또는 파토스로 나타난다. 그 작중 인물들 중 영웅은 그의 파토스 때문에 고통을 겪어 청중에게 연민과 공포를 유발하는 인물이다.『칼의 노래』중의 임금과 이순신은 서로 다른 윤리적 힘의 화신으로 간주될 만하다. 임금은 밖으로는 화이華夷, 안으로는 군민君民 사이의 질서에 대한 의무를, 이순신은 몸으로서의 인간과 우주에 대한 의무를 각각 대표한다. 전자는 정연하게 배치된 권력의 주종관계를, 후자는 분리와 적대가 없는 생명의 원시적 상태를 이상화한다. 그 양자의 갈등은 추상적으로 말하면 정치적인 것과 미적인 것의 갈등이다.『칼의 노래』는 극이 아니므로 임금과 이순신의 갈등을 행위의 형식으로 제시하지 않는다. 그렇지만 그 서술자-주인공 이순신은 앞에서 보았듯이 그의 내면에서 그의 생사가 걸린 파토스의 싸움을 임금과 벌이고 있는 터이다.

5. 몸의 저항, 미의 반란

『칼의 노래』는 서술 문체 면에서 독특하다. 한국소설에 다소 조예가 있는 독자라면 누구나 서두의 한두 장을 읽자마자 전례 없는 일인칭의 세계가 펼쳐지기 시작했음을 느낄 것이다. 각 장은 이순신의 자기 서사라는 구조 안에서 서로 연속되는 동시에 현저한 독립성을 가지고 있어서 그 자체로 단아한 소품 고백록처럼 읽힌다. 서로 다른 제목이 달린 장마다 이순신은 그의 생애의 서로 다른 시간과 연결된 그의 지각과 경험에 대해 이야기하며 반성적인 자기의식이 수정水晶처럼 응결되는 순간을 보여준다. 그의 서술 문체는 간결성, 직핍함, 통렬함 쪽에 기울어 있다. 그가 서술된 이야기 속에서 좀처럼 울지 않듯이 그가 하는 이야기 서술은 감정 표현을 절제한다. 그의 마음속에서 격랑을 이루고 있을 근심과 회한과 분노를 표출하는 대신에 그는 그의 몸으로 느낀 세계의 인상을 기록한다. 예컨대 "버려진 섬마다 꽃이 피었다"라는, 『칼의 노래』의 문체 특징인 단순 통사 구조의 짧은 문장에서 시작된 제1장 '칼의 울음'에서 서술자는 "꽃 피는 숲에 저녁노을이 비치어, 구름처럼 부풀어오른 섬들은 바다에 결박된 사슬을 풀고 어두워지는 수평선 너머로 흘러가는 듯싶었다"는 둘째 문장과 그 이후 문장에서 어둠이 내린 바다의 경관을 상세하게 묘사하고 이어 그 "어둠의 절벽"을 정체 모를 적의 현존과 결부시킨다. 제2장 '안개 속의 살구꽃'으로 넘어가면 서술자는 감각의 중심을 시각에서 청각으로 옮겨 "바다를 건너오는 바람은 늘 산맥처럼 출렁거렸다"는 발언을 기점으로 밤낮으로 수평선 너머 어디선가 들려와 그를 괴롭히는 "종잡을 수 없는 소리"의 환청에 대한 지시로 나아간다. 그는 자신이 얼마나 공포를 느끼고 있는가를 설명하는 대신에 어떤 압도적인 힘과 대적하고 있는 동안에 그가 받은 감각 경험의 묘사에 열중한다. 이것은 그의 육신적 주체성과 근사하게 어울리는 인상주의이다.

『칼의 노래』에 두드러진 감각 경험에 대한 집착은 정치에 대한 혐오와 표리관계를 이룬다. 통치 권력을 둘러싼 투쟁에서 분비되는 각종 언표를 이순신이 몸의 진실과 무관한, 오히려 그것으로부터 사람들을 격리시키는 "헛것"에 불과한 것으로 간주하고 있음은 앞에서 확인된 바와 같다. 정치적 담론의 의의를 격하하는 그의 발언은 모함을 당해 하마터면 목숨을 잃을 뻔했던 그의 개인적 경험의 맥락 속에 들어 있지만 그것이 워낙 확고하고 준열해서 『칼의 노래』의 저자가 자기 시대의 정치에 대해 느꼈을 어떤 환멸과 관련이 있을지 모른다는 추정을 금하기 어렵다. 정치 환멸은 대한민국 수립 이후 모든 세대의 국민에게 일기불순日氣不順만큼 친근하지만 1987년 민주적인 대의代議정치 제도의 수립 이후 정치 영역을 오히려 위축시키는 상황이 도래하면서 그것은 시대의 사실이 되었다. 저자 김훈이 이순신을 무인의 몸으로 부활시킨 2001년은 정권 중심의 역사 이해를 차치하고 보면 한국사회가 후기 자본주의의 충격하에 급격한 변동을 겪은 시기 중의 한 해이다. 경제 영역만이 아니라 그 밖의 삶의 영역 모두가 자본의 식민지가 되어버린 그 시기에 정치는 어떤 이데올로기적 대의에 따라 공동체가 스스로를 다스리는 방식이기를 그쳤다. 문화 생산의 지도 원리는 민주주의 정치학에서 소비사회의 미학으로 전환되었다. 어떻게 보면, 『칼의 노래』에서 생생한 표현을 얻은 원시적 파토스의 감정은 프레드릭 제임슨이 후기 자본주의 상황의 미적 결과의 하나로 지목한 "도취감euphoria"과 통하는 것인지도 모른다.

그러나 후기 자본주의의 미적, 문화적 결과가 『칼의 노래』를 정확히 설명하게 해주는 유일한 기준은 아니다. 이순신의 몸은 소비주의적이고 향락주의적인 몸과 동일하지 않다. 우리는 그의 몸이, 그가 믿고 있는 바와 달리, 권력에 대해 단지 대립관계에 있지 않다는 점에 유의할 필요가 있다. 그의 남성적, 무인적 신체는 당초에 왕의 권력에 대해 유용하도록 정비된 신체다. 그의 무술과 용맹과 충렬은 말할 것도 없이 그의 몸이 규율됨으로써 생겨난 자질이다. 푸코의 어휘로 말하건대, 그의 "유순한 몸"을 산출했을 규율 권력의 존재는 그가 최고 수군사령관으로서 그보다 상위와 하위에 있는 사람들과 관계하는 방식에 얼마간 드러난다. 그는 임금이 자신의 생명에 대해 어느 누구 못지않게 위협적이라는 것, 진린의 군대가 일본의 장졸과 마찬가지로 자신의 적이라는 것을 알고 있지만 군신의 의리를 거스르지는 않는다. 반면에 병영을 탈출한 군관과 부정을 일삼은 군아의 아전을 효수하여 위법과 배덕의 몸에 대한 징벌을 철저히 한다. 그러나 그가 자신이 속한 세계의 부조리성을 깨달은 이후 그의 몸은 더이상 유순하지 않다. 그의 몸은 결연하게 원시적 파토스의 비극적 행로를 간다. 그의 전사는 규율된 자신의 몸을 스스로 해체하는 행위, 자신의 몸을 생-권력의 레짐 밖으로 폐기하는 행위이다. 『칼의 노래』는 역사상 이순신 이야기가 가하는 제약 때문에 권력에 대한 몸의 저항, 정치에 대한 미의 반란을 완전하게 서사화하지는 못했다. 그러나 그것은 최초의 출간으로부터 십여 년이 지난 지금도 육신의 인간에 관한 가장 심오한 한국어 텍스트임에 변함이 없다.

한국문학의 '새로운 20년'을 향하여

문학동네가 창립 20주년을 맞아 '문학동네 한국문학전집'을 발간한다. 1993년 12월 출판사 간판을 내건 문학동네는 이듬해 창간한 계간 『문학동네』와 함께 지난 20년간 한국문학의 또다른 플랫폼이고자 했다. 특정 이념이나 편협한 논리를 넘어 다양한 문학적 입장들이 서로 소통하는 열린 공간이고자 했다. 특히 세기말 세기초에 출현하는 젊은 문학의 도전과 열정을 폭넓게 수용해 한국문학의 활력을 높이는 데 이바지하고자 했다.

돌아보면 세기말은 안팎으로 대전환기였다. 탈이념화를 중심으로 디지털 기반 정보화와 신자유주의 세계화가 서로 뒤엉켰다. 포스트 시대의 복잡성은 광범위하고 급격했다. 오래된 편견과 억압이 무너지는가 싶더니 도처에 새로운 차이와 경계가 생겨났다. 개인과 사회를 하나의 개념으로 묶어내기 힘든 형국이었다. 많은 시대가 겹쳐 있었고, 많은 사회가 명멸했다. 과잉과 결핍이 롤러코스터를 타고 전 지구적 일극 체제를 강화했다.

지난 20년간 문학을 둘러싼 환경은 호의적이지 않았다. 새삼스럽지만, 문학의 위기, 문학의 죽음은 언제나 현재진행형이다. 그래서 문학의 황금기는 언제나 과거에 존재한다. 시간의 주름을 펼치고 그 속에서 불멸의 성좌를 찾아내야 한다. 과거를 지금-여기로 호출하지 않고서는 현재에 대한 의미부여, 미래에 대한 상상은 불가능하다. 한 선각이 말했듯이, 미래 전망은 기억을 예언으로 승화하는 일이다. 과거를 재발견, 재정의하지 않고서는 더 나은 세상을 꿈꿀 수 없다. 문학동네가 한국문학전집을 새로 엮어내는 이유가 여기에 있다.

이번 전집은 몇 가지 특징을 갖는다. 먼저, 한글세대가 펴내는 한국문학전집이라는 것이다. 문학동네는 전후 한글세대를 중심으로 1990년대 이후 한국문학의 주요 생태계를 형성해왔다. 이번 전집은 지난 20년간 문학동네를 통해 독자와 만나온 한국문학의 빛나는 성취를 우선적으로 선정했다. 하지만 앞으로 세대와 장르 등 범위를 확대하면서 21세기 한국문학의 정전을 완성해나가고자 한다.

문학동네 한국문학전집의 두번째 특징은 이번 문학전집이 1990년대 이후 크게 달라진 문학 환경에 적극 대응해온 결과물이라는 것이다. 문학동네는 계간 『문학동네』의 풍성한 지면과 작가상, 소설상, 신인상, 대학소설상, 청소년문학상, 어린이문학상 등 다양한 발굴 채널을 통해 새로운 문학적 징후와 가능성을 실시간대로 포착하면서 문학의 영토를 확장하는 데 기여해왔다. 그래서 이번 전집을 21세기 한국문학의 집대성을 위한 의미 있는 출발이라고 해도 좋을 것이다.

셋째, 이번 전집에는 듬직한 동반자가 있다는 것이다. 김승옥, 박완서, 최인호, 김소진 등 작가별 문학전(선)집과 세계문학전집, 그리고 한국고전문학전집이 그것이다. 문학동네는 창립 초기부터 한국문학의 해외 진출을 위해 지속적인 노력을 기울여왔다. 문학동네 한국문학전집은 통상적으로 펴내는 작품집과 작가별 전(선)집과 함께 한국문학의 특수성을 세계문학의 보편성과 접목시키는 매개 역할을 수행해나갈 것이다.

새로운 한국문학전집을 펴내면서 '문학동네 20년'이 문학동네 자신의 역량만으로 이루어졌다고 자부하려는 것은 아니다. 문인, 문단, 출판계, 독서계의 성원과 격려가 없었다면 문학동네의 오늘은 불가능했을 것이다. 그러므로 오늘, 문학동네 성년식의 진정한 주인공은 문학인과 독자 여러분이어야 한다. 이 자리를 빌려 거듭 감사드린다. 창립 20주년을 맞아, 문학동네는 한국문학의 더 나은 미래를 위해 한국문학전집 1차분 20권을 선보인다. 문학동네는 해를 거듭할수록 그 가치를 더해갈 한국문학전집과 함께, 그리고 문학인과 독자 여러분과 함께 '새로운 20년'을 향해 한 걸음 한 걸음 나아가고자 한다. 많은 관심과 성원을 부탁드린다.

문학동네 한국문학전집 편집위원
권희철 김홍중 남진우 류보선 서영채 신수정 신형철 이문재 차미령 황종연

김훈

1948년 서울 출생. 소설집 『강산무진』『저만치 혼자서』, 장편소설 『빗살무늬토기의 추억』『칼의 노래』『현의 노래』『개』『남한산성』『공무도하』『내 젊은 날의 숲』『흑산』『공터에서』『달 너머로 달리는 말』『하얼빈』, 산문집 『풍경과 상처』『자전거여행』『라면을 끓이며』『연필로 쓰기』등이 있다. 동인문학상, 이상문학상, 황순원문학상, 대산문학상 등을 수상했다.

문학동네 한국문학전집 014
칼의 노래
ⓒ 김훈 2014

1판 1쇄 2014년 1월 15일
1판 31쇄 2024년 9월 2일

지은이 김훈

펴낸곳 (주)문학동네 | 펴낸이 김소영
출판등록 1993년 10월 22일 제2003-000045호
주소 10881 경기도 파주시 회동길 210
전자우편 editor@munhak.com | 대표전화 031) 955-8888 | 팩스 031) 955-8855
문의전화 031) 955-2696(마케팅) 031) 955-2653(편집)
문학동네카페 http://cafe.naver.com/mhdn
인스타그램 @munhakdongne | 트위터 @munhakdongne
북클럽문학동네 http://bookclubmunhak.com

ISBN 978-89-546-2336-0 04810
      978-89-546-2322-3 (세트)

www.munhak.com

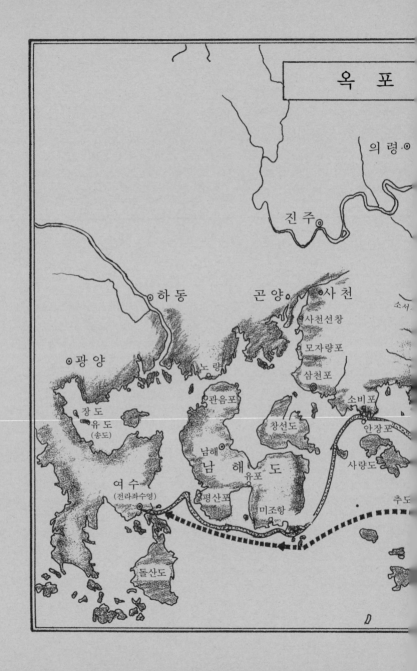

옥 포

의령

진주

하동　　곤양　　사천

사천선창

모자량포

삼천포

소비포

광양

장도
유도
(송도)

노량

관음포

창선도

남해
남 해 도
유포

여수
(전라좌수영)

평산포

미조항

사량도

안장포

추도

돌산도

소서

소세

해 전

양산강

양산

함안

창원

함포
마산
진해

김해
김해강
동래
좌수영

능천
금단곶
능포
부산
제포
안골포
서평포
절영도

갑포
장림포

저도
가덕도
천성
몰운도

포
영등포
칠천도
송진포
장문
율포

가조도

지도
옥포

포
충무
고현
거 (거제) 제 도

견내량
갈도(산달도)
제승당
녹도 한산도
가배

송미포

범 례

∎∎∎∎∎∎∎∎ 조 선 군 출 전 로

▪▪▪▪▪▪▪▪ 조 선 군 회 군 로

━━━━━━ 왜 군 항 로

■ 왜 군 주 둔 지

✕ 교 전 지 점

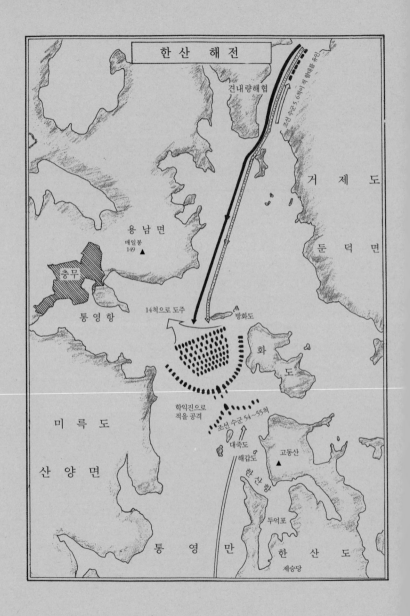

한 산 해 전

견내량해협

전라 우수사 이억기

거 제 도

둔 덕 면

용 남 면

매일봉
149 ▲

충무

14척으로 도주

방화도

통 영 항

화 도

학익진으로
적을 공격

조선 수군 54~55척

미 륵 도

대죽도

고동산 ▲

해갑도

산 양 면

한산항

통 영 만

두억포

한 산 도

제승당

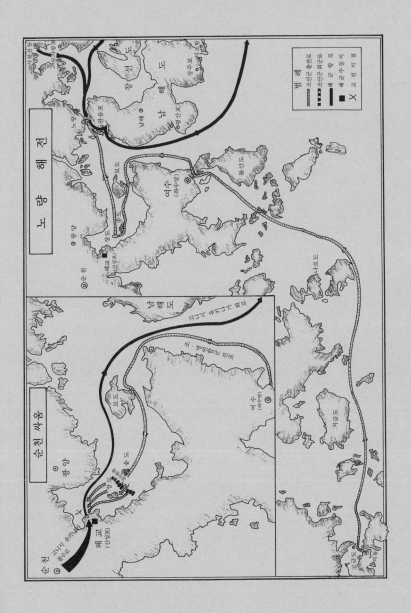